假新聞政治

台灣選舉暗角的虛構與欺騙

林照真　著

本書獻給兩位優秀的新聞工作者倪炎元（1957-2021）與陳柔縉（1964-2021）。難忘你們寫作的熱情。生命固然短暫，文字將長留人間。

目次

第三部分　平台產業與假新聞

第一章

假新聞政治
知識論的弔詭

　　2016年1月，台灣舉行總統大選，完成第三次政黨輪替。台灣人作息如常。

　　2016年6月，英國舉行是否脫離歐盟的公民投票，脫歐派以1%票數勝出。英國首相驚訝到不敢置信的表情，透過新聞報導，傳送到全球觀眾面前。

　　2016年11月，川普出人意料贏得美國大選，新聞媒體更是跌破眼鏡。為了準備這個大新聞，多數媒體已預先做好「美國首位女總統柯林頓」報導，不料結果卻大翻盤。

　　英、美兩起事件引發全球熱議，相同的現象就是假新聞。很多人認為，民主就快要淹沒在假新聞中了。所有認真、誠實與理性的個人與團體，都可能因此輸掉選舉（Morozov, January 8, 2017）。英國牛津字典因此採用「後真相」（Post-truth）來形容2016年「虛假新聞」能夠影響公投、國家大選的荒謬事件。《芝加哥論壇報》（*Chicago Tribune*）則為此註解：「客觀

真實已無法形塑民意，情感與個人信念則取而代之。」（Truth is dead. Facts are pass'e.）（Wang, November 17, 2016）自此開始，全球高度關注假新聞如何影響資訊傳播、民主政治等嚴肅課題。

2018年，台灣在全球假新聞罩頂的氛圍中，舉辦十項公民投票與九合一選舉。當時，台灣的媒體生態已發生轉變；除了傳統媒體既有的競爭外，附屬於傳統媒體的新網路媒體、新興網路媒體等，更是形成強勁的網路新聞競爭態勢；再加上蓬勃的臉書、Line、YouTube、Instagram等社群媒體，訊息傳播快速，大大增加選舉熱度，假新聞也迅速滲入台灣的民主選戰中。在2018、2020年國內的兩次國內選舉中，出現的「網軍」、「殭屍帳號」等政治動員高手，迅速地闖入選舉陣地，利用新興的社群平台創造聲量，出現各式違背民主認知的行為，導演一場又一場虛構與真實交錯的台灣選舉。

第一節　迎合虛假的後真相時代

假新聞並非新鮮產物，但假新聞能形成真實且巨大的政治影響力，確實前所未見。假新聞泛指意圖欺騙的不正確資訊和偏見，目的是要撼動社會對真實的理解，並在很多事例上引發懷疑（Blaber, Coleman, Manago, & Hess, 2019）。同時，假新聞形成於不那麼在意「真實」的「後真相」時代，讓「假新聞」與「後真相」成為資訊混亂時代的相關名詞。「後真相」意指民眾更願意相信能夠迎合他們的情感與個人信仰的資訊，而非去搜尋事實與客觀的資訊（Cooke, 2018, p. 2）。也因此，

牛津辭典挑出「後真相」為2016年的年度名詞。"post"在此並不是「之後」（after）的意思，更恰當的說法是「無關的」（irrelevant），也就是「無關真實」（Berghel, 2017, p. 80）。

時至後真相時期，社群媒體時代來臨，每一個新聞事件都可能創造出一個社群（Little, 2012）；社群媒體漸漸成為新聞來源，甚至可以反過來提供新聞記者方便、低廉的新聞與資訊（Broersma & Graham, 2013）。因為假新聞可以在臉書平台接觸到數以千萬計的人，以致影響力遠超過往昔（Keith, 2017）；數位時代使情形變得更不利（Frederiksen, 2017）。巴克萊（Barclay, 2018）是一名關心媒體識讀的圖書館員，他著手撰寫一本有關假新聞的著作。他認為要把假新聞形容成客觀觀點，幾乎是不可能的事（Barclay, 2018）。

相對於「真實」（truthiness），「後真相」在於強調動機與情感，是人們消費資訊、搜尋資訊、選擇資訊、迴避資訊與使用資訊的準則。這個想法，有助於理解人們如何消費資訊，以及為什麼人們容易受假新聞影響（Cooke, 2018, p. 5）。在後真相時代中，人們更常因情感與心理因素而消費資訊，較不是訴諸認知。從假新聞的案例來看，後真相時代更能催生吸引注意力的假新聞（Sismondo, 2017）。

要說明的是，在後真相時期，並未拒絕客觀的事實（facts）存在，只是須打消籠罩在事實四周的神祕性。舉例來說，認知學者致力於如何讓「符合現實」（correspondence to reality）的想法顯現真義，並能使某個陳述（statement）能夠就是一個事實。以科學事實來說，科學家在實驗室做實驗，並且接受同儕的檢驗。於是，科學家以真理人（truthers）的角色，

賦予事實合法性（Fuller, 2018, p. 19）。

　　然而，社會科學無法在實驗室複製，假新聞使得原本強調具有事實客觀性的新聞真實受到影響。目前很多假新聞都是使用釣魚標題來吸引讀者，當今小報也同樣使用釣魚標題，報導時強調新聞的戲劇性大於正確性。換言之，當假新聞發生之時，新聞產業更要注意「低品質新聞」（low-quality journalism）與「混亂的產製」（production of confusion）（Cooke, 2018, pp. 3-4）。很不幸的，有些懶惰的記者從網路上找新聞卻不求證，甚至在他們的網站中，也會用筆名寫作。一旦問題出現，網站與所有內容都消失不見（Cohen, 2017, p. 82）。

　　假新聞也讓傳統新聞媒體的無冕王權威，受到強烈的質疑。2016年6月23日公投結果出爐後，英國多數主流媒體非常震驚。從英國公投的投票資料可知，當倫敦壓倒性支持參與歐盟時，英國北方卻投票退出。當時英國媒體的靈魂受到懷疑，怎麼會如此不了解英國北方民眾的心情？公投後，英國的菁英媒體被批評，完全誤解英國北部對歐盟的惡意。2016年美國總統選舉時，美國菁英媒體同樣因為川普取得白宮寶座而受質疑。這兩次政治投票似乎採用不同的方式去影響民意，並且產生一定成效（Bossio, 2017, p. 90）。由於民眾有關新聞的消費行為愈來愈複雜，新聞記者已經不再是訊息的中心了。有關社群媒體演算法的操控，特別是聚焦於優先性與新聞過濾的演算法，已能影響民眾的新聞消費習慣（Bossio, 2017, p. 91）。

　　2016年的兩起事件，說明民主快要淹沒在假新聞中，關鍵更在於數位科技與數位強權。強大的數位平台等基礎建設，造成假新聞、網路迷因與有趣的YouTube影音等得以瘋傳

（Morozov, January 8, 2017）。在這樣的民主氛圍中，假新聞在其中找到舞台，更企圖引發真假難辨的政治事件。假新聞的政治策略，已經在不同國家發酵，並引發各種政治惡果。在美國人心中，2016年大選讓他們看到一場受到假新聞操縱的選舉，美國前總統川普不斷指責傳統新聞媒體製造假新聞；活躍於社群平台的極端言論，也藉著演算法壯大。網路上充斥太多來路不明、隱匿的帳號，卻能成功發動一次又一次的網路攻擊。

　　多元民主的核心是透過選舉進行政治決定的過程，選舉必須建立在追求真相的基礎上進行（Benkler, Faris, &Reberts, 2018）。選舉中的政治討論顯得複雜又繁瑣，並非只有「真」或「假」的問題，想找到一個完全「真」的政治，是絕對不可能的。因此，在以真實為基礎的民主政治中，沒有唯一正確的結果（Farkas, 2020, p. 50）。

　　回想每一次的選舉，總會引發各式各樣的言論。政治就是這樣熙熙攘攘，每個陣營都選擇對自己有利的立場與觀點發言。選舉是民主國家定期舉行的政治活動，也是民主社會重要的磐石。選舉必須在公平、透明的前提下進行，是民主社會非常重要的價值。儘管不同黨派、參選人在選舉中叫囂、相互攻擊，人們總說：「這是民主的常態。」接著所有人都會接受選舉結果，這也顯現民主的珍貴。

　　也因此，了解政治並不具備「客觀性」（objectivity）後，這個世界並不會因此失去意義。相反地，民主政治無法反映客觀的事實，卻可以反映所有光譜上的人們受政治影響的結果。民主就是競爭的多元主義（agonistic pluralism）的政治體系，它促使所有公民去影響論述並形塑社會（Farkas, 2020, pp. 50-51）。

　　既然政治本來就不具備客觀真實的特質，以致所有政治論述在民主場域中競爭，選民依個人所見，行禮如儀地完成投票。政治人物上上下下，都是依照選票多寡而定。既然如此，2016年後引發的後真相危機，必然有其特殊的因素導致。

　　本書認為，特殊的數位傳播因素，造成虛假新聞得以與真實新聞並列，甚至比真實新聞更吸睛。在假新聞形成後，接著形成假新聞政治，反噬新聞真實與民主政治的價值。

　　新聞與政治不同。新聞是有「客觀」真實的。古典新聞學要求新聞記者秉持客觀精神，報導親眼所見、親耳所聞的事實。如果眼見耳聞的訊息互相衝突，則並非沒有真實，而是記者難以掌握。因此，新聞記者必須反映多元聲音，把所有的意見都寫出來，交由讀者判斷。至於記者沒有看到、聽到的事，則必須進行查證，如果判定為假，就不能出現在媒體中。

　　古典新聞學僅有一百餘年發展史，常遭譏笑是年輕淺薄的學科。然而，必須承認，古典新聞確定新聞傳布的專業與倫理，能將假訊息降到最低。新聞與政治關係密切，選舉更常因新聞報導斷生死。即使政治能成功影響新聞，卻依然只能在新聞求真的框架下進行。政治常覺得，在真實新聞的影子下，總是綁手綁腳。

　　新聞崩盤後，政治藉著假新聞找到活路，於是形成今日的假新聞政治。

　　然而，本書並不想討論新聞崩盤的各種原因，是因為傳統新聞的瓦解，與時下正風行的數位網路世界最為相關。到了數位時代，已經完全顛覆傳統新聞由上而下的傳播秩序。由新聞媒體主導的傳播已經千瘡百孔，在數位網路的挑戰下更是日趨

下風，只是眾多訊息來源之一，不再具有特權。缺乏真實守門員的情況下，大量的訊息與論述在數位世界流竄。人們以點擊代替投票，最多人點擊的內容自然吸引最多眼球。

　　問題在於，數位時代的網民是否等同於古典理性時期的公民？數位時代的民意又是如何塑造？與數位科技有何關係？在刻意傳播失真的假新聞之外，更發現因為傳播科技，延伸發展的數位亂象，也一併納入假新聞的範疇中。美國在2016選舉後，曾經檢討劍橋分析公司操縱社群媒體，幫助川普團隊搜集選民資訊一事。網路世界的種族主義與右翼興起，右翼分子經常動員白人至上等仇恨言論，並製造陰謀論等。這些事件與言論讓人們對現實的理解出現紛歧，也讓美國對自己的國家治理，產生極大的困難（Benkler, Faris, &Reberts, 2018）。

　　台灣雖然也承受了假新聞的危害，卻未能建立共同對抗假新聞的共識。行政院為對抗假新聞，推出即時新聞澄清專區。〈中國國民黨〉粉專則自製文宣指出，發布假新聞和操作假新聞是民進黨選舉的奧步（2018年10月16日）。也因此，對於如何解決假新聞仍然各說各話。

　　雖然政治不具備客觀真實，起源於新聞客觀真實的事實查核，卻成為判定訊息真假的主要方式。事實查核的真假判定是以不同來源的檔案資料為基礎，已是政治新聞學（political journalism）很重要的一環，並認為事實查核可以增加傳播的正確性（Nieminen & Rapeli, 2019）。又因為「言論自由市場」（marketplace of ideas）關乎的是個人想法（ideas），無關事實（facts）；事實查核關心的是事實，只能查核事實。這都使得政治類的假新聞變得更為敏感，必須謹慎對待，以免引發言論

自由的問題（Waldman, 2018, p. 848）。

第二節　假新聞與言論自由

　　為了防堵假新聞，政府祭出不同法律與罰則，成案的案例並不多，甚至難以追蹤，警方徒勞無功，卻讓台灣社會陷入言論自由的質疑。要討論這點，有必要舉出各式各樣的假新聞案例。

　　涉及政治攻擊、難以查證的訊息如何處理，成為國內假新聞的主流。曾有假新聞遭偽造文書送辦，後獲判無罪。高雄市那姓男子於2018年8月26日〈正宗！鬼島狂新聞！〉臉書粉絲專頁，張貼兩張Line截圖，內容是一名自稱國軍雲豹甲車駕駛，稱蔡英文總統南下勘災時，指示「陪同的救災甲兵荷槍實彈，槍枝都上膛」等。刑事局幹員十月南下將他查緝到案，依偽造文書及侮辱公署罪嫌送辦（李承穎，2018年10月7日）。高雄地檢署認為製造假新聞固非可取，但未構成偽造私文書罪、恐嚇公眾危害公安罪要件，予以不起訴處分（程啟峰，2019年7月9日）。

　　帳號李榮貴於2018年8月23日，在臉書社團〈韓國瑜臉書後援會——必勝，撐起一片藍天〉上說，陳其邁、陳菊被爆，親信和高雄市政府承攬工程，資金達三百多億。被陳其邁陣營喊告後，李榮貴臉書大頭貼換成中國藝人賈乃亮。李榮貴的IP位置疑似在新加坡，臉書上的個人資訊真假難辨（翁郁雯、朱韋達，2018年10月16日）。

　　陳其邁在2018年競選高雄市長時，發布競選廣告「相信高雄心聲篇」，卻遭到網友惡搞。影片中陳其邁慘遭斷頭，青年

的身上則插著刀，臉部則有燒燙傷。檢警詢問YouTube的母公司谷歌，僅得知帳號的發文位置在美國，想進一步循台美司法互助管道調取資料，則遭到拒絕。連同檢警向臉書查詢李榮貴帳號，只能知道此帳號位置在新加坡，想要得知李榮貴的確切身分時又遭拒，因此無法確認身分，兩案只能簽結（陳佳琦，2019年5月5日）。

警方以辦案經驗說明，假訊息的源頭很多都在境外，根本查不到。也有可能是國內民眾經過跳板IP，跳到那個國家再跳回來，實在很難查。至於一般民眾只是轉傳，抓到他們不過是傳遞鍊中的一環而已（鄭元皓，2020，頁104）。

另外，自2019年4月開始到7、8月間，一直有人散布所謂「源自調查局官員」的訊息，指出「民進黨是靠新潮流和陳菊在高雄貪汙和挪用公款提供競選經費，陳菊在高雄貪汙了至少500億，趙家寶全部一手掌握，蔡英文的競選經費5億元是陳菊新潮流提供。在每個大學培養組織學生每年花費5000萬…. 韓若真的選上總統，驚天大案可能就要發生。」這些訊息在〈倒蔡英文行動黨〉、〈民進黨不倒 台灣不會好〉、〈2020韓國瑜總統後援會（總會）〉（8月2日上午9:01）等多個泛藍陣營廣傳。

社群媒體充斥大量攻擊性的訊息，這些攻擊強勁的訊息以執政者為目標，一時間無人可以辨別真假。〈千錯萬錯，柯神不會有錯！爹親娘親，不如小英主席親！〉於2019年8月9日下午12:11貼文「調查局網站首頁充斥偵辦臉書貼文或LINE群組傳轉訊息案，而且，絕無意外都與蔡英文、蘇貞昌、陳菊府院三巨頭有關……人民的怨氣就這麼三千、五千，愈積愈多，誰還能忍受未來四年臉書貼文、LINE轉傳訊息、講個笑話都要

被送辦的日子呢？」。[1] 泛藍社團如〈蔡英文下台罪狀集結總部〉、〈反綠救國人人有責〉、〈2020韓國瑜總統後援會（總會）〉、〈2019罷免蔡英文行動聯盟〉、〈韓國瑜鐵粉後援會〉等，紛紛轉傳這類消息。

面對排山倒海的網路匿名攻擊，也有政治人物依《誹謗罪》提告。轉貼「陳菊貪汙」相關貼文的韓粉楊玉如，便因此遭陳菊提告誹謗。楊玉如認為自己在個人臉書上轉貼相關內容，並非公開貼文，屬於言論自由範疇。最後二審高院改判賠10萬元確定（蘋果即時，2019年7月21日）。

另有民眾因在網路社群平台議論國事或公共事務，可能涉及傳播假新聞，而遭違反《社會秩序維護法》法辦。即使最後未成案，卻已引發違害言論自由等社會紛擾。根據《社會秩序維護法》第63條「散布謠言」規定，民眾因在社群媒體分享、轉貼假新聞，便可能遭約談或罰款。一名70餘歲婦人，在群組分享「網友痛批蔡總統到海地4小時就送了45億，高雄滅登革熱要5千萬才給2千萬」的貼文，遭民眾截圖檢舉，移請新北地院裁處（邱俊福，2019年7月25日）。陳姓學生在PTT發文，將2010年前高雄市長陳菊勘查水災的陪同人員，截圖誤稱為特勤人員吳宗憲（邱俊福，2019年7月28日），一度也要依《社維法》移送。

這類案件立即引發網路社群高度關注。《中時電子報》（鄭年凱，2020年1月1日）報導桃園一個阿嬤，因為臉書上的分享動作，就遭到警方約談，標題強調〈庶民老阿嬤竟因臉書

1　https://www.facebook.com/DPP.is.cheating/posts/2692321037445230

發文慘遭「查水表」！〉，依CrowdTangle查詢，則有兩百五十餘萬（2,582,705）人關注。《中時電子報》（趙婉淳、黃福其、黃世麒，2019年12月31日）針對臺大教授蘇宏達爆遭查水表一事進行報導，並指出韓辦將協助被迫害者打官司。報導提及韓辦總發言人王淺秋痛批，民主退步黨箝制言論自由，回到綠色恐怖，評估籌組律師團，協助遭受公權力迫害者打官司。該則新聞有兩百二十餘萬（2,299,328）人關注，〈2020唯一支持韓國瑜〉、〈Jacky論壇〉為該訊息主要轉傳社群。最後法院認定，蘇宏達的影片是個人意見的合理評論，屬於言論自由的保障範圍（鄭惟仁、鍾建剛，2020年1月7日）。

　　更特殊的案例是，總統大選期間，中天新聞頻道因違反《衛星廣播電視法》第27條「製播新聞違反事實查證原則，致損害公共利益」，多次遭到罰款。中天新聞主播在新聞播出時說，NCC前所未見地對中天新聞一口氣做出7種處分，更以民眾大量檢舉中天報導韓國瑜過多為由要求改進，大嘆NCC淪為意識形態國家機器（劉世怡，2020年11月27日）。中天新聞台遭關台懲處，於2020年12月12日下架停播。

　　無疑，管制假新聞已引發政治紛爭、民眾注目，也引來有關「新聞自由」、「言論自由」的爭議。假新聞成為司法單位在選舉期間的辦案重點，因而引發散布謠言與言論自由的爭議。假新聞要不要法辦、如何法辦，都是台灣社會民主化過程中，必須面對的課題。

　　網路上的發言與傳布假新聞，其實與言論自由有關。面對假新聞帶來的負面影響，是否應該採取法律手段，來解決假新聞產生的紛爭，在美國早已引發辯論。有的法律學者認為，在

言論自由的前提下，政府不應檢查假新聞 （Calvert, McNeff , Vining , & Zarate, 2018）。也有學者認為重點在於社群平台的演算法，已經對言論自由市場造成最大的威脅，必須思考如何有效回應（Kerr, 2019），因此要關注的是平台傳遞資訊的運算機制。

　　以法律解決假新聞問題，更可能引來政府擴權、傷害新聞自由、言論自由等疑慮。以制定《國安法》後的香港來說，反對派即認為「假新聞」將成為香港官方壓制異見的新工具（王霜舟，2021年5月7日）。而在台灣，《社會秩序維護法》的正當性始終遭人質疑，多數假新聞結果為不起訴。這樣的判決，似乎在提醒，民眾應該忍受部分的假新聞。

　　法律學者瓦爾德曼（Waldman, 2018, p. 851）則認為，除了以下所述的四點外，我們應該忍受假新聞，並作為言論市場的一部分。明顯付出社會成本的四項危害包括：（1）裝扮成真實的錯誤訊息，直接降低選民對基本事實的認知。（2）假新聞藉著錯誤敘事，腐蝕公共論述。（3）消費者無法分辨真實與虛假，假新聞降低民眾對傳統新聞的信任，以致真實的報導再難發揮影響力。（4）假新聞導向政治極化，造成社會分裂並破壞團結。高度政治化的假新聞，喜歡使用煽動的政治語言，使我們既有的政治偏見更難化解（Waldman, 2018, pp. 850-851）。

　　依照瓦爾德曼的建議，健康的社會不應讓「假裝真實」的假新聞得逞，民眾要有能力分辨真實與虛假，就需要教育的力量。批判教育學（critical pedagogy）即是主張，民眾可經由自我與社會不斷對話，透過教育增加對社會的理解，就能接近局部真實。如此，假新聞未必具有說服力，民眾就能面對當前文

化和政治的衝突（Peters, McLaren, & Jandri , 2020）。這也形成媒體素養、事實查核的主要基礎。

第三節　華人網絡的資訊戰與假新聞

自從假新聞成為全球的共同話題後，國內的執政當局自選前便不斷強調，台灣民眾須提防假新聞影響國內選舉，並且直指假新聞主要來自大陸對岸。《自由時報》（鍾麗華，2017年1月3日）報導，總統府與行政院近來發現假新聞已嚴重干擾政府施政，尤其是中國網軍製造的假新聞，企圖製造台灣內部不安、摧毀台灣自信。相關官員指出，近來很多重大政策都有對岸介入痕跡，府院與國安單位已開會因應。《蘋果日報》（2017年1月26日）也報導，中國網軍攻擊台灣已有新手法，將會透過假新聞、謠言進行攻擊。像是日前年金改革國是會議舉行前，發生「總統府會拿槍對付前來抗議民眾」的謠言，就是中國大陸炮製的假新聞。

總統蔡英文在2018國慶大典發表重要談話時明言，若有製造散布假消息等，一定嚴辦到底。同時，針對系統性、來自特定國家背景的假消息傳播，也會加強跨國合作，共同因應假消息（總統府，2018）。更早之前，蔡英文以民進黨主席身分，先後出席台中市長林佳龍競選總部（蘇金鳳，2018年9月15日）、民進黨南投縣長參選人洪國浩競選總部成立大會時（江良誠，2018年9月15日），也一再表示選舉中出現很多假消息，有些甚至來自對岸，造成台灣社會的對立，更激化選舉。

然而，當民進黨執政團隊嚴重宣告假新聞來自中國時，

政治立場與民進黨完全相反的社群媒體，卻認為假新聞是民進黨的選戰策略。偏藍臉書社團與粉專〈靠北民進黨〉、〈決戰2018深藍聚落〉、〈政府不敢讓你知道的事〉等，均指控民進黨自始至終都在散布中國勢力介入的假消息。〈藍色力量〉則稱假新聞是一種攻擊工具。

　　儘管國內意見不一，國內幾個引人注目的假新聞事件，確實都與大陸有關。2018年9月，大陸網媒《觀察者網》（王可蓉，2018年9月5日）報導日本關西機場事件，為國內一次重大的假新聞事件。《觀察者網》平時密切觀察台灣時事，也會將訊息在國內網友聚集的PTT平台發送，目前已查出發布《觀察者網》報導內容的IP位置在北京。

　　另外，自2019年6月香港發生反送中運動後，各式社群不但褒貶香港，同時也議論台灣，刻意連結台灣、香港和大陸，也因此引發台灣政治立場不同的社群粉專各自論述，試圖影響輿論。《聯合報》（尤寶琪，2019年7月22日）報導香港一名孕婦遭白衣人襲擊命危後，〈我愛掀馬桶〉（17:07）、〈綠黨〉（17:32）〈台灣第一位女總統！小英粉絲團〉（18:23）均在同一天轉發聲援。

　　另有立場完全相反的社群則是進行反駁宣傳。粉專〈千錯萬錯，柯神不會有錯！爹親娘親，不如小英主席親！〉於8月4日9:22貼文，指稱根本沒有孕婦、只是演戲的。〈中國心志願軍〉（中國與港澳人士居多的社團）則於8月7日22:08發文指其為假孕婦、暴徒、危機演員，還指稱港獨騙法層出不窮。〈反蔡英文粉絲團〉亦於8月12日20:28重製〈中國心志願軍〉的文與圖，認為該女子為假孕婦。

有關香港警察施暴的相關新聞報導，〈千錯萬錯，柯神不會有錯！爹親娘親，不如小英主席親！〉於8月11日11:42發文，聲稱警察之所以舉槍，是因為十名暴徒襲警在先。[2]〈打倒民進黨！〉也於8月19日 23:46貼文稱「香港暴徒隨機攔車攻擊人民」。[3]〈港人揮手區〉8月6日 19:16同樣指稱「黑衣人襲擊街坊」的「不民主」行為，包括中國《環球時報》記者潛入示威群眾中，被發現而遭壓制毆打（端傳媒，2019年8月14日）。

至於「女子眼睛遭警察發射的布袋彈射傷」一事，〈我愛綠營眾神〉則於8月12日 12:55指稱該事件為「台灣媒體跟著英美系統的媒體在發假新聞」，[4]〈蔡英文下台罪狀集結總部〉同一天的12:59，即分享〈我愛綠營眾神〉的貼文。〈千錯萬錯，柯神不會有錯！爹親娘親，不如小英主席親！〉也於8月18日17:21指出抗議女子自己打傷自己，射彈珠反彈到自己眼睛。[5]不過，香港《蘋果日報》（2019年8月20日）、《明報新聞網》（2019年8月20日）則仍報導「疑為遭警射傷」。

長期觀察網路社群的言論動向，可發現網路世界已無台、港、中之分，外界無法辨別粉專經營者身分，更增加假新聞操作空間。以香港問題來說，網路一直出現陰謀論，認為民進黨

2　https://www.facebook.com/DPP.is.cheating/photos/a.1007607849249899/2677705252240142/?type=3&permPage=1

3　https://www.facebook.com/groups/1726485900912990/permalink/2525358071025765/

4　https://www.facebook.com/weloveKSLin/photos/a.1766391436742086/3520804041300808/?type=3&theater

5　https://www.facebook.com/DPP.is.cheating/photos/a.976650519012299/2709137375763596/?type=3&theater

政府暗助香港，蔡英文刻意支持反送中，只為了自己連任。這樣的言論不但出現在身分難辨的社群平台中，更多則是源自中國大陸，並獲得台灣特定社群的響應。大陸YouTube《有貓膩》直指「香港暴徒巨资来源查清楚了！大金主竟然是蔡英文」，[6]〈2020深藍聚落〉、〈靠北民進黨〉均聲明「發起與資助香港為違法」。〈千錯萬錯，柯神不會有錯！爹親娘親，不如小英主席親！〉8月18日下午9:38 提到在抗議現場，有英國國旗，也有民進黨黨旗。〈韓國瑜市長全國後援會（庶民）〉於8月20日16:32發文，指因為蔡英文港獨言論，造成港星劉德華不來金馬獎，都刻意製造有關的陰謀論。

如果再把YouTube加進來，會發現不少和選戰有關的大陸YouTube頻道，以提供影音訊息、直播，帶動民眾深度參與選舉。有YouTube指稱：「蔡英文自己說了，我就是日本人，就是要當台灣總統，怎麼了？他奶奶的！台灣需要日寇管嗎？真令人生氣！」消息來源是大陸的YouTube《点新》。[7]同樣源自中國大陸的YouTube《寒梅视角》，也於2019年9月18日指出：「伦敦政经学院回复，确认蔡英文文凭问题」，影片內容卻完全沒有秀出倫敦政經學院回覆確認文憑作假。YouTube《点亮史》也於2019年8月28日推出影片，標題為：〈香港风声太紧！千暴徒连夜逃往台湾！〉。[8]大陸內容農場《琦琦看新聞》也報導「一大波暴徒正陸續抵達台灣！不用做工，每月還能領到高

6　網址：https://www.youtube.com/watch?v=fNO7_zX9bAE&feature=share

7　https://youtu.be/IvGrhCvdPNI

8　https://www.youtube.com/watch?v=q4pq7898RVE

工資」。[9]

透過上述，可以了解選前的網路世界中，來自中國大陸、香港、國內藍綠不同陣營爭奪言論風向，社群出現各式真假難辨的言論。這些言論傳播快速，對於事實認定卻是截然相反的不同立場，種種陰謀論也介入其中。假新聞已成為資訊戰中，不會缺席的角色。

資訊戰（Information warfare）指的是有關資訊的控制，目前資訊戰的規模龐大，已出現在網路、社群平台，乃至媒體中。當代的資訊戰尤其強調社群平台，並且是以公民為主要目標。資訊戰最主要目的在於影響個人的投票行為等政治決定。要因應資訊戰，就必須使民眾具有分辨虛假與真實的能力（Benkler, Faris, & Reberts, 2018）。

同時，資訊戰更可能利用假新聞，透過不明管道影響個別民眾的認知判斷。這些內容相似的假新聞看似來自不同的媒體、社群媒體、社團與個人，卻極可能隱藏外人不清楚的組織戰略。不管如何，網路已經成為資訊戰的主要平台了。

第四節　研究方法

本書為探索假新聞與選舉的關係，分別採取質化與量化的研究方法。質化的研究方法包括：（1）網路民族誌（online ethnography）與（2）深度訪談（in-depth interview）。量化的研

9　http://www.qiqi.pro/show/845670?fbclid=IwAR0E_ovnsIo-XcBQxKZj0ZorE5uc-tVfs6pussE2sUhuAnkOnKOp0e2-9sk（目前已失效）

究方法則為運用（3）CrowdTangle軟體，隨時檢查訊息在臉書社群間的傳播路徑；（4）Qsearch分析資料。說明如下：

網路民族誌

　　網路民族誌為本書最主要採取的研究方法。在數位網路逐漸擴張的今日，「網路民族誌」被認為是個可以了解網路文化的研究方法。「網路民族誌」是以網路內容為調查對象的民族誌研究方法，計有virtual ethnography、Netnography、digital ethnography、web-ethnography、online ethnography與e-ethnography等不同英文名稱（Hetland & Mørch, 2016）。網路民族誌的研究取向和傳統民族誌非常相近，即研究者進入研究領域後，進行沉浸式的參與觀察，久而久之熟悉度就和場域中的當地人無異（Bengtsson, 2014）。網路民族誌一開始是從網路的行銷與顧客研究開始，現在已擴展到網路社群與文化等研究（Kozinets, 2010）。同時，採取網路民族誌方法時，並非以單一網站為研究對象，而是因為研究所需而跨越多個網站（Hetland & Mørch, 2016, p. 3）。

　　不同於傳統民族誌研究有固定且容易界定的場域，由於網路具有互動與連結的特性，網路民族誌研究的空間難以劃定，經常用論述（discourse）來界定範圍。同時，又由於網路可以保留資料，民族誌研究者在較晚的時間中，都可能參與事件發生當下。網路空間與時間的特性，也是網路民族誌研究的特性（Steinmetz , 2012）。

　　本書以2018年選舉、2020年選舉與假新聞的相關現象為研

究主題，並依研究範圍分別組成8至12人的研究團隊，邀請研究
生與大學生參加研究。依照不同責任區規劃，進行網路民族誌
研究。研究範圍包括：（1）國內報紙電視等傳統媒體；（2）
模仿新聞媒體的網站（簡稱為仿新聞網站）；（3）藍綠社群，
如臉書與YouTube；（4）關注國內選情的大陸媒體、內容農
場、社群媒體。本書自2018年九合一地方選舉前，至2020年總
統大選前，長期關注假新聞與選舉的現象。總計研究期間為
2018年9月21日起，至2020年1月10日止。

　　研究期間，每名兼任助理會先確認自己的研究範圍，研究
時主要觀察臉書社團、粉專與網友的貼文、回應與意見，並進
行文本與按讚數的截圖、資訊統計，若有訊息連結時則同時納
入觀察，也會特別關心與假新聞有關的報導、言論與論述。參
與研究的同學在研究過程中只是靜態參與，不會發言、也不會
轉傳任何訊息。同時，在觀察過程中要記錄文本內容與時間、
網路來源，也要截圖、以避免資料流失。記錄內容還包括與假
新聞有關的發言內容、連結、帳號、簡繁體字等。研究成員並
在見面開會時，提出自己的觀察現象，以便相互討論。

深度訪談法

　　在網路民族誌的「線上」研究後，本書進而採取線下的深
度訪談法，以便線上內容能與線下相關人士相互呼應，更能凸
顯真實。受訪者名單（表1.1）如下：

表1.1：受訪者資料

受訪者名稱	身分	受訪時間
受訪者A	前中時新聞主管	2020年2月5日
受訪者B	前中時新聞主管	2020年2月12日
受訪者C	前中時新聞主管	2020年2月14日
受訪者D	市場行銷人員	2020年9月14日
受訪者E	市場行銷人員	2020年9月23日
受訪者F	黨部數位行銷人員	2020年9月28日
受訪者G	黨部數位行銷人員	2020年9月30日
受訪者H	市場行銷人員	2020年9月30日
受訪者I	熟悉臉書政策人員	2020年10月13日
受訪者J	資訊工程人員	2020年10月28日
受訪者K	資訊工程人員	2020年10月28日
受訪者L	資訊公司相關人員	2020年11月4日
受訪者M	黨部數位行銷人員	2020年11月13日
葉子揚	Mygopen創辦人	2021年1月6日
受訪者N	司法部門主管	2021年1月12日
受訪者O	迷因創作者	2021年4月26日
陳慧敏	台灣事實查核中心總編審	2021年7月26日

CrowdTangle軟體

　　本書為了解特定訊息的傳播路徑與查詢追隨人數，因此會採用臉書提供研究者使用的CrowdTangle軟體為分析工具。為了便於說明，以下舉具體案例說明。

　　在〈韓國瑜打倒民進黨！〉粉專中，帳號李蜜於2019年12月26日下午4:08貼文指出，2020年投票完畢，各投票所將不清點

已領票數。該則貼文在泛藍社團獲得超過90則轉發，5510互動
數，觸及100多萬人。（圖1.1）8天後，「台灣事實查核中心」
於2020年1月3日下午3:55，澄清此為錯誤訊息。[10]

圖1.1：網友貼文質疑中選會選務貼文

資料來源：臉書

10　www.facebook.com/taiwantfc/photos/a.234834500505015/486637165324746

圖1.2：CrowdTangle呈現訊息傳播時間
與臉書粉專

　　CrowdTangle可以查詢臉書、推特（Twitter）、Reddit與Instagram的貼文次數、互動總數、所有追隨者人數。由於本書主要研究臉書平台，因此多使用與臉書有關的相關數字。（圖1.2）

Qsearch資料

　　本書亦購買Qsearch以臉書資料源為主的「QSearch Trend」社群輿情分析系統。透過不同關鍵字搜尋，可以了解特定粉絲頁參與的時間、貼文內容、影響力與追隨者的情緒

反應。為便於說明，以下舉實例進行。

　　由於公民投票亦配合2018年九合一選舉進行，網路上反核團體討論說「以核養綠」本身就是假、造謠（核能不能創造更多綠能）。本書採用以核養綠（假新聞or不實）為關鍵字，就能看到Qsearch電腦分析後的各個數據圖，包括：期間內的貼文數量與趨勢、臉書六類情緒反應（讚、憤怒、哈哈、哇、生氣、愛心）的數量與百分比、相關文章數量（貼文、評論、分享、互動）、臉書粉專影響力排序、粉專參與傳播的時間軸，以及熱度高的臉書連結，這些數據圖便成為本書重要的參考資料。（圖1.3）

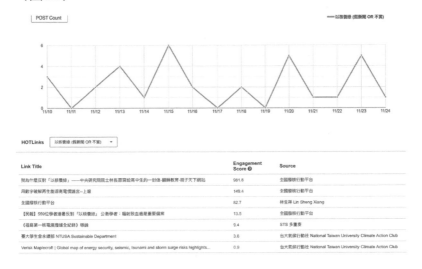

圖1.3：Qsearch有關的臉書貼文與熱門連結

資料來源：Qsearch

第五節　研究限制

　　本書試圖針對選舉期間的假新聞進行研究，研究觀察對象
為國內2018、2020年兩次大型選舉，卻因為假新聞涉及的面相
與角度的討論較廣，本書雖竭盡全力，卻還是出現一定的研究
限制。

　　就討論的視角而言，本書主要關注政治選舉與訊息傳播，
對於政治學與傳播學、新聞學的討論較多。本書在第一章已點
出「假新聞與法律」的相關問題，這一部分也極為重要。但因
法律非本研究者專長，因此除了第一章的理念說明外，後續並
沒有更多的討論。本書以「假新聞政治」為書名，正是希望全
力討論假新聞與政治的關係。

　　在研究設計與研究進行時，本研究亦遇到若干研究上的限
制。說明如下：

　　首先，研究助理的規模受限於研究經費，導致人力不足。
本書已盡力籌措研究經費，讓研究團隊的人力能夠補齊，但不
同學期就會因經費而造成人數不一。此外，部分研究助理因畢
業、個人因素等原因而有更動，可能導致某個面相無人關注。
又因網路現象常出現資料消失的情形，本書在進行研究觀察
時，都須截圖註記，有時會因為人力缺乏、更動，自然增加研
究上的困擾。加上若干網路訊息，有時先留連結，一時間尚未
截圖，不久連結便失效，造成研究資料難以保存的遺憾。

　　同時，本書以臉書為主要觀察對象，但臉書公開的社團與
粉專數量不少，隨著選舉時間靠近，網路上的社群媒體逐漸增
加，實在難以窮盡。最後本書以粉絲數較多、較活躍的臉書粉

絲專頁（社團）為研究對象。這樣自然造成研究上可能出現漏洞。

其次，本書觀察的社群以臉書為主，然而除臉書外，國內另一常用的社群媒體為Line。國內選舉期間，不少假新聞在Line上不斷轉傳。由於Line為封閉的社群，本書無法探究，這也是本研究的限制。

本書在總統選舉時，已將YouTube和若干相關的大陸社群媒體納入。在香港反送中運動時，也將部分香港臉書納入。目的在於了解與國內選舉有關的訊息。但因範圍極廣，無法進行量化統計。同樣面對國內新聞媒體時，因為研究時間較長，本書也是採取質化研究方法，無法進行量化統計數據。

再者，為了避免研究僅有線上觀察，本書同時展開線下的深度訪談。本書在運用深度訪談法時，必須針對研究主題設計問題題綱，並因研究需要進行深度訪談，所有訪問均為作者親自訪談。然而，本書在進行深度訪談時，遭遇兩個困難：（1）由於新冠疫情影響，避免人群接觸，以致可訪談的時間大為減少；（2）假新聞議題敏感，若干受訪者拒絕訪談。即使如此，本研究仍努力克服困難，展開訪談，並且輔以國內各個相關研究，以充實本書內容。

第六節　本書章節分布

藉由上述討論，本書的架構也逐漸成形。本書共分為十四章。本書從第一章到最後一章，都將展開理論與現象的對話，即試圖運用理論來解釋台灣選舉時產生的假新聞現象。本書共

分為三個部分：第一部分在於討論傳播技術與科技等因素與假新聞的關係；第二部分在於從政治視角，深入探討討論台灣在兩次選舉期間，具體發生的假新聞事件，並進行政治性分析。第三部分則是採取產業觀點，試圖說明在社群平台逐漸成為選舉主要的媒體時，不同的行為者如何利用此生態系統介入選舉，並因此傳遞虛假議題、影響公共輿論。這些都是本書主要的關懷宗旨。

本書第一章〈假新聞政治：知識論的弔詭〉首先以具體案例，說明國內在2018、2020年選舉中出現的假新聞，並且說明有關假新聞、後真相等與知識論有關的討論；該章同時討論言論自由、大陸製造假新聞等課題。本章同時說明研究方法、研究限制與章節分布。

第二章〈假新聞研究取徑與理論系譜〉將開宗明義，討論假新聞不同的研究取徑。本章將分別論述新聞與傳播取徑、政治取徑、情境取徑、科技取徑等不同假新聞研究。本章並且討論「國內傳統媒體協助造假」的媒體研究取徑，作為台灣假新聞研究的特有現象。

本書第一個部分「傳播科技視角與假新聞」包括第三、四、五章，均是與新傳播科技有關的假新聞課題。本書第三章將首先討論〈病毒傳播與陰謀論〉。本章說明，假新聞雖然在定義上並非新事物，但能引發病毒傳播的速度和效果，絕對是社群媒體出現後才有的現象。同時，病毒傳播和人們的情感很有關係，也因此假新聞會借用民眾恐懼和憤怒等情緒，以達到病毒傳播的效果。本章同時討論，如果在陰謀論的假新聞上製造病毒傳播，將會有更驚人的效果。陰謀論可引發類似於犯罪

偵探小說中的疑惑，並且煽動人們去想像，也因此可以造成瘋傳的現象。本章並且以作票的陰謀論假新聞為例，作為說明陰謀論形成病毒傳播的真實案例。

第四章〈欺騙造假與科技操弄〉，將討論同樣容易造成病毒傳播的圖片和影音，如何因為科技因素介入而造假。以利用AI科技製造假新聞影片的「深度造假」案例，一旦運用到政治上，結果將更令人擔憂。本章透過現有的資料，呈現美國選舉、國內選舉的迷因圖與深度造假影片。文中提到，政治迷因圖可以取代複雜的政治論述，在選舉中的應用愈來愈多，並已多次出現圖片造假等情事。影片部分同樣也出現造假現象，目前國內也出現幾支深度造假影片，如何破解，應是未來的新挑戰。

本書第五章討論〈同溫層與演算法政治〉。社群媒體自21世紀問世起，始終被認為是群眾力量的展現，卻因為平台設計與廣告獲利邏輯，形成同溫層。本章透過國內選舉案例說明同溫層現象，並採取批判觀點提醒，長期處於溫層中，只能獲得單一觀點，最終結果將導致政治極化，等於付出龐大的社會成本。本章同樣採取批判立場討論平台演算法。平台因為提供免費服務獲得個人資訊，再使用演算法決定民眾在網路和社群平台應看到什麼訊息，並決定相關的選擇和價格。演算法的模式對外並不透明，相關工作也非常隱匿。在選舉期間，臉書的演算法卻提供候選人找到選民的管道。然而，人們並不知道自己如何被評價，以及為何如此評價。

本書的第二部分為「政治對抗與假新聞」，包括第六、七、八、九共四章。第六章討論〈極化的黨派立場與假新

聞〉。本章分別透過傳統媒體、社群媒體、仿新聞網站等不同媒體形式，進一步討論極化的黨派社團造成的選舉現象。本章首先指出，傳統媒體在報導時，已出現傾向特定候選人、特定黨派的報導立場，同時傳統媒體的報導內容，經常成為社群媒體跟風、仿新聞網站抄襲的對象。然而，傳統媒體在選舉激化時，卻無法保持既有的媒體中立立場，則是國內的特殊現象。

　　本章同時說明若干社群媒體已成為選舉運用的策略工具。外人難以清楚內部組成分子的社群媒體，經常以集體方式和仿新聞網站合作，試圖帶領言論風向。這些現象無法視為自主的公民力量，反而是政治工具。仿新聞網站模仿新聞網站的外形，內容全是抄襲與捏造，然而卻能有極高的點閱率，原因就在於使用臉書演算法。

　　同時，仿新聞網站在選舉期間，扮演內容的主要提供者，讓同樣立場的社群媒體，可以有大量的貼文分享與轉傳，傳播的內容卻都是極化的、偏頗的黨派新聞，並因此製造傳播假新聞。

　　第七章討論〈擁護特定候選人與中時電子報〉。本章將以「擁護特定候選人」為研究視角，討論國內的假新聞現象。傳統媒體中，較為眾人理解的政黨新聞（partisan），指的是一個人在心中認同某個特定政黨，但擁護特定政黨的態度更極端與激烈。以國內來說，則是出現擁護特定候選人的情形。本章以《中時電子報》的總統大選新聞為研究對象，進一步討論傳統媒體擁護特定候選人與傳播假新聞的關係。本章結合線上觀察與線下訪問，針對《中時電子報》進行分析討論。研究認為，採取「擁設特定候選人」報導立場的媒體，很容易與陰謀論結

合，並且激化對立。

第八章〈接近投票日的假新聞宣傳〉，則是以兩次選舉投票前一週期間，就假新聞的論述內容進行比較。本章研究發現，不同性質的選舉就會對應出現不同的假新聞論述。地方性選舉的假新聞以候選人為作假對象，假新聞的目的在於宣傳與煽動，影響投票行為；全國性的總統大選時，假新聞則已包裝國家認同、兩岸關係等戰略與政策。更值得關注的是，國內出現長期性的作票假新聞，並有中國網民介入操弄，在本章均有完整研究。

也因為本章已開始討論中國網軍介入台灣選舉等事，接下來第九、十兩章，則將延續討論與中國有關的話題。

第九章討論〈關西機場事件與假新聞〉。2018年9月4日，日本關西機場發生因燕子颱風襲擊，造成關西機場嚴重災情，數千名旅客滯留機場。在此期間，中國網媒《觀察者網》藉機製造假新聞，對台灣進行宣傳。國內的網路媒體受其誤導，陸續搶先進行報導，造成國內輿論極大的紛爭。本章並討論楊蕙如在關西機場事件的網軍行為。

本章亦提出具體案例，探討中國媒體如何製造與台灣有關的假新聞。同時，這些源自中國的假新聞，亦與國內部分媒體唱和，形成更難以破解的假新聞現象。

第十章〈中國社群宣傳與假新聞〉，將以中國運用社群媒體進行「宣傳」為分析視角，討論大陸如何使用社群媒體進行各種宣傳與假新聞散布活動。本章將先藉香港反送中運動，說明北京政府介入社群運用的情形。本章同時將運用國內某資安單位提供的臉書社團，進行大數據資料分析。研究發現貼文數

量最多、分享次數最多的積極臉書使用者，有相當比例都參與主張終極統一性質的臉書社團。本章同時就兩年選舉期間，大陸運用的臉書、內容農場、YouTube的數量與內容製作進行初步研究，發現大陸YouTube數量最多，顯然是中國外宣的主力。

自第十一章至最後的第十三章，將為本書的第三部分「平台產業與假新聞」，內容均是由產業出發，討論與假新聞有關的經濟獲利與政治動員的現象。

第十一章〈帳號作假與假新聞〉，主要討論機器人、酸民農場與假帳號等行為。社群機器人的功能愈來愈強，可以模仿真人對話討論，加為好友，也因此可以協助完成特定的政治目的。在俄羅斯、烏克蘭的酸民農場，則讓大家了解真人作假的原貌。本章從假帳號出發，同時討論臉書在台灣移除118個粉絲專頁、99個社團、51個帳號等事。相關現象都將在本章討論。

第十二章〈社群政治廣告與選舉業配〉，將討論因為選舉而生的政治業配與臉書廣告購買等現象。本章說明，政治業配為事實，並有一定價碼，民眾卻對相關現象認知不足。另外，本章透過臉書政治廣告初步檢視，更發現有若干非參與選舉的個人與政黨，卻大量出資購買政治廣告。這些現象不但不透明，甚至完全不受任何法律規範。

第十三章〈臉書平台與假新聞〉則是透過平台概念，探討臉書平台引發的假新聞現象。並且兼論平台如何建立獲利機制，進而形成已具數位壟斷的平台資本主義。本章試圖說明平台如何運作獲利，並逐一闡述其如何因為演算法，造成平台政治興起。在平台上，虛假的訊息可以比真實的訊息更吸引人。

本章同時討論平台目前試圖與各事實查核組織合作，以

解決假新聞的問題。然而，假新聞數量龐大，事實查核有其限制。在平台形成的「陰謀論」、「宣傳」等假新聞，並無法透過事實查核工作解決，問題的核心還是在平台身上。

全書最後，將以〈假新聞政治：民主的難題〉為本書結論。在結論部分，將統合全書所有的研究內容。本章將說明台灣的假新聞案例有何特殊性或普遍性；並試圖更全面地討論「假新聞政治」對於了解台灣的政治和新聞生態的啟發；以及「假新聞政治」引發的民主反思。

第二章

假新聞研究取徑與理論系譜

　　2018年11月24日，台灣舉行地方九合一選舉，同時有十項公投一併舉行。在九合一選舉中，民進黨執政20年的高雄市長選舉，面臨國民黨競爭對手韓國瑜的激烈挑戰，成為全國選舉高度關注的選區。各式各樣的假新聞現象不斷流傳，由於高雄市長選情白熱化，不少假新聞都與高雄有關。

　　11月10日高雄市長公辦政見發表會，民進黨市長候選人陳其邁耳朵反光，被描繪成戴耳機和外界聯繫。民進黨立委邱議瑩11月11日在陳其邁造勢晚會上說的閩南語遭扭曲，「沒離開」變成「別離開」，這些訊息在臉書、Line等社群平台大量流傳。

　　國民黨方面同樣籠罩假新聞陰影。高雄市黨部召開記者會痛批，臉書和Line群組謠傳，中國大陸注資10億人民幣於國民黨市長候選人韓國瑜的造勢活動（蔡孟妤，2018年11月13日）。11月20日網路出現「刺殺韓國瑜」的訊息，消息源頭隨即遭逮捕（張嘉哲，2018年11月22日）。

　　投票前夕，偏藍社團頻頻提醒注意民進黨的「最後奧

步」。11月23日晚間，社團內不斷轉傳陳其邁將在晚上10點，
召開記者會揭發韓國瑜車禍肇事，引發藍營網友憤怒；隨後陳
其邁陣營、新聞媒體紛紛強調此為不實訊息，卻無法平息憤
怒。上述面貌不一的事件，分別包含扭曲、捏造、欺騙、陰謀
論等不同性質，都是假新聞。

定義假新聞

　　2016年以後，不少學者嘗試定義假新聞，最明顯的就是從
內容上進行定義。假新聞的定義有狹義、廣義兩類。狹義的定
義包括假新聞必然對應到「真實」（authenticity）與「意欲」
（intent）兩個關鍵詞。在定義假新聞時，假新聞指的即是「刻
意製造的新聞」（Allcott & Gentzkow, 2017）。他們二人並排除
以下六類：（1）非故意的錯誤報導；（2）非源自新聞報導的
謠言；（3）民眾特別相信某事為真的陰謀論；（4）被當成事
實的諷刺文；（5）政治人物製造的錯誤陳述；（6）報導有誤
導傾向，事實未必全部為假（Allcott & Gentzkow, 2017, pp. 213-
214）。這類定義強調作假的動機最為必要；同時，假新聞應該
是可以客觀驗證的事實。意即：（1）假新聞包括的假訊息，是
可以驗證的；（2）假新聞必須有不誠實的動機，想要誤導消費
大眾。假新聞廣義的定義則較多樣化。例如：用風趣的手法來
表達欺騙的「嘲諷」（satire）是假新聞；欺騙也是假新聞，包
括嚴重的捏造（Shu &Liu, 2019, p. 2）。

　　一項研究列出2003至2017年間，有關假新聞的字辭應
用，並就真實和欺騙的不同等級，歸納六種假新聞類型。包

括：（1）新聞諷刺（news satire）；（2）新聞模仿（news parody）；（3）捏造（fabrication）；（4）照片操控（photo manipulation）；（5）廣告（advertising）與公關（public relation）和（6）宣傳（propaganda）（Tandoc, Lim & Ling, 2018, pp. 141-147）。其中，「新聞諷刺」和「新聞模仿」等均列入假新聞範疇中，還包括宣傳和廣告公關。美國新聞查核組織First Draft成員沃德爾（Wardle, 2017）則是將假新聞分為七類，並有等級之別。由輕微到嚴重分別是：（1）模仿的嘲諷（satire of parody）；（2）誤導的內容（misleading content）；（3）冒名的內容（imposter content）；（4）偽造的內容（fabricate content）；（5）虛假的連結（false connection）；（6）虛假的情境 （false context）；（7）操控的內容（manipulate content）等。另外，也有研究將虛假訊息（false information）分為以下八個類型：（1）偽造（fabricated）；（2）宣傳（propaganda）；（3）陰謀論（conspiracy theory）；（4）欺騙（hoaxes）；（5）偏頗的或單邊的（biased or one-sided）；（6）謠言（rumors）；（7）誘餌（clickbait）；（8）嘲諷新聞（satire news）（Zannettou, Sirivianos, Blackburn, & Kourtellis,2019, pp. 2-3）。

　　由上述定義中，可以了解假新聞內容中的若干重要元素，如欺騙、宣傳和陰謀論等，本身也引發學者進行更深層的探討。欺騙可以從小欺騙（Owens & Weinsberg, January 20, 2015）到組織籌劃的大欺騙（Veil, Sellnow, & Petrun, 2012）。雖然欺騙不是真實，卻有人把欺騙解釋為「出自正義，以解除更大的不正義」（Park, 2017）。臉書曾於2015年10月間，關注「欺

騙」（hoax）和「欺騙」（scam），並將這類訊息視為動態牆（News Feed）上的垃圾郵件（spam）。

　　部分研究者曾經主張捨棄「假新聞」一詞，主要是認為有關欺騙、宣傳、陰謀論等，和「假新聞」完全不是同一件事。不過，目前學界在討論相關議題時，仍然大量使用「假新聞」（fake news）一詞，並認為有一定的解釋力。假新聞是個有用的速記名詞，可以幫助我們區分合法的新聞報導與不可信任的訊息（Katsirea,2018, p. 162）。持這類主張的學者認為，「假新聞」之所以會有「新聞」二字，主要是因為假新聞企圖藉著模仿新聞的形式，讓大家把它當成真實的新聞來看待。也有學者強調假新聞乃設計為仿真（emulate）（Gillespie, 2019, p. 334），也因此對傳統新聞媒體造成影響，並使得假新聞成為新聞研究的一環。

錯誤訊息與虛假訊息=假新聞

　　部分人士主張避免使用「假新聞」一詞，是因為單從「假新聞」名詞，並無法幫助人們了解究竟發生什麼事。同時，「假新聞」指涉的資訊，已超過「新聞」的範圍，並且包括整個資訊系統。於是建議採用「錯誤訊息」（misinformation）與虛假訊息（disinformation）的區別，來定義「假新聞」較為合適（Wardle, February 16, 2017)。

　　這時，有必要進一步詮釋「錯誤訊息」與「虛假訊息」。這兩個英文字（mis/dis）可以視為銅板的兩面，都可用來定義有關假新聞資訊的認知（cognitive）層面。「錯誤訊息」意指

資訊是不完整的（incomplete）；同時也用來說明資訊是不確定的（uncertain）、模糊的（vague）、含糊的（ambiguous）。然而，「錯誤訊息」也暗示在不同的情境（context）下，資訊仍有可能是真實、正確的（Cooke, 2018, pp. 6-7）。相較下，情形更為嚴重的則為「虛假訊息」。虛假訊息是指有人刻意製造、意圖欺騙、造成傷害的訊息（Wardle, 2020, p. 71）。弗里斯（Fallis, 2009）進一步就「虛假訊息」進行哲學思辨，說明該詞彙的字典定義為「縝密傳播錯誤的資訊，或是由政府情報機構刻意洩露的訊息」。即是說，「虛假訊息」專指政府與軍方說謊的行為；後來延伸為來自個人與團體的精心策劃，更強調是出於惡意所製造的資訊。欺騙者可能是真人，也可能是機器（machine）。

既然「假新聞」一詞無法涵蓋所有假的資訊，華爾德（Wardle, 2020, p. 71）於是建議改用「資訊失序」（information disorder）來取代「假新聞」一詞，同時在「錯誤訊息」、「虛假訊息」外，增加第三類「畸形訊息」（malinformation）。「畸形訊息」意指有事實基礎、分享後卻會造成傷害的訊息。如個人隱私遭公開洩露、或是真實的影像卻錯置情境等。

第一節　新聞傳播研究取徑

「假新聞」為跨領域名詞，可以從社會科學、政治學、傳播與商業等不同領域進行定義；與它相關的領域包括政治科學、新聞與傳播、公共關係、認知理論、經濟學、健康政策、圖書館學、法律研究、資訊研究等（Blaber, Coleman, Manago, &

Hess, 2019, p. 13）。其中，「新聞與傳播」一直是認識假新聞的主要著力點。

假新聞也曾經藉著有線電視節目主持人和喜劇作家傳播（Frederiksen, 2017）。話語中藏著嘲諷，眾人聽聞後哈哈大笑，都明白這不是真正的新聞。

若從新聞產業發展史來看，「假新聞」從來就不是新鮮事。論及假新聞時，美國新聞史會從19世紀強調羶色腥本質的「黃色新聞」（yellow news）說起 (Martin, January 25, 2017)，黃色新聞時代製造影視傳聞，被認為是假新聞的源起。《華盛頓郵報》、《紐約時報》先後發生記者造假事件，也是一種假新聞（Wall Street Journal, December 20, 2016）。更有人批判美國政府借用公關手法，影響新聞報導內容，也是一種假新聞（pseudoreporting）（Greve, June 15, 2005）。美國學者何曼與瓊斯基（Herman & Chomsky, 2002）兩人合著的《製造同意》（*Manufacturing Consent: The Political Economy of the Mass Media*）一書，就大力批評新聞媒體受到政治高層影響而進行政治宣傳（propaganda），成為傳播政治經濟學強調媒體宣傳的經典論著。此外，當敵對方的研究者、公關人員設定議題，企圖摧毀某個主張或是某個個人時，新聞界稱為「抹黑」（smear），也是一種「假新聞」（Attkisson, 2017）。

上述論述提到的假新聞，都是以傳統（新聞）媒體為傳播通道。假新聞可粗分成三類：（1）嚴重的捏造（Serious Fabrications）。包含早期黃色新聞、小報新聞帶起的新聞形態，會使用誘餌標題，目的是增加流量與眼球注意力；（2）大規模欺騙（Large-Scale Hoaxes）。指的是主流媒體或社群媒

體，有關蓄意捏造，目的是希望民眾誤以為是新聞；（3）幽默的假新聞（Humorous Fakes）（Rubin, Chen, Yimin, & Conroy, 2015）。其歸納的三類假新聞中，已凸顯21世紀的媒體生態中，社群媒體已包含在內。

　　然而，傳統媒體和社群媒體兩者間，各自具備完全不同的運作邏輯。傳統媒體相信建立中立（neutral）的平台，才能為大多數人接受。因為群眾並不在新聞現場，大眾媒體取得報導者的發言位置，並在獨立與客觀的前提下形塑真實（van Dijck & Poell, 2013, pp. 3-5）。反觀到了數位時代，不同形式的社群媒體先後出現，對使用者、特別人是年輕人充滿吸引力，臉書與推特還能迅速傳輸訊息。社群媒體就像是個隱喻，可以凸顯創意以激勵人們的熱情（Gauntlett, 2011, p. 7）。由於社群媒體也能把外面的訊息轉運到平台上，導致社群媒體和大眾媒體的運作邏輯糾纏不清。多年後，社群媒體的邏輯甚至已經滲透到大眾媒體中（van Dijck & Poell, 2013）。

　　如今，社群平台已成為傳播訊息的主要管道，卻無人扮演過濾的角色。以2016年美國大選最後三個月的競選活動中來看，可以發現臉書上的假新聞已經完全勝過真實新聞，可能對選舉造成決定性的影響（Peters, 2017）。美國新聞記者兼學者喬舒亞・班頓（Joshua Benton）於選前兩天，造訪美國深南部（Deep South）市長的臉書，當地的政治氛圍對民主黨並不友善。班頓發現在最後的48小時內，市長臉書的訊息包括「柯林頓若當選將發生內戰」、「教宗方濟各（Pope Francis）支持川普」、「美國總統歐巴馬出生於肯亞」等訊息，沒有一則是真實的。更糟的是，臉書上分享假新聞的有86萬8千人，出面揭穿

假新聞的訊息，卻只有3萬3千人分享（Richardson, 2017）。

　　另外，美國有線電視新聞網曾經邀請幾名川普的支持者座談，後者在對話中對於民主黨大本營加利福尼亞州「有300萬非法（移民）參與投票」、「歐巴馬總統曾說非法（移民）可以投票」等不實消息深信不疑。其中一人就表示：「可以在臉書上找到這些信息。」（端傳媒，2016年12月6日）。

　　假新聞雖然不是真的，卻具有相當的新聞價值，可以引人注意。假新聞在社群媒體中以「新聞」形式傳播的成功機率更高（Potthast, Kiesel, Reinartz, Bevendorff & Stein, 2017）。2016年美國大選時，假新聞就是偽裝成真正的新聞，像是馬其頓的假新聞工廠（fake news factories）、13名俄國人的捏造貼文（Cohen, 2018, p. 140），都會出現在使用者的臉書動態牆上，以扭曲美國民眾的公民意識。

　　當時就發現，美國社會出現大量具有新聞價值的虛構事件在網路傳播，都具有相當的新聞特質。像是「教宗方濟各（Pope Francis）支持川普」，把它當成新聞般信以為真的人，可能會改變對川普的看法。又或者不斷炒作「總統歐巴馬在肯亞出生」，像是一則翻案新聞，民眾可能因此動搖對傳統媒體的信任。社群媒體也因為創造鼓勵假新聞散布的回聲室（echo chambers）而受到批評（DiFranzo & Gloria-Garcia, 2017）。目前在臉書平台上，已出現意識形態分隔的現象，人們更喜歡從臉書等社群媒體獲得資訊。然而接觸到的，卻可能是證據力較低的訊息。

仿真的偽新聞網站

西方學界之所以繼續使用「假新聞」一詞，乃因假新聞的傳播源頭，經常會連結到缺乏公信力的新聞網站（Jang et al., 2018）。奧爾科特和金茲科（Allcott & Gentzkow, 2017, pp. 213-214）。在定義假新聞時，便特別關注虛假的新聞網站。當這些網站的內容單篇出現在社群平台時，特別容易引人相信。在頂尖的新聞網站排名中，社群媒體只占10.1%的流量。但假的新聞網站卻因大量使用社群媒體，占了41.8%，更可說明社群媒體對假新聞提供者的重要性（Allcott.& Gentzkow, 2017, pp. 222-223）。美國網路媒體BuzzFeed記者席弗曼（Silverman, 2015, p. 4）曾應美國哥倫比亞大學新聞學院邀請進行研究，希望找出假新聞的特徵。他發現網路上的新聞網站，也是假新聞的來源之一。

假新聞之所以將「假」與「新聞」合併闡述，是因為假新聞為了取信於人，主要特徵皆因模仿「真實新聞」而來。假新聞共有三個特性：（1）文本；（2）反應；（3）來源。文本要測試者去檢測標題和內文是否相符、文字的品質是否維持。反應的部分則要測試者回想，這篇文章是否引起他個人憤怒等情感反應？這是因為假新聞通常包含意見式與煽情式的語言、誘餌式的標題以引發困惑。如果反應愈多，發文者獲利就愈多。來源則是要檢驗連結、報導的媒體、報導的記者等（Ruchansky, Seo, & Liu, 2017）。

同時，假新聞來自仿新聞網站的頻率增加，並非說明仿新聞網站有更大的影響力，而是假新聞與黨派立場分明的網路媒體關係盤根錯節，最終兩者一起進行議題宣傳（Vargo, Guo, &

Amazeen, 2017）。假新聞常來自和真實新聞網站名稱刻意非常相似的網站、諷刺性以及真假參半的網站，通常是有政黨傾向者使用假新聞，以便形成誤導。有一家名為Disinformedia的美國公司，旗下便擁有許多仿新聞網站。以支持川普的右派《布瑞巴特新聞網》（*Breitbart News*）為例，這樣的新聞網站便可以靠著總統選舉的風勢賺錢。BuzzFeed曾進行一個研究，發現假新聞連結九個假的新聞網站。這些網站在2015年非常沉寂，2016年選前才開始活動（Mustafaraj & Metaxas, 2017）。

從內容層面而言，由於網路的點擊與閱讀就是網路的收入，以致網路的流量比事實更重要。這類網站只在乎得到訊息，至於是否真實則為次要，反正錯誤的資訊會受到更正（Cooke, 2018, p. 12）。不過，麻煩的是，更正的訊息可能根本沒人看到，因為閱聽眾已轉而關心其他的事，所以還是保存錯誤訊息的印象（Cooke, 2018, pp. 12-13）。

也因此，模仿新聞手法來操作假新聞，確實可以達到造假的目的。做法上通常會先建構一新聞網站，成為眾多訊息的集中地，並且扮演「中央廚房」的角色，常態性地與多個社群平台連結，以便各社群平台即時轉傳假新聞。同時，由於仿真的新聞網站大量發展，以致形成「新聞」與「意見」混合的寫作體，並大量出現在人們的手機APP中。當人們使用手機APP快速吸取資訊時，意見、公關和廣告看起來都像是報導（Bean, 2017）。這時，由於假新聞發生的情境經常是在手機上，已經摧毀手機媒體可以增加多元性的樂觀想法（Bradshaw, 2018）。

第二節　歷史與政治研究取徑

假新聞一詞很白話，民眾很快掛在嘴邊。必須了解，在第一次世界大戰時，「假新聞」一詞用來否決敵方的種種訊息。從歷史上來看，「假新聞」這個概念是僅僅基於懷疑論（skepticism），就能嚴厲打擊異議的工具。「假新聞」實具有模糊、高度政治化的性格（Katsirea,2018, pp. 160-161）。

假新聞的政治性，更可以從當今的研究中發現。檢視從2008-2017年間的142本英文期刊，發現有關假新聞的效果研究最為普遍。另外有關假新聞的生產、散布與使用更是各種研究的主題（Ha, Perez, & Ray, 2019）。從效果上來看，假新聞其實和政治廣告一樣，都是想改變人們的投票取向，但假新聞卻比電視上的政治廣告更有效（Allcott & Gentzkow, 2017, p. 223）。也因此，假新聞描述的狀態是政治人物不僅會製造錯誤的承諾、試圖控制大眾言論，更會公然說謊，如此行事且不受懲罰（Buckingham, 2017）。

宣傳假新聞

偽裝的宣傳（disguised propaganda）在20世紀原為弱化敵國的軍事行為， 20世紀冷戰雖導致宣傳研究式微，但在美國總統大選與英國脫歐公投事件後，讓人不得不關注社群平台上像武器般的擁護政黨等訊息（Bastos & Farks, 2019），其實也和宣傳有關。喬伊特和唐奈爾（Jowett & O'Donnell, 2012）如此定義宣傳：「宣傳者試圖形塑概念、操控認知的系統性嘗試，通

常是由政府單位執行。」在20世紀前半年，宣傳手法是政府和企業常用的一種手段，大眾媒體、特別是電視都是資訊控制的工具。到了21世紀，很明顯看到使用社群媒體進行言論操控的現象。更甚者，當代的宣傳不再局限於改變觀念，更期待可以引發行動（Ellul, 2006）。康寧漢（Cunningham, 2002）更認為宣傳會以知識的姿態出現，並營造一套信仰系統，以形成堅定的信念，同時扭曲人們原有的知覺，系統性漠視真理、程序準則，摧毀有關證據認知的理性。

康寧漢提出的定義，非常可以解釋今日的假新聞和宣傳的關係。在假新聞的研究範疇中，宣傳的手法已超過傳統的說服與欺瞞，更多的是使用社群媒體進行假新聞的宣傳。哈布伍‧庫特（Habgood-Coote, 2017, p. 18）特別指出，不論是用後真相（post-truth）或是假新聞等名詞，都是為了達到政治目的宣傳（propaganda）。這兩個詞彙已被政治人物武器化，用來進行政治宣傳。

宣傳包含多重定義（Jenks, 2006），宣傳可有各種不同形式的控制，目的是為支持、或是破壞某些想法。假新聞則是和負面的意識形態相連，目的就是為了宣傳。專業化的宣傳包括以下幾個因素：有一個想企劃宣傳的行動者；目標是人們的態度與行為；透過心理因素形成系性的操控（Benkler, Faris, &Reberts, 2018, p. 26）。這時，宣傳、假新聞與欺騙都可以表現於政治衝突中（Bazan & Bookwitty, 2017, p. 92）。又因為社群媒體出現，於是有更多手法可以藉著社群平台上的假新聞進行宣傳。去中心化的社群媒體是大眾省思、同時也是宣傳散播的平台，並且可以和假新聞進行連結。更由於科技軟體與人工智

慧等發展，使得不同政治立場者、政府單位等，都可以在社群平台上進行宣傳（Bastos & Farks, 2019）。

　　相較於「宣傳」的目標為國內民眾，資訊戰爭則在國家之外進行鬥爭，尤其希望在敵方製造混亂與不信任（Jowett and O'Donnell , 2012）。

　　假新聞更主要特徵為與政治有關，用此來鞏固特定意識形態。「宣傳」則是20世紀戰爭軍事中常用的名詞，並且是以傳統媒體為主要通路（Jowett & O'Donnell , 2012）。當今的宣傳則是透過社群媒體、心理因素，形成系統性的操控（Benkler, Faris, &Reberts, 2018）。

陰謀論假新聞

　　至於「陰謀論」，也是假新聞的類型之一。人類歷史與先前紀錄都證明早有陰謀論存在（Oliver & Wood, 2014），指的即是對於無法證實的事，卻信以為真（Bergmann, 2018）。美國「披薩門」就是一個陰謀論，因為希拉蕊‧柯林頓並未做那些事（Phillips, 2020, p. 57）。

　　歷史學者理察‧霍夫施塔特（Richard Hofstadter, 1965）認為，陰謀論是他那個時代的政治病症。在他所著的《美國政治的偏執》（*The Paranoid Style in American Politics*）一書中便指出，陰謀論就像是破壞大眾信任的離經叛道者、或是妄想的人群。

　　直到21世紀，他的見解仍然影響當今的陰謀理論。哲學家卡爾‧波普爾（Karl Popper, 2012）也是很早討論陰謀論的學

者。在他的名著《開放社會及其敵人》（*The Open Society and Its Enemies*）中，便把陰謀論界定為社會科學求真的對立面。

另一種不同見解則認為，應將陰謀論視為有關政治、社會與文化情境的有意義回應，而非病態；陰謀論甚至是一種有力的政治抵抗，就像是想揭露反民主的國家犯罪等事。也因此，若從陰謀論的知識論觀點出發，就會關心有關陰謀論的定義，接著提出陰謀論的合理性（rationality）（Bjerg &Presskorn-Thygesen, 2017）。

綜上討論可知，在一條政治光譜上檢視陰謀論，會發現陰謀論停留在截然相反的定義中。有的認為陰謀論是危險的，不值得進行思想研究；也有學者反對，認為陰謀論實為理性的產物（Bjerg &Presskorn-Thygesen, 2017, p. 141）。如果歷史與先前紀錄都證明有陰謀論存在，我們就應該重新認識大眾意見與政治文化。陰謀論相信未看見事物的意志、驅力，並因為外在壓力提出新的觀點，具有政治詮釋觀點與誘惑力。同時，對於公眾事務，大部分陰謀論會堅持一個和主流衝突的詮釋，並可能懷疑政治菁英。陰謀論的信念更可因一些未能證實的因素，進而形塑該社會的政治文化（Oliver & Wood, 2014）。

奧力佛和伍德（Oliver & Wood, 2014, p. 953）從理論觀點了解陰謀論，指出這些陰謀論是因特定的政治訊息或是個人的預存立場（predisposition）導致。他們二人因此認為，陰謀論只是提供公共事務詮釋的一種政治論述，有三個共同特徵：（1）對於不尋常的政治與社會現象，提供未見的、渴望的與惡毒的驅力來源；（2）教義中的善與惡為典型的政治詮釋；（3）多數陰謀論認為有關政治事務的主流詮釋皆為詭計、或是隱藏的權

力試圖扭轉大眾的看法。也有研究以土耳其1990年代的縱火事件和近期的紀念活動為例，說明陰謀論不只具有比喻性，同時藉著空間與個人的真實參與，可形成匿名性和形成非線性的因果關係。意即陰謀論為一空間的實踐（spatial practice），並會在空間中藉著「圈內」（inside）和「圈外」（outside）的隱喻進行區隔（Cayli, 2018）。

第三節　情境研究取徑

假新聞形形色色，真實和虛假的界線愈來愈模糊，必須系統性爬梳。為了讓假新聞現象更清晰，有必要就假新聞類型進行更清楚的分類與探究。德國威瑪包浩斯大學（Bauhaus-Universität Weimar）多名學者為了檢測假新聞，將知識（knowledge）、情境（context）、樣式（style）三項作為檢測標準（Potthast, Kiesel, Reinartz, Bevendorff, & Stein, 2018），內容都與訊息真假有關。其中的情境因素，是若干研究忽略的重點。

曾經在台灣《公共電視》播出的兩部紀錄片，內容都與中東假新聞有關。這兩部紀錄片，一部的場景在加薩走廊；另一場景則是在阿拉伯之春後烽火連天的敘利亞。發人省思的是，這兩起發生在中東的重大戰爭事件，同樣面臨激烈的媒體戰爭。

先從這兩部紀錄片談起。一部是2009年的《神祕男孩之死》（*The Child, The Death and The Truth*）；《神祕男孩之死》事件發生時間是在2002年9月30日，地點在加薩走廊。法國二

台拍到巴勒斯坦男孩穆哈姆德阿杜哈死在父親懷裡，全世界因此指責以色列謀殺。經過一名自由工作者多年調查，並諮詢有關彈道射擊、現場重建、唇語檢視等專家後，確認是一則假新聞，進而控告法國二台。《神祕男孩之死》的德國紀錄片製作者更在片中直指，這是一場由巴勒斯坦人主導的假新聞，並稱之為「巴萊塢」，意即巴勒斯坦像極了西方的好萊塢，只要戲劇性，不必有真實性（Hessischer Rundfunk & Schapira, 2009）。

還有一部則是 2016 年的《謊言拍立得》（*All Lies or What? When News Become a Weapon*）。《謊言拍立得》則以敘利亞的一則影片開頭。片中小男孩試圖搶救一名小女孩，小男孩先是中槍倒下，身上還冒出白煙。影片中可看到小男孩又爬了起來，並且救了小女孩（Scherer, 2016）。這部影片在YouTube上約有百萬人回應，最後發現其實是反戰團體拍的宣導片。該片由挪威製片商拍攝，故事純屬虛構（Mackey, November 18, 2014）；但《華盛頓郵報》（*The Washington Post*）等西方媒體未查證該影片真實性，便大幅報導傳播（Al Jazeera, November 22, 2014）。

這兩部內容為假的影片，都是以紀錄片為表現形式，目的就是因為觀眾多半相信紀錄片是真實的紀錄，因此可以達到宣傳的效果。這時，有關在後真相時代的「宣傳」，指的是「由了解操縱群眾心理的團體領袖製造的大眾心靈（public mind）（Andrejevic, 2020, pp. 25-26）。

如果要用內容去定義與「宣傳」有關的假新聞，實在非常困難。社會上本有一些機制，幫助大家去確認、相信自己無法參與的事實；如果確認真實的機制失靈，就很難去相信個人無

法目睹的事（Andrejevic, 2020, p. 21）。其實欺騙與宣傳的新聞事件早已存在。世界經濟論壇（the World Economic Forum；WEF）早在2013年就曾提出風險報告指出，全球的危機來自社群媒體散布的大量錯誤訊息（misinformation），即所謂「超連結世界形成的數位野火」（digital wildfires in a hyperconnected world），問題核心在於科技與地理政治的風險（Howell, 2013）。

借用伊斯蘭情境造假

美國有不少假新聞都與穆斯林有關。911事件發生後的9、10年間，不少人以為反穆斯林情緒可以降溫，結果並非如此（Lean, 2012, p. 3），甚至比以前還高。自911事件後，有關穆斯林的討論就常與社會安全的問題相連結，即使在911之前，伊斯蘭也常被西方認為是個暴力的宗教，此即社會學家者關注的伊斯蘭恐慌（Islamophobia）問題（Helbling, 2012）。

伊斯蘭恐慌並非因為有人提倡或鼓吹，才形成不同層次的反伊斯蘭與反穆斯林的言語與行動。伊斯蘭恐慌是一種偏見，由負面的態度與意識形態造成，認為穆斯林是危險的。包括採取傷害穆斯林的行動；或是在大眾運輸工具上，會坐得離穆斯林遠遠的，並且對穆斯林信仰形成負面態度的現象（Cinnirella, 2012, p. 179）。911事件後在美國興起反對穆斯林、特別是針對阿拉伯人的憎恨語藝（hate speech）。在美國形成的伊斯蘭恐慌，已成為自蘇聯解體後，出現在美國的意識形態（Sheehi, 2011）。

　　也因此，歐巴馬競選總統時，因為父親為肯亞的穆斯林信徒，於是被對手貼上穆斯林標籤（Lean, 2012, p. 4）。假新聞網站《國家報導》（*National Report*）有名的假新聞即是謊稱歐巴馬要用自己的錢，開一家伊斯蘭博物館（Allcott.& Gentzkow, 2017, p. 217)。這股情緒甚至延續到歐巴馬卸任，並成為2016年總統大選中，攻擊民主黨的假新聞。像是「歐巴馬在肯亞出生」、「方濟各支持川普」等假新聞，故意誤導「情境」因素的錯誤聯想，自然有人相信。

　　目前假新聞的討論大量聚焦在美國和英國案例，其實印度也有假新聞事件發生，情況卻和英美不同（Bhaskaran, Mishra, & Nair, 2017)。1995年9月，有謠言指出受民眾歡迎的印度女神Lord Ganesha神像在喝牛奶，這個訊息很快像病毒般傳開，以致寺廟外有大量民眾準備了牛奶， 排隊等候好幾個小時要給神像喝。不久，印度的在野黨領袖準備牛奶給女神一事，也出現在電視新聞報導中。接著全球重要媒體英國廣播公司（BBC）、美國有線電視新網（CNN）、《衛報》（*The Guardian*）、《紐約時報》（*The New York Times*）都報導了這則新聞，印度大報也跟著報導。只是，那時候的網路還不發達，所以沒有在網路發酵。

　　女神喝牛奶的案例偶爾還會在網路出現，似乎已經是個無害的欺騙，印度後來又出現和假新聞有關的案例。網路上瘋傳，民眾以私刑處死兩名青少年的影片，並強調事件發生地點在印度，事實卻是發生在巴基斯坦。另外還有一個有關私刑處死的影片在網路流傳，其實是屠宰母牛的畫面，這兩個假新聞都在社群媒體上造成混亂（Bhaskaran, Mishra, & Nair, 2017, p.

42）。再把情境轉到台灣，則可發現就連軍事演習訊息，都可聞出濃濃的宣傳味。2018年4月間，中國大陸《環球網》（2018年4月12日）報導，中國軍方將在2018年4月18日早上8時至午夜12時於台灣海峽進行實彈射擊軍事演習，所有船隻禁止進入相關海域，中共中央台灣工作辦公室主任劉結一也為軍演喊話。國內多家媒體包含《中央社》、《中時電子報》、《TVBS新聞》、《自由時報電子報》、《風傳媒》、《東森新聞》等國內媒體，很快跟隨《環球網》大幅報導。立法委員為此提出質詢，國安局、國防部均回應強調該演習是例行活動，更明言「軍事演習」在中共官媒渲染下，已成為中共黨媒渲染的假新聞模式（韓瑩、王德心，2018年4月16日）。

　　同樣的事件，在2019年七月再度發生。《中時電子報》（林勁傑，2019年7月15日）報導，大陸國防部14日公布，解放軍近日於台灣海峽的東南沿海舉行軍演。中共官媒引述消息人士稱，這次演訓特別的是國防部主動對外通報，「國防部發布的都不是小事，都是大事情。」該消息的主詞是解放軍，意味著陸、海、空、火箭軍、戰略支援部隊五大軍種可能悉數參演，屬於大規模的聯合演習。演習或由戰區聯合作戰指揮中心、甚至中央軍委聯合作戰指揮中心組織。《中時電子報》還引述《環球時報》報導指出：「這條演習消息的發布方是國防部。一位長期關注國防部訊息發布的專業人士表示，在東南沿海舉行例行性演習並不特別，特別的是國防部主動對外通報。」該則新聞國內媒體只有《中時》與《聯合》（羅印沖，2019年7月16日）兩家媒體報導，其餘媒體已不再跟風。

　　《聯合新聞網》如此報導：「報導指出，2014年、2016

年、2018年夏季期間，共軍均在東南沿海舉行例行性演習，這些演習多是由媒體先報導，然後官方再回應。而這一次由中共國防部鄭重地主動發布消息，顯然是在為演習可能產生的『轟動效應』做出鋪墊。」從事後來看，這些都是中共恐嚇式的新聞報導，目的在於恫嚇與宣傳。

　　由上述所言可知，假新聞實與社會情境因素息息相關；換言之，在釐清假新聞的問題時，除了可依訊息的內容層面進行是否真實的判斷外，另外還要了解情境因素，亦即該訊息出現的相關時空背景。也有一些宣傳，會利用民眾內容對於某些情境的負面聯想，藉機製造假新聞。席弗曼（Silverman, 2015, pp. 9-10）強調新聞真實必須考慮情境（context）因素，謠言和沒有驗證的資訊通常沒有交代情境，或是缺少消息來源等關鍵資訊。這時需要像Storyful這樣的公司雇用記者進行查證，才能保證讀者與觀眾不要被謠言等訊息誤導。

第四節　網路科技研究取徑

　　網路時代由於結合網站和社群平台，作假的新聞也和網站和社群平台的機制與功能有關。在假新聞生成後，社群平台可以將之傳播到極致（Gillespie, 2019, p. 334），這個說法已暗喻平台是假新聞傳播的關鍵角色。當網路問世後，民眾首先迎接搜尋引擎的新科技。搜尋引擎可為民眾的所有問題提供各種答案（Keith, 2017）。谷歌（Google）的網路搜尋引擎出現後，隨即引發 "Web Spam" 技術，搜尋引擎優化（Search Engine Optimization；SEO)產業也與此息息相關。為了讓更多民眾點

閱，假新聞製造者要提升在谷歌的排序，就必須幫網站建立足夠的連結，即為搜尋引擎優化。在搜尋引擎發明前，網路宣傳（online propaganda）無法有這麼好的效果，也不可能那麼快就找到特定的宣傳對象，搜尋引擎技術讓假新聞更容易就達到目的。假新聞藉著搜尋引擎優化的技術，在網路上大量散發，這是假新聞傳播最常見的模式（Mustafaraj & Metaxas, 2017）。

　　因為社群媒體出現，於是有更多手法可以藉著社群平台上的假新聞進行宣傳。為了讓假新聞可以傳播得更快更遠，民眾也會配合臉書的演算法，盡可能把訊息放在同溫層，或是有意識地連結更多使用者與粉專，提高該則新聞的點閱數。臉書的演算法軟體看到這則新聞，就會以為是很重要的訊息，很快就會大量傳播，導致假新聞的現象更加嚴重。

　　可以說，假新聞的出現，與社群平台有很大關係。社群平台設計出很多便利的機制，讓社群平台本身就有辦法接觸大量群眾。強大的平台數位基礎建設，更與廣告機制相連，讓平台可以獲利（Morozov, January 8, 2017）。

　　同時，假新聞會在社群媒體中採用鼓吹式的標題或圖檔，作為「誘餌」（click bait），以吸引社群中人點閱。當使用者以情感為驅力去點閱時，假新聞的製造者也能因為點擊獲得廣告收益（Mustafaraj & Metaxas, 2017）。「誘餌標題」（clickbait headlines）經常用來作為驅動讀者的方法，使用者有時單是看了標題或照片，就會立刻分享給他人。這些人可能不在乎內容、或是可能受到標題誤導；只要可以吸引眼球，就有人加入點擊付費（paid-per-click）的網頁中（Kathy, 2017）。當今的小報和社群媒體都會使用標題，以便吸引人點閱與分享，這是一種

「發行花招」（circulation-building gimmicks），內容中強調的戲劇性大於正確性（Cooke, 2018, pp. 3-4）。

傳播科技與謀利

西方在追查假新聞的來源時，英國廣播公司（BBC）記者在馬其頓北方小城維列斯（Veles），訪問一名19歲的男孩。這個男孩先從美國右翼網站獲得訊息，稍加改寫再加上引人注意的標題，就放到臉書分享，收入則來自網站的廣告（Kirby, 2016）。被稱為「釣魚新聞之王」（clickbait king of Veles）的米爾科・賽爾科斯基（Mirko Ceselkoski），就在維列斯帶領多名十幾歲的年輕學生，經營以美國讀者為主要目標的新聞網站，從中賺取財富，已是維列斯小城特有的假新聞產業（Bergmann, 2018）。

其中一名男孩的英語並不頂好，他大量剽竊美國另類右派（alt-right）和新納粹（neo-Nazi）的網站，重新設計內容作成仿新聞網站，另外又將內容放在臉書平台上分享。米爾科・賽爾科斯基指出，自己約有一百個學生，正在經營這類的政治新聞網站，以賺取美國民眾的閱讀率（readership）。他說，這些年輕人對美國政治沒有興趣，也不在乎誰贏得選舉（Bergmann, 2018）。已有多名全球記者、學者造訪維列斯。馬其頓男孩的故事讓人了解，假新聞可能出自商業動機，於是進行抄襲與捏造。

從上述幾個案例可以發現，假新聞可能使用的網路宣傳技術如病毒傳播、搜尋最佳化、誘餌標題等，其實都是迎合社群

平台的設計機制，才能使假新聞可以像真實新聞般傳播。再加上社群媒體提供便捷的分享機制，又能驅動人們更密集地分享新聞與訊息。

目前學界有關假新聞的定義，多與內容有關。然而，假新聞之所以形成危害，並非只因內容，更因為與社群平台有關的技術，助長假新聞可以在平台上傳播，並導致包括「錯誤訊息」、「虛假訊息」和「宣傳」等所謂「寄生的內容」（parasitic content）等問題。「寄生的內容」一詞意指假新聞因為了解平台，於是把自己設計成跟隨平台的步驟、演算法、獲利機制等進行，並且把自己設計得像是真實的內容一般，得以發行、獲得正當性。寄生的內容也可能很受歡迎、熱門，或是很有新聞價值。假新聞騙過平台，一般使用者就會把它當成新聞般傳播。如果伴隨政治信仰，就會像政治信仰的證據般傳播。如果引發很多人參與，就會符合平台的商業利益。所以，平台可能很不情願移除寄生的內容（Gillespie, 2019, pp. 331-332）。

同時，社群平台創造眾多數據，「英國劍橋公司」曾取得5千萬名「臉書」用戶個資給川普陣營（中央社，2018年3月20日），加以分析後投入美國總統川普前年選戰所用，政治力量介入平台數據已經不是傳聞（Benkler, Faris, &Reberts , 2018, p. 20）。更讓外界擔心社群科技與政治的關係。

可以說，假新聞如果沒有平台科技助力，就無法傳播得那麼遠，也就未必會造成危害。因此，要認識假新聞，不能光從內容著手，還必須將內容與平台網路技術等因素結合，方可有效全面地了解假新聞。

第五節　被羞辱的傳統新聞

　　西方在定義假新聞時，目標多聚焦在社群平台上，只有
前美國總統川普例外，並一直把傳統新聞媒體視為假新聞。
2017年1月，新當選的美國總統川普和他的團隊被指控散布假
新聞時，川普在他最愛的推特平台上寫著：「假新聞——政治
上的獵巫」（Fake news-total political witch hunt）。川普認為
自己和自己最愛的媒體《布瑞巴特》（*Breitbart*）都是犧牲者
（victims）（Farkas, 2020, p. 49）。接著，川普（February 17,
2017）在他的推文中指稱，包括《紐約時報》、美國廣播公司
（ABC）新聞、哥倫比亞廣播公司（CBS）、美國有線電視新
聞網（CNN），都是他認為的假新聞媒體（fake news media）。
選舉期間，總統候選人川普對美國有線電視新聞網駐白宮記者
吉姆‧若寇斯塔（Jim Rcosta）說：「我不會讓你問問題，你是
假新聞。」（McDougall, 2019, p. 13）。這時，假新聞成為川普
和他們的敵人間潛在的政治武器，並且用「假新聞」一詞，來
說明傳統媒體所做的錯誤行為（Farkas, 2020, p. 49）。《紐約時
報》認為川普對媒體的攻擊，更甚於水門案發生時，美國總統
尼克森對媒體的攻擊（Spicer, 2018, p. 10）。

　　川普本人不斷批評主流媒體，並且積極在社群媒體上和民
眾分享訊息。再加上民眾對大眾媒體的信心下降，以及政治極
端化（political polarization）現象（Allcott.& Gentzkow, 2017, pp.
214-215），使得美國的假新聞事件層出不窮。根據「皮優研究
中心」（Pew Research Center）調查指出，只有11% 的受訪者不
會受假新聞混淆。

西方學界在討論假新聞時，都有並非指涉傳統媒體的共識，並且把川普與傳統媒體對立的行徑，視為背離新聞自由；主要探討路徑都是在社群平台上。由於社群媒體逐漸發揮新聞的功能，數位網路平台即使沒有記者介入，也有辦法接觸大量群眾；更有一些非新聞記者人士，也能像記者一樣產製新聞（Tandoc, Lim & Ling, 2018）。已有研究意識到要禁止負面的傳播行為出現（Kiesler., Kraut., Resnick., & Kittur, 2011）。有的則是提醒，非新聞工作者在網路上的參與為「使用者製作的內容」（Kaufhold, Valenzuela, & de Zuniga, 2010），與專業新聞工作者產製的內容不同。

遺憾的是，國內要定義假新聞時，卻必須把傳統媒體計算在內。原因在於，國內的傳統媒體為了媒體轉型，多已成立網路媒體。網路媒體追求流量，而非新聞真實，以致大量運用社群平台上未經證實的新聞，導致假新聞的問題更加嚴重。

在假新聞衝擊下，台灣順利完成2018、2020年兩次選舉，也從中得到寶貴的經驗。尤其是總統大選，更是全球矚目的焦點。熟悉臉書政策的受訪者說：

> 總統大選時，臉書一群人有五、六十人，隨時在看台灣選舉。亞太地區沒有幾個選舉，有這樣的關注度。台灣選舉是美中對抗的前哨戰，所以我們從美國總部拿到更多資源，報告中的每一個案子，都有很多人投入。
>
> 2019年7月時，有一群研究者先跟使用者訪談，從他們的觀點去了解有哪些問題是臉書平台造成的。8月時，我們把六、七十個人關在一起三天，一起找解決辦法。

　　研究台灣有幾個特殊現象是，媒體的操弄是很特別的，其他國家沒有看到主流媒體會報那麼多網路消息。即使網路上的消息無法查證，主流媒體還是會繼續報。因為媒體一報，它就變成真的消息。（受訪者I，作者親身訪談，訪問時間為2020年10月13日。）

　　可以想見，平台上出現各式各樣的假新聞，作假並非難事，要矯正卻不容易。國內目前已有「台灣事實查核中心」與「MyGoPen」與臉書正式合作。「台灣事實查核中心」總編審陳慧敏也提到：

　　假新聞的定義中，帶風向的、陰謀論的，都不是可以查核的，必須是有事實基礎的議題上，才能進行事實查核。臉書會搜尋內容與連結，但從來不是下架、而是用降低觸及率的方式。

　　我們就一題、一題地去感覺，被我們查出來的訊息，是什麼樣態。有時它是網路上的單則傳言，有時是一個生態。可能是政治粉專的貼文，然後被名嘴到電視上講，又被數位媒體寫成文章報導。所有媒體都有小編，就會造成主流媒體都有這則新聞。就可以了解，如何從一則傳言，最後變成主流媒體的新聞報導。

　　傳統媒體因為網路媒體先報導，談話性質的政論節目增加放送，都可能讓一則未經證實的傳言，出現在原本正規的新聞報導中。本書在後續各章中會提出具體案例，說明國內很多爭

議性的訊息，都與傳統媒體的報導有關。傳統媒體曾經贏得民眾的信任，如果摻入不夠嚴謹的內容，就會引發民眾疑慮，失去媒體公信力。也因此，本書在討論國內假新聞時，不得不將傳統媒體也列入討論。

　　本書將自第三章起，分別從三個研究視角討論國內選舉期間的假新聞現象。本書將以傳播科技視角、政治對抗視角與平台產業視角來討論假新聞。為了讓讀者更容易了解，本書將首先從網路科技出發，就複製科技、演算法科技等衍生的假新聞現象進行討論。第三章將探討假新聞的病毒傳播，以討論假新聞如何形成瘋傳現象，更加大虛構造假的影響力。

第一部分

傳播科技視角與假新聞

第三章

病毒傳播與陰謀論

　　選舉期間，網路上出現各式各樣的訊息，這些訊息卻以不同的速度進行傳播，若能造成「瘋傳」，往往成為網路傳奇。然而，仔細追究瘋傳現象，可以了解形成病毒傳播的要素。假新聞像真實一樣傳播，看起來又是如此可信，人們實在很難判斷是否真實。在傳播過程中，假新聞比真實新聞更可能遭致修改（Jang, Geng, Li, Xia, Huang, Kim & Tang, 2018）。包括欺騙、宣傳、謊言、陰謀論、宣傳等假新聞，都可以像病毒一樣在網路大量傳播，使用者其實很難區分真假。

　　從美國談起。《紐約時報》（Maheshwari, November 20, 2016）曾報導一則假新聞的病毒傳播故事。住在德州奧斯丁的一名35歲行銷公司老闆艾瑞克‧塔克（Eric Tucker），平時他的推特只有40名追隨者。然而，他貼出一篇有關「40名付費抗議者參加反對川普活動」的貼文，並且附上他拍下的附近多輛巴士停靠的照片，認為是載運抗議者的車輛。結果他的貼文在推特共有16,000次的分享，臉書的分享更高達350,000。

　　塔克說他已上谷歌搜尋，得知附近並沒有舉辦任何研討

會，因此研判這些巴士和抗議活動有關。《紐約時報》查證後發現，這些巴士為附近一家軟體公司開會租用，當日的會議共有13,000人參加。塔克說，他只是以公民的個人身分發言，更何況這樣的解釋看起來非常合理。他還說，他是一個忙碌的商人，沒有時間進行事實查核，也不認為會有多少人來分享他的貼文（Maheshwari, November 20, 2016）。

　　這則訊息之所以形成病毒式的傳播，是因為他在晚上八點發布這則訊息，四個多小時後，美國網站瑞迪（Reddit）支持川普的社群先以「突發新聞」轉傳，立刻引來300則留言。第二天上午九點，保守派論壇自由共和（Free Republic）也貼上這則訊息。隨後川普本人也來留言，宣稱這是場不公平的選舉。推特公司來信詢問塔克，是否確認抗議者從巴士下車？他回答沒看到人上車或下車，但是確實在特定時間，看到這麼多的巴士停在抗議現場附近。他的說法並沒有證據支持，卻還是有一大堆人瘋傳分享（Maheshwari, November 20, 2016）。

　　國內也出現多起假新聞病毒傳播的故事，都已引發政治效應。國民黨籍立委林麗蟬，2019年10月27日在彰化員林市成立「國民黨總統暨彰化縣立委新移民聯合後援會」，當天韓國瑜並未出席，也無任何傳統媒體報導。網媒《芋傳媒》（陳宇義，2019年10月28日）報導該則新聞的標題為：〈韓國瑜主張「中國孕婦來台納健保」網：台灣變香港！〉，引發高達兩百多萬（2,293,991）人關注此則新聞。〈打馬悍將粉絲團〉、〈肯腦濕的人生相談室〉、〈我是台灣人，台灣是咱的國家〉等臉書社群都進行大量轉傳。

　　《芋傳媒》使用「中國孕婦」詞彙，取代國民黨提出的是

「陸配孕婦」。林麗蟬於10月28日下午9:42 澄清，「移民／移住人權修法聯盟」也於10月30日10:01發表聲明：「就未納保懷孕新移民納入全民健保而言，該候選人的主張是將新移民納入全民健保，而不是中國孕婦。也就是要保障外籍配偶與大陸配偶，而不是與台灣無關的對岸懷孕婦女。這兩者天差地遠，怎能扯在一起？」[1]《芋傳媒》藉著綠營選民對中國無好感，刻意稱之為「中國孕婦」，以引發大眾憤怒。終能將一則並無太多內容的報導，藉著標題吸引民眾分享與轉傳，靠的就是病毒傳播。

　　藍營的策略也是如此，同樣藉著假新聞進行病毒傳播。〈藍白拖的逆襲〉12月17日下午7:07貼文說：「明白了蔡英文口中的『重返四小龍之首』惹！開心嗎？很開心吧！台灣愛滋病感染，亞洲四小龍之冠。」[2]這則貼文引來94則留言，22則分享，並有三百二十餘萬（3,201,700）人關注此事。另有〈反蔡英文聯盟──全國民怨嗆蔡總部〉、〈華人健康網〉、〈筋肉媽媽〉、〈韓國瑜總統後援會 前進總統府〉等紛紛轉傳。

　　〈2020韓國瑜總統後援會（全球總會）〉Amy Chen於2019年12月20日下午12:52分享 KUSO宅卡拉的文與圖。內文寫著：「媽的，菜腫桶！你沒有小孩，就要屠殺台灣的小孩！？」照片則是五個笑開懷的小朋友，卻有六個大字寫著：「校園攜毒免罰」。[3]該貼文引發2,624則留言 1,504次分享。該文已為事實

1　https://www.facebook.com/AHRLIM.TW/photos/a.947927775396467/11752897
　　72660265/?type=3&theater

2　https://www.facebook.com/BWSCA/posts/317341594268526

3　https://www.facebook.com/KUSOKALA/photos/a.2110004672617295/25977401
　　53843742/?type=3&theater

查核單位確定是不實資訊。（圖3.1）

圖3.1：校園攜毒免罰內書貼圖，經事實查核組織確認為不實資訊
資料來源：臉書

　　然而，該不實資訊傳播時，卻有〈打倒民進黨！〉、〈圖文不符〉、〈韓國瑜選總統全國後援會（庶民）〉、〈Costco好市多 商品經驗老實說〉、〈李四川後援會〉、〈業力引爆〉、〈同運不敢面對的真相〉、〈2020韓國瑜總統後援會（全球總會）〉、〈小辣椒洪秀柱後援會〉等轉傳。可看到充滿著驚訝、疑惑、質疑、憤怒的不同反應，並不斷出現對總統蔡英文的不滿之意。

　　國內選舉時，也出現大量的病毒傳播案例。TeamT5（2020）採取網路安全的觀點進行研究，並透過網路侵擾模式（cyber intrusion model），進一步了解假新聞如何傳播。他們發

現，在選舉期間，像病毒一樣的假資訊選戰，已經滲透到選民的信仰與行為，希望他們能轉向到假訊息傳播者這邊來。也因此，在了解假新聞時，必須同時認識什麼是「病毒傳播」。

第一節　病毒科技與假新聞

假新聞之所以能夠快速傳遞，常是因為網路科技的誤用而導致。社群平台上的假新聞不會平衡呈現觀點，又能比傳統新聞媒體傳播速度更快。並在臉書等社群媒體上，像病毒般傳播（McDougall, 2019, p. 13）。

電腦病毒（computer virus）第一次出現的時間是1986年，卻始終沒有受到注意。1988年11月2日，康乃爾大學學生莫理斯（Robert T. Morris, Jr.）將網際網路蠕蟲（Internet Worm）放到網路上，這才徹底改變大眾對電腦威脅的看法。這隻侵略的蠕蟲，並未包含任何可以改變資料或摧毀系統的符碼，卻可以不斷在網路中自我複製（self-replication），造成電腦流量的負擔。這隻蠕蟲還曾經癱軟包括美國太空總署、主要大學、軍事基地等在內的6千台電腦。也因此必須了解，電腦蠕蟲的目的不在於破壞原寄生系統，而是要讓電腦蠕蟲以自我複製方式，讓網路上充斥著過量的流量（Peters, McLaren & Jandrić, 2020）。直到此刻，電腦病毒終於成為家喻戶曉的名詞（Chu, Dixon, Lai, Lewis, Valdes, 2020）。

病毒資訊和病毒媒體，在數位網路發展成特殊的連結；資訊在數位網路的角色，就像基因在生態學的角色一般。在社交型的數位網路中，病毒媒體無法區別資訊和知識，它可以不管

訊息是否真實便不斷生成與流通該訊息，是傳播誇張、謊言、八卦時，最理想的媒體（Peters, McLaren, & Jandrić , 2020）。一則有關政治嘲諷的情感傳播，就很能在個人傳播中形成病毒化效果（Botha, 2014）。社交媒體的「回聲室」效應與病毒傳播有類似之處，透過使用者（宿主）間的演化競爭，再經由社會接觸感染擴散。

　　病毒可以分別在資訊與生物資訊學（bioinformation）的演化和文化中扮演角色。這個概念一方面勾勒出病毒式生物學（viral biology）緊密的連結；另方面在資訊科學中，又成為當代的生物資訊主義（bioinformationalism），因此被稱為病毒式的現代性（viral modernity）。「病毒現代性」認為真相是由語言及其形成的信念發展出變動的狀態，世上並沒有獨立存在的客觀真相（Peters, McLaren, & Jandrić, 2020）。假新聞現象即是因病毒理論傳遞錯誤資訊導致。

　　英國脫歐公投與美國2016年大選，都提到假新聞在網路上的傳播，和傳染疾病的演化與傳播間，有很多相似之處。若就傳染病進行動態研究，便可以提供假新聞網路傳播的參考借鏡。比方說，疾病的毒株（strains）會像謠言一樣，在人群中競爭感染（infections），並會因為社會接觸而不斷變形（shaped），也可以壓抑新的疾病毒株入侵。若將疾病毒株的競爭模型化，意謂接觸更為在地化後，流通毒株的異樣性就會增加（Kucharski, 2016）。

　　假新聞的傳播和傳染疾病非常相似，謠言已勝過真實的新聞；深思熟慮的陰謀論，已直接引起社會的懷疑論（Peters, McLaren, & Jandrić, 2020）。如果沒有精心的論證與檢示，陰

謀論就會像病毒一樣，帶著他們的信仰，希望別人在沒有證據的情況下也能接受（Peters, 2020）。同時，病毒式的傳播也有性別因素；對於令人噁心與憤怒的訊息，男性接收者要比女性更有意願傳播（Dobele, Lindgreen, Beverland, Vanhamme, & van Wijk, 2007）。

　　假新聞常被認為是個舊東西，但自2016年美國總統大選後，就是因為不正確的貼文，卻能在臉書等社群上像病毒般傳播，因而引發高度關注（McDougall, 2019, p. 13）。臉書之所以可以強化病毒事件傳播，主要在於分享機制；要想強化分享動機，則在於內容的特性（Borges-Tiago, Tiago, & Cosme, 2019）。

　　也因此有研究認為，更須在意假新聞是否能引起個人憤怒等情感反應（Ruchansky, Seo, & Liu, 2017），因為假新聞就是希望能引起反應。為了引起反應，在傳播快速的網路世界中，假新聞若能藉著包含意見與煽情式的語言，再加上誘餌式的標題吸引注意力，並在有效的平台上使用病毒式傳播，就可能形成危害效果。

　　為了達到病毒式行銷的效果，這類的行銷內容經常包含故事性、娛樂性、觸發性與回應性的性質。同樣地，在社群媒體上的假新聞，也具有類似的特質，並經常以情感性內容為主，且有些內容更與負面情緒相關，具有高度的病毒傳播潛力（Borges-Tiago, Tiago, & Cosme, 2019）。然而，成功的病毒傳播取決於要能啟動接收者的情感，必須具備六種情感，包括驚訝、喜樂、沮喪、憤怒、害怕與噁心。想要引發病毒式的傳播，第一要件是訊息要「驚訝」。但光有驚訝不能保證一定成功，必須包含其他的情感因素（Dobele, Lindgreen, Beverland,

Vanhamme, & van Wijk, 2007）。特別是日益增加的憤怒感，這股憤怒情緒更會助長網路訊息的傳播（Hassel & Weeks, 2016）。

第二節　陰謀論與病毒傳播

　　假新聞和陰謀論經常相提並論（Mourão & Robertson, 2019），提醒人們必須明白陰謀論和假新聞的關係。有關假新聞的六個定義中，就包括陰謀論（Allcott & Gentzkow, 2017）。陰謀論和謠言、傳說、神話等有關，即對於無法證實的事，在態度上卻信以為真（Bergmann, 2018, pp. 5-6）。

　　陰謀論可引發類似於犯罪偵探小說中「誰是兇手？」（whodunnit）的疑惑，並且煽動人們去想像，比自己熟悉的現實更為壯觀、有趣或是恐怖的另一種可能性（Bjerg &Presskorn-Thygesen, 2017）。有許多研究都指出黨派和陰謀論的關係，並指出黨派會用陰謀論來指控對手。陰謀論經常出現在權力之外，由圈外人指責權力中人，陰謀論為失敗者的「策略性的邏輯」（Smallpage, Enders & Uscinski, 2017）。換言之，陰謀論專為失敗者所用。權力之外的團體會使用陰謀論敏感化群眾心靈、緊密團結，並鼓動集體式的行為。其中的兩個主要條件是：團體成員會用陰謀論去毀謗圈外人或是在圈內炫耀。團體成員必須認清陰謀論是源自團體內部、反對者或是來自外在的黨派衝突。

　　陰謀論是最受歡迎的消遣，人們總是暗自猜疑別人要對自己不利（Koerth-Baker, October 21, 2013）。當假訊息藉著陰謀論進行病毒傳播時，更能加速傳播效果，選舉期間經常可以看

到企圖奪權者製造陰謀論。〈韓國瑜鐵粉後援會〉中，帳號黃子容於11月30日上午7:47貼文，部分內文如下：

　　事實上，這些人在現場時，只要手機沒關機，就會被中華電信收集SIM卡資料掌握住了。因此，從5、6月份開始，韓國瑜的民調快速下滑，就是因為中華電信控制了這些民調電話的母數。當民調公司需要做民調時，他們必須向中華電信請求提供電話號碼作為母數，而這些韓粉的電話資料就會被事先過濾掉，所以韓粉們根本接不到民調電話，這也就是為什麼連比較公正的 TVBS 跟艾普羅（旺旺中時）做的民調都不準了，原因就在這。當然，隨著韓國瑜請假以來，全國傾聽之旅，越造勢民調卻反而越低，也是因為越來越多的韓粉被掌控了，所以支持韓國瑜的民眾接到電話的機率也就越來越低了。

　　這則包含陰謀論的訊息很快便在藍營轉傳，〈村長 全國粉絲團〉接著轉傳。以CrowdTangle檢視，總計有62個公開的粉專或社團分享此文，至少有44,005則互動（含讚、留言、分享），有超過兩百萬（2,052,710）名使用者看到此貼文，其中不乏同個社團多次重複分享。中華電信（自由時報，2019年12月2日）即回應，未將用戶的電話號碼與個資提供任何單位進行民調或商業行為。

　　另一則與陰謀論有關的訊息則是，《中時電子報》（李俊毅，2019年12月4日）16:02報導，國安局硬安插兩名司機擔任韓國瑜太太李佳芬座車駕駛。權威消息分析，李佳芬家族是

雲林在地勢力，全台關係緊密，掌握李佳芬動態就能掌握所有訊息，國安局敢冒大不韙硬安插司機不是沒道理。國家安全局（2019年12月4日）很快說明內部調派原因與細節，實因家庭因素調動，加上私菸案影響人力配置而調整。並重申特勤之工作不分政黨與候選人。[4]然而，該訊息依然有28個團體不斷分享轉傳，關注追蹤此新聞人數，超過三百萬（3,083,660）人。

　　陰謀論的訊息難以求證，又可以引發點閱者的情緒。帳號詹巧薇於2019年11月11日上午12:20，分享一則轉貼文，該貼文持陰謀論想法指出：「蔡英文現在沒在造勢是因為投票不重要，開票會贏就好。中選會和媒體都在亂報導，各地都沒人盯。」貼文並且附上四張照片。這樣的留言有3,551個人按讚，274個人憤怒，互動人數達4,100個。總計有83則留言，5,118次分享。另一邊，〈公民割草行動〉版主林昱廷10月28日下午2:13在〈綠黨〉臉書貼文，指「國民黨主張中國孕婦來台，即刻納入健保」。該貼文並配上一張迷因圖，圖中「韓國瑜笑，嬰兒哭」。又有幾行字說：「國民黨選後打算出賣健保，未來產檢排不到，小孩奶粉買不到。」此一留言並非真實。卻有3,987個人互動，其中有2,444個人表示憤怒。並有801留言和1,747分享。

各取所需的王立強案

　　2019年11月23日，澳洲《雪梨晨驅報》（*Sydney Morning Herald*）等媒體披露自稱為中國間諜王立強接受訪問，並稱王立

4　https://www.nsb.gov.tw/news20191204_1085.htm

強已向澳洲尋求庇護。此一訊息立即引發台灣的選舉效應，並且形成截然不同的政治解讀。

〈綠黨〉主要論點為王立強只是化名，並公布名為「王強」的護照，目的在於攻擊中共宣稱王立強是詐騙犯的說法為假。[5] 此一訊息立即引來綠營社團關注。採用CrowdTangle發現，分享該貼文的臉書粉專共有33個，並產生24,967則互動（包含按讚、留言與分享），共有一百七十餘萬（1,771,911）人關注此貼文。其中最大擴散節點為〈綠黨〉的粉專貼文，而後續分別是〈我是台灣人〉、〈我是中壢人〉、〈不顧北京反對〉、〈韓國瑜草包選總統後援會〉等多數綠營粉專。「台灣事實查核中心」向澳洲記者查證，王立強確為真名，因而證實此為假訊息。[6]

在王立強事件中，藍營則是傳播完全不同的觀點，主要觀點認為王立強是民進黨資助的多面間諜。〈2019罷免蔡英文聯盟〉、〈韓國瑜總統選舉後援會（庶民）〉等。接著更有網民指「王立強平時由民進黨豢養在香港，因為反送中事件外逃到澳洲而曝光」，其採用的照片已為「台灣事實查核中心」於11月26日14:32，說明照片為錯誤指認。[7]

然而，事實查核中心的核實，並無法對現實政治形成澄

5　www.facebook.com/TaiwanGreenParty/photos/a.478382626158/10158101105676159

6　https://www.facebook.com/taiwantfc/photos/a.234834500505015/457461328242330/

7　www.facebook.com/taiwantfc/photos/a.234834500505015/457461328242330/?type=3&theater

清效果。自2019年11月27日起，有關「王立強究竟是不是詐騙犯？」一事，泛藍陣營仍藉著多方管道，傳遞有關訊息。中國大陸官方《環球網》（2019年11月27日）19:47報導「王立強」本人受審影片，並獲台灣部分社群轉傳。[8]該訊息的主要傳遞管道為〈蔡正元〉、〈韓國瑜鐵粉後援會〉、〈請民進黨還給中華民國一個公平正義〉、〈都蘭山嶺草泥馬〉、〈韓國瑜參選總統加油讚粉絲團〉、〈中華民國網路後援會〉、〈韓國瑜總統後援會 前進總統府〉等，採用CrowdTangle得知，關注人數超過一百萬（1,007,180）人。

國內媒體主要則是《中時電子報》（2019年11月27日）20:38報導此事，[9]也在泛藍社團中引發多人分享。主要傳遞粉專社團為〈2020韓國瑜總統後援會（總會）〉、〈神力女超人挺藍粉絲團〉、〈村長全國粉絲團〉、〈韓國瑜總統後援會 前進總統府〉、〈唐慧琳〉、〈村長全國粉絲團〉等瘋傳，採用CrowdTangle後發現，共引來將近三百萬（2,917,859）人關注此事。

《時報周刊》也轉載此一新聞，[10]其傳遞管道為〈黑夜奇俠〉、〈村長全國粉絲團〉、〈李四川後援會〉、〈黑色倒國老人陣線〉、〈打倒民進黨〉、〈家國天下〉、〈2019罷免蔡英文聯盟〉等不同粉專，採用CrowdTangle得知，關注的追隨者

8　https://china.huanqiu.com/article/9CaKrnKo1GG

9　https://www.chinatimes.com/realtimenews/20191127005038-260409?chdtv&fbclid=IwAR3OHoI48sfVtgm64oOEy5ozp4D0pKr1bp4jVbaJB1CKjiokHf-5dwc5fk4

10　https://www.ctwant.com/article/15859

將近兩百萬（1,967,026）人。

　　由於王立強案在接近總統大選時發生，這類訊息無法分辨真假，因此更有利於政治操作。澳洲媒體《雪梨晨鋒報》8日最新報導直接指出，自稱是中國間諜的王立強，遭到蔡正元聯合一名孫姓大陸商人提供捏造民進黨收買他的「劇本」，甚至死亡恐嚇，要求王立強撤回其說法（陶本和，2020年1月8日）。這則訊息引發泛綠粉專大量分享轉傳。以CrowdTangle計算，共有超過七百五十萬（7,587,168）人關注。（圖3.2）然而，由於該訊息都只是間接傳播，無法證實是否為真，卻已在泛綠粉專中，形成傳播力驚人的病毒傳播。

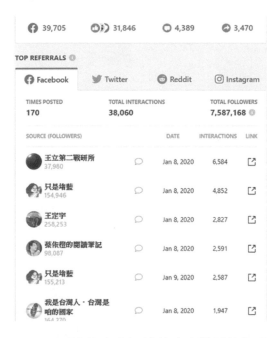

圖3.2：泛綠粉專大幅轉載澳洲媒體的報導

　　國民黨前立委蔡正元則於隔日召開記者會，並公布和王立強有關的錄音帶，指稱王立強說，台灣的民進黨給他很多條件，還給他一筆錢、確保他的安全，並指接觸者是民進黨祕書長邱義仁（鄭年凱、趙婉淳、陳信翰、馮英志，2020年1月9日）。偏藍社團關注「邱義仁（民進黨）要給他一大筆錢」、「蔡正元澄清非威脅利誘王立強翻供」，主要把王立強是假共諜的事件導向是民進黨自導自演。

　　這樣的訊息，同樣很快在藍營社團轉傳。（圖3.3）

圖3.3：藍營社團也樣轉傳對己有利的訊息

資料來源：臉書

第三節　選舉與病毒傳播

選舉期間，若干時事言論都會被賦予詮釋，進而從中興起各種陰謀論，透過病毒傳播，很快就會形成一言堂的回聲室。以台北市議員游淑慧於2019年12月22日凌晨00.06貼文指出，12月21日罷韓遊行中央社的一張照片，感覺好像把道路的長度壓縮：「路標不一樣，比例也不一樣……很怪吧！？」《中央社》（2019年12月22日）雖已於12:18說明照片絕無任何造假；對於游淑慧暗示照片非真實呈現情況、《中天快點TV》隨即跟進報導等事，要求游淑慧與《中天》撤文道歉，否則將提起告訴。（圖3.4）

圖3.4：長鏡頭攝影的罷韓遊行照片，引發爭議
資料來源：臉書

《蘋果新聞網》（2019年12月22日）則於22:02重新回到罷韓遊行路線，比對照片後涉險在五福橋西向東快車道上，趁著

紅燈沒車時，同樣使用200mm長鏡頭拍下同一角度照片，確實有壓縮感。另外，從照片中可見該路段五福三路從海邊路至英雄路口長約275公尺，因其間還有市中路、雄女等路口，所以照片中會有多達8支路口號誌燈桿，證實韓粉質疑該路段路標集中是指控不實。

在《中央社》澄清後，游淑慧則更新貼文，指責《中央社》的新聞照片不應該用長鏡頭的空間壓縮，違背新聞記者呈現真實報導的問題。游淑慧並且接受《中時電子報》（陳俊雄，2019年12月22日）14:45訪問，她怒轟《中央社》在處理挺韓罷韓新聞根本比例不平衡，還運用攝影技巧呈現出自己想要的畫面，「到底是誰有問題？」

此事件在泛藍社團中快速發酵、轉傳，在〈打倒民進黨〉中的相關貼文都已遭移除。但《中時電子報》的新聞還是很快就傳到〈韓家軍〉、〈韓國瑜選總統全國後援會（庶民）〉、〈打倒民進黨〉三個社團中，共有一百八十餘萬（1,883,752）人關注此事。

在接近總統大選投票日期時，藍綠雙方都試圖借用事件，製造病毒傳播，以便凝聚選票。以致很多網路上的訊息，為了病毒傳播，都會強調可以令民眾憤怒的面向。藍營臉書118個粉絲專頁、99個社團及51個多重帳號遭刪除事件發生後，本書採用CrowdTangle觀察發現，最初報導的《中央社》（吳家豪、余祥，2019年12月13日）新聞，共引發一百六十餘萬（1,691,286）人關注。共有泛綠粉專如〈肯腦濕的人生相談室〉、〈小聖蚊的治國日記〉、〈DJ金寶〉等大幅傳播；也有挺藍社團〈韓國瑜前進中央〉、〈挺韓進府青年團〉、〈韓國

瑜智囊團〉等九個社團分享，內容則是批評政府干預選舉。

　　《中時電子報》（張怡文，2019年12月19日）21:04進行後續報導，標題為：〈1450「英」魂不散　韓粉社團被消失的祕密〉，可知該文試圖透過標題進行病毒傳播。報導中更引述經營臉書社團的胖虎（匿名）說法，指出不同顏色的社團，在臉書待遇不同。相關報導如下：

> 　　為監督執政黨才成立社團，迄今，每天被網軍檢舉，導致社團的觸及率被降低，也無法邀朋友，自從爆發1450的事後，明顯發現執政黨的偏頗。變成人家檢舉我們，我們就可能會受限，但是支持執政黨的就完全不受影響，通常色彩偏藍或中立的臉書社團，都比較快被和諧掉，比如說我們發現不實、謠言的文章，或是假新聞，檢舉對方，對方卻都沒有事情，我們覺得很疑惑。（張怡文，2019年12月19日）

　　《中時電子報》這則新聞，共有〈神力女超人挺藍粉絲團〉、〈韓家軍〉、〈靠北民進黨〉、〈李四川後援會〉等泛藍社團轉發。採用CrowdTangle觀察，共有兩百四十餘萬（2,444,931）人關注此事。

　　選舉期間，會發現傳統媒體、社群粉專，都會選擇議題進行傳播。《自由時報》（2019年12月19日）08:28報導，中國為了落實「文明養犬」的理想，在許多省分制定「養犬令」。最近北京市在非重點管理區頒布最新「養犬管理規定」，要求居民禁止飼養體高超過35公分的大型犬，並限制3日內自行處置，

未處理者將遭到開罰，導致北京市內寵物醫院爆發安樂死潮。《自由時報》該報導並引用〈綠黨〉臉書，指稱「許多飼主為避免愛犬被查獲，直接用棍棒打死」。另外還用了《微博》、《微信》的訊息。

　　本書採用CrowdTangle觀察發現，此一報導促使近千萬（9,563,845）人關注此事，轉傳社團有〈不禮貌鄉民團〉、〈姆士捲雜物誌〉、〈傑出男公關〉等，似乎有更多愛狗人士關心。《關鍵評論網》（李秉芳，2019年12月20日）則報導指出，北京市犬管人員說，相關法令實施多年，並非始自今日。但僅重點管理區不允許飼養大型犬，規定的三天時間，是用於將犬隻從重點管理區遷移到非重點區域安置，並非要求飼主將狗安樂死。可知《自由時報》這則新聞報導並不正確，卻仍有大量臉書使用者互動。

　　除了臉書社團外，也可以在YouTube影音平台上進行病毒傳播。偏藍社團流傳2018年的YouTube影片，內容指蔡英文在和親民黨主席宋楚瑜通電話時，說：「說我是日本人，我就是日本人，怎麼啦？我日本人就是要當選台灣總統！」指出蔡英文選總統目的，是要把台灣賣給日本。

　　這則YouTube影音取自《互聯網娛樂新聞》，[11]其實是2018年10月17日時產製，卻一直未被下架，並在總統大選前、2019年12月時在YouTube出現。影片由多張蔡英文的個人照片構成，旁白甚至出現不雅用詞，並且說蔡英文認為自己也是日本人，要選台灣總統。〈決戰2020深藍聚落〉、〈無能蔡英文下

11　https://www.youtube.com/watch?v=IvGrhCvdPNI&ab_channel=PoliticalNews

台〉、〈打倒民進黨〉的臉書粉專也跟著轉載，使用的迷因圖都一樣，並引起不少人留言、分享，表達憤怒的人最為多數。但整部影片並無事實根據，應屬捏造。

　　本章重點在於討論病毒傳播現象。並說明病毒傳播現象會使用引人注意、激發情緒、令人憤怒的標題，以便吸引人點閱並轉傳。同時，陰謀論有助於觸發陰影論，因此選舉中，經常會有陰影論類型的假新聞進行傳播。麻煩的是，世上有政治的、科學的、宗教的等不同的陰謀論，想對陰謀論進行事實查核實充滿了困難，要想找到證據也是不太可能的。陰謀論多半無法客觀地呈現事件，並且無法進行科學與事實驗證。一般而言，可能性很低的宣稱會導致很少人去驗證，這樣就更可能煽動這個錯誤的信仰（Peters, 2020）。

　　由上述幾個案例可以了解，爭議性的新聞案例，引發民眾心中各種情緒，並經常採用聳動、吸睛的標題，吸引人點閱與轉傳。很快就有幾百萬人收到此訊息，病毒傳播的效率非常驚人。至於真實為何？只見雙方各取所需，為各自陣營的選舉盤算。台灣的選舉充滿這類的假新聞政治，到最後只問輸贏，已無人在乎真相。

　　病毒傳播造成假新聞快速傳播的現象，除了文字與迷因圖外，日漸增加的梗圖與影音等形式的造假新聞，不但受平台歡迎，一樣可以形成病毒傳播現象。本書將在第四章一併討論，並探討深度造假現象。

第四章

欺騙造假與科技操弄

　　假新聞像真實一樣傳播，看起來又是如此可信，人們實在很難判斷是否真實。網路世界提供更多開放資源與科技運用，並且大大降低技術門檻，卻也讓假新聞有機可乘。

　　法務部調查局（楊清緣，2020年4月10日）發現，中國社群媒體《自由徐州電台》以繁體字在推特po文「我是台灣人，我為台灣人這樣惡毒攻擊譚德塞而感到無比羞恥，我代表台灣人向譚德塞道歉，乞求他的原諒。」並留言：「模板！大家記得裝像點。」疑似要中國網友假冒台灣人幫忙散播這個「道歉貼文」。該「自由徐州電台」帳號已經被推特下架。

　　緊接著，推特上旋即出現《我不是自由徐州電台》，又推出多張置換照片的假新聞。除了寫出完全沒有事實根據的文字外，最主要就是使用修改過的照片，也就是各種P圖軟體進行圖製，再搭配不實的內容。所有的內容產製和傳播，都是為了達到欺騙的目的。

　　P圖是社群假媒體製造假新聞常見的手法，主要將照片人臉置換，經常用來攻擊特定對象。更進階的則是影片造假，如果

做得好，可以形成更好的病毒傳播效果。使用Photoshop可以進行修圖、人臉置換、去掉背景。更有不少免費手機APP，如果將這些運用在政治選舉上，可以製造很多假照片。Adobe公司深受困擾，於是進行「反P圖」研究，他們從2018年開始研究用AI識別篡改圖像，可以識別三種類型的修改：拼接、複製和刪除。這是因為修改圖片必會留下痕跡，只是肉眼難以察覺。一旦放大圖片後，就能看到鋒利的切割邊緣等不自然的噪點（極客公園，2019年6月20日）。

同樣是2018年時，臉書也宣布，它的AI技術已經可以判讀嵌在圖表中的文字。更早之前，臉書只能判讀獨立的文字（Levy, 2020, pp. 455-456）。

影音也可以有類似效果。影音平台YouTube和其他平台如臉書、谷歌也試圖發展影音時，在網路社群間的連結與分享機制愈來愈廣，功能也愈來愈精準，病毒式的影片（viral video）也由中形成。當多數人都希望能夠多了解病毒市場時，必然會想知道是什麼原因讓內容變成病毒式的傳播。當一則內容引來數以百萬計的民眾觀看時，就有某些人努力進行病毒式的牽引（viral traction）。

圖片和影音除了可以製造病毒傳播的效果外，技術本身也是另一隱憂。尤其，目前已運用在假新聞的「深度造假」（deepfake）人工智慧科技，竟成為造假工具；如果運用到政治上，將製造可怕的混亂。

2019年6月，美國眾議院情報委員會主席謝安達（Adam Schiff）在眾議院聽證會上，高聲警告稱為「深偽」（Deepfakes）的人工智慧合成影片，可能造成總統大選災難性的傷害。在選

舉對決的最後時刻，任何一個假造的影片、聲音或照片都可能
造成候選人無可挽救的傷害。受害的候選人來不及澄清就被假
新聞摧毀，「深偽」可能是決定選舉勝敗的致命武器，而且是
惡意者勝出的負面武器（乾隆來，2020年9月16日）。

　　在此之前的2019年5月，美國眾議院議長南希・佩洛西
（Nancy Pelosi）講話含糊緩慢的影片，也曾在美國遭到瘋傳，
連美國總統川普都推波助瀾，影片事後經證實是遭到篡改。[1]
美國2020年總統大選前，網路上出現造假影片，民主黨候選人
拜登與共和黨候選人川普都成為造假對象。拜登受影片合成之
苦，影片中出現主播準備連線訪問拜登，不料拜登在另一端
竟然坐著睡著，有的版本還出現打呼聲，主播叫了幾聲「醒
來！」、「醒來！」都叫不醒。推特、臉書、YouTube、Line上
都有英文、中文版本，附上的文字多是：「民主黨候選人拜登
在節目上睡覺」、「這個老拜登，竟然在訪問時睡著了，這樣
的人能做美國總統嗎？」

　　拜登這則假新聞受到多個事實查核單位出面澄清。說
明是9年前（2011年10月19日）主播莉拉・聖地牙哥（Leyla
Santiago），連線訪問人在紐約的84歲著名歌手哈瑞・貝拉方提
（Harry Belafonte）時，不料準備受訪的老歌手卻叫不醒。因為
是現場連線，所有過程全都如實播出。[2]這則作假影片則把老演
員的右框部分，換成拜登和希拉蕊連線時，低頭不語的模樣，

1　https://tfc-taiwan.org.tw/articles/4410
2　https://www.youtube.com/watch?v=81z9AY3FNOk&ab_channel=KBAK-
　　KBFX-EyewitnessNews-BakersfieldNow

再合成主播試圖叫醒拜登的造假影片。美國事實查核組織《AFP Fact-Check》（September 2, 2020）澄清此新聞為假（false）。[3] 美國其他事實查核單位如《PoliticFact》、《AP Fack-Check》也同樣說明此合成影片為假新聞。國內事實查核單位《Mygopen》（2020年9月2日）、《台灣事實查核中心》（2020年9月3日）也先後說明為「影片後製謠言」、「精細的合成畫面」。

2020年9月6日，在一則抖音（TikTok）短片中，美國總統川普和國務卿蓬佩奧（Mike Pompeo），兩人合唱〈我愛你，中國〉。兩人的口形配合歌詞：「我愛你春天蓬勃的秧苗」等歌詞，有時還會配合歌詞出現閉眼表情，以表達對中國的深情熱愛。這則影片沒有任何事實查核組織證實為假。放在YouTube影片下的留言多數為簡體字，好幾個留言都是哈哈大笑，似乎是一看就知道是假。最後一則留言甚至說：「播主若是敢這麼弄中国国家主席和总理，播主都不知道发生什么就挂了。」

拜登和川普兩個造假影片，在作法上有些不同。拜登的影片主要是使用傳統的剪接技巧完成移花接木，業界稱為「便宜造假」（cheapfake）。川普唱「我愛中國」的影片，則屬於「深度造假」（deepfake）類型。這兩種類型的造假內容，是以影像的形式出現。不論名稱是「便宜」、還是「深度」，這些影片都是假的（Dan, 2021, p. 643）。其中，「深度造假」主要是借用機器學習等人工智慧概念，先是用在成人影片的臉書置換上，後來也出現在政治人物與美國選舉中。美國廣播公司

3　https://factcheck.afp.com/manipulated-video-falsely-shows-biden-asleep-during-tv-interview

（ABC, January 31, 2019）《夜線》（*Nightline*）節目，播出有關川普、彭斯的談話內容，但影片中說明，上述談話全都是「深度造假」的產品。如果ABC不說明，多數觀眾也難查證是作假。路透社（December 17, 2019）因此在美國2020年總統大選前，訓練他們的記者如何辨識「深度造假」的影片和聲音檔。

深假（深偽）的演算法可以創造假的圖像和影片，和真實的非常相似，前提是手邊必須有大量的照片和影片。公眾人物如影劇名人和政治人物，在網路上很容易就可以找到很多他們的影音和照片圖檔，以至於「深度造假」的目標，不少是影劇和政界人物（Nguyen, Nguyen, Nguyen, Nguyen, & Nahavandi, 2020）。

如果是有關重要政治人物的深度造假影片，就可能引發政治後座力。台灣則在2021年10月起，高度關注幾可亂真的深度造假影片，國內一名網紅涉嫌用AI換臉技術，將公眾人物合成性愛影片，受害者達百人。立委質詢該技術刻意製造兩岸衝突；國安部長陳明通證實，總統蔡英文被換臉，強調這是國安危機（吳妍，2021年10月21日）。

為了提醒民眾不要受騙，演員喬登・皮爾（Jordan Peele）和BuzzFeed合作，使用「視覺特效與動態圖形」軟體（After Effects），再加上現成的動畫程式和FakeApp，製作完成一支72秒的「深度造假」影片。主要內容是把皮爾想說的話，塞到美國前任總統歐巴馬口中。目的是為了讓民眾了解，如今已可以使用科技，製造操控的影片和聲音檔傳播假新聞（Spangler, April 17, 2018）。國內也出現類似影片，司法單位已高度關注。可見在假新聞的討論中，有必要對「深度造假」進一步了解。

第一節　欺騙與假新聞

　　美國在2016年大選後，更在意假新聞的政治意涵。假新聞常包括欺騙、宣傳、謊言等大量傳播。更特別的是，美國的假新聞常是利用臉書和推特傳播（Yang, January 4, 2017）。英國脫歐事件事後也發現，在英國的脫歐公民投票上，主張「離開」（leave）歐盟的主張，在社群媒體上有較多的追隨者（DiFranzo & GloriaGarcia, 2017）。

　　欺騙存在不同等級。有的是為騙取點閱、惡作劇等「小欺騙」。在假新聞的定義中，「欺騙」可以是指臉書動態牆垃圾郵件（News Feed spam）中出現的欺騙，比如說「點擊可贏得咖啡」；或是「有人在猶他州遠足時看見恐龍」等，事後民眾可以明確判斷為假、或是誤導性的新聞故事。使用者通常會把這些內容刪掉，另外也可以告訴臉書，指出那是一則「垃圾郵件」（Owens & Weinsberg, January 20, 2015）。假新聞與欺騙已經共存很久，但自網路時代起，欺騙找到它的新天地。有關社群媒體上的假新聞研究還非常新，因此大部分的研究者會把研究放在欺騙（hoax）的內容上（Allcott & Gentzkow, 2017）。

　　更大的欺騙意指「設計欺騙的訊息來破壞大眾有關組織、產品、服務或是個人的信任」（Veil, Sellnow, & Petrun, 2012, p. 328）。這樣的研究觀點認為，欺騙經常結合有權力的個人或是組織祕密策劃，以完成不公道的目標。欺騙更常涉及個人或組織使用科學的方法去達成目的，欺騙也經常由行動者自認是出自正義，以解除更大的不正義（Park, 2017）。有的研究取向則是如新加坡，基於國家防禦觀點來檢視欺騙或假新聞（Susilo,

Yustitia, & Afifi, 2020）。

　　不論欺騙屬於何種等級，欺騙一開始由行動者發動，很快擴散到網路大眾。過程中，個人一開始只是欺騙的接收者，只要藉著簡單的行動如點閱、按讚、分享與評論，個人同時也可以是欺騙的散播者。這類低成本、低勞力的行為很快傳播訊息，並且也成為鼓吹者（Park, 2017, p. 24）。

　　商業類的假新聞則想增加收入（McDougall, 2019, p. 36）。想要獲利的假新聞和政治上的欺騙不同。政治類的假新聞試圖誤導民眾與產生影響力；政治嘲諷希望從政治人物身上得到娛樂效果。想要成功，還是要靠一定的創意，才能有更好的分享和按讚（Botha, 2014）。政治上的欺騙描述的狀態是政治人物不僅會製造錯誤的承諾、試圖控制大眾言論，更會公然說謊，如此行事還能不受懲罰（Buckingham, 2017）。

第二節　迷因梗圖與假新聞

　　假新聞的定義本來是指採取類似新聞的形式，傳遞錯誤的資訊，所以都是文字訊息。但這樣的理解，將忽略大部分在臉書流傳的是圖（images），也就是迷因（memes）的現象，迷因已成為常見的假新聞類型。

　　迷因一開始為演化的名詞，道金斯（Richard Dawkins）在《自私的基因》（The Selfish Gene）一書中提到，迷因是指在複製與演化過程中，具有控制力的基因，在演化期間會適應與散布，是個應用極廣的名詞（Dawkins, 1976）。

　　從流行文化的定義來看，迷因意指由使用者產製的媒體或

社群平台生成（Foster, 2017, p.133）。迷因是個「文化傳輸的單位」，可以傳輸音調、構想、流行金句、時尚等。迷因還能自行複製，從一個人的腦，再傳到另一個人的腦。迷因最重要的任務，則是要讓大眾為之瘋狂（Abramson, 2019／吳書楡譯，2021，頁25-26）。

經過40多年後，迷因的定義已經改變，僅限定於網路上的使用。迷因是為社群平台創設，可以很快地大量分享。典型的形態是一張有文字樣的圖，因為沒有貼在文章中，所以很難找出消息來源。臉書喜歡這類的圖、影片甚於文字，所以不管這類訊息是真的、假的，都比文字更有潛力去觸達民眾（Renner, January 30, 2017）。

迷因和圖像（image）有關，並且常用來形成網路上的病毒活動（Foster, 2017, p. 134）。最常見的迷因形態為在一張照片上增加評論，並且經常使用的是新聞照片。像這樣將文字與圖片進行簡單的整合，就可以形成有效的政治傳播。同時，吸睛的圖片又可使用點擊誘餌（clickbait）的形式，用來吸引使用者在網路中跟隨（Bolton & Yaxley, 2017）。這類圖像式的假新聞模式在美國2016年總統大選、國內選舉時都已大量出現。

政治迷因圖尤其可以取代複雜的政治論述，並且可能將謠言擴大（Burroughs, 2019）。2016年美國總統大選期間，媒體報導民主黨候選人希拉蕊、前總統柯林頓和司法部長林奇（Lynch）在機場碰了面。隨後就有一張截圖（圖4.1）影射指出，柯林頓和林奇兩人在飛機上密商後，希拉蕊的電郵門事件就擺平了。這張詆毀民主黨候選人希拉蕊‧柯林頓的迷因圖，約有50萬次的分享（Renner, 2017）。

圖4.1：詆譭民主黨候選人希拉蕊‧柯林頓
　　　　的迷因圖

資料來源：臉書

　　國內選舉期間，藉著病毒傳播，很多假新聞都能順利傳播開來。2018年11月10日高雄舉行市長選舉公辦政見會，高雄市長候選人陳其邁耳朵反光被描繪成戴耳機，該訊息以病毒傳播的速度，快速流入各大偏藍社團。（圖4.2）〈台灣傻事〉社團即於當日下午4:12寫著：「陳其邁戴耳機的啊~~~~幕後市長到底是誰啊？」〈2018反蔡英文暴政聯盟〉也於同一天製圖，並寫說：「耳麥，副控室PD Box可以有人打pass給牠，這也就是為何要三立舉辦的用意，因為這樣才能作弊（繼續騙下去）。」

　　有關陳其邁戴耳機的梗圖，很快在網路上傳開，陳其邁當天夜晚11點緊急召開記者會，譴責戴耳機的假資訊。並且提到政見會下午2點才開始，下午1點5分，網路上就出現「有沒有辯論會，因為戴耳機被抓包」的文章（葛祐豪，2018年11月11日）。

圖4.2：陳其邁戴耳機的造假梗圖，網路上出現多個版本
資料來源：臉書

　　真圖假文的迷因圖就成為選戰中，能夠形成瘋傳的病毒傳播現象。國內在選舉中，大量出現這類圖片，並在各大社群

平台上廣泛流傳，作為攻擊對手的主要手法。本書整理2018年選舉期間的迷因圖類型。經分類後，統計整理藍營攻擊綠營的重點為：同性戀敗壞社會風氣、反同婚；空汙、缺電（深澳電廠、以核養綠是安全的）；陳致中嫖妓；歌頌國民黨候選人（盧秀燕、韓國瑜最多）；治水不利；貪汙賄選；蔡英文無能；跟邦交國斷交；醜化民進黨；東廠；臺大沒校長；高雄氣爆善款流向不明；攻擊柯文哲；讚揚國民黨等。

　　偏綠社團貼出的圖片則有：澄清流言；批評韓國瑜（數量最多）、盧秀燕、侯友宜；批評柯文哲；讚揚民進黨；批評國民黨及其他候選人事物等圖片。這類虛構文字與真實照片合成的作品數量實在非常多，主要來自各大社群平台，再繼續流傳下去。政務委員唐鳳也證實，小編被要求作圖卡時要拉高情緒值、表達憤怒以吸引更多人。2014年行政院成立新媒體小組就有這種情況，2018年選後更多（賴于榛、林政忠，2021年1月6日）。

　　迷因圖也會採用搞笑手法，目的在於嘲諷敵對陣營的政治人物。〈打馬悍將粉絲團〉貼圖指出，有人掛了「冷靜地想一想 韓國瑜真的是草包」的看板，用發社群轉傳。經《蘋果日報》（石秀華、楊適吾，2019年10月14日）、TVBS（陳佑元、張立陵，2019年10月15日）先後到現場查證，發現內容遭到篡改。看板內容其實是「冷靜地想一想三年多來政府為台灣人民做了什麼」，是批評蔡英文政府的文宣。〈反蔡英文粉絲團〉、〈反林攏吃銅吃鐵政黨粉絲團〉轉發此篇新聞，並批評政府坐視不管。

　　網路上各平台不斷轉傳與蔡英文有關的各種迷因圖，很多都可能遭到P圖變造。如圖4.3照片仔細看，會發現是一張合成

照，並已遭查證為假（台灣事實查核中心，2020年1月6日）。

合成痕跡

圖4.3：該照片中間仔細看，會發現是一張合成照
資料來源：臉書

　　有關政治人物的迷因圖數量極多，不但傳遞片面訊息，對照片當事人形象也會造成傷害。從迷因圖可以發現，圖片內容經常是從新聞中取材，更容易吸引讀者注意。（圖4.4）

圖4.4：迷因的內容，多半與新聞時事有關

資料來源：臉書

　　選舉期間，這些政治迷因圖往往可以形成一定的病毒傳播。選舉中看到的政治迷因圖因為無法追查來源，作風甚至愈來愈大膽，有不少時候已涉及人身攻擊。

第三節　AI誤用與深度造假

　　網路上的機器人利用機器學習，訓練機器人模仿真人；也有類似技術可以用在影片、照片上，形成造假的效果，這件

事由美國《主機板》（*Motherboard*）記者山姆・寇爾（Sam
Cole）首先揭露。寇爾（Cole, December 12, 2017）發現網路上
出現《神力女超人》（*Wonder Woman*）電影女主角蓋兒・加朵
（Gal Gadot）的情色影片。影片中只有臉是蓋兒・加朵的，身
體並不是加朵的。

　　這支影片是由機器學習演算法（machine learning algorithm）
製造，使用易得的物件和開放的程式碼，只要具備相關知識，
就可以使用該軟體裝置。這是一種近似法（approximation），只
是置換臉部，讓人以為影片中人就是臉部被認出的人。這個技
術未必可以愚弄所有人，因為機器人在模仿真人時，會出現無
法克服的恐怖谷（uncanny valley）理論，總會有破綻。然而，
乍看之下，卻可能以為是真的（Cole, December 12, 2017）。

　　事情起因於美國瑞迪（Reddit）社群網站中，出現一名自稱
為「深偽」（deepfakes）的使用者，上傳假的成人影片引起眾
人關注。他的方法是使用AI演算法，把影劇名人的臉和成人影
片中的臉孔互換。一年多後，深假已經在瑞迪平台外大量傳播
（Hao & Heaven, December 24, 2020）。從2018年開始，臉書也
開始出現「深偽」的聲音與影片。

　　根據山姆・寇爾（Cole, December 12, 2017）報導，「深
偽」主要使用開放學習工具TensorFlow，這是谷歌免費提供給研
究者、研究生與任何對機器學習有興趣者的學習工具。另外，
「深偽」使用Adobe工具可以讓人說話，Face2Face演算法也可
以在既有的影片中，使用即時的臉部追蹤，做出假的成人秀。
現在很容易就可以假造任何人說任何話，做任何事。他的報導
提醒大家，有關科技濫用的嚴重現象。

在寇爾（Cole, December 12, 2017）的報導中，「深偽」拒絕說明自己是誰，以避免公審。他說自己不是研究人員，只是一個懂得機器學習的程式工程師（programmer）。關於自己的演算法，他很容易就可以用數百萬張的照片來進行訓練。同時，他使用的軟體來自多方的資源公開（open-source）出處。他也使用谷歌的照片、照片檔案、YouTube的影片，讓各種資料在互聯的節點上自動運算，以進行深度學習。並使用演算法讓人臉與影片整合，經過不斷訓練後，就可以完成目的，然後上架讓影片擴散。

「深度造假」（深偽）的技術仍不斷在社群平台擴散。2019年，一個叫DeepNude 的APP在發行後很快關閉，後來又在Telegram上不受拘束地散播。發明DeepNude可以褪下照片女孩的衣服，造成女性受害。這是深度造假AI技術最新的發明，可以偽造一個人說什麼話與做什麼事。即使特定人士從未有裸照，這個軟體一樣可以做到。該軟體免費下載，要完成脫衣，竟然只要30秒。研究單位又發現有一個幾分鐘就可轉傳的機器人軟體，同樣可以在Telegram平台上免費取得，對準年輕女孩下手（Samuel, June 27, 2019）。

APPDeepNude是一名匿名工程師，只願意用假名阿爾貝托（Alberto）回答記者的問題。阿爾貝托說，他使用的是公開軟體，由柏克萊大學於2017年開發，主要是在大量的圖像影片中，訓練演算法。阿爾貝托說他這麼做是為了樂趣，同時也是因為自己想用新的數位科技做新APP。他說自己不是偷窺狂，而是一個技術狂熱者。其中也有經濟的原因，因為他的演算法可以為他帶來收入。這個APP允許使用者花50美元下載一張照

片，接著就可以讓照片中的人變得一絲不掛（Samuel, June 27, 2019）。

深度造假機器人於2019年7月11日開始在Telegram頻道上傳布，約有十萬個會員參與其中。核心的頻道提供機器人軟體，另有其他頻道技術支援與照片分享。因為簡單到有FakeApp等軟體，人人都可以下載使用。其餘的挑戰在於，需要一個人的大量照片。後來被發現這個社群多為來自說俄語的幾個國家，照片的無辜女性則來自阿根廷、義大利、俄羅斯和美國。多數人都是一般民眾，因為使用者可以從Instagram上看到這些人真實的生活（Hao, October 20, 2020）。

其中，最知名的軟體即是FakeApp，可以用來欺騙、傷害某個人的名譽，並讓人們真的感到害怕。FakeApp和Faceswap都是很容易取得的軟體，只要上網，就可以很快下載（CNBC，September 26, 2019）。

自2018年以後，「深度造假」的影片在一年多以來激增，如果有很多同一個人的影片，就可以製作10秒、20秒的造假影片，或是音檔。而且技術愈來愈輕巧，所需的時間也愈來愈短。2018年*BuzzFeed*花了12個小時，才完成歐巴馬假的影片。現在，「深度造假」變得更容易製造（Merrdfield, June 27, 2019），並且極可能用在政治上。

「深度造假」是AI製成的虛構人的聲音或影片，讓一個真人去說假話，電腦就會開始學習去整合兩個不同的影片。「深度造假」的市場正在興起。人稱「Fakenstein博士」的傑夫・懷特（Jeff White）說：「在我放上我的一些影片後，我接到數以百計的工作要求，大部分人是為了娛樂和博君一笑。」懷

特說，他常用這個技術作為嘲諷；也可以讓每個人都變成芭蕾舞者。他同時公開教大家怎麼做「深度造假」影片。首先，他要先拿到川普的一段影片，另外則有他自己的兒童喜劇片《小淘氣》（*The Little Rascals*）影片。然後他把川普的照片和兒童的照片都整理成一行一行，接著就可以進行置換（CNBC, September 26, 2019）。

美國總統大選前，Ctrl Shift Face（October 31, 2020）也用「深度造假」技術製作影片。影片中川普和拜登兩人坐在會議室兩端，不客氣地吵架爭辯，影片同時註記「深度造假」（DeepFake），好讓大家了解這是虛假的影片。

懷特也說，他的工作相當嘲諷，他不認為有人會把他的作品當成真的，他也不喜歡人們把這當成真實般傳播下去。懷特擁有這些作品的著作權，這和惡意的企圖不同。惡意的深度造假都無法知道製造者的身分，都是匿名的，也無法追到來源（CNBC, September 26, 2019）。

在一場TED演講中，演講者（Suwajanakorn, July 26, 2018）播放四支歐巴馬談拯救家庭財務、投資高科技製造、投資乾淨能源與製造工作機會的簡短談話影片，問大家哪一支是真的？他的答案是：「全都是假的。」他最後說，自己也很關注這項技術被誤用的可能性。如今，深度造假從影劇名人換臉到政治領導人，人們很難分辨真假。2020年美國大選，「深度造假」更已大量出現在社群媒體中（CNBC, September 26, 2019）。

這項科技首先就已有的照片，製作很多的3D模型，並且不斷讓電腦修正，包括他臉上的皺紋。一直被人忽略的色彩（color）問題，可以用改善色彩的技術更顯逼真，還可以讓靜

態的照片變成動態，也可以用一支影像來驅動模型。如果要做有關歐巴馬的影片，必須讓電腦連續14小時，觀看只有歐巴馬一人的影片，需要再整合的只有嘴部範圍。工作人員會把聲音和嘴部結合，再合成文本、牙齒動作等細節，再與臉部混合，然後放到一個有來源的影片中（Suwajanakorn, July 26, 2018）。

　　原來這項科技的目的是希望造福人類。它允許民眾可以和一個納粹大屠殺的倖存者（全像投影），進行互動對話。因為可以和一個人對話，會感覺和這個故事緊緊相連。又例如，現代人可以邀請傳奇教師如諾貝爾獎得主理察‧費曼（Richard Feynman）用英語以外的不同語言，來教導數百萬計的小孩；又或者人們可以和已經過世的祖父母對話。「這個技術可以有無限的用途，這讓我非常興奮。」Suwajanakorn說（July 26, 2018）。

　　無奈這個技術因為軟體容易取得，而成為假影片最主要的製造工具。假影片也很難偵測，因為擔心這個技術也能用在戰爭中，美國國防部說他們正在全力反擊（Bloomberg, September 27, 2019)。「深偽」和「偵測深偽」兩個人工智慧科技互相較勁，就像警察和搶匪，互相使用最新的科技試圖戰勝對方。雖然到目前為止，大部分的「深偽」影片都已被證明為假，但驗證的過程耗時費力。就算大型網站或平台移除這些造假影片，居心不良的網友們，也會透過私下分享或重複上傳的方式不斷流傳。最後，這些影片變得真假難辨，對受害者的名譽造成很大的傷害（1號課堂，2019年1月7日）。

第四節 台灣的深度造假影片

台灣出現的深度造假影片，有一定數量是以蔡英文、馬英九為對象，在這類影片中，多數是為求得博君一笑的政治嘲諷效果，相信觀看的民眾就能判斷為假。較值得重視的是，也有一些影片必須依比對結果，進一步討論是否為深度造假。

另外，國內也可看到一支中國國家主席習近平的20秒深度造假影片，內容說的是要稱為「新冠肺炎」，而非「武漢肺炎」，劇情主要模仿國內一支汽水廣告。因為多數民眾都看過這支廣告，所以也能判別真假，了解其中的嘲諷意味，不可能當真。

2020年總統選舉前，曾經出現一個深度造假案例，因為手法粗糙，再加上原始影片容易辨識，大可判斷為假。民進黨（2019年11月18日）推出2020年立委選舉的競選宣傳片，片中強調「讓民主與進步，成為國會的多數」，並在YouTube下方以兩行小字寫著：「明年1月11日，你將決定立法院的 113 個席次。你可以選一席重視民意的，或者中國滿意的。」

民進黨的這支競選影片卻由網友林国华改成一國兩制版本，還把改掉的文本，塞進影片中的每個人物口中，並刻意避開口形明顯的鏡頭，只有保持影片原有的尾音「好嗎？」二字對準口形。標題則改為「蔡英文的未來路線很清楚，堅持一國兩制台灣方案！」同樣在YouTube下方寫著：「民主與進步，成為省會的多數！明年1月11日，除了省長票之外，還有省委票跟政黨票，你將決定立法院的 113 個席次。」

影片最後，蔡英文旁白的聲音也遭到造假篡改。由原版本

的「請給台灣一個進步的席次，用你的一票向一國兩制說不，讓民主與進步成為國會的多數。」遭變造的版本中，同樣出現蔡英文的聲音，說的卻是：「中國與台灣都不能分割彼此，我們必須要團結，未來的路線很清楚，堅定一國兩制台灣方案。」

由上述案例可知，深度造假也包括音檔的篡改。使用深度造假的音檔進行金融詐騙的事情已經發生。曾有一個CEO說，假的聲音檔讓公司損失十萬美元（CNBC, September 26, 2019）。由於蔡英文有很多資料影片檔，可以找到她談論一國兩制等語，因此提供造假者足夠的聲音素材。

2018年，總統蔡英文九三軍人節赴忠烈祠主持秋祭，網路上卻流傳一段影片，指責蔡英文在莊嚴的忠烈祠內吐口水。由於忠烈祠秋祭場面嚴肅莊重，透過影片可發現，第5秒的時候，蔡英文突然一個癟嘴再加上轉頭，意味不明的動作，被有心人士解讀為是在忠烈祠內「吐口水」。總統府祕書長林鶴明說，根據完整畫面，總統當天肅穆嚴肅，有人刻意擷取抿嘴畫面假稱總統吐口水，事實上總統並未開口，何來吐口水（TVBS，2018年9月4日）。相關議題在網路上持續延燒。透過《KEYPO大數據關鍵引擎》的聲量趨勢可以發現，一週內跟「蔡英文吐口水」有關的聲量，就有10,138筆，4日林鶴明召開記者會當天有5,939筆。而5日討論還是持續，有4,163筆聲量（Lancelot，2018年9月5日）。影片中蔡英文擬向左轉身時，卻嘟嘴朝右吐了一口。常識的理解是，典禮上有多人觀禮，並有多家媒體報導此一新聞，卻無一人看到類似場景，影片卻呈現吐口水的效果，實在令人不解。雖然總統府記者會已對於特定網頁、媒體

扭曲該訊息，表示強烈遺憾跟譴責。或許相關單位也可以檢視該影片是否經過「深度造假」軟體修改，畢竟，要取得蔡英文本人的影片，是非常容易的事。

科技濫用與政治

「深度造假」涉及科技的濫用。在網路化世界之前，這項科技僅為少數人擁有，要取得該技術的成本也較高。網路時代來臨後，隨著盛極一時的共享概念，很多開放資源（open source）都可以在網路上找到。這樣的環境可以幫助人們獲得實現夢想的創新；卻因為有人刻意誤用，用來製造假新聞，讓開放美意打了折扣。除此之外，可運用作假的科技範圍很廣。假訊息必須要讓「假」的部分看起來像真的；目前更因為AI技術普遍化，使得造假技術技高一籌。

深度造假可能導致國家間政治與宗教上的緊張，也可能愚弄民眾而影響選舉結果，或者是製造金融市場的混亂。它也可以假造衛星照片，以混淆軍方的分析。如在河上假造一座橋，就可以誤導戰役軍隊（Nguyen, Nguyen, Nguyen, Nguyen, & Nahavandi, 2020）。有一個中國的換臉APP（Zao app）在中國社群間瘋傳。使用這個APP，可以讓自己的臉出現在知名的電影中，也因為擔心遭誤用、侵犯個人隱私而引發關注（The Guardian, September 2, 2019）。

美國眾議院議長南希・佩洛西要求她講話含糊緩慢的造假影片下架，YouTube已經移除該影片，臉書則拒絕下架，佩洛西因此控告臉書傳布假消息。兩名英國藝術家刻意使用深度造假

技術，做了祖克柏的「深度造假」影片，傳到Instagram上。影片中祖克柏看著鏡頭，嚴肅地說：「想像一下，數十億個人的個資、祕密、生命歷程和未來被竊取，全由一個人掌控。」由此可知，兩名藝術家這麼做的目的，是為了抗議臉書對社群平台假消息控管的原則和執行，有失公允和確實（波波，2019年6月14日）。

由於這些作假影片都是出現在社群平台上，卻未見平台努力移除。更甚者，平台公司還能因這些作假影片的傳播而獲利。因此必須動員民眾的政治意識，要求法律管理這類行為（Paris & Donovan, 2021, p. 647）。畢竟，造假影片更可能影響選舉，除了對候選人的名聲形成負面影響外，也會出現不佳與真假困惑等有害的外溢效應（Dan, 2021, p. 644）。

深度造假有不少作品屬於戲謔、嘲諷性質的假新聞，民眾似乎一眼就明白為造假。然而，由於AI科技不斷精進與普及，只要有人刻意誤導，必定會引發社會紛亂。如何破解深度造假，是值得國內AI團隊與事實查核組織，進一步深刻了解的新挑戰。

第五章

同溫層與演算法政治

假新聞傳播要達到效果，參與其中的網民都必須出力，目的是強化分享，至於訊息是否為真，似乎沒那麼在意。以下列舉兩個案例，可了解選舉期間的藍綠選民，全然不同的政治情感。由民眾主導的社群網路使錯誤訊息可能存在，並且創造了數位媒體生態。在這個媒體生態中，民眾相互依靠確認可以相信的新聞、資訊和娛樂（Mihailidis & Viotty, 2017, p. 444）。

2019年間，各種作票傳聞流竄。如說計票的時候用水蠟筆，或是計票箱有夾層，或是出現大量無折痕的選票等各類傳言難以窮盡。2019年12月26日下午4:08，帳號李蜜於〈韓國瑜打倒民進黨！〉粉專貼文指出，2020年投票完畢，各投票所將不清點已領票數的訊息。該貼文在泛藍社團獲得超過90則轉發，5,510互動數，觸及100多萬人。透過CrowdTangle軟體來了解臉書追蹤人數，共有一百一十餘萬（1,156,025）人關注該貼文。一同散播貼文的粉專依時間序為：〈韓國瑜鐵粉後援會〉、〈韓國瑜選總維全國後援會（庶民）〉、〈神力女超人挺藍粉絲團〉、〈黃復興黃國強支黨部〉、〈對黃智賢世界說讚的朋

友〉、〈力挺國瑜做總統〉。轉傳粉專立場一致偏藍，說明該訊息僅在偏藍陣營流傳。

　　再看另一則有關綠營的案例。2019年12月22日18:28，〈不禮貌鄉民團〉發布韓國瑜抱女嬰的照片。事件起因於國民黨總統候選人韓國瑜參加寶寶爬行大賽，結束時因為抱起的女嬰爆哭，而在網路上引起話題。〈不禮貌鄉民團〉的分享貼文下方出現一則貼文截圖，指出該女嬰母親不滿女嬰被強行抱走。同樣用CrowdTangle軟體檢驗，發現〈不禮貌鄉民團〉臉書的追隨者達六百萬（6,040,202）人，協助傳布該訊息的相關臉書粉專為〈ETtoday新聞雲〉、〈ETtoday分享雲〉、〈Formosa！鬼島明珠婦女〉、〈酸酸時事鐵絲團〉、〈反抗中共併吞，一票不投泛藍〉。新聞媒體除外，轉傳臉書粉專全為偏綠。

　　然而，上述兩則訊息均為錯誤訊息。針對第一則訊息，「台灣事實查核中心」於2020年1月3日下午3:55，澄清此為錯誤訊息。[1]至於第二則新聞，進一步對照YouTube平台上的完整活動影片，影片第13分33秒時，可看到女嬰母親（從影片的爬行比賽中推測身分）親自將女嬰抱給韓國瑜，看起來毫無氣憤或不滿之意，因此判斷此相關貼文為假新聞。[2]

　　上述兩個案例傳遞的都是假新聞，這樣的貼文卻能在臉書平台上，像病毒般傳播，分別擁有一百多萬到六百多萬的追隨者，可以看出臉書平台對國內政治的影響力。社群平台形成各自的同溫層（Pariser, 2011），立場互異的社群媒體更不斷製造

1　www.facebook.com/taiwantfc/photos/a.234834500505015/486637165324746
2　https://www.youtube.com/watch?v=cLuw5iioWW0

議題，並藉由政治相同立場的其他社群進行更深遠的傳播。這些極化的政治意見，快速地在社群平台如Line、臉書、YouTube等平台上傳播。網路因為匿名性（anonymity），更加提升內容的傳播與分享（Susilo, Yustitia, & Afifi, 2020, p. 52）。不但傳播速度快速，更形成前所未見的族群對立問題。

這樣的政治對立現象，在選戰期間經常可見。《聯合報》（徐如宜，2019年12月3日）一則報導指出，當愛河出現魚群狂跳岸的現象時，韓粉是高興地喊：「韓國瑜回來了。」韓黑則酸說：「魚集體輕生。」韓粉、韓黑的聲音，都是來自網路。任何社群都不會平衡呈現觀點，只想說社群內可能想聽的話。

藍綠選民在臉書、YouTube各有自己的粉專社團與頻道，政治見解同樣兩極。「基進黨」黨主席陳奕齊的臉書內容就是討厭韓國瑜、討厭韓粉，用詞也頗強烈，如「腦殘」、「無腦韓粉」等。會分享的粉專則是〈只是賭藍〉、〈（香港）Stand News 立場新聞〉、〈打馬悍將〉、〈仙島：台灣〉等。

第一節　同溫層與政治極化

2016年6月23日英國公投結果出爐後，英國多數主流媒體顯得非常震驚。從英國公投的投票資料可知，倫敦選民壓倒性支持參與歐盟；英國北方則投票支持退出。當時英國媒體遭質疑，怎麼會如此不了解英國北方民眾的心情？同樣在2016年美國總統選舉時，美國菁英媒體也因為川普取得白宮寶座而受到質疑（Bossio, 2017, p. 90），認為他們並不了解基層勞工選民的看法。

　　要回答上述問題，需要更多的經驗研究，並了解民眾使用社群媒體的習慣。以美國為例，不少民眾是使用臉書獲得訊息。計有40%的美國人從臉書獲得資訊，並與外界分享（Cellan-Jones, 2016），臉書已成為美國民眾主要的新聞來源。再加上民眾對傳統媒體的信心下降，以及政治極端化（political polarization）現象（Allcott.& Gentzkow, 2017, pp. 214-215），導致假新聞事件層出不窮。這類假新聞一開始轉述的可能是真實新聞，卻在傳播過程中遭人篡改，或是任意修改標題、加上網友意見便大肆傳播。變成假新聞後，傳播力量更大。

　　目前民眾擁有傳統主流媒體以外的資訊管道，社群媒體影響力愈來愈大，民眾的投票行為已經愈來愈難預測。同溫層在假新聞成為全球關注的嚴重問題後，經常出現於文章與民眾口中。社群媒體或是小媒體（micro media），多會鎖定特殊的目標群眾，並且保證這個人可以在更多的平台找到相似的訊息。同時在網路環境中搜尋個人喜好的資訊，以致假新聞有了成長空間（Cooke, 2018, p.13）。社群媒體更可以把人帶進同溫層（filter bubbles）中。同溫層又稱為回聲室（echo chambers），是社群媒體飼養與策展的結果，使人群環繞在自己喜愛的資訊中。同溫層還會因為大家共同的見解而繼續擴展，當遇到和自己看法不同、相衝突的資訊時，就會選擇相信和自己看法相同的資訊。同溫層是選擇性暴露、選擇性資訊搜集的案例，它可定義為預存立場（predisposition），也就是會避開衝突、追求適合自己的資訊（Case& Given, 2016；Cooke, 2018, p. 8）。

　　同溫層可視為獨特的資訊宇宙。當然，民眾通常會消費能夠迎合他們興趣的媒體，而忽略其他的。但是同溫層會引介三

個不曾出現的動態因素（Pariser, 2011, p. 9），使得同溫層現象更為特殊。（1）你是單獨處在同溫層裡；（2）這個同溫層是看不見的；（3）最後，人們別無選擇，進入這個同溫層中（Pariser, 2011, pp. 9-10）。帕瑞瑟（Pariser, 2011, p. 15）進一步檢視形成同溫層的臉書平台設計，可知其中有「個人化的自動議題設定」，這個機制放進人們熟悉的事情，灌輸人們已經有的觀念，同時讓人們遠離不熟知的領域。

同溫層如果只是關乎個人，可能還無關緊要，但是當所有人都住在自己的同溫層生活中，同溫層就會關乎到整個社會，就會出現負面的社會後果（Pariser, 2011, pp. 12-14）。即，圈內人相互連結與向圈外橋接的這兩項社會資本（social capital）都會發生改變（Putnam, 2000）。普特南（Putnam, 2000）在他寫的《獨自打保齡球》（*Bowing Alone*）一書中提到，我們可能得到較多與圈內人連結的資本，如網路上的鄰居比真實世界的鄰居，更像是我們的鄰居。然而，同溫層卻很少能產生向外橋接的資本。因為橋接會創造「大眾」（the public）的感覺，可能已超乎個人的取向和興趣（Pariser, 2011, p. 17）。

同溫層在意見極化的環境中，特別能蓬勃發展。在政治極化環境中的人們，可以因為一個好的故事或符號象徵，一同反對某件事。另外，也可以因為某個醜聞，激起大家對敵對陣營的憤怒。憤怒是同溫層形成的另一隻翅膀，在同溫層中提供矛盾的、鼓吹的訊息，就可以刺激群眾憤怒（Hendricks, & Vestergaard, 2019, p. 46）。假新聞研究已發現，「憤怒」是決定讀者願意在臉書分享資訊的關鍵傳播機制。愈是極端與憤怒的人，愈可能分享網路上的政治訊息。讀了這些故事後，又會

讓他們更加憤怒。由此可知，假新聞的模式是製造異議、而非製造同意；因為可以激起衝突與憤怒的、絕對比讓人流淚的有效（Tanz,2017）。當人們感到憤怒、認為該事件是導致不正義的原因時，這時的情感便可以驅動，並且相信他們可能藉著傳遞憤怒，以完成某種特定目的（Dobele, Lindgreen, Beverland, Vanhamme, & van Wijk, 2007）。

　　2016年美國社會出現各式假新聞，即使大選結束，假新聞事件也沒有減少，「披薩門」（Pizzagate）尤其受人議論。華盛頓一間名為「彗星乒乓」（Comet Ping Pong）的披薩店，早在美國大選日（11月8日）的前幾天，披薩店老闆詹姆斯・阿萊凡蒂斯（James Alefantis）發現關注自己 Instagram 帳號的人數突然變多，並開始出現「我們盯上你了」這類恐嚇性留言。接下來，阿萊凡蒂斯及披薩店餐員工也陸續從簡訊、臉書及推特上收到各種威脅。經過一輪網路搜索，阿萊凡蒂斯發現在臉書、瑞迪（Reddit）網站以及名為「新民族主義者」（The New Nationalist）的網站上，出現了數十篇文章及多個討論群，毫無根據地聲稱民主黨候選人希拉蕊・柯林頓（Hillary Clinton）及其競選團隊主席約翰・波德斯塔（John Podesta），以這間披薩店為基地，並在其中綁架、侵犯及販賣兒童。這個話題熱度很高，瑞迪網站一個名為「披薩門」的討論群，就吸引了約兩萬名用戶（端傳媒，2016年12月6日）。

　　2016年12月4日（週日）下午，一名28歲男子艾德加・威爾斯（Edgar Welch） 在該店內持槍開火並遭拘捕；威爾斯向警方供述稱「自己正在查案」，因為根據網傳的信息，他相信這間披薩店，正是民主黨總統候選人柯林頓及其同夥虐待和性侵兒

童的大本營，因此親自持槍調查。

　　由「披薩門」案例可以了解。這個高熱度、高聲量的訊息在同溫層發酵，引發網民的憤怒、焦慮，形成分享資訊的意願，並不斷散布此想法。已有不少研究證實，再次貼文（reposting）最可能引起病毒傳播。病毒式的社群傳播可以增加內容的重要性，進而創造可以影響社會、經濟與政治的結果（Borges-Tiago, Tiago, & Cosme, 2019）。再以美國披薩門（pizzagate）為案例說明，該訊息的傳播不再依靠主流媒體，而是靠民眾參與的網路傳播。披薩門代表一群經常在網路上對話的人，嘗試揭露故事背後的真相，並因此獲得正當性（Mihailidis & Viotty, 2017, p. 444）。網路中有相同心情（like-minded）的人聚集在一起，共同圍繞著各種想法、理論、包括陰謀論等，並且會以某種方式支持他們心中的信仰。這些去中心化的個人有著共同的目的，且認為彼此為命運共同體（Mihailidis & Viotty, 2017, p. 445）。

　　同溫層同時也成為政治人物經營的場域。傳統的選戰講究草根經營，以便在選戰中獲勝，進而贏得政治權力，而非只是想在社群中獲得注意力而已。現在打選戰更知道如何有效地使用社群媒體。〈英國第一〉（Britain First）是個極右派的政治團體。靠著一些媒體絕技，〈英國第一〉很快有兩百萬個讚，成為極受歡迎的粉絲頁。但是，沒有人知道這個團體是誰的、或是誰躲在這個團體後面（Bossio, 2017, p. 103）。

第二節　演算法決定貼文順序

　　民主制度需要公民透過自己的觀點去看事情，由於臉書等社群平台的運作機制，民眾會慢慢局限在自己的同溫層中。帕瑞瑟（Pariser, 2011, p. 5）注意到他的一些保守派朋友，慢慢在他的臉書網頁中消失。帕瑞瑟說他自己的政治立場比較傾向左派，雖然這樣，他仍然想聽聽保守派在想什麼。所以，他會想去看他們貼文的連結，去讀他們的評論，去向他們學習。但是他們的連結，卻不會跳到他的臉書動態牆（News Feed）上，這是臉書的演算法導致。

　　演算法是一套規則去了解所有行為的結果，因此包含處理資料、計算行為表現或自動完成做決定（decision-making）的過程。社群媒體的演算法會考量什麼是影響網民更有力的價值，然後在分析資料時，就把這個價值的優先性設定先於其他價值（Bossio, 2017, p. 92）。社群媒體尤其能提供更多資料的生產，包括文本資料，如推特的推文、評論、網路資料、追隨者，還有有關使用者個人的地區、連結、分享與觀看等。

　　很多組織會使用不同規則的演算法。演算法的效用可以採取不同的方式或規則，如新聞記者或組織想要影響新聞報導與民眾的參與（engagement）時，可以透過優先次序（prioritisation）、過濾（filtering）、分類（classification）等演算法（Bossio, 2017, p. 96）。新聞組織可以使用優先次序的演算法，決定什麼新聞要放在新聞的頂端位置，來改變新聞在網路上被看到的情形。演算法對於新聞的生產與消費可以協助（assisting）、也可以管制（regulating）。因此，演算法的規則

便可以干預新聞的生產與傳播。

　　社群平台也會採用各種演算法，並用演算建立平台上的運作機制。谷歌的搜尋引擎一開始推動的是網頁排名（PageRank）演算法，這曾是谷歌這家公司最有名的演算法。2008年11月開始，谷歌推出個人化的演算法，以了解個人歸屬的一些團體，以及推測這個團體喜好。藉著了解個人使用的伺服器，就可以去猜測使用者的年齡，甚至是他的政治立場（Pariser, 2011, pp. 33-34）。如果愈能夠鎖定使用者，就愈容易說服使用者去登錄（log in）。當使用者經常登錄，這個公司就可以持續追蹤使用者的數據。甚至使用者沒有造訪他們的網站，也一樣可以追蹤。假設使用者登入Gmail，然後也使用谷歌的雙擊（Double Click）廣告服務，造訪了另一個網站，後面的過程都會附著在使用者的谷歌帳號上。谷歌可以進一步追蹤這些公司放在使用者電腦上的cookies，谷歌又可以提供使用者在第三個網站上的個人資訊給廣告主，整個網路都變成是谷歌的平台（Pariser, 2011, p. 41）。

　　臉書平台同樣因為演算法，盤踞網路權力。臉書的演算法則是利用頁面排序（EdgeRank），這個演算法強化網站上動態牆的預置網頁。歐尼爾（O'Nel, 2016, p. 179）為解釋演算法時說，當她點了臉書上的「寄出」時，她寫的貼文就屬於臉書了。接著，這個社群平台的演算法會做出最佳使用該貼文的判斷，並且會計算賠率（odds），然後這篇貼文可能會傳給她的每一個朋友，以及朋友的網絡圈。這時，她的朋友會特別注意她的這篇貼文，臉書的演算法會設想並決定誰可以看到這篇貼文，被壓在動態牆（News Feed）較低位置的朋友，就不會看到

這則貼文。

　　EdgeRank演算法可以為網路上的每一個互動分出等級。即使配對很複雜，觀念卻非常簡單，就是「近似」（affinity）。即，演算法覺得誰比較可能跟你是朋友，就會讓你跟那些人互動，臉書也會告訴你那些人最新的消息。演算法同時會不斷更新這類關係的狀態，會不斷地衡量，如現在誰在跟誰約會等。另外，演算法也會考量時間因素，最新的貼文更具分量（Pariser, 2011, pp. 37-38）。

　　臉書從很早起，就一直使用這樣的演算法，把貼文展示給想看的人們閱讀。臉書等於把使用者的注意力當成社會技術（sociotechnical）的工程，本身也因為使用演算法而獲得權力。例如，演算法可以決定什麼貼文放在動態牆的第一則（Bossio, 2017, p. 103）。這有點像報紙編輯選擇重要訊息放在頭版一樣，一個社群媒體網站如何將一則訊息，傳到離發文帳號很遠的地方，就在於演算法的運用（Koene, September 14, 2016）。臉書也會了解使用者多常與朋友、粉絲頁或公眾人物互動，他們有多少讚、分享與評論。動態牆還可以讓使用者沒看到的貼文，在其他人與這貼文互動後，再次出現在你的動態牆上。臉書就是要完成它的「注意力經濟」（attention economy），做法就是讓你一直參與其中。選舉時，訊息會同時放在主流媒體和社群媒體，目的是要測試訊息引起注意的能力（Bossio, 2017, p. 104）。

　　臉書的演算法，讓大家見識臉書強大的影響力。強而有力的臉書有30億的使用者，同時也是一家貿易公司。這家公司會根據他們公司的利益，決定要給人們看到什麼。讓人疑惑的

是，臉書的運作和政治系統是否有關？臉書的研究人員也想知
道答案。在2010-2012年的美國選舉期間，臉書做了一個稱為
「投票擴音器」（voter megaphone）的實驗，也就是鼓勵大家
去投票。臉書在使用者的動態牆灑下「我投票了」（I voted）
的文字，並不斷更新，似乎形成應該去投票的同儕壓力，最後
鼓勵超過6千1百萬人去投票。這個數據已足夠影響選舉結果
（O'Nel, 2016, p. 181）。

第三節　演算法是否中立

　　演算法是否中立，一直是個爭議的問題。提供演算法
服務的人，會認為谷歌的搜尋引擎是演算中立（algorithmic
neutrality）的再現；這個中立性保證它們的本質是好的，可以
正當化他們進行的社會和商業行為（Gillespie , 2014)。臉書等社
群平台包括谷歌（Google）、推特（Twitter）、蘋果（Apple）
都有類似宣稱，他們認為他們與大眾有關的演算法（public
relevance algorithms）都是中性的。這個說法卻受到學界質疑
（Brake, 2017, p. 29）。

　　理想上演算法是中性的，並且依賴邏輯做決定，一定不具
有任何成見。軟體在處理不同的貼文時，也會在一切價值基礎
上，做理性的選擇。不過，這些公司的演算法也曾被質疑出現
若干問題。例如，谷歌的搜尋引擎自動提供（autocomplete）
種族主義。2004年，一名反猶太分子將一個否認發生猶太人大
屠殺的網站Jewwatch，谷歌因其鏈接原理，讓該網站提升到查
詢的前十名，被認為違反客觀立場。谷歌認為它的效率來自自

動化搜尋過程，如果引入人工審查會降低速度。谷歌認為更主要原因在於公司文化致力於數學、規則和事實的基礎上組織、呈現訊息，而非基於輿論、價值觀或主觀判斷來呈現信息（Pasquale, 2015／趙亞男譯，2015，頁105）。另有反駁的意見指出，專業的個人編輯是昂貴的，符碼卻是便宜的。所以，平台會愈來愈採用一些非專業的編輯或是軟體，去了解可以看什麼、讀什麼。最後符碼會非常依賴個人化的演算，並且取代專業的編輯（Pariser, 2011, pp. 54-55）。

　　從2016年至今，不同的社群平台一直是假新聞滋生的空間。美國的選舉制度已經夠混亂，推特上卻傳遞有關投票的錯誤訊息。川普的支持者用英文和西班牙文傳給柯林頓的支持者，告訴他們可以在家連線並投遞選票的假訊息（Lapowsky, 2016）。推特的機器人在平台散播假新聞；右派人士的生活也在演算法自動形成同溫層。民眾也曾經質疑，為何「占領華爾街」和「微基解密」沒有在推特的熱門話題中，出現應有的曝光度。推特公司則說明指出，推特的熱門話題由演算法自動生成，演算法只是捕捉最熱門的新興話題，而非最流行的話題。換句話說，推特重視的是新奇性，而非流行性。有時，如果流傳速度不能快速上升，即便是每天談論的話題，也無法進入熱門話題排行榜（Pasquale, 2015／趙亞男譯，2015，頁110）。

　　到處都在使用演算法，以幫助人們更快認識這個世界；事實上，人們對演算法的認知卻非常有限。演算法並非如此完美，也發生過幾次錯誤，所以工程師會參與其中的作業（Koene, September 14, 2016）。正因為如此，這些價值則是由工程師決定的，又或者是工程師從資料中選擇的，這其中就會有人的成

見進入演算法的系統中。也就是說，演算法如何決定編輯的價
值，是由演算法的創造者導入，通常是公司的老闆們（Koene,
September 14, 2016）決定。

　　因此，就算演算法是中立的再現，卻都是私人公司藉著演
算法，決定民眾在網路和社群平台看到什麼新聞，並決定相關
的選擇和價格。同時，民眾熱心的分享、按讚，都會轉變成匿
名大眾的各種分類，再由公司賣給廣告主。這些存在於演算法
背後等有關大眾、商業與社會的所有決定與後果，卻是模糊的
（Bossio, 2017, pp. 98-99）。換言之，演算法看似良好、中性與
客觀，事實卻完全不是這樣（Noble, 2018, p. 1）。一名谷歌工
程師詹姆士・達摩爾（James Damore）指出谷歌存在「違反多
元」（antidiversity）性別觀念，造成演算法壓迫（algorithmic
oppression），他認為谷歌的演算法無法界定有色人種與女性的
特殊情境。達摩爾揭露谷歌立場保守事件後，遭到谷歌其他工
程師圍剿（Noble, 2018, pp. 3-4），後遭谷歌開除。

　　谷歌跟臉書的大量數據有兩個使用的用途。對使用者來
說，這些資料是提供個人化相關新聞與結果的重要參考。對廣
告主來說，這個數據是發現可能買主的關鍵。這類公司可以使
用這些數據，賺到廣告主的金錢（Pariser, 2011, p. 40）。在真
實世界裡，谷歌絕對有能力就各種議題進行資訊控制，像是決
定網路搜尋的先後順序，以便提高某些競爭者的經濟利益。
這時，進行點閱的使用者，自然是跟著這個商業步驟的資訊
再現，最先看到的，必然是已經付費的廣告主（Noble, 2018,
p. 24）。研究演算法的諾貝爾（Noble, 2018, p. 3）譴責指出，
2016美國大選就是一個案例。谷歌和臉書的演算科技，已對民

主造成傷害。

演算法屬於應用數學等領域。在2010年以前，數學被認為不會介入人類事務，現在卻已經看到麻煩來了。歐尼爾（O'Nel, 2016）以「破壞數學的武器」（Weapons of Math Destruction; WMD）來討論有關演算法的有害範例（models）。她指出，人們應用數學作為決策的基礎，並啟動大數據經濟，部分認為這樣的決策良好，卻可能在軟體系統中轉譯（encode）人們的偏見與誤解。這些數學模式不透明（opaque）、工作隱匿（invisible）；數學家和電腦工程師就像牧師一樣。即使他們做了錯誤的決定，也不會被人批評或投訴（O'Nel, 2016, p. 3）。

與此同時，臉書的研究者也發現，在短短幾個小時的時間裡，臉書可以從數以百萬計、甚至更多的使用者中得到資訊，並且可以測量文字與分享連結的影響力（O'Nel, 2016, p. 180）。不只臉書，谷歌、蘋果、微軟（Microsoft）、亞馬遜（Amazon）與手機供應商等很多公司，都擁有很多和人有關的大數據，並且希望可以達到賺錢的目的。使用者通常不會在意假新聞究竟如何找到方法，進入使用者的演算法和動態牆。使用者可能認為假新聞和他們的同溫層無關，只是演算法在社群媒體剪裁內容的產物。社群平台藉著網路行為搜集得來的數據，進而創造使用者類目，用的就是數據監控（dataveillance）方法（Cohen, 2018, p. 140）。

Netflix紀錄片《智能社會：進退兩難》（*The Social Dilemma*）邀請曾經在谷歌、臉書、推特、YouTube、Instagram工作的工程師、功能創辦者，現身說明有關「免費軟體」的幕後操作。片中揭露暗黑演算法，指出平台的使用者都是商品，

使用者的注意力就是要販售給廣告商的商品。該片指出社群軟體的獲利模式，就是透過精心設計，打造「宛如毒品」的軟體，讓人上癮後推送廣告以獲取利潤（羅文芳，2020年10月5日）。臉書在該片推出後即刻發文澄清，提及《智能社會：進退兩難》紀錄片扭曲社群媒體，並回擊影片未訪問目前在職的社群媒體及專家看法，強調用戶個資不會賣給廣告主，用戶也能透過設定刪除自己的屬性。臉書也提及早在 2018年已修改演算法，減少使用者每天使用時間，並承認自2016年發生劍橋事件，有公司不當使用用戶個資影響選舉後，臉書便致力改進、保護數據、審核不實內容等（羅文芳，2020年10月5日）。

　　然而，不爭的事實是，人們都是在黑暗中被評價。演算法說明大數據的黑暗面（the dark side of Big Data），我們則已身在其中（O'Nel, 2016, p. 13）。

第四節　演算法塑造同溫層

　　已有研究發現，因為社群平台上的回音室（echo chambers），可以讓社群媒體在資訊消費與傳遞過程中，形成偏見（bias）得以獲得肯認的系統（Zollo & Quattrociocchi, 2018, p. 368）。另有研究說明，科技平台不只是一個產品或是服務，而是一個有權力、可以快速運作的生態系統。外界對平台的了解仍然非常有限，因為平台是由高度科技化組成，很難用傳統研究的概念去理解（Naughton, 2018, p. 382）。熟悉臉書政策人士說：

　　　　同溫層和平台一定有關係，因為平台就是想讓你看到和

你有關係、你喜歡的內容。就一定會看你以前的行為，或
是你的朋友都看的內容。你知道這個遊戲怎麼玩，你是不
是要強迫自己看自己不是那麼喜歡的內容，你可以設定自
己想看的東西，而不是限制這個東西的幫助。

演算法和真假無關，如果你喜歡看某人的故事，這個系
統就會讓你一直看到某人的故事。如果他是激進分子，你
就會一直看到，並且不會覺得它是假新聞。（受訪者I，作
者親身訪談，訪問時間為2020年10月13日。）

既然演算法和真假無關，民眾如果任由演算法決定，活
在自己的過濾泡泡中。這麼一來，將導致常識與真相消亡，取
而代之的是各行其是且經過炮製的特定資訊區塊，旨在訴諸意
識形態傾向，因此會削弱民主（Abramson, 2019／吳書榆譯，
2021，頁371）。然而，另一派意見認為，數位時代的使用者都
應該了解演算法，也可以學習如何不受演算法控制。了解這點
後，他會設法讓自己不要掉入同溫層中。受訪者說：

我用臉書的習慣和別人不太一樣，我喜歡的和不喜歡的
都會追蹤一下，會想知道多元意見。我的動態牆上，支持
川普和反對的聲音都有，不會只有一方之言。因為我非常
了解臉書的動態牆如何運作，所以我刻意讓自己不會變成
只在同溫層中。

我瀏覽的內容會被貼上什麼標籤？這的確沒有很明確
的判斷標準，這是演算法有爭議的原因。演算法是一個訊
息傳播機制，演算法是中性的，機制很明確，不明確的是

判斷一個人的標籤。演算法有很多層次，分類是最難做的事。但我們也可以改變自己的廣告標籤，臉書和谷歌都有做這部分的廣告透明化，到底每個人被貼上哪些標籤，大家都可以看到，你可以關掉某些你不喜歡的標籤。（受訪者K，作者親身訪談，訪問時間為2020年11月4日。）

　　不過，選舉時的狀況卻非常不同。在選戰緊張壓縮的時間內，選民會主動接收新的資訊。但接收資訊又是屬機緣巧合（serendipity），這類資訊通常並未經過嚴格審查，並且伴隨各式各樣的意見（Case& Given, 2016）。民眾因為沉浸在由政治人物製作的政治敘事中，他們變得更容易覺得他們眼中的政治世界與自己有關，並且更可能投票給該政黨（McLaughlin & Velez, 2019）。如果再加上個人、或是資訊包裝的不同情境，更會大大降低該資訊的深度與清晰度（Cooke, 2018, p. 8）。民眾如果對一個議題有興趣，就會去尋找與它有關的更多資訊，並且用不同的方式去詮釋資訊。他們的認知和記憶會受到個人情感和態度影響，以致即使接收新的資訊，卻無法改變他們的態度和行為（Case& Given, 2016, pp. 114-115）。

　　臉書因為掌握演算法並具有內容分類機制。若干了解臉書演算法的使用者，為了利用臉書的演算法傳播，必須先在臉書平台上製造更多人都來點閱的內容，讓臉書的演算法誤以為是重要的內容，就會提高觸及率幫忙傳播，並餵給同溫層內的自己人。市場行銷人員說：

　　　　如果帳號的朋友數夠，臉書就會認為這個訊息是重要

的，也就是達到參與比例（engage rate），這在其他人的塗鴉（動態）牆上，被看到的機率就會提高。如果發現有問題，臉書就會壓低該訊息的傳播頻率。（受訪者E，作者親身訪談，訪問日期為2020年9月23日。）

根據演算法規則，臉書演算法會傳遞使用者個人喜歡、或是好友喜歡的訊息。一名政治立場偏藍的使用者，就不會在自己的動態牆上，收到有關綠營的貼文。政治泡泡、廣告泡泡都依此規則形成。也因此，民眾慢慢地局限在自己的泡泡裡。選舉行銷人員說：

總統選舉時，可以選擇對候選人、政黨有興趣的人，或是將沒有興趣的人排除。但我如何知道誰有興趣、誰該排除，就是臉書的演算法在選。例如，我平時會按讚蔡英文的粉專，也會定期互動，臉書就會判定我是對蔡英文有興趣的人，就會把我抓到這類受眾中，我就會看到這類廣告。（受訪者H，作者親身訪談，訪問日期為2020年9月30日。）

大量的臉書數據可以引來廣告買主的興趣，包括政治類的廣告買主。臉書可以使用這些數據，賺到廣告主的金錢（Pariser, 2011, p. 40），也就是注意力經濟與市場（Hendricks & Vestergaard, 2019）。如果用在政治場域，則可透過臉書演算法掌握人們的個人特質，這些資料便成為目標選民（target voters）的資料（Sumpter, 2018, p.14）。臉書擁有細微的受眾資

料，因此深受政黨、政治人物、政治行銷公關公司等政治性質
的廣告主歡迎。另一市場行銷人員也說：

　　臉書把抽象的行銷理論全部具象化，在臉書廣告後台，
　　所有臉書的受眾資料全部在臉書上。因為廣告主可以抓到
　　所有資料，所以更明白如何迎合他們，改變他們的想法。
　　如有關按「讚」的資料中，按一個讚和按十個讚，可用來
　　了解受眾不同的成熟度。這些資料是受眾自己願意給的。
　　臉書掌握資料後，會進行受眾分類，它就像是一個產品
　　服務，在廣告後台讓我們自由挑選。如關心性別平台，就
　　會出現lGBTQ這樣的欄位，臉書會提供一個搜尋引擎，有
　　需要的廣告主就可以投放。我們可以選擇，不代表選擇一
　　定有效，要找到自己的受眾不是那麼直線的方式。但我們
　　不清楚臉書的分類機制，這是臉書自己的事。（受訪者D，
　　作者親身訪談，訪問日期為2020年9月14日。）

　　政治類廣告主從臉書購買資料後，就可以使用演算法與數
據分析，找到自己的目標選民。數據導向（data-driven）的選舉
是由科技主導，卻會針對數據顯現的選民弱點進行宣傳，並因
此受到極大的批評（Tambini, 2018, p. 265）。目前有愈來愈多政
治人物關心數據導向的選舉，以及在社群媒體上的訊息瞄準，
選舉也愈來愈網路化。這類有效的目標瞄準，可能會破壞選民
的投票自主性（Tambini, 2018, pp. 269-270）。國內到了選舉
時，政黨與政治人物就會購買臉書資料，作為選舉的參考。選
舉行銷人員說：

　　　　不同的媒體有不同的投放，臉書比較精準，臉書可以幫
　　我抓到這些受眾，所以我就投這個廣告。政治廣告的目的
　　是為了曝光，或是影片讓更多人看到，並且要調整頻次，
　　讓使用者一個禮拜只看到一次。（受訪者H，作者親身訪
　　談，訪問日期為2020年9月30日。）

　　由上述訪談可知，演算法與政治選民的形成關係密切。
不同的選民在臉書的演算法下，可以清楚分類，再賣給政治買
主。由於臉書已成為選戰的重要平台，臉書的演算法與大數據
分析等方法，更已充分在政治選舉中應用，並遭受質疑。2016
年1月，臉書為發行機構引進新的群眾最佳化工具（Audience
Optimization Tool），讓他們貼出的所有內容，可以打入目標讀
者群；發行機構也可以根據興趣、人口統計特性與地理區域來
過濾讀者。2016年2月，臉書又在演算法中加入預測的能力。演
算法可以檢視用戶過去的活動，看看他們想要從哪些類型的來
源看到哪些貼文，以便過濾讀者。演算法一次又一次地改變，
都對政治立場已經極端化的選民造成影響，不同的群體自行組
成向心力很高的意識形態陣營（Abramson, 2019／吳書榆譯，
2021，頁371-372）。

　　更重要的是，臉書提供廣告投放產品「隱藏貼文」（Dark
Post）的功能。意即，臉書的廣告只會投放到可能對該訊息有興
趣的用戶動態牆上，其他非屬目標群眾的人並不會看到。人們
在毫不知情的情況下，已被劃歸於不同區塊，這種方法讓資訊
不對稱的狀態一直延續下去，可以用來分化與混淆（Abramson,
2019／吳書榆譯，2021，頁392-393）。

　　由上述可知，臉書的演算法和廣告機制，都對民主社會的多元化背道進行。更讓檢視臉書的工作，成為與民主有關的事務。

　　演算法為社群平台經常使用的機器學習，用來取代真人判斷。以臉書而言，如果使用者不能察覺演算法對個人資訊的限制，確實可能影響個人一直獲得自己想看的資訊。久而久之，就會活在自己的同溫層裡。這樣一來，個人與外界的資訊隔閡將愈來愈深，就會造成溝通上的困難。

　　在國內的政治場域中，同溫層現象愈來愈嚴重。這樣截然分裂的政治光譜，形成國內兩個難以直接傳播的同溫層，進而促成國內的政治極化現象。這樣的政治態度，在選舉時就可能出現極端擁護特定政黨、或是極端擁護特定候選人的政治態度，都不是民主社會可喜的現象。下一章將討論極化的黨派立場（hyperpartisan）的政治現象，與假新聞形成的關係就非常密切。

第二部分

政治對抗與假新聞

第六章

極化的黨派立場與假新聞

．

　　國內經歷2018、2020年選舉，發生多次社群媒體影響輿論事件，社群媒體已成為選戰中吃重的選舉平台，選舉相關政治人物對社群媒體不再陌生。選舉競爭激烈，衍生出「陸軍」、「空軍」之說，選戰已經從真實世界延伸到虛擬的網路世界中。

　　過去學界多半同意，網路新科技確實有助於民主發展（Fenton, 2010, p. 6），現在的情形似乎已有不同。社群媒體的使用者，會連結同質性高的網路社群，並且經常和相同層級的使用者溝通（Brummette, DiStaso, Vafeiadis & Messner, 2018），以致形成政治的同溫層。平台的演算法則更加深政治的鴻溝，平台政治（platform politics）即說明演算法的做決定和控制大眾的對話（Bossio, 2017, p. 99）。

　　社群媒體生產內容的成本低，常是進行短期策略時採取的方法。這些極化的政治見解，快速地在社群平台如Line、臉書、YouTube等平台上傳播，不但傳播速度快速，更形成前所未見的族群對立問題。政治極化的社群媒體，已經在選戰中扮演重要

角色。它的出現不再虛擬，影響力也非常具體。可見，社群媒體與政治的關係，在選舉期間最為明顯。網紅宅卡啦曾經這麼說：：

> 做政治不可能討好所有人，因為不是娛樂，是政治，就得要分邊。哪一個頻道是中立的？每一個頻道都要鎖定自己的目標群眾，然後描繪他們要的狀態，包括發言的方式與解析議題的面相。根本想不到另外一邊的人怎麼想，我只知道我這邊怎麼想。（桃青們專訪，2019年11月29日。）

網紅宅卡啦的一番話，似乎說明黨派化為必然現象，民眾生活在同溫層中，很難知道另一邊的想法。當同質化理論（the theory of homophily）運用在有關假新聞的政治網路討論時，便指出社群媒體的使用者會連結特性和意識形態類似的其他使用者，進而擴大假新聞的影響力。美國社會曾因假新聞現象凸顯極端政治（fringe politics），導致仇外與憎恨的言論日增（Mihailidis & Viotty, 2017）。社群媒體也因為創造假新聞散發的回音室（echo chambers）而受到批評（DiFranzo & Gloria-Garcia, 2017）。

國內政治的極端現象也是如此，民眾愈來愈習慣使用社群媒體傳遞政治資訊，網路上傳播的政治新聞，只願意和自己相似的人分享。若因此讓假新聞有機可乘，就值得民眾戒慎。

第一節　極化的黨派立場定義

美國的假新聞研究發現，假新聞除了來自假新聞網站外，也會來自極端黨派化的網站（hyperpartisan websites）（Silversman, November 16, 2016）。極端黨派化（hyperpartisan）新聞有三個特徵：（1）只有單邊的政治議題，並不需要另一邊的意見來平衡；（2）推動反體系（anti-system）的訊息，經常是藉著假新聞的形式進行；（3）非常依賴社群媒體為傳播平台（Barnidge &Peacock, 2019, p. 5）。在美國，這類右翼媒體表現出對移民的敵意，並且攻擊主流媒體是假新聞。又由於網路的匿名性和缺乏面對面的對話機制，已造成許多侮辱的、欺負人的、霸權的網路言論（Falcous, Hawzen, &Newman, 2018, pp. 2-4）。也因此，網路出現「極端黨派化」的社群媒體，成為選戰中首見的新興現象。

美國 BuzzFeed 新聞網站曾研究六個極端黨派化的大型臉書專頁、發現美國極端黨派化的臉書專頁，出現過多的假新聞，值得警惕。其中，右翼極端黨派化的臉書專頁，在觀察時期假新聞比例高達38%，左翼極端黨派化的臉書專頁，假新聞比例也有19%（Silverman, Strapagiel, Shaban, Hall &Singer-Vine, 2016）。席佛曼（Silverman, November 16, 2016）更指出，虛假的新聞故事往往來自極端黨派化的臉書專頁。也有研究關注極端黨派化社群的參與者，會有以下兩個特徵：（1）社群媒體會促使曝露於極端黨派化新聞的人，接觸到極左或極右的不同政治光譜的新聞。（2）曝露於極端黨派化的新聞效果，和早期曝露於政黨新聞的效果非常不同。極端黨派化新聞會引來憤

怒、黨派情緒（Barnidge &Peacock, 2019, pp. 5-6）。並且，擁護特定政黨新聞會導致政治極化，並且經常製造假新聞和陰謀論（Mourão & Robertson, 2019）。

　　此外，學者研究英國脫歐公投議題，並觀察推特平台的機器人行為時，發現社群媒體為了快速發展，便採用使用者製造的極端黨派化新聞（user-generated hyperpartisan news）。雖然不一定是假新聞，保質期（shelf life）卻非常短（Bastos & Mercea, 2019）。也有研究聚焦於229則假新聞中，發現高達97%來自具有「極端黨派化」傾向的發行單位。這類假新聞通常是單邊立場的、情緒的與非真實的（Potthast, Kiesel, Reinartz, Bevendorff & Stein, 2017）。

　　拉爾森（Larsson, 2019, p. 722）則是發現挪威「極端黨派化」的臉書專頁追隨者，要比主流媒體臉書專頁的追隨者更為積極（active）。拉爾森（Larsson , 2019, p. 725) 將挪威境內媒體分為全國性、地方性和極端黨派化三種類型，研究指出極端黨派化性質的媒體，具有煽動情緒和發布矛盾議題兩個特徵。他進一步指出，社群平台上提供的新聞和假新聞（fake news, misinformation）關係密切，並會傳播支持特定政黨的媒體內容，使用者會取用一些認定為真實的內容，以取代傳統媒體的報導。

　　「極端黨派化」性質的媒體與新聞內容，在近年的西方政治上備受關注，其中最知名的當屬美國總統川普崛起後，跟著聞名全球的《布瑞巴特》（Breitbart）新聞網站。極端黨派化性質的右翼媒體《布瑞巴特》，和民主黨的社會主義思想形成對立觀點（Falcous, Hawzen, &Newman, 2018, p. 2）。《布瑞

巴特》的做法是把社群媒體當成主幹，以便將極端黨派的觀點傳播給全世界，也漸漸地使該媒體在更廣的議題上也增加影響力。極端黨派化的新聞經常製造假新聞和陰謀論（Mourão & Robertson, 2019），提醒人們明白陰謀論和假新聞的關係。

極端黨派化已成為檢視假新聞的特徵之一，舉凡新聞網站、社群媒體，都可能出現極端黨派化的相關現象。國內研究也指出，有很多臉書粉絲專頁，都具有極端黨派的性質（TeamT5, 2020）。這類現象在國內快速發展，對選舉有直接的影響。

第二節　極化的黨派立場與國內傳統媒體

選舉中的社群媒體，已經成為選舉的戰場之一，經常為自己擁護的候選人助選。在台北市長柯文哲尚未說明自己不參加2020年總統大選時，柯文哲經常成為偏綠社群媒體攻擊的對象。例如，柯文哲發言指稱香港反送中運動為「被台灣人汙染」的結果。泛綠社團〈台灣第一位女總統！小英粉絲團〉於2019年8月6日下午1:02，發文：「台灣有這種首都市長，真是丟臉。香港戰友，對不起。」〈力挺小英執政與改革社團〉也於同日的下午11:10，發文指柯文哲是「民主倒退的代言人」。此外，面對柯文哲提出「蔡英文身邊的人都貪汙」的批評，〈力挺「小英辦公室」後援會〉也於2019年8月7日下午7:50，說柯文哲自己都做不好，有什麼資格批評別人。

《中時電子報》（黃福其、吳家豪、趙雙傑，2019年12月30日）報導罷韓主導人物尹立擔任「中華民國設計師協會理事

長」與文化局長時，10年向文化局投標19案共2409萬餘元，幾乎都採限制性招標，且由協會獨家投標、案案得標。該則新聞亦有兩百一十餘萬（2,146,184）人關注。〈李四川後援會〉、〈韓家軍〉等轉傳，社群的運作都加深黨派極化現象。

即使是同一事件，在社群平台上都可以有不同的操作，以形成不同的言論風向。蔡英文、韓國瑜兩人的博士學位，便成為社群平台上帶風向的案例。

有關總統蔡英文的論文真偽之爭，一直是藍綠不同社群極盡全力、扭轉言論風向的案例。綠營〈只是堵藍〉（2019年9月5日）曾經貼文「到底要被打臉幾次才夠」。[1]〈打馬悍將粉絲團〉（2019年9月22日）也上傳影片「國民黨控蔡英文博士論文造假，原來是他們不懂英國制度。[2]藍營〈靠北民進黨〉則是強調：「論文門的真相很清楚，蔡英文1984年並沒有取得LSE法學博士學位。」[3]社群上藍綠各執己見，民眾似乎是選擇相信自己想相信的一方。

韓國瑜的博士學位話題延燒的時間較晚，規模也較小。不過，卻在短時間內，就出現藍綠社群對峙的現象。Line群組於2018年11月14日轉傳抹紅韓國瑜言論，《中時電子報》（柯宗緯，2018年11月15日）隔天立即進行報導，並說明韓國瑜震怒，預備提告。《中時電子報》（李俊毅，2018年11月16日）隔日又報導，北大光華學院的創辦方說明韓國瑜從沒上過課的

1　https://www.facebook.com/justadullan/posts/408574689859888/

2　https://www.facebook.com/watch/?v=2268851793226132

3　https://www.facebook.com/grumbledpp/posts/1840475382751953/

新聞，這則新聞很快受到偏藍社群媒體響應。轉傳的臉書社群有：〈高雄在地韓國瑜news〉、〈中時新聞網〉、〈請民進黨還給中華民國一個公平正義〉、〈中華民國網路後援會〉、〈媒體還在政治助選造勢〉、〈中華民國後援會〉、〈123打貪腐〉、〈中華隊鐵粉〉、〈改造國民黨〉、〈盧秀燕藍戰爭將全民之友會〉、〈議題新聞網〉、〈炎黃子孫團結奮起共築中國夢〉、〈改造國民黨〉、〈挺馬英九聯盟投書平台〉、〈國旗頌〉、〈中華台灣爆社#全球爆料〉、〈菸黨不倒 台灣不會好〉。依據CrowdTangle軟體追蹤，該訊息觸及人數達一百四十餘萬（1,456,774）人。

　　四天過後，偏綠陣營進行反撲，做法也是由傳統媒體帶頭，然後結合社群媒體擴大聲量。《自由時報》（陳文嬋，2018年11月20日）於11:08報導「基進黨」找到韓國瑜北京大學博士班畢業生名單，批評韓國瑜公然說謊。此一報導立即引來相關社群轉載，社群計有：〈民報〉、〈打馬悍將粉絲團〉、〈黑色島國中年陣線〉、〈高雄民主監督粉絲團〉、〈對我是台灣人〉、〈台灣人是咱的國家說讚的朋友〉、〈無限期支持彭文正、李晶玉〉、〈居住阿根廷大小事〉、〈台灣香港澳門中國討論團〉等。依據CrowdTangle軟體追蹤，該訊息觸及人數達一百餘萬（1,088,619）人。

　　除了社群平台採取極化立場外，在蔡英文、韓國瑜博士論文議題中，都有新聞媒體參與報導，所以必須探究新聞媒體的角色。畢竟，政治須靠媒體運作（mediatized），並且從新聞媒體的報導中獲得正當性（Hendricks, & Vestergaard,2019, p. 35）。平台上的使用者若對某個議題產生興趣，就會去尋找與

它有關的更多資訊，並且可能用不同的方式去詮釋資訊。他們的認知和記憶受到個人情感和態度的極大影響，以致即使接收資訊，一樣不會改變他們的態度和行為（Case& Given，2016, pp. 114-115）。

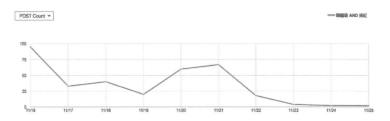

圖6.1：韓國瑜的博士學位議題在網路延燒多日

資料來源：Qsearch

　　問題在於，國內的傳統媒體皆依社群平台的邏輯運作，以賺取點閱與流量，在報導時並非遵從中立、客觀等原則運作。這個現象顯現國內傳統媒體嚴重的立場問題。然而，如果新聞媒體順從市場標準，新聞報導的內容就會呈現過多的娛樂價值（Hendricks, & Vestergaard,2019, p. 35）。像是中天電視台報導韓國瑜、侯友宜、盧秀燕三人聚集的「鳳凰雲」（圖6.2）、三立新聞台報導賴清德接任閣揆時，出現「天空巨龍紅光異象」（圖6.3），都是政治新聞黨派化、娛樂化的結果。

第三節　極化的黨派立場與仿新聞網站

　　同時，極化的社群平台大量吸收立場相符的政治言論，對於大陸網媒也來者不拒。2018年九合一大選前夕，大陸媒體

圖6.2：中天新聞台以天空異象鳳凰雲，形容政治好兆頭

資料來源：中天新聞台

圖6.3：三立新聞台報導賴清德接任閣揆時，天空出現「巨龍紅
　　　　光異象」

資料來源：臉書

《中評社》（高易伸，2018年11月22日）下午14:53首先報導，高雄選前之夜，中國國民黨韓國瑜為7時至10時在夢時代廣場舉辦晚會；民進黨陳其邁晚會地點在捷運鳳山西站後方空地旁，但陳其邁晚會為晚間6時到8時半，距離選罷法規定10時停止競選活動尚餘一個半小時。《中評社》以懷疑的報導語氣指出：「怎麼會平白浪費寶貴的90分鐘？」該報導最後一段並寫著：「此外蔡英文明晚5時也會進駐陳其邁競選總部，據了解包括檢、警、調等高層也將齊聚高雄，一股山雨欲來風滿樓的氛圍正圍繞著這次高雄市長選戰。」

　　這則沒有來源、只憑臆測的新聞報導後，立即引來《密訊》、〈青天白日正義力量〉、〈靠北民進黨〉、〈韓國瑜後援會〉、〈中華隊加油加油〉、〈反綠救國人人有責〉等臉書粉絲專頁轉傳，接著引來「蔡英文檢調警集結高雄」、「邱義仁已來到高雄」、「來韓總造勢晚會吵肖并發生暴亂」、「留意民進黨可能惡意製造車禍事件」「可能在最後90分鐘，由檢警調配合開記者會，說已經掌握韓接受中共資助的證據」等沒有根據的假新聞四起，按讚或回應人數從千餘人到數千人不等。

　　面對不實報導，國內主流媒體試圖澄清。中廣於11月23日20:19時，報導「網傳將公布韓國瑜曾車禍撞死人　陳其邁陣營駁斥」、《中央廣播電台》、《聯合報》、《ETtoday》、《新頭殼》、《華視》、《風傳媒》、《中央通訊社》等新聞媒體，對於網傳的不實訊息，各家媒體都加上「陳其邁陣營嚴正否認」等語，傳統媒體否認傳言的報導，卻未能進入這些已經遍布謠言的社群媒體。

有關「山雨欲來，陳其邁選前之夜為何空白90分鐘的傳言」的高雄市長選戰新聞，進一步使用Qsearch搜尋，發現〈青天白日正義力量〉、〈靠北民進黨〉、〈藍色力量〉、〈罷免民進黨〉、〈靠北時事〉等幾個偏藍粉專，發表的都是一模一樣的文字。這些偏藍陣營的訊息，則全部轉載自《密訊》（misson-tw.com），可知《密訊》為偏藍粉專主要的訊息來源。

　　《密訊》為了提高訊息在谷歌的排序，必須為網站建立足夠的連結，以進行搜尋引擎優化。在2018年選戰期間，一直有大量的外部社群平台頻繁地分享《密訊》訊息，增加《密訊》的對外連結數，以致《密訊》得以出現在各種不知名的論壇。在這些連結《密訊》的大量網站中，除了外部網站外，還存在「連結聯盟」。這些連結聯盟都有不同的網址，卻是全部呈現和《密訊》一樣的主畫面（孔德廉、柯皓翔、劉致昕、許家瑜，2019年12月26日）。

　　根據「FB專頁儀表板」數據分析結果顯示，2019年4月，臉書使用者在一週內分享次數最多的網域裡，第一名就是《密訊》，第二名才輪到《自由時報》；其中，《密訊》的分享數更是《自由時報》近5倍之多（孔德廉、柯皓翔、劉致昕、許家瑜，2019年12月26日）。《密訊》的點閱率在2018年2月時，流量還不到20萬，等到5月時卻已衝破百萬大關。又根據Alexa的台灣網站排名顯示，《密訊》幾個月前還落在30幾萬名之外，7月卻已站上1,882名（風傳媒，2018年7月30日）。《密訊》由於傳播不實訊息，已多次遭臉書封鎖。

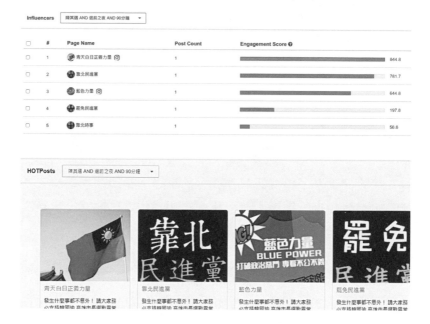

圖6.4：偏藍粉專快速轉傳山雨欲來的不實訊息
資料來源：Qsearch

　　《密訊》的外形就像是新聞網站，也希望民眾把它當成新
聞網站看待，但它其實是個內容農場，大量訊息多是抄襲傳統
媒體，再添加需要的內容。《密訊》的內容還會製成YouTube
影片，上架至《台湾新闻 24/7》、《消息最新》頻道，《台湾
新闻 24/7》等YouTube頻道。《密訊》為了拉高聲量，只要一
有新的貼文，〈青天白日正義力量〉、〈靠北民進黨〉、〈藍
色力量〉、〈罷免民進黨〉、〈靠北時事〉、〈中華兒女站出
來〉、〈反綠救國人人有責〉等臉書粉專就會立即轉貼。另一
偏藍社團〈深藍聚落〉則多轉載《怒吼》內容，以求快速引發

偏藍陣營同溫層的關注。臉書的演算法看到很多人在分享、轉傳這些訊息，以為它是重要的新聞，就會提高它的傳播速度。

在討論假新聞的定義（第二章）時，曾提到「假新聞」之所以將「假」與「新聞」合併，目的就是想讓民眾明白，假新聞很可能模仿新聞的樣式，讓大家誤以為它是新聞網站，於是把它的內容當成真實來相信。又或者，由於政治同溫層效應，在社群媒體已成為民眾主要的訊息來源後，仿新聞網站也能在同溫層中存活。而不管是哪一種立場的仿新聞網站，都會包含意見式與煽情式的語言、誘餌式的標題等，以引發讀者的困惑甚至憤怒。這些仿新聞網站同樣非常依賴社群媒體，會刻意在抄襲傳統媒體的標題後，直接加上網友的說法，內容卻完全沒有提及。也常見這類仿新聞網站直接使用網友意見為報導的消息來源。仿新聞網站也會直接引用政論節目片段，附上網友的回應與說法後，又是一則新聞。同時也與廣告連結，如果讀者的反應愈多，發文者獲利就愈多。

更要提醒的是，仿新聞網站出現的目的，就是為了選舉而來。以《怒吼》為例，《怒吼》於2017年6月27日發布第一篇文章，文章內容卻只有一張圖片，誓言2018年要讓民進黨全軍覆沒。《怒吼》的內容和《密訊》類似，針對韓國瑜的內容非常多，都是支持他的立場，甚至有「造神」的感覺。同時會自製影片，指控綠營抹黑、力挺韓國瑜。《怒吼》非常重視韓國瑜的造勢活動，經常會盡可能描述造勢晚會有多麼盛大、有多少人到場聲援等。針對台中市選舉的內容，則都是緊扣「空汙」，呈現反對民進黨候選人林佳龍的言論。

因應2018、2020年選舉，國內出現若干「仿新聞網站」

出現。這類仿新聞媒體網站多有特定政治立場，內容大多來自外部，並非自己產製。本書列入觀察的「仿新聞網站」計有：《密訊》、《怒吼》、《Hssszn讚新聞》、《芋傳媒》。前三者立場偏藍，《芋傳媒》立場則偏綠。這四個網站全都模仿新聞網站的形態出現，看起來就像是一個新聞媒體，雖說內容並非全部為假，但其報導常有誤導傾向（Allcott & Gentzkow, 2017），內容更有操控和宣傳成分（Tandoc, Lim & Ling, 2018），因此也是假新聞的主要來源。

　　這些新聞網站平台多半連結其他來源的新聞，並且常會用「據報導」、「據宣稱」等方式傳播，很快就有數以千計的人分享，一則訊息受到不斷重複觀看後，會形成一種效果，即謠言也會變成真實。

　　「仿新聞網站」經常扮演中央廚房的角色，提供資訊供社群平台分享轉傳。本書觀察選舉相關訊息的消息來源，試圖了解網站的內容來自何處。觀察期間設定自選前（2019年9月22日、23日、25日），到選舉前一天或當天其中（2019年11月23日或2019年11月24日），為期兩個月。觀察文章的標準為該文內容涉及選舉議題，並且文章提到的候選人是重點縣市（北高首都、六都）方列入計算。《密訊》內容因為本書觀察時，已無法從網站介面看到所有文章，於是由轉貼《密訊》的〈青天白日正義力量〉臉書粉專中取得。又因2019年10月8日前的文章已被《密訊》撤下，無法回溯，所以只能從2019年10月8日為《密訊》的研究起點。合計仿新聞媒體網站的研究起迄時間與新聞則數如下：（表6.1）

表6.1：四個仿新聞媒體網站

	則數	開始時間	結束時間
密訊	135	10/8	11/23
怒吼	128	9/22	11/23
讚新聞	280	9/25	11/24
芋傳媒	76	9/23	11/23

　　本書觀察發現，上述立場偏藍的假新聞網站，主要內容多半來自國內主流媒體，網站中均有廣告，點閱率愈高，廣告收入就愈多。就《密訊》而言，在本書研究的135則新聞中，內容來自《中時》的就高達86則，《聯合新聞網》新聞也有15則，《ETtoday》有8則。另有4則來自TVBS，4則來自《上報》，3則來自《蘋果日報》，3則來自《中評社》。其他還有三立、《風傳媒》、《NowNews》、《寰宇新聞》、《新聞龍捲風》等。

　　《怒吼》內容來源與《密訊》相似。本書研究的128則新聞中，有45則來自《中時》，36則來自《聯合新聞網》，TVBS有7則，中天5則，《ETtoday》有4則，3則來自《蘋果》，《中評社》2則。另有《上報》、《風傳媒》、《鏡週刊》、《新聞龍捲風》、《新頭殼》、三立等。同時，《密訊》和《怒吼》的內容都是以高雄市長參選人韓國瑜為核心，其他的市長若要登上版面，也都是因和韓國瑜有若干關係。

　　《讚新聞》的內容來源也是以《中時》、《聯合》為主，但使用《聯合》的數量則多於《中時》，似乎刻意與《密訊》、《怒吼》區隔。在本書研究的280則新聞中，總計消息來源來自《聯合》的有98則，《ETtoday》也有20則，《中時》、

中天共40則，《蘋果》33則，TVBS有21則。《讚新聞》也引用立場偏綠媒體的新聞，《自由》有16則，三立7則，《民報》2則。另外，引用來自《Yahoo》有12則，《風傳媒》有10則，《Nownews》有11則，《新頭殼》3則，以及中央社、《今周刊》、《鏡報》、《公民行動影音紀錄資料庫》等。

　　《芋傳媒》內容則是一面倒的偏綠報導。自2018年10月3日起，《芋論》的文章12篇中有8篇與韓國瑜有關，內容多為批韓。另有3篇是以高雄市選舉為主題，指出中國已介入這場選舉。打韓的文章有幾個大事件：禁止政治集會遊行、陪睡招商說、黑道背景、競選影片抄襲、侵權等。《芋傳媒》也以「社群觀點」欄目，大量引用傾綠的臉書專頁。這些社群包括：〈只是堵藍〉、〈南投公啥咪臉書〉、〈抓到了！這梗很綠〉、〈台灣賦格 Taiwan Fugue〉、〈南漂打狗少年兄〉等。立場基調都以打擊國民黨和柯文哲為主軸，也提及中國因素介入台灣選舉等。

　　進一步用Qsearch軟體搜尋《密訊》的相關報導，因為《密訊》網址一再更換，較難統一搜尋。本書在Qsearch資料庫中發現，2019年1月中，1月3日、1月30日的貼文數量最高，對比《密訊》網站上相對熱門內容重疊的部分。1月29日〈韓國瑜不住官邸 風水師驚曝恐怖內幕〉（密訊從《三立》轉載）的新聞事件，在《密訊》網站上顯示瀏覽量高達33,694。再回去用Qsearch搜尋關鍵字韓國瑜和官邸的新聞，發現官邸相關新聞在偏藍粉專〈藍色力量〉、〈靠北民進黨〉、〈青天白日正義力量〉上的分享，都是來自《密訊》。Qsearch資料庫中，2月19日、2月25日韓國瑜的相關貼文數量最高，對比《密訊》網站上

相對熱門內容重疊的部分，2月19日〈韓國瑜被酸是喝醉的土包子〉相關新聞瀏覽量為2,000-9,000區間。其中〈藍色力量〉的新聞連結，同樣來自《密訊》。

2月25日韓國瑜訪馬來西亞的相關新聞，同樣是在Qsearch和《密訊》相對熱門文章中重疊的部分。〈為了高雄…晚宴苦等不到吉隆坡市長　韓國瑜說話了！〉在《密訊》上有4,572瀏覽量。用Qsearch（韓國瑜AND馬來西亞）關鍵字搜尋，裡面的偏藍粉專〈藍色力量〉（影響力排名8），轉發最多的貼文數量，幾乎都是轉載自《密訊》，單是2月25日就有26篇，可見泛藍社群媒體高密度轉載《密訊》內容。

至於《讚新聞》部分，在2018年選後三個月期間，讚新聞粉專提到韓國瑜的貼文有362則。對比前面《密訊》的熱門新聞事件，像是2月20日〈韓國瑜喝醉土包子〉的新聞，《讚新聞》也有轉載內容，立場也是偏向挺韓。關於韓國瑜參選總統一事，1月30日《讚新聞》〈暖身2020？ 韓國瑜受邀赴哈佛演講 網大讚：讓世界看見高雄！〉。從圖6.5可以看出，《讚新聞》挺韓國瑜的堅定立場。

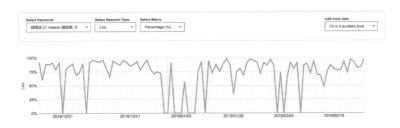

圖6.5：仿新聞網站《讚新聞》為支持韓國瑜進行報導

資料來源：Qsearch

　　《芋傳媒》則是偏綠的仿新聞網站。網站中有相關挺綠、獨派的粉專設專欄，並會轉貼「打馬悍將專欄」、「台灣賦格專欄」等粉專文章。立場基調都相同，以打擊國民黨和柯文哲為主軸，也有內容提及中國因素介入台灣選舉。〈台灣賦格Taiwan Fugue〉臉書專頁的內容，其內容多為批評韓國瑜，且會自製圖片。其中一張圖即說「30天內，中國官媒央視報導國民黨候選人韓國瑜高達100則，直逼中國領導人規格」。《芋傳媒》的影響力排名中，可以看到排名8、22的〈公民不健忘——台灣主權和平獨立〉有最多關鍵字的貼文。排名第4的〈民視台灣學堂〉也有相對較多關鍵字的貼文。

　　《芋傳媒》採取支持民進黨立場。如《中央社》（蘇木春，2020年3月10日）有關台中社會住宅的報導，為現任市長盧秀燕主政之事。《芋傳媒》（2020年3月10日）同日14:38的新聞，則是以前任市長林佳龍為標題。即：〈林佳龍政績延續台中尚武段社宅動工〉，由此可知其鮮明的偏綠立場。《芋傳媒》也刊登蔡育語讀者投書（2019年10月26日），指出台港社會驚覺，港籍人士陳同佳欲來台投案一事，在香港政府、北京政府、國民黨、陳長文、管浩鳴等角色出謀獻策與奔走下，已經讓單純的司法事件愈來愈撲朔迷離。更暴露「出獄後投案」的整起事件，從頭到尾都是國民黨和香港政府在政治操作。該篇新聞以CrowdTangle查詢，共有五十餘萬（513,131）人關注。轉傳的臉書粉專有〈音樂政治上班族〉、〈我是台灣人 台灣是咱的國家〉、〈肯腦濕的人生相談室〉等。

	#	Page Name	Post Count	Engagement Score ❓	
☐	1	🔴 打馬悍將粉絲團	9		3,935.3
☐	2	🐱 脅騙溫的人生相談室 📷	5		2,257.3
☐	3	🍮 焦糖 陳嘉行 Brother Caramel	3		868.1
☐	4	📺 民視台灣學堂	10		698.1
☐	5	🦅 彭文正 📷	2		665.7
☐	6	🐋 鯨魚網站	9		634.4
☐	7	🐦 桃園人 📷	1		479.3
☐	8	🏳 公民不健忘-台灣主權和平獨立	43		334.7
☐	9	🐴 我愛挺馬統	1		236.4
☐	10	⚫ 總統沒時間閒獨立 President Is Busy	1		227.2

圖6.6：仿新聞網站《芋傳媒》與偏綠社群相結合

資料來源：Qsearch

　　本書同時發現，這四個類新聞網站的內容，很快為各社群平台、媒體使用。經統計，在本書研究的選舉相關內容中，《密訊》共有55則訊息在國內轉載。包括Lin Today 轉載18則《密訊》新聞；《NowNews》轉載11則；《ETtoday》轉載8則；TVBS轉載7則。另外轉載的還包括《聯合》（2則）、《中時》（1則）、《上報》（2則）、《新頭殼》（1則）、《Yahoo》（1則）《Mobile01》（1則）、《遠見雜誌》（1則）、《好房網》（2則）等。由此可知，國內各主流媒體、社群平台都可能轉載《密訊》內容，再經由自己的平台大量傳播。

　　仿新聞網站除了與國內的社群緊密結合外，更值得注意的是，《密訊》和《怒吼》的訊息也受到大陸媒體注意與轉載。根據本書統計，《密訊》共有28則由大陸媒體轉載。分別為《華夏經緯網》有12則，數量最多；《環球網》5則；《中評

網》3則；《觀察者網》2則；另外還有《百度新聞》（2則）；
《中國台灣網》（1則）；《天天快報》（1則）、《新浪新聞
網》（1則）、《唬星聞》（1則）等。

　　《怒吼》的內容也經常為大陸媒體轉載。在《怒吼》被其
他媒體轉載的44則媒體中，有高達37則是為大陸媒體轉載。包
括《台海網》8則；《雪花新聞》8則；《環球網》6則；《百度
新聞》4則；《星島環球網》3則；《華夏經緯網》、《早報》
各2則；《新浪新聞網》、《海峽網》也各轉載1則。

　　轉載《讚新聞》的大陸媒體有《尋夢新聞》有6則；《中
國評論新聞》3則；《雪花新聞》2則；《台灣新快報》1則；
《兩岸時報》（1則）；《世界新聞網》（1則）；《中評社》
（1則）；《中國評論新聞》（1則）；《島內政經》（1則）；
《百度新聞》（1則）等。

　　轉載《芋傳媒》的大陸媒體則僅有《阿波羅新聞網》1則，
可見大陸轉載興趣不高。

　　由上述情形觀察，類新聞網站等網路媒體在選舉期間需要
大量內容，因此大量使用與自己政治立場、意識形態相同的網
站；同時，又很快為國內各主流媒體、社群平台使用；更重要
的是，這些帶著片面觀點、立場的新聞，又很快為大陸網路媒
體轉載，形成前所未見到兩岸選舉新聞聚合，同時也讓台灣的
訊息流通，出現真假難辨的危機。

新聞與仿新聞界線模糊

　　本章試圖採取極端黨派立場的傳統媒體、社群媒體、仿

新聞網站等，對選舉造成的影響。本書在分析CrowdTangle和Qsearch的資料時發現，只要有傳統媒體參與傳播，都能擴大極端政治的傳播效果。傳統媒體本就有一定的傳播力量，卻因為選舉時附和某個立場，完全失去傳統媒體本應客觀、中立的新聞角色。由於傳統媒體搖擺不公，台灣社會因此失去中立的準繩，對很多事情的討論，只剩下黨派立場。

這真是台灣特有的假新聞現象，傳播主流新聞的傳統媒體，在言論上一再傾斜，導致國內新聞產業失去社會公信力。這已非一家媒體的損失，而是整體台灣社會的損失。

透過本章的討論也可知，社群媒體已經成為選舉策略運用的工具。社群媒體成為為特定候選人助選的工具，又與仿新聞網站保持一定的關係，目的是擴大在社群中的影響力。台灣選民在參與這些社群時，其實並不了解這些社群背後是誰在主導？主要人物有誰？似乎只要黨派立場相同就可以。

仿新聞網站的黨派立場更是極化。為了吸引民眾，偏藍的仿新聞網站大量炒作韓國瑜新聞。這樣的手法，根本不是為了報導真實，部分民眾可能因為支持韓國瑜，並不想責怪這樣的做法。

偏綠的仿新聞媒體也同樣採取激化的政治立場，大量搜集韓國瑜失言的談話，並且做成標題。讀者如果只接受這樣的言論，也會以為片面失言的談話為所有意見。

仿新聞網站，可能會嚴重影響選民的認知。然而，仿新聞網站畢竟不是傳統媒體。下一章將討論傳統媒體附屬的《中時電子報》的報導內容，以進一步討論擁護特定候選人的報導策略。

第七章

擁護特定候選人與中時電子報

　　台灣於2020年1月11日舉行總統大選與立委選舉，兩黨較勁激烈。自2018年九合一選舉後，台灣很快進入總統選舉論戰中，社群媒體投入選舉的情形更為火熱。結果民進黨候選人蔡英文和國民黨候選人韓國瑜，各獲得817萬票對552萬票，都交出比上屆更佳的成績。尋求連任的蔡英文較上屆增加120餘萬的選票，韓國瑜則比上屆的國民黨總統候選人朱立倫多出170餘萬票。雙方候選人的高得票率，說明台灣社會曾歷經高強度的政治動員，因此形成的政治撕裂，都應設法和解。

　　2020年選舉之所以如此深入民間，與當今的媒體生態有極大關聯。數位時代來臨後，不但社群媒體立場鮮明，傳統媒體更紛紛成立網路媒體，進行分秒必爭的新聞肉搏戰，目的是追求流量。目前上網已形成國人普遍的習慣。研究發現，國內上網前五名的收看項目為：一、即時訊息（94.8%）；二、網路新聞（87.9%）；三、收看電視節目（84.5%）；四、收信與搜尋資料（82.5%）；五、社群媒體（79.2%）（Taiwan Network Information Center, 2019）。也因此，傳統媒體自然不能無視於

網路流量，對於網路發稿數量與速度要求極高。

　　以關西機場事件（第八章）為例，當大陸網媒《觀察者網》於2018年9月5日22:29報導宣傳式的假新聞後，隔日9月6日起，國內網媒紛紛跟風做出報導。《蘋果日報》網媒於一早8:53首先做出回應，很快就為人轉貼在PTT上，引發另一波網路效應。緊接著各新聞媒體持續報導，依序是：《三立新聞網》（9:54）、《TVBS新聞網》（10:53）、《Nownews》（11:56）、《自由時報電子報》（12:53）、《中時電子報》（13:18和13:28兩次報導）、《聯合新聞網》（16:10）、《蘋果即時》（16:43）。《蘋果即時》（王威智，2018年9月6日）又於19:30再度報導，內容卻完全模仿《觀察者網》，並引用《觀察者網》的影片素材和訪問內容，卻沒有交代新聞來源。

　　就在國內所有媒體「適可而止」的時候，《中時電子報》於9月16日依然繼續報導〈台灣媒體操縱仇中情緒　假新聞害死蘇啟誠〉，報導內容不但指控台灣媒體，還試圖掩蓋《觀察者網》最初報導的虛假成分。以致《觀察者網》在9月26日又報導〈島內声稱解救日本机　受困游客是假新聞　国台办公布　〉。

　　關西機場事件引發2018年選前的重大假新聞事件，網路媒體難辭其咎。網路新聞一窩蜂現象，在國內已經存在多年。另一則案例為《蘋果日報》（2017年5月27日）下午1:34，在網路貼出一篇中國遊客初抵台灣的印象文，標題為：〈中國遊客實拍　台灣和柬埔寨很像〉。《蘋果日報》網站的這篇報導看不到記者名字，是一篇直接取自網路的文章。報導中未交代這名中國遊客是誰，也不清楚有沒有這名中國遊客，《蘋果日報》就直接在網路進行報導。

很快地，不到三個小時的時間裡，《中時電子報》
（2017）於下午4:09，也在網路上報導完全相似的新聞，標題
為：〈大陸遊客實拍台灣街景：和柬埔寨很像〉。同一天中天
（未交代時間）、東森電視台（21:12）也紛紛在自己的新聞網
上放上這則新聞，接著便引發中國媒體追隨報導。《環球網》
（2017年5月27日）16:53引述《中時電子報》報導，標題再加
料為：〈大陸遊客實拍台灣街景 感慨破舊：和柬埔寨很像〉。
此外，在《中時電子報》（2018年10月16日）04:11報導〈55%
台北市民對民進黨反感〉後，《人民網》[1]也在同一天15:05引述
中時報導〈台媒民調：55%台北市民對民進黨反感〉；《新華
網》[2]（10月18日20:36）、《人民網》（10月19日8:47）等均報
導〈民調顯示：近九成台民眾認同自己屬中華民族〉。

　　類似案例不勝枚舉。兩岸網路新聞不斷反覆報導類似新
聞。這類新聞學的想法是，能得到新聞最重要，是否真實則為
次要。他們的報導也只在乎被聽見，並不在乎報導是否有新的
發現。在網路反覆式新聞中，沒有真假問題，只在乎不斷更新
（update），這類報導通常更在意的是意見和評論，更多於事實
（Cooke, 2018, pp. 12-13）。

　　然而，在各傳統媒體設立的新聞網站中，《中時電子報》
（現已更名為中時新聞網）報導時顯露的特殊立場，雖然也屬
言論自由範疇，卻非常值得進行學術討論。

1　《人民日報》官方網站。《人民日報》為中國共產黨中央委員會的機關
　　報。
2　新華社官方網站。新華社為中華人民共和國主要國家通訊社。

　　《中時電子報》和中天新聞台同屬旺中媒體集團，中天新聞台因受《衛星廣播電視法》規約，曾因罰款與關台事件成為矚目焦點。《中時電子報》為網路媒體，除了網路閱聽眾外，較難形成言論焦點。

第一節　中時電子報的角色

　　旺中集團旗下共有《中國時報》、《中時電子報》、《工商時報》、《時報周刊》、《旺報》、中視、中天新聞台等新聞媒體，《時報周刊》、中視、中天新聞台也各有自己的網路媒體，集團內的報導取向，對國內政治自有一定影響。其中，旺中媒體集團旗下的中天新聞台因換照失敗，國家通訊傳播委員會（NCC）已令於2020年12月12日零時下架。主要原因為：（1）中天新聞台屢次違規及遭民眾申訴，未能落實新聞專業；（2）2018年評鑑後，中天新聞台內控與自律機制失靈；（3）新聞製播遭受不當干擾，違反「中天電視新聞自主公約」；（4）中天新聞所提補充意見與承諾，未能具體說明改善可能性（國家通訊傳播委員會，2020年11月18日）。

　　以上缺失，都與中天新聞台選舉期間的報導有關。中天新聞台於2019年2月18日報導〈異相？！三市長合體 天空出現「鳳凰展翅」雲朵〉，遭NCC裁處40萬元。另外，中天新聞台及《中時電子報》於2月27日以〈東廠抓到了？直擊駐星大使盯場回報韓國瑜行動〉為題，報導台灣駐新加坡代表梁國新陪同高雄市長韓國瑜出訪新加坡。行程中「接獲政府訓令」，搜集韓國瑜談論農委會的資訊，新聞畫面顯示手機Line的對話內容。

後遭外交部及新加坡台北辦事處抗議「星國大使協助盯場」等新聞，遭NCC罰款60萬元（國家通訊傳播委員會，2019年4月1日）。中天新聞自認「韓國瑜新聞太多」為受罰主因。

中天新聞台於2020年11月因為換照問題，向法院提起訴訟後敗訴。判決書寫明，中天新聞頻道於2019年3月底播報新聞時，畫面左上方持續播放「報韓國瑜新聞太多」及「NCC重罰中天百萬」標題。當時主播說，NCC破紀錄，前所未見地對中天新聞一口氣做出7種處分，其中更以民眾大量檢舉中天報導韓國瑜新聞過多為由，要求改進，大嘆NCC淪為意識形態國家機器（劉世怡，2020年11月27日）。法院則指出，中天製播這項涉己新聞時，未說明自己是因為鳳凰雲、駐星大使盯場2則新聞違反公序良俗、事實查證原則規定，而分別遭裁處40萬元、60萬元，合計100萬元；反而把100萬元罰鍰事實無關的「報韓國瑜新聞太多」及「NCC重罰中天百萬」予以連結，以錯誤訊息混淆視聽，且事後也未予更正（劉世怡，2020年11月27日）。

中天新聞台2019年3月28日《大政治大爆卦》節目，因引用農產品價格違反事實查證原則，裁罰40萬元。同年6月19日「中天晨報新聞」、7月1日「1800晚間新聞」，分別播出標題〈卡救命錢養蚊滅韓〉及〈蔡救印越登革熱年逾8百萬，韓嘆高雄人命不值錢？〉等新聞報導，經民眾反映刻意掩飾中央已撥款補助高雄防疫，違反事實查證原則致損害公共利益，分別裁罰60萬元（中央社，2020年2月12日）。

上述幾個案例多隱含挺韓意味，報導後又與社群媒體積極互動，形成更大的政治效應，此等現象即為西方所謂的「極化黨派立場」（hyperpartisan）的媒體特質。其中最知名的

當屬美國總統川普崛起後，也跟著聞名全球的《布瑞巴特》
（Breitbart）新聞網站。當時，眾人戲稱右翼網站《布瑞巴特
新聞網》為川普的《真理報》（Trump's *Pravda*）（Abramson,
2019／吳書楡譯，2021，頁33）。然而，美國的《布瑞巴特》
僅為一網路形態的另類媒體，相較下，旺中以媒體集團之姿，
卻在不同媒體平台，如此支持特定候選人的新聞現象，在台灣
實為首次。

更特別的是，旺中集團董事長蔡衍明在YouTube開設直播節
目，討論各種政治與社會議題，並且提出「無色覺醒」十個主
張，內容包括「兩岸一家親」、「台灣人就是中國人」、「未
來統一」等（蔡衍明，2019年11月28日）。總統辯論時，民進
黨候選人蔡英文曾質疑韓國瑜簽署「無色覺醒」一事（溫貴
香，2019年12月29日），直接詢問韓國瑜和旺旺中時媒體集團
有無特殊關係。

除了中天新聞台被認為表現出支持韓國瑜的報導立場外，
《中時電子報》的報導，因為網路傳播迅速，同樣具有一定的
政治影響力。本章立基於學術研究立場，以旺中媒體集團中的
《中時電子報》為研究對象。《中時電子報》本身設有負責網
搜內容的專屬編輯，可獨立生產《中時電子報》的網路新聞
外，《中時電子報》亦涵蓋《中國時報》、《旺報》的報導；
且有專人抄聽《中天新聞台》的影音內容。換言之，《中時電
子報》可反映旺中媒體集團的全貌。

本章將進一步結合「極化的黨派立場」（hyperpartisan）
與「陰謀論」（conspiracy theory）觀點，就《中時電子報》進
行質化研究，以期說明其明顯不同於其他媒體的報導風格。為

求翻譯貼近國內實際情形，本章將"hyperpartisan"一詞轉譯成「擁護特定候選人」，以說明該媒體報導有關韓國瑜的新聞。

　　傳統媒體中，較為眾人理解的政黨新聞（partisan），指的是一個人在心中認同某個特定政黨。若落在政治光譜左右的兩個極端點上，即為「極化的黨派立場」（hyperpartisan）。極化的黨派立場有右翼、左翼之別，以美國為例，右翼媒體表現出對移民的敵意，並且攻擊主流媒體是假新聞。又由於網路的匿名性和缺乏面對面的對話機制，已造成許多侮辱的、欺負人的、霸權的網路言論（Falcous, Hawzen, &Newman, 2018, pp. 2-4）。相關探討請參考第五章。

　　其中，右翼媒體《布瑞巴特新聞網》和民主黨的社會主義思想形成對立觀點（Falcous, Hawzen, &Newman, 2018, p. 2）。同時，暴露於「極化的黨派立場」新聞的效果，和暴露於傳統政黨新聞的效果非常不同。極化的黨派立場新聞會引來憤怒、黨派情緒，導致政治極化，並且經常製造假新聞和陰謀論，提醒人們必須明白陰謀論和假新聞的關係。

　　本身並非真實的陰謀論，卻可能破壞與影響社會的道德倫理氛圍，並且隨著時間不斷擴展。對外人來說，這是一個精心的謊言，並且快速地在社群媒體中擴散，但要找到是誰製造陰謀論卻非常困難。陰謀論通常和一個既存的偏見有關，陰謀論因此被視為一種政治武器（Peters, 2020）。因為缺乏事實根據，傳統新聞媒體基於證據不足的情形，有時無法進行報導。又或者必須要有具體人物出面說明，才可能成為報導案例。目前這些新聞準則，在有關選舉的報導中，似乎不再適用。

第二節　擁護特定候選人與中時電子報

　　國內2018年選舉兩黨競爭激烈，假新聞多出自選情較為緊繃的高雄選區。例如，《中時電子報》於11日晚上20:49時，首先報導民進黨立委邱議瑩11日在陳其邁造勢晚會說的閩南語遭扭曲，「沒有離開」變成「不要離開」。綠營出面反擊後，偏藍社團依然將重點放在現場確實有人離開，如《密訊》、《怒吼》、〈靠北民進黨〉皆於隔日11月12日接連報導：「邱議瑩哭喊腔：拜託別離開，『邁粉』不甩走人。」綠營粉專〈只是堵藍〉則因此製作迷因圖回嗆「統媒體聽不懂台語」。

　　要討論《中時電子報》如何報導韓國瑜新聞時，要先了解蔡衍明和韓國瑜的關係。然而，蔡衍明和韓國瑜兩人過去並不相識。旺中集團已離職的媒體高層說：

> 　　韓國瑜在參加黨主席選舉的時候，辯論轉播由中視負責，當時蔡衍明和韓國瑜並不認識。辯論後，蔡衍明覺得韓國瑜講得最好。蔡衍明不是講究高尚禮儀的人，他自己做的生意也是小巷里弄的。他認為韓國瑜可以打動庶民，韓國瑜就是這樣的人，所以很欣賞他。
>
> 　　「無色覺醒」也是其中的重要因素。「無色覺醒」是蔡老闆一個人發想，文字則由底下的人幫忙，這是他很重要的理念。他問了很多政治人物，像朱立倫就是不肯簽，蔡旺旺覺得他看不起人。但是韓國瑜一口氣就簽了，蔡老闆就覺得夠意思。
>
> 　　還有一點是，韓國瑜發跡的過程，從很鮮明的失敗者

（loser）形象，又突然翻身。所以，韓國瑜會出來選總統，蔡衍明的確發揮鞭策、影響的作用。（受訪者B，作者親身訪談，訪問時間為2020年2月12日。）

在所有候選人中，韓國瑜先是吸引蔡衍明注意，接著便獲得支持。另一名在媒體工作多年，亦已離職的媒體主管也說：

我們完全挺韓，所有實體報紙版面、網路、電視，篇幅時段非常多，幾乎全面挺韓。這是老闆的意志。因為韓國瑜是第一個簽無色覺醒的人。（受訪者A，作者親身訪談，訪問時間為2020年2月5日。）

在了解蔡衍明和韓國瑜的關係後，連帶影響旺中媒體集團的報導立場。旺中集團另一離職的媒體高層說：

我們挺韓不挺藍，所有集團都一樣，作為員工只能符合集團方針，若不符合一定下架。現在年輕人的彈性很大，他們會覺得這只是工作，寫稿方向和個人價值方向是兩回事。

蔡老闆以前就只是商人，但做了報人後，社慶的時候總統會來。總統不能來的話，行政院長會來。可以和院長、部長平起平坐，那個影響力，哪個人不喜歡，這就是權力啊！（受訪者C，作者親身訪談，訪問時間為2020年2月14日。）

　　基於報社政策，《中時電子報》於是全力報導韓粉新聞。《中時電子報》（王子瑄，2020年1月3日）10:14時，報導一名在各大挺韓造勢從不缺席的挺韓大姊病逝，臨終遺願為：「票投給2號韓國瑜，政黨票投給9號中國國民黨！」韓粉們聞訊，淚奔哀痛，承諾將助大姊完成遺願，依CrowdTangle檢測，這則感性貼文引來三百四十餘萬（3,401,687）人關注。

　　在韓國瑜參加《博恩夜夜秀》節目後，《中時電子報》（王子瑄，2019年12月25日）08:46的報導反映韓粉心聲。雖然有韓粉認為可以突破同溫層，應該樂觀以對；報導中仍提到不少韓粉卻心如刀割，表示：「我是第一次看《博恩》，在另一段影片前序，一直在調侃韓市長，差點看不下去……我的心好痛……捨不得」、「想不到年輕人都是這樣罵我們韓總統的。」用CrowdTangle計算，共有一百五十餘萬（1,565,898）臉書用戶收到此文。

　　旺旺中時媒體集團全力為韓國瑜助選，報導韓國瑜、韓粉新聞也有相當好的流量，政治和商業利益並無衝突，也因此集團下的《中時電子報》、《中天電視新聞》與《旺報》等，全力報導對韓國瑜有利的訊息。旺中媒體主管說：

> 　　我們為了寫韓國瑜的新聞，就去找一堆中天的視頻。他們愈多韓的新聞，我們就愈多韓的新聞。蔡老闆支持韓，下面的人就會加碼，變成是造神。（受訪者C，作者親身訪談，訪問時間為2020年2月14日。）

　　蔡衍明藉著旺中媒體集團支持韓國瑜，不可諱言，和兩岸

統一有很深厚的關係。旺中媒體主管說：

　　很多人問蔡衍明是不是統派，事實上他的父母支持黨外，現在他則有另一套邏輯。蔡衍明認為兩岸早晚要統一，既然要統一，台灣應趁還有籌碼的時候，跟大陸要更好的條件。他認為這是愛台灣，是一種生意人的判斷。蔡衍明認為親中才是愛台灣。他認為《自由時報》追逐台獨，是害台灣。

　　還有一個價值觀是，他認為日子要過得好，要有錢賺，其他都不重要。民主和言論自由這些，是他比較不能體會的。而他認為，韓國瑜和他的價值觀是很接近的。（受訪者B，作者親身訪談，訪問時間為2020年2月12日。）

　　總統大選前三天，《中國時報》以「美國媒體」為消息來源，引用《國家利益》、《紐約時報》兩家媒體的報導，意圖帶出「美國不支持蔡英文」的言論風向。一天後，〈王立第二戰研所〉臉書社團即於1月7日14:25指出，投稿人Kent Wang為在美智庫「台美關係研究中心」（The Institute for Taiwan- America Studies）研究員，[3]執行長陳以信和多名董事皆為國民黨籍。然而，《中時電子報》（蔡宗霖，2020年1月7日）依然於22:27報導〈美《國家利益》期刊：台灣不能再給蔡英文另一個4年〉。

　　另外，《中時電子報》（李俊毅，2020年1月8日）於17:01報導〈175位博士查蔡英文「論文門」終於有驚人進展！〉，試

3　http://www.itas-taiwan-us.org/senior-fellows.html

圖使用釣魚式的標題吸引讀者，內容就是博士們的公開訴求及建言記者會。《中時電子報》報導後，該報導由〈唐慧琳〉、〈今日海峽〉等臉書社團轉發，用CrowdTangle分析，共有四百三十餘萬（4,307,657）名臉書使用者關注此文，可見《中時電子報》實有一定的輿論影響力。

　　《中時電子報》形成支持特定候選人韓國瑜的現象，同時引發假新聞可能出現的疑慮。在假新聞的討論中，意識形態式的回聲室（echo chambers），以及日益增加的同族意識（tribalism）、情感分享等，都能影響社會大眾（Albright, 2017, p. 87）。《中時電子報》表現明顯的挺韓立場，進而引發社群媒體呼應。另外，《中時電子報》也會追隨立場相同的社群媒體，以增加點閱率。以罷韓行動為例，〈游淑慧臉書〉（00:06）、〈打倒民進黨〉、〈韓家軍〉多人轉傳、批評《中央社》（2019年12月22日）的罷韓照片「以長鏡頭壓縮凸顯人數」的貼文，《中央社》（12:18）澄清後，《中時電子報》（陳俊雄，2019年12月22日）又於14:45繼續跟進報導，使得該訊息持續擴散。旺中媒體集團主管說：

> 網路媒體有推波助瀾的效果，每一則新聞都需要點閱量，一分鐘、十分鐘、半小時、一小時的點閱量都很清楚。韓國瑜在我們這裡，永遠是有點閱量的。編輯背負流量的成長，也有考績門檻，所以誰有流量，就努力寫誰。同時這樣做，一定不會違背編輯政策。
>
> 　報紙版面有限，電子報什麼都寫，寫出來有流量，就是一種鼓勵。中時電子報沒有記者，只有編輯，所以中國

時報有義務要為電子報發稿，雙方交流很密切。中時電子報來自中國時報、中天視頻，以及編輯在網路上話題的網搜。中時電子報有個王奶奶是網路紅人，她其實是一名王姓編輯的奶奶，只要她在家聽奶奶說一句話就寫，王奶奶甚至成了挺韓領袖。（受訪者C，作者親身訪談，訪問時間為2020年2月14日。）

蔡衍明不是媒體出身，成為媒體老闆後，對於媒體的報導內容卻非常關心。旺中媒體主管說：

我們有一個主管Line群組，蔡董有什麼想法、點子，會在上面寫出來，包括對哪個名嘴、社論的想法，也許他做了媒體後，消息來自八方，他也是一個直覺反應的人，底下的人就要反映與執行。

2012年的反對媒體壟斷運動，對他有很大的影響，他對媒體的想法就完全赤裸化了。之前還沒那麼離譜，2012年之後，他認為媒體就是政治，沒有是非、公平可言。從2012年以後，時報就放棄平衡報導了，而且經常把特稿放在一版，或是做頭題。他常說現在新聞沒人要看，報紙就用評論來表達立場，所以他非常重視頭版的標題。（受訪者B，作者親身訪談，訪問時間為2020年2月12日。）

在《反滲透法》議題上，旺旺中時則表達反對立場。《中時電子報》（王子瑄，2019年12月30日）15:29報導民進黨團預計12月31日三讀通過《反滲透法》，遭各界痛批是「綠色恐

怖」。標題則為〈《反滲透法》若通過 韓粉痛哭：不敢探親了！〉，似乎是以韓粉為報導對象，關注人數為362,696人。《中時電子報》（含中國時報）（周毓翔、吳家豪、林縉明、崔慈悌、林宏聰，2020年1月1日）報導〈反滲透法民進黨鴨霸三讀！綠色恐怖 人人自危〉，關注人數為339,928；《中時電子報》（林勁傑，2020年1月3日）又於01:21報導時訪問在陸台商，表達反對立場。

　　此外，當臉書公司以違反「臉書社群守則」為由，移除台灣118個粉絲專頁、99個社團，以及用來管理這些粉絲專頁與社團的51個多重帳號（中央社，2019年12月23日），其中包括韓國瑜後援會等社團粉專。《中時電子報》（張怡文，2019年12月19日）於21:04引述經營臉書社團的胖虎（匿名），指出執政黨偏頗。「人家檢舉我們，我們就可能會受限，但是支持執政黨的就完全不受影響。」該則新聞引發兩百四十餘萬（2,444,931）人關注，〈神力女超人挺藍粉絲團〉、〈韓家軍〉、〈靠北民進黨〉、〈李四川後援會〉等臉書社團粉專轉傳。《中時電子報》還製作YouTube〈不能說的祕密 韓粉社團被砍、1450回魂〉，[4]以對抗臉書和蔡英文。

　　YouTube內容專訪臉書被清理的管理員胖虎（化名）。當事人懷疑偏藍和中立的社團都會被干預，也會因為偏綠網軍的檢舉而無法經營。但去檢舉偏綠的內容，卻不會發生消失的情

4　https://www.youtube.com/watch?v=eZ9fmWCKRDg&feature=emb_title&fbclid=IwAR1AIwSjc50A_Yh77zLM8R40nQbxFS6SJ9fy5nBM1ky63Aemcr2flJYBsmY

況，並且依此大力呼籲要投反對票（為藍營拉票），不要讓這樣黑箱、干預言論自由的事情再發生。

圖7.1：《中時電子報》製作〈不能說的祕密〉YouTube，很快　為網友轉傳
資料來源：臉書

　　為了營造韓國瑜勝選的新聞，《中時電子報》（王子瑄，2019年12月7日）於14:46報導網友直擊，民進黨屏東造勢場上滿滿熱呼呼便當，數量壯觀宛如「便當長城」，讓網友驚嘆不已，呈現民進黨造勢都是靠「發便當」吸引群眾。有關國民黨總統候選人韓國瑜抱嬰兒遭攻擊一事，《中時電子報》（謝雅柔、楊馨，2019年12月23日）則於15:55報導時，貼出蔡英文抱嬰兒的照片，並在導言說：「自己又是什麼德性？」以暗諷蔡

英文、捍衛韓國瑜。

　　《中時電子報》一面倒支持韓國瑜報導，與社群媒體關係密切。《中時電子報》（陳弘美，2020年1月3日）13:18時報導有關網友TED781120將林靜儀在《德國之聲》的長篇巨幅專訪，於批踢踢實業坊（PTT）簡略翻譯成精鍊文字，引來「德國之聲果然犀利」、「被德聲打臉打到爆」、「德國之聲就是最現實的問題阿！DPP一直閃」、「DPP被打回原形了」等回應。該篇報導標題為〈林靜儀被德媒狠打臉！網犀利統整被讚爆〉，關注入數更達四百三十餘萬（4,387,820）人。並有〈神力女超人挺韓粉絲團〉、〈今日海峽〉等藍營粉專大幅分享。

　　如果只看《中時電子報》的新聞與流量，很可能認為韓國瑜一定會當選總統。離職的旺中媒體集團主管說：

　　　　韓國瑜選完市長後，蔡老闆就鼓勵他選總統，蔡老闆選前預估會贏150萬票。蔡老闆的訊息就是旁邊的人給的。開會時，如果說韓不是那麼好時，就會被打槍，這樣一來中間主管誰還會說，只要說些老闆聽了高興的話。老闆高興，他們就覺得高興。（受訪者C，作者親身訪談，訪問時間為2020年2月14日。）

　　由上述訪談內容，可以更深入了解，《中時電子報》為旺中媒體集團的一分子，既有業績流量的工作要求，又必須貫徹報老闆的意境。加上台灣社會已經極化的選舉氛圍，媒體已經成為報老闆的個人資產，而非社會公器。

第三節　陰謀論報導缺乏事實基礎

　　《中時電子報》為一主流新聞媒體，報導中多次出現陰謀論，由此帶出的言論常引發懷疑的情緒。《中時電子報》轉載《中國時報》（2019年7月8日）〈社論〉，引用前國安會祕書長蘇起專欄，憂心民進黨政府將以發生國安危機為藉口中斷大選、或不承認選舉結果；蔡英文為求連任，將「沒收」總統選舉。此外，《中時電子報》報導韓國瑜自爆坐車被裝追蹤器，指控國家機器監控（林宏聰，2019年8月20日）。《中時電子報》於當日的11:40報導，藍營內容農場《密訊》立即引用《中時電子報》內容，〈韓國瑜鐵粉後援會〉於當日12:06也轉載《密訊》的文章，可見《中時電子報》牽動挺韓社群的關鍵角色。

　　《中時電子報》（李俊毅，2019年12月4日）16:04以未具名的「消息人士」為新聞來源，報導國安局日前突然推薦一名女性少校，擔任李佳芬座車長。在韓營拒絕座車長後，竟然又硬要安插兩名司機，擔任李佳芬座車駕駛。此一無法證實的訊息，卻在網路引起極大迴響，共有三百餘萬（3,083,600）的臉書使用者關注此貼文，並引來二十餘個藍營社團轉傳。在總統辯論會中，《中時電子報》（謝雅柔，2019年12月26日）於10:02時，報導自由作家洛杉基質疑，為何蔡反擊韓的論述，都備好稿子？他也向韓團隊示警。「韓團隊要不要檢查一下韓市長的辦公室裡，是否藏有國安監聽系統？」該報導用CrowdTangle計算，共有一百八十餘萬（1,811,278）人收到此文，〈韓家軍〉等相關社團均大量轉貼。

　　另外，黑鷹直升機失事後，《中時電子報》（李俊毅，

2020年1月3日）08:17報導有英粉專發文影射黑鷹墜機是有「外力介入」，遭黃士修痛斥：「總長罹難，英網軍立刻帶風向餵芒果乾，到底有沒有人性！」該則粉專發文沒多久隨即刪文，報導認為動機令人好奇。報導最後還引述網友爆氣的內容，包括：「到底是腦殘外加無情到什麼地步，才讓一個白披人皮的畜生說出這樣不人道的話？」「冥黨撿到人血饅頭趕快又要帶風向了」「這種言論沒有違反社維法嗎？」「噁心！」「這種渣渣竟然相安無事，沒人查水表……？」「被刪文了？」「怎麼沒人性到這種地步啊！」也有兩百三十餘萬（2,308,859）名臉書追隨者關注。

　　這些陰謀論的報導，在新聞報導中均缺乏事實依據。前中時新聞主管說：

> 　　陰謀論不是刻意製造，完全是數字，是流量導向。小編非常厲害，他們去臉書找網友，真的有這些人，就是網軍，無法驗證。其實這些人就是在帶風向，或是一個人有好幾個帳號，每個帳號發類似的文章。網媒編輯認為，只要網路上有人講，就是新聞來源。他們無法判斷這個人講的是真的，只有帳號。（受訪者C，作者親身訪談，訪問時間為2020年2月14日。）

　　數位時代的新聞競爭，已經將壓力幾乎全數轉移到網路上。然而多名受訪的時報主管都提到，《中國時報》和《中時電子報》是完全不同的兩組人員，隸屬兩個不同的公司。中時電子報的人多數沒跑過新聞，追求流量為主要目標。而新聞隱

藏陰謀論觀點，經常可以帶來一定流量。

　　《中時電子報》近似陰謀論的報導，經常出現在與民進黨有關的事件中。《中時電子報》（林縉明、趙婉淳、曾薏蘋，2019年12月27日）亦於11:13報導〈抓到了！藍營爆 綠透過謝長廷創辦的基金會滲透校園〉，直指民進黨藉由新文化基金會，把政治黑手伸入校園，每月發行刊物立場偏頗，內容則是闡述「民進黨好棒棒、國民黨好壞壞。」《中國時報》時論廣場（李明，2019年12月26日）以〈蔡英文的終極血滴子〉為題指出，距離投票日尚有8天，中選會可能在「適當時機」，或經由特定綠營人士對韓市長提告、或主動發布剝奪韓市長競選資格、或乾脆對韓市長進行逮捕，甚至是韓國瑜當選後宣布韓國瑜「當選無效」，同時並殃及部分藍營立委參選人。類似這樣的標題和言論，已使總統選舉充滿陰謀論。這樣驚悚的標題和言論，更引發〈決戰2020（深藍聚落）〉網友的焦慮。旺中媒體主管說：

> 　標題叫做「釣魚標」，你只要點進去，他的目的就達到了。沒有料的內容，就是用釣魚標去吸引人。網路小編從未受過嚴格的新聞訓練，他們有一個慣性，就是標題要埋一個陷阱，要賣一個關子。（受訪者C，作者親身訪談，訪問時間為2020年2月14日。）

　　《中時電子報》（黃福其，2019年12月27日）於01:16引用新黨不分區立委候選人邱毅爆料民進黨二代網軍之際，透露新系網軍總管就是前黨副祕書長徐佳青。用CrowdTangle計算，

共有一百六十餘萬（1,617,962）名臉書使用者收到此文，可見一則無法證實的報導，一樣有相當的言論影響力。《中時電子報》（黃福其、趙婉淳，2019年12月24日）11:10報導，內容指出民進黨中央與南風整合行銷公司組件網軍的合約書已經擬妥了，雙方要正式簽約。該則新聞的標題為〈抓到了！藍營公布卡神網軍上線：直屬民進黨主席蔡英文〉，用CrowdTangle計算，臉書共有三百三十餘萬（3,392,286）人收到此文。〈澄清號〉、〈韓國瑜總統後援會〉、〈韓國瑜鐵粉後援會〉等轉傳。《中時電子報》（黃福其、楊馨，2019年12月26日）11:48時，又繼續引述邱毅公布民進黨中央的二代網軍計畫，直指民進黨中央就是黑韓產業鍊的源頭，呼籲黨主席卓榮泰出來說清楚。《中時電子報》該則報導的標題為〈藍營爆 黑韓產業源頭就是民進黨中央 「二代網軍」計畫曝光〉，更有高達五百萬餘（5,041,065）的臉書使用者看到此文，並在〈村長詹長村全球後援會粉絲團〉、〈靠北民進黨〉等轉傳。

　　旺中媒體集團由於在報導立場支持韓國瑜，也因此被認為是親中媒體。《金融時報》（*Financial Times*）駐台記者席佳琳（Hille, 2019）於7月16日發出英文報導，指稱旺旺中時集團旗下媒體，一面倒支持即將代表國民黨參加2020年總統大選的韓國瑜；同時，中國國務院台灣事務辦公室直接打電話下達編採指示。旺旺中時則指控《金融時報》報導不實，並已提告。受訪者這樣回應：

　　　　中時已存在自我審查，已經不需要人來講，再加上內部的討論，大家都是聰明人。蔡老闆投資媒體是個人投資，

媒體虧的錢對他來說是九牛一毛。他買中時，表面理由是兩岸，真正理由是對他的事業有保護作用。有人說是國台辦讓他來買，或是說他拿國台辦的錢。他對這個說法非常憤恨。他的意思是說，以他的身價，沒有一兆台幣，怎麼收買他？

旺旺是一個食品公司，屬台商系統，多了媒體這一環後，和國台辦的互動有經濟局、也有新聞局，就有很多可能性，在大陸辦活動、和大陸各省媒體的連絡，透過國台辦打通關係方便很多。（受訪者B，作者親身訪談，訪問時間為2020年2月12日。）

回到編採實務上，由於媒體的工作非常即時，要隨時聽電話指示，確實不太可能，但與大陸國台辦的互動確實可能增加。另一受訪者則說：

如果是很重要的新聞，可能時報和國台辦雙方會了解一下，但不可能每天打電話到編輯台。政治和兩岸新聞大家已經把關得很緊，大家心裡已經有一把尺。有時可能是長官的個人關係，認為那個新聞不夠友善，就下架。

我們使用親中媒體的新聞，對我們來說是政治正確，但也因此被認為是紅媒，標籤洗也洗不掉了。《聯合》會搖擺，老共自然是看我們的，老共看其他的媒體會高血壓。（受訪者C，作者親身訪談，訪問時間為2020年2月14日。）

旺中媒體集團的報導立場之所以引發質疑，還是從傳統媒

體的角色出發。然而，媒體集團如何呈現內容，首先必須先有
獨立的新聞編輯人員，才能再談新聞報導的基本原則。遺憾的
是，在黨派極化的台灣社會中，這些恐怕是奢談。

　　由於話題敏感，本書雖僅訪問到三名旺中的媒體高層，談
話內容卻相符，具有一定的參考價值。同時，這三名受訪者都
是來自編輯部門，也曾為報社高層主管，在旺中媒體集團工作
長達數十年，對新聞與報社運作都有透徹的了解。

　　本章的立論與寫作，則是結合線上觀察與線下訪問完成。研
究發現，《中時電子報》的報導內容，不但要符合媒體老闆的意
志，更要爭取最大的商業利益。以致對於很多新聞事件，都會
採取極端化的想像，並且基於陰謀論，產製事實基礎不足的新
聞。這些缺失，原本應是新聞組織最基本的要求。但在媒體老
闆對新聞的想像完全偏離公共價值後，新聞面貌已不忍卒睹。

　　本章雖然以《中時電子報》為研究對象，並且具體就其報
導內容進行探討，卻不代表國內只有《中時電子報》存在「新
聞未中立」的問題。甚至，在假新聞問題呈現時，國內已經出
現傳統新聞與假新聞界線模糊的情形，這真是國內民主政治最
大的損失，也是假新聞帶給國內新聞媒體的警戒。

第八章

接近投票日的假新聞宣傳

　　2020年1月11日總統選舉結果公布，蔡英文以超過817萬票的成績成功連任，創下台灣總統選舉史上最高得票數。國民黨的韓國瑜也獲得超過552萬票。韓國瑜雖然落敗，但得票數比上屆總統選舉國民黨候選人朱立倫多出100多萬票，國民黨立委席位並且較上屆多出3席。

　　由2018、2020年兩次選舉來看，假新聞不但活躍，更希望能改變選民行為，影響選舉結果。在選舉的不同階段，假新聞隨時伺機出現。投票前的假新聞操作，不但可以比較不同陣營的假新聞論述，更能看出與假新聞論述有關的選戰策略，已是赤裸裸的假新聞政治。此時，假新聞已完全武器化，目的在於攻擊對手，獲取政治利益。本章便是試圖比較接近投票日的假新聞類型，以作為未來選舉時借鏡。

第一節　假新聞煽動人心

　　選舉活動期間，民間社會高度動員，參選人盡全力進行政治包裝、推銷政見，希望得到選民認同。傳統新聞媒體則會發動記者群，親身到達選舉現場搜集選情，並希望因此得到民眾的信任。

　　社群媒體時代來臨後，幾乎全盤推翻百年以上的政治傳播理論。傳統政治傳播著重新聞媒體的相關探討；虛擬的網路社群發動無法求證的訊息，不但吸引媒體記者採訪，還能引發參選單位召開記者會。這類的假新聞操作在2018、2020年的選舉中多次出現，製造影響社會的高聲量。事後追究，全是捏造與欺騙。

　　接近選舉投票日前的假新聞，為了能影響選民內心，進而影響選民行為，就更強調宣傳，而成為以宣傳為主的假新聞。宣傳式的假新聞經常被認為和政府有關（Jowett & O'Donnell, 2012）。但有一些蠱惑人心的宣傳政治言論，一樣可能出現在民主法治社會中（Stanley, pp. 5-6）。宣傳表面上以監管政治的言說體現，事實上卻反其道而行，違背民主原則。宣傳之所以違反民主，就是因為它消蝕民主思辨的可能性。這類宣傳即所謂的煽動（demagoguery）。即使在民主社會，煽動一樣不被允許，因為煽動讓民主缺乏深思熟慮，用鼓掌（acclamation）取代了深思熟慮（Stanley, 2017, pp. 82-83）。

　　選舉前的假新聞更須嚴肅對待的原因在於，愈是臨近投票日時，選民會獲得什麼樣的資訊，變得更為重要。煽動式的假新聞常會利用非常接近投票日的時候，散發令人憤怒難忍的假新

聞。選民因為缺乏查證的時間（或管道），可能因此讓假新聞得逞。

　　這樣的假新聞，以及假新聞夾帶的意識形態，對民主體制有極大的影響。根據民主的經濟理論（the economy theory of democracy），真正民主的政策是由多數人依據自己的利益投票贊成，這也是民主正當性的來源。這個理論可以成立的預設前提是，人們有管道獲得資訊，了解自己的利益。這時，民眾卻可能因宣傳機制而受騙，即宣傳會破壞經濟理性（Stanley, 2017, p. 11）。民主也被認為是政府最應採取的方式，因為服從多數即為進行集體深思後再做決定。然而，宣傳卻成為民主認知中明顯的問題，主要是因為宣傳跳過（bypass）理性思辨（democratic deliberation）。在政治哲學中，思辨正是確認民主的概念（Stanley, 2017, p. 12）。

　　2018年九合一選舉前7天，沒有根據的煽動假新聞四起。2018年10月14日，有網友在PTT發文，誓殺中國國民黨高雄市長候選人韓國瑜（黃麗芸，2018年11月22日）。10月17日，在中天電視台YouTube平台上，出現帳號LM edition留言：「我希望韓國瑜被暗殺，這樣高雄就會動亂，然後民進黨就宣布動員戡亂戒嚴。」這個消息接著於2018年10月19日上午1:51，由Gary Wang在臉書寫著：「剛剛得到一個消息，有綠營支持者希望韓國瑜被暗殺。」Gary Wang又寫道：「無風不起浪，希望在高雄的韓國瑜自己注意安全，也提醒韓周遭的網友保護他。……」

　　Gary Wang的臉書好友也紛紛留言：「這也太惡劣了吧！」「急成這樣了？」「民進黨最會來陰的……」「也有可能暗殺陳，然後嫁禍給韓……」「小魚被殺算什麼，我還希望陰魂和

癩皮狗被暗殺，這樣世界會太平許多！再加個陳年菊花更棒！來啃我啊！」「竟然放出如此惡質的消息，冥禁洞想贏想瘋了！」「好可怕！」等。

　　當時，這則訊息並未引起太多注意，也沒有傳統媒體報導。不料，第二波「暗殺韓國瑜」訊息再次出現，並且是由傳統媒體帶頭報導。2018年11月20日，距離投票僅剩4天。《中時電子報》（陳志賢，2018年11月20日）14:57報導〈網友Liang Tang Wong臉書留言「暗殺韓國瑜」檢警嚴防〉。報導中指出，警方已經發現，Liang Tang Wong是2018年11月5日才設的臉書帳號，且該帳號並沒有其他朋友名單。《中時電子報》該則新聞立即為《密訊》轉貼，標題也相同。接著帳號鄒宗川很快就在〈決戰2018（深藍聚落）〉，分享《密訊》的連結。該文一貼出，共計有111個人按讚、憤怒、哭泣等表情符號，更有13則留言，11次分享。

　　同一天傍晚，《聯合影音網》（林雍琁，2018年11月21日）也於17:10報導：〈驚悚！網友號召暗殺韓國瑜　韓辦：教唆殺人將提告〉。帳號林家諾（2018年11月21日）於〈決戰2018（深藍聚落）〉貼出《聯合影音網》報導，合計有51,493人觀看。

假新聞引發群眾憤怒

　　假新聞能在網路上形成瘋傳效應，前提是該訊息必須能引起接觸者的情緒反應。研究發現，「憤怒」是決定民眾願意在臉書分享資訊的關鍵傳播因素（Ruchansky, Seo, & Liu, 2017）。愈是極端與憤怒的人，愈可能分享網路上的政治訊息；而讀了

這些故事後，又會讓他們更加憤怒。由此可知，假新聞的模式是製造異議、而非製造同意；可以激起衝突與憤怒的訊息，絕對比讓人流淚的有效（Tanz, February 14, 2017）。

　　2018年11月21日，帳號楊振文在〈韓國瑜粉絲網軍後援會〉社團中，貼出帳號Liang Tang Wong的「民進黨的同志，我們暗殺韓國瑜」貼文截圖。（圖8.1）帳號邹宗川再次於〈決戰2018（深藍聚落）〉，分享《密訊》標題為：〈網嗆「暗殺韓國瑜」發文者來自東南亞〉的另一則連結。（圖8.2）接著自11月20日至22日，在PTT八卦版上，約有20則有關刺殺韓國瑜消息的討論，最終放話的工程師遭到逮捕（黃麗芸，2018年11月22日）。

　　當暗殺訊息開始傳播時，韓國瑜競選團隊立即於11月20日召開記者會，控訴假消息傷害韓國瑜。除了指出網友嗆「暗殺韓國瑜」外，同時公布抹紅韓國瑜、韓國瑜買票為兩件不實消息。

圖8.1：「民進黨的同志，我們暗殺
　　　　韓國瑜」貼文截圖
資料來源：臉書

圖8.2：〈決戰2018（深藍聚落）〉分享《密訊》
　　　　訊息
資料來源：臉書

　　第二波「暗殺韓國瑜」的訊息操作，自11月19日起，引發
民眾的憤怒情緒。即使11月22日放話者遭逮捕，憤怒情緒仍未
平息；直到11月24日選舉結束，才完全消退。（圖8.3）

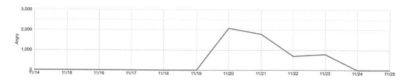

圖8.3：暗殺韓國瑜新聞，引來網路極高的憤怒情緒
資料來源：Qsearch

陳其邁父自殺假新聞

就在「暗殺韓國瑜」訊息於2018年11月19日發酵時，陳其邁陣營也在同一天，為一則假新聞召開記者會（蘋果日報，2018年11月19日）。記者會現場公開Line瘋傳「號外！陳哲男自殺了！」訊息，Line貼文直指前「台日關係協會」會長邱義仁在選前可能使出大絕招，營造陳哲男選前之夜自殺送醫、留遺書表示對不起陳其邁，以死謝罪，希望市民給陳其邁機會。在陳哲男「自殺」謝罪後，陳其邁將痛哭說自己「可以不選，但不能讓自己的父親出事」，民進黨全黨還出來哭成一團，加上三立、民視整天報導，投票結果陳其邁以1,000票險勝。

該訊息還說：「這不是奧步，是同兩顆子彈一樣千真萬確的事。歷史永遠都在重演。」陳其邁陣營批評，網路不該拿候選人至親造謠。

這則新聞經媒體披露為假新聞後，網路上的傳播並未消退。〈韓國瑜網軍後援會〉帳號吉川家鴻，依然在臉書上貼文：

> （號外，陳哲男自殺了！）貼文提到陳其邁這兩天都是哭臉，選前之夜很可能發生的事，大家先免疫以防措手不及。陳哲男「自殺」送醫急救中，留有遺書一封，上面寫著邁兒是一個很孝順的兒子，也很有能力，但因為自己曾經犯錯，讓邁兒現在處於落選邊緣，他對不起兒子，對不起大眾，唯有以死謝罪，希望高雄市民給邁兒一次機會。最後署名「陳哲男絕筆」。

　　該貼文第二段又說，雖然投票前一晚10點後就不能有競選活動，但「三立」和「民視」可以連夜報導貪汙犯陳哲男讓陳其邁蒙羞，只有自殺以謝罪。然後陳其邁痛哭說他可以不選，但不能讓自己的父親出事，請大家為父親祈福。接著民進黨全黨出來哭成一團，……。然後再加上早就動好的手腳，開票完宣布陳其邁以1,000票險勝。（圖8.4）

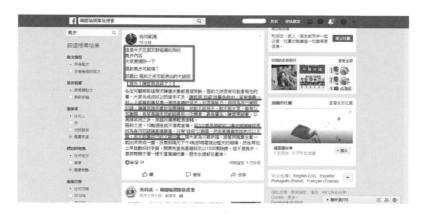

圖8.4：帳號吉川家鴻在〈韓國瑜網軍後援會〉貼文指「陳哲男自殺！」

資料來源：臉書

　　上述兩起事件，都是2018年選舉前引發矚目的新聞事件。兩則新聞都讓高雄藍綠候選人陣營召開記者會。11月19日各大新聞媒體報導消息聲量最大，主因陳其邁陣營開記者會闢謠。根據Qsearch分析的資料可以了解，參與傳播該訊息的不同臉書粉專的影響力排名。結果發現，除了新聞媒體的報導內容外。影響力排名位居第二的〈公民監督民進黨聯盟〉，則於18日

（記者會召開前）轉貼該則不實訊息。[1]該則貼文引發151次留言，81次分享。影響力排序第七的〈黃復興黃國強支黨部〉，則於19日照樣轉貼該則不實訊息，[2]也還有19則貼文，21次分享。（圖8.5）可見，雖然陳其邁陣營已召開記者會澄清不實傳言，媒體也不斷跟進報導，訊息依然持續傳播，未獲更正。

#	Page Name	Post Count	Engagement Score
1	蘋果新聞網	1	190.6
2	公民監督民進黨聯盟	1	154.2
3	ETtoday新聞雲	1	122.1
4	Yahoo!奇摩新聞	1	82.3
5	三立新聞	1	77.2
6	蘋果動未條	1	35.2
7	黃復興黃國強支黨部	1	30.6
8	溫紳	1	24.3
9	音樂政治上眧族	1	9.3
10	自由高雄－即時火新聞	1	7.8

圖8.5：「陳哲男自殺」訊息來源影響力分析
資料來源：Qsearch

　　分析2018年投票前出現的假新聞，似可看出地方選舉與中央選舉異質的選舉策略。2018年九合一選舉前投票一個星期內，試圖影響選舉的假新聞為不明來源帳號，作假的訊息則與選情緊繃的高雄市長選舉有關。傳播「暗殺韓國瑜」、「陳其邁父自殺」等訊息，假新聞幾乎全部關乎高雄市長候選人。其

1　https://www.facebook.com/1380410378876894/posts/2150565958527995

2　https://www.facebook.com/775277829236497/posts/1890355607728708

他選區即使出現虛假訊息，經常較為零星，也無法形成連續性的訴求效果。透過Qsearch可知，假新聞出現後，有關的臉書社群粉專大力協助轉傳。

在投票前一天紛紛轉傳大陸網媒《臺灣中評網》（中評社）（高易伸，2018年11月22日）報導，指稱：「包括檢、警、調等高層也將齊聚高雄，一股山雨欲來風滿樓的氛圍正圍繞著這次高雄市長選戰。」接著又出現「蔡英文檢調警集結高雄」、「邱義仁已來到高雄」、「來韓總造勢晚會吵肖并發生暴亂」、「留意民進黨可能惡意製造車禍事件」、「可能在最後90分鐘，由檢警調配合開記者會，說已經掌握韓接受中共資助的證據」等沒有根據的假新聞四起，按讚或回應人數從千餘人到數千人不等。另外，藍營社群《密訊》、〈青天白日正義力量〉、〈靠北民進黨〉、〈韓國瑜後援會〉、〈中華隊加油加油〉、〈反綠救國人人有責〉等臉書粉專大力轉傳。面對廣傳的不實資訊，主流媒體也加入報導與澄清。中央廣播電台、《聯合報》、《ETtoday》、《新頭殼》、《華視新聞》、《風傳媒》、《中央通訊社》等新聞媒體，都報導「陳其邁陣營嚴正否認」等語，卻未能影響遍布假新聞的社群媒體。

第二節　高度動員的國家認同假新聞

時至2020年，台灣舉行總統與立法委員的中央選舉，投票前出現的假新聞論述，則已遠較2018年複雜。較為傳統的地方謠言如「自殺」、「暗殺」、「假車禍」、「軍警鎮壓」可輕易為人理解的假新聞並未出現；取代的假新聞則已上升到意識

形態層次，這類的假新聞需要有一定的論述，才足以說服人。發動者則由不明帳號改為特定粉專。傳播的方式更具組織性，影響力更值得關注。

在2020年總統大選前，台灣社會上演幾則假新聞事件，多與操弄國家認同意識形態有關。網路上政治色彩鮮明的臉書社群進行政治動員，表現出政治極化現象。桑斯坦（Sunstein, 2019, pp. 80-81）表示，政治極端主義（political extremism）通常是團體極化（group polarization）的產物。美國歐巴馬與川普可以當選美國總統，都是團體極化的結果。在社群媒體上，隨時都可以看到團體極化的現象。而造成團體極化的動態因素就是憤怒（outrage）。

台灣事實查核中心在投票前，密集澄清若干假新聞。這些假新聞來自藍綠特定粉專，並能結合新聞時事發動新聞論述，最後卻由台灣事實查核中心證實為「錯誤」或是「部分錯誤」，可見有人試圖傳達會人憤怒的訊息。在〈韓國瑜打倒民進黨！〉（現已改為中華隊鐵粉）社團中，帳號侯國基於1月7日貼文指稱：「蔡的服裝左胸竟然別有空軍 #五星特級上將的標誌！」[3]台灣事實查核中心則於 1月8日上午8:50查核為錯誤消息。並說明：一、總統蔡英文並非穿戴「空軍五星特級上將的標誌」，而是空軍松山基地指揮部座機隊的隊徽。二、此服裝為座機隊印製的紀念衣物，非軍制服裝，一般民眾也可購買和穿著。（圖8.6）

3　https://www.facebook.com/groups/1726485900912990/permalink/2665370840357820/

圖8.6：偏藍社群批評蔡英文服裝別有空軍
五星特級上將的標誌

資料來源：臉書

　　由於當時發生參謀總長沈一鳴墜機事件，幾則假新聞都
與軍事有關。過去就曾出現、並已為台灣事實查核中心證實為
假的「蔡英文與賽拎娘國防部的合成照片」，再度由〈靠北民
進黨〉貼文轉傳，這則假訊息同時出現在〈韓國瑜打倒民進
黨〉、〈罷免民進黨〉等粉專中。台灣事實查核中心於1月7日
上午9:00，再度查證為假消息。[4]

　　另一則與軍方有關的假訊息，也在此時重新出現。「軍人
因公殉職死亡，配偶領取半俸規定修改」的訊息，在2018年7月
8日年金改革期間，首次由〈韓國瑜粉絲後援團必勝！撐起一

4　www.facebook.com/taiwantfc/photos/a.234834500505015/489024905085972

片藍天〉社團發出，當時只有3留言7分享。在黑鷹墜機事件後類似內容不斷出現。台灣事實查核中心於1月6日下午5:15 查核為假消息。說明：「經查：軍人因公殉職死亡，給付遺族的撫卹金是依據《軍人撫卹條例》，其中並未有配偶結婚時間、請領年齡之限制。」[5]在台灣事實查核中心澄清後兩天，〈百萬庶民紅衫軍 韓國瑜市長後援會〉社團於1月8日下午6:03仍發布相似內容，並獲得16留言、36分享，底下的留言亦無人質疑該訊息。（圖8.7）

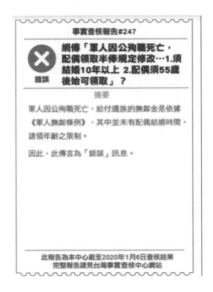

圖8.7：軍人遺族的撫卹權益，
在選前不斷誤傳
資料來源：臉書

5　https://www.facebook.com/taiwantfc/photos/a.234834500505015/488999028421893/

　　總統大選前出現的假新聞中，可以看到操弄國族意識、國家認同等手法。例如，〈韓國瑜~前進中央〉社團中，帳號傅彬彬於1月4日下午11:45發文，指：「選舉公報沒有中華民國國號？」該貼文獲得292讚 18則留言7分享。[6]隨後1月6日又發現在〈2019罷免蔡英文聯盟〉（於1月11日改名為2020罷免蔡英文聯盟）以圖的方式傳播。（圖8.8）台灣事實查核中心於1月7日上午11:10 查證為假消息。[7]

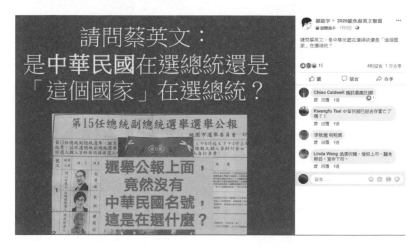

圖8.8：選舉公報上沒看到「中華民國」字樣，受到民眾質疑
資料來源：臉書

　　上述假訊息多來自藍營社團，但有一則與軍方有關的假新

6　https://www.facebook.com/groups/2040530806064267/permalink/
　2565989013518441/

7　www.facebook.com/taiwantfc/photos/a.234834500505015/489033371751792

聞則是來自泛綠陣營。網傳與媒體報導「台海危機時，沈一鳴陪同國防部長與太平洋司令會談，美方詢問他的立場為何，沈一鳴回應美方：「台灣會戰到一兵一卒。」台灣事實查核中心於1月10日下午4:05，查證此為錯誤的消息。理由為：

> 一、1996年台海危機期間，台美軍方建立祕密溝通管道，台灣軍方是由時任國防部作戰次長室中將執行官的帥化民擔任代表。二、查核中心透過多方查證，傳言提及「國防部長會見美國太平洋總司令」，並不符合1996年台海危機期間的台美政治、軍事關係。因此，網路傳言和報導提及「在台海危機期間，沈一鳴陪同國防部長與太平洋司令會談」，為錯誤訊息。[8]

這則假訊息，在泛綠的粉專與社團有分享沈一鳴與吳斯懷對比的圖跟文。

如〈公民割草行動〉中，帳號史帝夫於1月4日17:50發文，獲得眾多迴響。（圖8.9）

2020總統大選期間，由台灣事實查核中心查核為假的訊息，和2018年九合一選舉的假新聞非常不同。由此更可了解中央選舉時的假新聞，已經上升至國家認同等問題，假新聞現象比地方選舉更為複雜。

8　www.facebook.com/taiwantfc/photos/a.234834500505015/492094264779036/

圖8.9：台灣事實查核中心指網傳沈一鳴：「台灣會戰到一兵一
　　　　卒」，為錯誤訊息

資料來源：臉書

　　假新聞因投選民所好而產生，目的在於選舉獲勝，而非
訊息真假。這樣的選舉策略，大量出現在選舉起伏不定的過程
中。最後的選舉結果，雖然未必可以和假新聞的運用直接劃上
等號，卻可以看出對峙的選舉陣營，如何運用假新聞策略召喚
選民。以此來看，研究投票前的假新聞論述，最能理解假新聞
背後的選舉策略運用。長期觀察後可知，假新聞未必全部為
假，更常見在半真半假、或是真假難以判斷中運轉。在2020年
總統大選前，可以發現這樣的策略運用，隨著不同階段，有不
同的運作策略。

　　一場選舉，很難說出起點，各個候選人檯面下的動作，外

人很難知曉。然而，在候選人底定後，選舉的痕跡便慢慢顯現
於政治人物談話、社群媒體意見與傳統媒體間。民間的「事實
查核單位」也會就若干案例進行查核。本書自2019年9月起，
展開總統選舉的假新聞研究，主要觀察綠營〈我是台灣人〉、
〈不禮貌鄉民團〉、〈打馬悍將粉絲團〉、〈只是堵藍〉等臉
書粉專。這類粉專立場一開始多是表現出「力挺蔡英文」、
「反對韓國瑜」、「反對柯文哲」等支持蔡英文等言論。從議
題中，可以看出與「兩岸關係」有關的新聞事件，非常容易就
受到討論。如〈我是台灣人〉10月8日轉發「林國慶之子曾任中
共政協一事」。10月6日、9日、10日因應不同的新聞事件，為
蔡英文的論文辯解。〈我是台灣人〉於11月1日貼文指「國民黨
為選票讓中國孕婦快速納保」。[9]

　　〈不禮貌鄉民團〉也於10月4日，引用報導指稱國民黨就是
要玩「#一國兩制」。[10]被點名的黃昭順則反擊《三立新聞網》
拿她在2012年9月6日的相片，說她上個月出席「台灣一國兩制
研究協會」的理監事會，並用剪接手法告訴人民說她贊成一國
兩制台灣方案（黃欣柏，2019年10月4日）。

　　香港議題自10月起，就大量出現在挺綠粉專。〈不禮貌鄉
民團〉於2019年10月12日貼文指稱：「國民黨搞垮中華民國」
（圖8.10），[11]在hashtag及貼文中，都隱含著把「九二共識」
與「一國兩制」劃上等號。〈打馬悍將粉絲團〉也於10月4日將

9　https://www.facebook.com/Taiwanese.united/posts/2714189955329682

10　https://www.facebook.com/impolite.tw/posts/2569079649815098

11　https://www.facebook.com/impolite.tw/posts/2584908954898834

「九二共識」等同於「一國兩制」。（圖8.11）〈我是台灣人〉粉專則於10月23日，貼出圖文指稱「罵蔡英文不收香港罪犯就是親中政客」。[12]〈不禮貌鄉民團〉貼圖指有98%的人相信王立強說中共拿錢贊助國民黨，韓國瑜說：「我沒收過中共一塊錢」，則只有2%的人相信。[13]

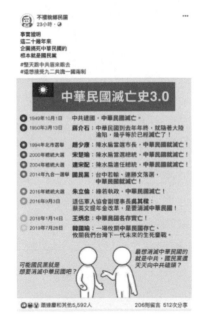

圖8.10：〈不禮貌鄉民團〉把
　　　　「九二共識」與「一
　　　　國兩制」劃上等號
資料來源：臉書

12　https://www.facebook.com/Taiwanese.united/posts/2693284254086919

13　https://www.facebook.com/impolite.tw/posts/2680506362005759

圖8.11：〈打馬悍將粉絲團〉把「九二共
識」與「一國兩制」劃上等號

資料來源：臉書

　　〈打馬悍將粉絲團〉和〈不禮貌鄉民團〉在11月間，依然大量討論香港議題。〈不禮貌鄉民團〉於11月9日貼文指稱：「這就是一國兩制。大家能想像嗎？如果將來台灣被中國統一，我們台灣人活在這樣的世界，會是怎麼樣的地獄？

　　「被失蹤、被殺害、被棄屍、被打斷手腳、現在還有被強暴、不得已去墮胎把孩子拿掉的⋯⋯。」配合「醫師已在臉書證實，並收到滅口警告」的圖，共有1.2萬人按「讚」等不同表情符號。[14]〈不禮貌鄉民團〉引用YouTube影片，寫著：「香港危

14　https://www.facebook.com/impolite.tw/posts/2648363345220061

機知情爆：太子站警方共打死六人，全部斷頸而亡」的大標題下，用小字說：「香港人真的活在地獄」。該YouTube影片討論8月31日的太子站事件，影片中並說「消息真假目前還很難證實」。[15]

　　另外，〈只是堵藍〉於10月22日貼文攻擊韓國瑜吃喝嫖賭。10月26日又說韓國瑜所說的「出國留學」，就像中國在新疆設立教育營強行關押民眾，其中就包括青年。（圖8.12）

圖8.12：〈只是堵藍〉以新疆教育營類
比韓國瑜說的出國留學免費
資料來源：臉書

15　https://www.facebook.com/impolite.tw/posts/2676538695735859

第三節　借用美媒的假新聞策略

在接近2020年總統選舉投票日時，假新聞不只出現在社群平台中，也出現在傳統新聞中，並且發生藍綠陣營都試圖借用「外媒」報導來壯大聲勢，卻都是解讀錯誤的假新聞。〈打馬悍將粉絲團〉先發布這則訊息，配上韓國瑜照片，以及內文談及「國民黨候選人韓國瑜，過去就曾提出古怪的承諾，好比挖石油、賭場和賽車等政見」等文字。（圖8.13）網媒ETtoday（陶本和，2020年1月7日）也跟著報導，網路上快速傳布這個消息。

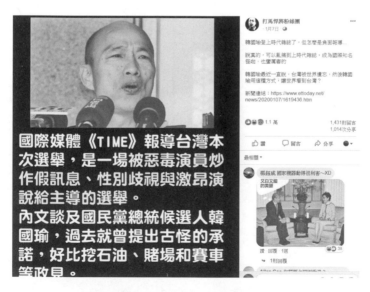

圖8.13：〈打馬悍將粉絲團〉引用《時代》雜誌（*TIME*）
　　　　攻擊韓國瑜
資料來源：臉書

　　同時，這則網路新聞被泛綠臉書粉專大量轉載。用CrowdTangle檢視，共有近六百五十萬（6,492,412）的臉書追隨者。從傳播路徑來看，可以發現〈打馬悍將粉絲團〉扮演強大的傳播者角色。（圖8.14）

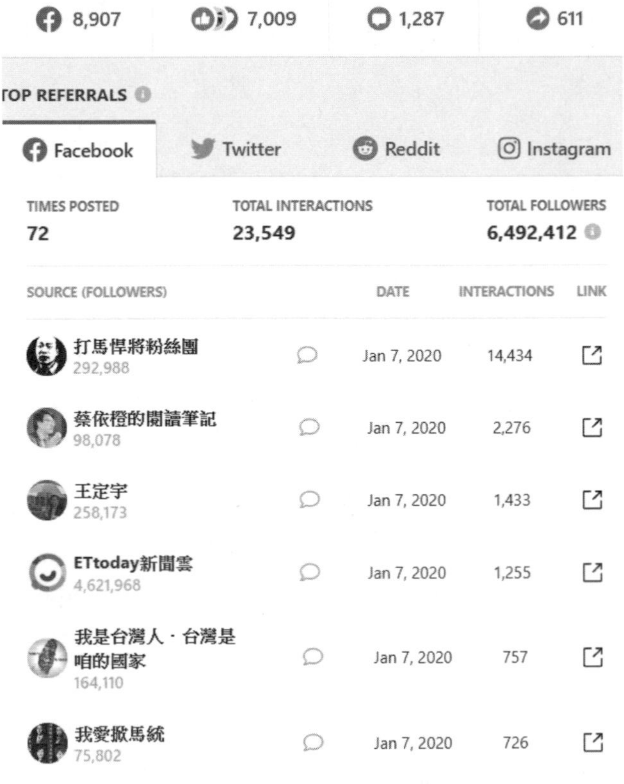

圖8.14：泛綠陣營引用外媒報導，進行選舉攻擊

　　針對網傳有關《時代》雜誌的報導，台灣事實查核中心於2020年1月9日認為該訊息是部分錯誤。理由如下：

　　一、網傳圖文是來自美國《時代雜誌》1月6日報導〈台灣大選的勝敗關頭〉。二、網傳圖片擷取《時代》雜誌片段文字，並與韓國瑜照片放在一起，圈選「惡毒演員」一詞，誤導讀者，與原始報導之文意不相符。《時代》雜誌導言所提的malevolent actors，修正翻譯為：意圖險惡的有心人士，actors在文章脈絡中，並非演員之意，而是行動者之意。[16]

　　這則訊息在2020年1月7日開始散布，在2020年1月9日澄清有誤，澄清消息的傳播遠比不上假新聞的傳播速度，對候選人自然形成一定的傷害。這樣的訊息攻擊，都不應是民主競爭的常態。

　　然而，同樣是2020年1月7日，網路上也出現攻擊蔡英文的訊息。網傳美國媒體《國家利益》期刊丟出震撼彈，發出題為〈台灣不可以讓蔡英文連任四年〉的評論，稱在蔡政府執政下，宣稱減少對中國的依賴，但台灣對中國及香港市場的出口仍高達41%。此外，該雜誌還稱，如果台灣人民看不到蔡英文卑鄙的政治手段，將很快成為現存共產主義國家的主體。以CrowdTangle來看，共有近三百萬（2,861,141）人關注此訊息，並有多個泛藍粉專與社團轉傳分享。（圖8.15）《中時電子報》（蔡宗霖，2020年1月7日）也跟著報導此事。

16　https://tfc-taiwan.org.tw/articles/1945?fbclid=IwAR0Zmnn8zygNgN3ZzFwSi47x
　　xxIS4w2MMb__panGv-ZBt9PlWeRO_6SBz0Y

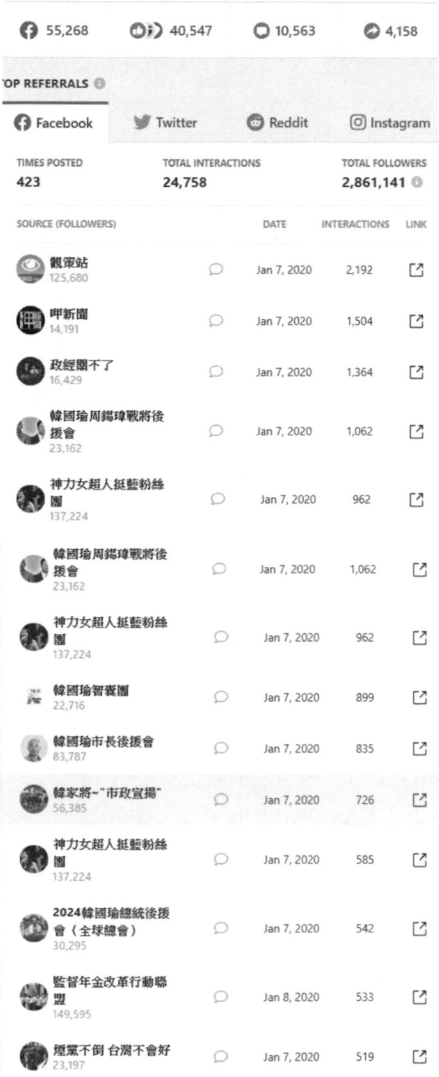

55,268 | 40,547 | 10,563 | 4,158

OP REFERRALS

Facebook | Twitter | Reddit | Instagram

TIMES POSTED	TOTAL INTERACTIONS	TOTAL FOLLOWERS
423	24,758	2,861,141

SOURCE (FOLLOWERS)	DATE	INTERACTIONS	LINK
觀策站 125,680	Jan 7, 2020	2,192	
呷新聞 14,191	Jan 7, 2020	1,504	
政經關不了 16,429	Jan 7, 2020	1,364	
韓國瑜周錫瑋戰將後援會 23,162	Jan 7, 2020	1,062	
神力女超人挺藍粉絲團 137,224	Jan 7, 2020	962	
韓國瑜周錫瑋戰將後援會 23,162	Jan 7, 2020	1,062	
神力女超人挺藍粉絲團 137,224	Jan 7, 2020	962	
韓國瑜智囊團 22,716	Jan 7, 2020	899	
韓國瑜市長後援會 83,787	Jan 7, 2020	835	
韓家將~"市政宣揚" 56,385	Jan 7, 2020	726	
神力女超人挺藍粉絲團 137,224	Jan 7, 2020	585	
2024韓國瑜總統後援會（全球總會） 30,295	Jan 7, 2020	542	
監督年金改革行動聯盟 149,595	Jan 8, 2020	533	
煙黨不倒 台灣不會好 23,197	Jan 7, 2020	519	

圖8.15：泛藍粉專與社團轉傳《國家利益》期刊批評蔡英文的文章

　　偏藍社團引用美國雜誌《國家利益》批評蔡英文的一篇投書，認為美國政府對蔡英文友好的態度有所轉變，意即美國都不支持蔡英文繼續連任。後經過網友調查，該篇來自美國雜誌的文章，是國民黨智庫的人投書的評論。

　　然而，台灣事實查核中心檢視該訊息，同樣於2020年1月9日說明為「部分錯誤」。理由為：

　　一、網傳引述自美國媒體《國家利益》的評論文章。此文並不是社論，而是撰稿人投稿文章。二、查核中心向《國家利益》求證，據其指出，《國家利益》接受不同意見的來稿，該篇投書不代表《國家利益》立場。

　　即使台灣事實查核中心已盡快澄清，第二天就已是投票日，對當事人可能已經造成影響。另外，蔡英文的論文事件，一直到選前都還在偏藍社團中持續發酵，選前最主要的訊息是《中時電子報》報導《紐約時報》訪問彭文正對蔡英文論文事件的看法，《中時電子報》（李俊毅，2020年1月8日）並以「論文門變國際醜聞？」進行報導，將紐時報導定位成蔡英文的論文變成國際醜聞。該則新聞經CrowdTangle檢視，計有超過三百萬（3,036,975）人追蹤此訊息。（圖8.16）

第四節　中國網民介入作票假新聞

　　另一值得關注的假新聞案例，則為作票類假訊息。此事起因於監察委員仉桂美和劉德勳，針對2018年台北市長選舉進行

調查（監察院，2019年11月26日），主要質疑中選會未經委員
會議決，即修改《107年地方公職人員選舉投開票所工作人員
手冊》，刪除「點完未領取的空白票後，須向觀眾宣布清點結
果」的規定；調查報告並引用立委林淑芬於2018 年 12 月 13 日
對中選會代理主委陳朝建的質詢，質疑此舉造成嚴重灌票、作
票漏洞。2019年12月，距離總統大選只剩一個月時間，大量有
關選務的新聞都出現病毒傳播現象。2019年12月17日，台北市
議員唐慧琳使用《怒吼》報導（怒吼引用中時），指出〈大選
有漏洞！中選會擅改規則　空白選票恐成輸贏關鍵〉，該訊息
經〈反蔡英文聯盟── 全國民怒嗆蔡總部〉、〈李四川後援
會〉、〈韓國瑜選總統全國後援會（庶民）〉等團體轉發，關
注人數多達一百三十多萬（1,389,334）人。

圖8.16：中時電子報採國際醜聞標題，報導紐時的報導
資料來源：臉書

　　該監委的調查報告竟引發國內主流媒體、社群媒體、台灣YouTuber、大陸YouTuber加工運用（IORG研究總部，2020），更使這則可引發民眾情緒的作票假新聞，從總統大選前一直燃燒到2020年6月的罷韓投票後，仍未停止。

　　在各個選舉投票前幾天，很多民眾都收到相關的作票新聞。〈韓國瑜市長全國後援會（庶民）〉管理員曾怡，於1月8日上午8:43發文指出投票筆可能作票的訊息，並獲得187個回應、26個留言與14則分享。貼文內容如下：

　　投票時要注意小心筆的兩端看一下，是不是都有（人）字，如果只有一邊有人一邊沒有人，就要用人的那邊蓋喔。我在2顆子彈阿扁當選那次，我家那的是一邊有，一邊沒有，那次有50多萬的廢票，請大家要注意已免您的神聖一票變成了廢票！

　　台灣事實查核中心1月8日下午7:20查核為錯誤消息。台灣事實查核中心陸續公布幾則有關作票的查核結果，均為錯誤訊息。網傳影片「票是這樣唱2號喊蔡英文得票？」的查核中，發現影片刻意混淆區域立委和總統的唱票聲，讓民眾看到影片的總統開票現場，因為總統候選人只有三個，卻出現「四號一票」的聲音。並且，負責劃記的男生轉身去拿新的劃記用白紙，並張貼上去，但喊「號碼」的女聲仍持續唱票，顯見兩人並不是同一組作業（台灣事實查核中心，2020年1月11日），這些時空卻刻意錯置出現在影片中。

　　台灣事實查核中心（2020年7月22日）又再次針對網傳影

片宣稱「2020大選的大規模舞弊」傳言進行查核。查核中心檢視影片，得知影片重點與先前的〈2020大選的大規模舞弊〉大致相同，唯增加「紐約統計學教授證實作票」、「新北市選舉人數做好」的部分。此類影片也有其他版本，提及內容大致相同，標題為「台灣選舉是投票還是作票？」、「台灣2020大選作票大曝光」、「蔡英文2020總統大選作票分析」、「庶民控告蔡英文大選舞弊值得鼓勵」。影片長度約20分鐘。此類影片也在其他頻道出現，觀看次數高達3、40萬次，而且透過社交平台、通訊軟體，從3月起流傳迄今。影片中有極多的不實訊息。

　　在「中選會作票」的假訊息中，移民加拿大的北京人士YouTube《108演播式網紅》主持人陳衛平，自2019年6月28日、7月8日的節目中，即指出蔡英文將於2020年總統選舉中作弊，更自2019年12月29日起，開始攻擊選舉將出現空白選票問題，在選舉結束後仍然不斷製造相關假訊息，並且不斷炒作罷韓投票出現作票，相關YouTube影音共44則。由於選舉已在國人關注下完成，事實查核組織也先後發布相關事實澄清，說明大陸人士陳衛平意圖破壞台灣民主的假訊息（IORG，2020，頁114-115）。

　　《108演播式網紅》操作有關中選會作票的假新聞，皆屬於無法證實的陰謀論。陰謀論的假新聞手法，也成為大陸人士製造假新聞的最主要類型。又因為社群平台無國界，只要使用的是中文，全球的華人都可以參與。舉例來說，《108演播式網紅》由大陸人製作內容，但93%的觀眾為台灣民眾（IORG，2020）。

　　很難想像，台灣民眾能完全不受這些陰謀論的影響。這

則作票假新聞不但持續時間長，並且以「執政黨蔡英文如何在
2020總統選舉作票400萬張以上？」、「2020總統大選韓國瑜獲
壓倒性勝利」、「台灣警察威脅YouTuber」等不同標題散發相
同影片，影片長達20分鐘，內容則結合視覺圖、現場影片、專
家證言、統計概念等一再論述，配合旁白與中英文字幕，自然
提高說服力。此外，持大陸口音的YouTube《TV KY博士》頻
道，也曾製播作票類的假訊息。

　　雖然「台灣事實查核中心」已多次聲明類似影片均為錯誤
訊息，民眾在查核報告下的留言多是不信任的口氣：「哪裡有
不實，明明選務人員有偏袒，影片中有哪裡說錯！」「哈哈，
台灣人真的好騙，難怪會出個讓全世界都恥笑的詐騙總統。」
「影音平台沒有下架，你可以驗證這是假新聞？臉書內容是唐
鳳和綠營人士在管制言論自由嗎？」（台灣事實查核中心，
2020年7月22日）。

作票謠言違背民主常識

　　「台灣事實查核中心」總編審陳慧敏就提到，選舉前後
出現的作票假新聞，這類假新聞很不平常。她指出，與作票有
關的不實訊息，完全違背大家對選務的認知和信任。如說計票
的時候用水蠟筆，所以可以作票。或是說計票箱有夾層、有機
器，或是CIA提供的隱形墨水，還包括為什麼蔡英文的票減去民
進黨的票還有那麼多，都是作票造成。陳慧敏指出：

　　　　從2019年12月、投票那一天到選完一個禮拜，出現了

大量選務作票的訊息。作票影片於2020年2月至3月間又出現。在六月罷韓投票時，還看得到總統大選作票的影片。六月時看到它在發酵，並且看到更多作票傳言出現，技術、拍攝手法、腳本都有進步，而且是大量影片在發聲，就是一個謠言會有三、四則影片一起發。

不尋常的是，選後國民黨等政黨對選舉結果並沒有任何疑義；也未見任何候選人出面表達疑義的情況下，網路上卻出現大量的作票傳言。（作者親訪，2021年7月26日。）

這類「中選會」作票傳言，也成為傳統媒體報導的素材。《中時電子報》（2019年12月17日）報導監察院有關2018年選務的考察報告，並指出缺失。《中時電子報》以〈大選有漏洞！中選會擅改規則　空白選票恐成輸贏關鍵〉為新聞標題，引來社團憂慮、憤怒與轉傳，共計有百餘個臉書社群參與轉傳。2019年12月17日一直傳播到2019年12月20日，觸及人數達三百七十餘萬（3,778,428）人，已完全達到病毒傳播的效果。

轉發這則新聞的臉書社群包括：〈韓家軍 市政宣揚〉、〈請民進黨還給中華民國一個公平正義〉、〈設計對白〉、〈藍色力量〉、〈業力引爆〉、〈2020罷免蔡英文聯盟〉、〈韓國瑜領導國民黨起義〉、〈張善政之友會〉、〈政治少女組〉、〈韓國瑜~前進中央〉、〈村長全國粉絲團〉、〈合一行動聯盟〉、〈林佳新粉絲後援會〉、〈演秀柱雁行辣椒會〉、〈黃復興黃國強支黨部〉等百餘個社群轉傳該訊息（圖8.17）

Influencers　中選會 AND 空白票

#	Page Name	Post Count	Engagement Score
1	新聞深喉嚨	1	412.1
2	唐慧琳	1	403.9
3	台灣的真相	1	311.2
4	打英悍將粉絲團	1	309.0
5	靠北民進黨	1	224.2
6	挺馬英九聯盟	1	128.9
7	合一行動聯盟	1	114.4
8	靠北民進黨	1	92.3
9	罷免民進黨	1	89.1
10	討厭民進黨	1	70.8

圖8.17：作票假新聞在百餘個偏藍臉書轉傳

資料來源：Qsearch

使用Qsearch臉書資料庫查詢時可以看到，在關注中選票空白上的眾多社團。2019年12月間，最早討論「中選會作票」的假訊息是在12月7日，指中選會會去配合民調結果開票，開票也可以跟民調一樣造假。12月17日時，聚焦討論的「中選會擅改規則 空白票成關鍵」，又再次浮出討論。到了12月31日、1月13日，「中選會擅改規則 空白票成關鍵」這個討論又起。使用Qsearch搜尋發現，〈反蔡英文粉絲團〉發文影響力排名第六，12月17日轉傳這篇報導、1月13日又再轉傳。影響力排名第三的〈台南電池〉在選後發文3篇，試圖用各種推論直指作票。

透過Qsearch圖可知，臉書使用者自2019年12月至2020年1月間，有關中選會的貼文數極多。（圖8.18）

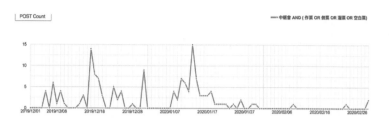

圖8.18：台灣在大選前後，出現多次作票傳言。

資料來源：Qsearch

　　由本章分析可知，假新聞會因應選舉需要，進行不同的論述轉換。如果是地方型的選舉，選民多半依據對候選人的喜好進行投票，假新聞的運用則多與候選人有關。如果是全國性的投票，假新聞則會上升到國家認同、兩岸關係層次，並且已清楚看到中國以民間人士身分介入的軌跡。本書於是以九、十兩章，分別說明中國介入台灣選舉的相關現象。

第九章

關西機場事件與假新聞

2018年11月24日九合一選舉投票前，台灣社會早已經有選舉活動展開，候選人透過各種宣傳活動接近選民，更多選舉汗水是在檯面下較勁產生。然而，中國大陸伺機偵察台灣，從未放鬆對台灣的輿情滲透。也因此，由中國導演的關西機場假新聞，演變形成國內首見的假新聞亂象。透過該事件，可以了解假新聞多面的政治性格，也可回頭省思，看到台灣社會如何陷入假新聞的亂象中。

2018年9月4日，燕子颱風襲擊日本，造成關西機場嚴重災情，數千名旅客滯留機場，心急如焚。2018年9月5日12:23，微博帳號「洪水猛獸baby」發布貼文表示：「中國大使館正與關西機場協商，將安排專車讓中國遊客可以先離開機場。看著其他國家的旅客排著巨長的隊伍等公交，中國大使館昨晚夜裡一點就在準備待命啦！」中國大使館讓他感動落淚，忍不住寫上「中國，我愛你。」貼文最後還標記中國官媒如《新華社》、《人民日報》以及中共青年組織《共青團》的微博帳號。

10個小時過後，大陸網媒《觀察者網》於2018年9月5日

22:29報導〈淹成这样，没想到，中国领事馆来接人了！台湾同胞问……〉。報導主要內容同樣強調北京大使館已出動處理此事，真的感到祖國的強大。報導最後則是提到：「这次撤离过程中还有一个插曲。有人发朋友圈称，滞留旅客中也有一些台湾同胞，询问能不能一起上车，得到的答案是——觉得自己是中国人就能上车，跟祖国走。」（圖9.1）這個朋友圈的發文署名為「強大的中國力量」（王可蓉，2018年9月5日）。

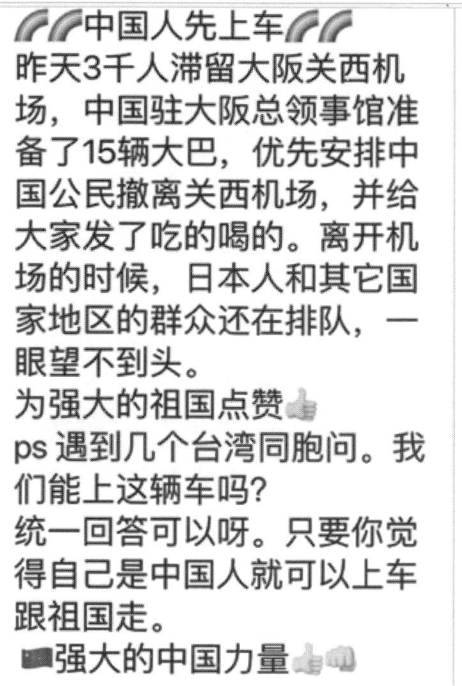
中国人先上车
昨天3千人滞留大阪关西机场，中国驻大阪总领事馆准备了15辆大巴，优先安排中国公民撤离关西机场，并给大家发了吃的喝的。离开机场的时候，日本人和其它国家地区的群众还在排队，一眼望不到头。
为强大的祖国点赞
ps 遇到几个台湾同胞问。我们能上这辆车吗?
统一回答可以呀。只要你觉得自己是中国人就可以上车跟祖国走。
强大的中国力量

圖9.1：《觀察者網》的報導為假新聞的源頭

資料來源：觀察者網

　　大陸近幾年發展多個網路媒體，遇到有關美國、台灣、新疆等事務時，就會積極呈現中國官方立場。《觀察者網》雖非官媒，透過無國界網路，《觀察者網》刻意引用的朋友圈貼文，就是想挑起台灣民眾敏感的神經。

　　《觀察者網》強調政治宣傳，從假新聞視角來看，呈現的即是宣傳類的假新聞（Tandoc, Lim & Ling, 2018）。「宣傳」可包含多重定義（Jenks, 2006）。宣傳會利用資訊，以知識的姿態出現。同時，宣傳會營造一套信仰系統，以形成堅定的信念；宣傳同時可以扭曲人們原有的知覺；並且系統性漠視真理、程序準則，摧毀有關證據認知的理性，以建立另一套確定的信念（Cunningham, 2002）。

　　宣傳的意涵已經不同於20世紀具宰制性的敘述。網路興起後，因為資訊過多，都難再形成宰制的言論；同時，自動化的媒體出現後，讓進入媒體的成本下降，也因此提供新的宣傳策略，即是防止任何反對性的言論出現。例如，美國前總統川普團隊之所以不斷強調就職大典人群擁擠的假新聞，目的就在於修補疑慮，排除各種懷疑的言論（Andrejevic, 2020, p. 22）。

　　宣傳為具有偏見的（prejudiced）、不誠實的（disingenuous）等性質的資訊，常用來提倡某種政治與想法。宣傳同時也是主觀的（subjective），並用來影響目標群眾，通常會用選擇性的事實來誘發情感，而非理性的回應（Cooke, 2018, p. 4）。這時假新聞變得無關真假，意在權力與政治控制（Farkas, 2020, p. 46）。

　　《觀察者網》試圖以非官方的媒體形態出現，卻和官方媒體一樣享有編採權，由此可知其特殊性。《觀察者網》

（2019）是上海觀察者信息技術有限公司和上海春秋發展戰略研究院聯合主辦，《觀察者網》的特約觀察員包括胡鞍鋼、張維為，該網站言論實具有強烈的民族主義和中國國家主義。網路科技更使《觀察者網》成為24小時不止息的宣傳工具，同時利用和社群媒體橋接的策略，以達到宣傳的目的。

　　中國官網也了解，台灣的傳統媒體均已成立網路部門，並有專人隨時觀測網路動向，大陸官媒報導也在台灣網媒的觀察範圍內。9月6日8:53，台灣《蘋果日報》以〈中使館派車接關西機場陸客，要台灣人自稱中國人可上車〉為題，刊出文字報導。40分鐘後，這篇報導於9:32在PTT上張貼，台灣其他媒體早已養成PTT搜網路新聞的習慣，陸續注意到這則新聞，並推出報導。《三立新聞網》在一個小時後，9:54以標題〈風災還吃台灣人夠夠！中大使館：自認中國人可上車〉進行報導。在《三立新聞網》報導後，《自由時報電子報》也在同一天的12:53報導〈上中使館專車要當「中國人」？台旅客出面還原現場〉。國內其他媒體《TVBS新聞網》9月6日10:53報導：〈專車接滯留陸客　中使館：台人「自認是中國人」就可上車〉。《Nownews》9月6日11:56同樣很快報導：〈台人滯留關西機場陸使館派車稱「自認是中國人可上車」〉。

第一節　PTT網軍與假新聞

　　對一般台灣民眾來說，多數並不會關注微博貼文，也不會主動點閱《觀察者網》新聞，卻可能會在國內的社群網站、傳統媒體網站中看新聞。就在國內網路媒體都還沒有動靜的

時候，2018年9月6日7：04時，閱覽率極高的批踢踢實業坊
（PTT）上，帳號czqs2000以「有沒有關西機場中國人先上車
的卦？」為題發表貼文，並貼上帳號「夢啦啦123」的微博簡體
字發文，說明中國大使館安排15輛車，把中國人載走，並給大
家發了吃的、喝的，離開機場時，日本人和其他人還在排隊。
該貼文同樣重複提到，幾個台灣人問能不能上車，統一回答是
「只要覺得自己是中國人，就可以上車跟祖國走」。

　　第一個在PTT貼文的帳號czqs2000，想必非常了解PTT。明
白為了有更好的宣傳效果，就必須在PTT上貼文。帳號czqs2000
過去就曾在PTT論壇上貼文，該帳號的IP紀錄來自中國，應是一
名住在北京的新聞攝影師（IORG, 2020）。

　　czqs2000還刻意在PTT上問：「不知道這幾個台灣人最后有
沒有跟中國的車一起走？有沒有中國人先上車的卦？」該文共
引來145則留言，92人參與討論，32推、50則噓文。其中有人更
直接寫道：「支那人用字又露餡了」、「可惜，最後露餡」、
「明顯簡轉繁的支那仔發的」、「五毛正常發揮」。PTT上的鄉
民，對貼文似乎已有一定戒心。

　　燕子颱風讓很多人滯留關西機場，也包括台灣民眾在內，
PTT鄉民GuRuGuRu便是受困於關西機場的台灣民眾。2018年
9月6日凌晨，GuRuGuRu在PTT旅日版上發文表示，關西機場
受燕子颱風影響，大批旅客滯留機場，必須疏散人潮。他打電
話到台灣駐大阪辦事處，詢問住宿相關訊息，對方則是訕笑一
下，回說要住哪是自己的選擇。GuRuGuRu說自己心中不悅，於
是在PTT貼文，想「叮」一下駐日辦事處。

　　當時台灣和日本都是深夜、凌晨時段，該則貼文卻很快發

酵。GuRuGuRu在9月6日的10:41再次發文，澄清他雖然是搭中國大使館的車回到大阪，在機場時，從來沒有人在說「中國人的車」或「外國人的車」。他只是傻傻看到公告說，第一樓航廈有車會接駁搭高速船到神戶，所以就收拾行李到一樓去排隊。並且從事發到他發文時，完全沒有接到台灣政府的任何協助。

　　監察院事後對此事進行調查，根據監察院（2019年5月22日）報告，GuRuGuRu以Skype網路電話撥打大阪處的急難救助專線，通聯紀錄顯示撥打時間為107年9月5日23:34，換成日本時間為9月6日凌晨00:34。接聽電話雇員證實確有該筆通話，至於有無態度冷漠及訕笑，因無錄音，無從判斷。

　　就在國內各主要網路媒體幾乎將《觀察者網》視同為一般媒體般原文複製照登外，國內網媒很快將輿論轉向我國駐日代表處。《中時電子報》在同一天的13:18、13:28，分別報導〈陸使館專車接送受困旅客　傳要台人自認中國人就能上車、自認中國人才可上車？〉、〈台灣客還原　網轟：駐日代表處可以廢了〉等新聞。《聯合新聞網》則是於16:10報導〈台客要自認中國人才能脫困　羅智強：謝長廷你去哪？〉。《蘋果新聞網》也在16:43報導〈關西機場喊「我是中國人」才能上車　陸委會：趁火打劫太冷血〉。國內各大媒體的接連報導立即引發連鎖的政治效應，怒火已不是「跟著祖國走」等對岸宣傳，而是轉向駐日代表處與駐日代表謝長廷個人。

　　PTT是國內特殊的言論平台，不同政治立場的鄉民、大陸網友，都會在此試圖帶風向，左右輿論。9月6日17:56，帳號idcc於PTT發文，強調貼文資料來自日本老台僑。文中主要提到小夫

（指駐日代表謝長廷）完全管不到駐日代表處，小夫也完全管不到大阪駐日代表處。並說大阪代表處的人是一群垃圾的老油條，講難聽一點叫黨國餘孽，國民黨要強打大阪代表處等於打到自己人。[1]這篇貼文有143個人推文（意指同意），另有216人發出噓聲（不同意），從留言可知，鄉民已嗅出該訊息濃濃的政治味。

讓人錯愕的是，日本大阪辦事處處長蘇啟誠，9月14日於住處輕生，引起國人震驚。idcc同一天13:47又發文，先是自己道歉，但也認為造謠中國有派巴士進機場、和當天打電話到大阪辦事處的人（GuRuGuRu），應該出來面對。[2]

關西機場事件引發國內媒體連日來的大幅報導，民眾開始討論PTT假帳號帶風向的問題。因為浮濫註冊情況日趨嚴重，PTT因此公告即日起暫停受理新帳號之申請（PTT帳號管理部，2018年9月14日）。另外，《台灣事實查核中心》也正展開運作。根據《台灣事實查核中心》（2018年9月15日）訪問日本關西機場公關河井勇樹後得知，當時所有滯留在機場的旅客，不分國籍，一律都是搭乘由關西機場所安排的巴士或快速船脫困，目的地是泉佐野市或神戶機場。之後再由中國駐大阪總領館，雇用巴士從泉佐野轉運中國旅客至大阪市中心。台灣事實查核中心查證後說明，所謂「中國派巴士前往關西機場營救受困中國旅客」等報導，乃屬錯誤訊息。

國內媒體都對蘇啟誠輕生事件進行報導，警方也對此事展

1　https://reurl.cc/9zNdpa

2　https://reurl.cc/A1mEAj

開調查。《中時電子報》於9月16日繼續報導〈台灣媒體操縱仇中情緒 假新聞害死蘇啟誠〉。文中不但沒有揭穿《觀察者網》最初報導的虛假成分，反而還指控台灣媒體。《觀察者網》在9月26日則又報導〈岛内声称解救日本机场受困游客是假新闻 国台办公布细节〉。

　　警方調查後，於2018年12月15日對外說明，GuRuGuRu為台北大學游姓學生，並未公布全名。卻有帳號Liplet於PTT八卦版發文將GuRuGuRu的本名曝光，接著又有kkmancola、lopo、papanot和 mamadeta等帳號，於12月16日、21日、22日連續製造5篇爆文，似乎是希望將罪責推給游姓大學生。PTT八卦版（2020年2月4日）整理所有資料後發現，[3]包括Liplet、kkmancola、lopo、papanot和 mamadeta共五篇文章發文者，均證實為楊蕙如網軍所為。

表9.1：關西機場事件楊蕙如網軍PTT帳號

日期	帳號	發文內容	異常帳號數	資料網址
9/6	idcc	駐日代表處管不到大阪辦事處	（未說明）	https://reurl.cc/9zNdpa
9/14	idcc	出面道歉，要求GuRuGuRu也道歉	（未說明）	https://reurl.cc/A1mEAj
12/15	Liplet	曝光GuRuGuRu真名	41	https://reurl.cc/QpA15O
12/15	max3	把游姓生女友個資也洩露出來	（未說明）	https://reurl.cc/M75YDk

3　https://www.facebook.com/PttGossiping/posts/1861089727362016/

日期	帳號	發文內容	異常帳號數	資料網址
12/16	kkmancola	游姓生背景是不是很狂？新聞都不報本名	23	https://reurl.cc/drkdqy
12/16	lopo	游姓生背景是不是很狂？新聞都不報本名	35	https://reurl.cc/L1rvQL
12/16	papanot	史上最強造謠者游姓生是不是安全下莊了??	27	https://reurl.cc/Zn3REM
12/22	mamadeta	游姓生的背後勢力到底是誰?真的好厲害	9	https://reurl.cc/6gOp9O

資料來源：批踢踢八卦板https://www.facebook.com/
PttGossiping/posts/1861089727362016/

　　PTT補充，隔年2019年3月1日和3月4日，帳號doson和icesean在PTT上先後預告「日本NHK即將播出關西機場事件調查專題」。PTT八卦版說，以上兩個帳號，同樣證實是楊蕙如網軍帳號。[4]換言之，楊蕙如在2018年9月蘇啟誠事件後一直未公開露面，卻未停止網軍行為，並一直延續到2019年3月。

第二節　網軍與假新聞

　　「關西機場事件」暴露大陸網軍與台灣網軍的蹤影，說明網軍試圖帶風向、影響輿論的現象，值得進一步深入了解。國內研究團體TeamT5（2020）指出網路「層層外包」的現象，外

4　批踢踢八卦板https://www.facebook.com/PttGossiping/posts/1861089727362016/

包的形式還可以隱藏政府支助的性質。最有名的例子是中國新
聞社，和兩家行銷公司簽約，以便在西方的社群媒體中增加歡
迎度（popularity）和網路追隨者。

　　以關西機場事件為例，大陸網軍除了在國內社群PTT發文
外，更已在中國最大社群微博大量發文（IORG，2020），目的
在於利用社群媒體進行政治宣傳。由研究者沈柏洋提供的資料
可知，多個不同的微博帳號，卻於2018年9月5日，發出和《觀
察者網》立場相同、一模一樣的貼文。（圖9.2）

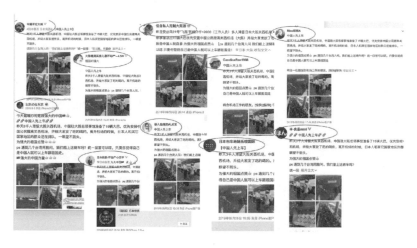

圖9.2：十個不同的微博帳號，和《觀察者網》一同進行假新聞
　　　　宣傳

資料來源：沈柏洋

　　2018年高雄選戰火熱，民進黨高雄市長候選人陳其邁的臉
書粉專湧入大批「外國粉絲」，這些不明的外國帳號除了狂按
讚外，更提出好友邀請；競選總部擔心是惡意帳號的攻擊，已

向警方備案提告（翁嫆珺，2018年10月16日）。同樣，國民黨高雄市長候選人韓國瑜的網路聲量驚人，挺韓的PTT推文來自「世界各地」。根據《鏡週刊》（吳賜山，2018年10月24日）報導，這些IP來自境外，不只日本、韓國、越南、印度等亞洲國家，還包括委內瑞拉、烏克蘭、俄羅斯、墨西哥等國，而且推文完就隱身，很難不讓人懷疑沒有假帳號機器人或境外網友加持。

選舉期間，國內也經常看到大陸與各地網軍的足跡，其中就包括中國大陸水軍。一項研究顯示，網軍（cyber troops）會以不同形式在臉書、推特上出現，像是用假帳號掩蓋身分，並偽裝自己為來自草根的言論。另外，很多時候這些帳號其實都是機器人或程式語言，被設計來和真人互動。這些帳號在網路大量散播宣傳假新聞，也可以用來填充按讚數、分享、回推等，以便某個特定言論可以受到注意，或是捏造歡迎程度（Bradshaw & Howard,2017, p. 11）。

水軍（water army）一詞則用來專指大陸網軍，首先使用於娛樂界，因為這些網路打手要先倒水（pour water），再慢慢進入網路的對話中（Yang, August 1, 2018）。水軍原本是商場常用的口碑行銷手法，王俞（化名）是一家房產網站編輯，他的工作是從不同網站拷貝文章，並且用預先註冊的帳號在不同公司留下負面的評論。之後這些公司都會回應，並提供條件以便刪除留言。他的經驗是，負評是無形的資產，卻也是很多商家面臨的問題（Sterling, June 25, 2018）。

這些水軍的負評，也能用到政治場域中，使用簡體字的帳號，很容易就可判斷為大陸帳號。現在有些已會將簡體轉為繁體，愈來愈難辨識。

　　國內也有所謂的「網軍」，經常出沒於各社群平台。楊
蕙如網軍更在關西機場事件中，以九個不同帳號發文，並伴隨
出現高達41個的異常帳號數。可見網軍指的是多個帳號的協同
行為，或是群控現象。這些不同帳號的網軍會扮演不同角色。
有時要扮成路人仗義直言；有時又要反串身分。至於如何判斷
網軍一事，王銘宏（2018年10月12日）認為網軍有以下兩個特
徵：（1）網軍有明顯的政治偏好，回應多：職業網軍因為是被
特定陣營聘雇的，不太可能同時有多個政治偏好；（2）網軍上
線時間長、反應快：專職網軍因為是選戰人員，上線時間應比
一般普通使用者長，同時對於文章的反應速度也會比普通人更
快（文章出現能即時回應）。若同時符合上述兩條件，則認定
是網軍的機率便相當高。

　　從關西機場案例可知，網軍發文主要目的就是試圖帶風
向，和宣傳策略息息相通。假新聞更常用來指明顯經事先構
想，具有誤導或扭曲的意圖。它通常是政治的，用來進行某種
攻擊（McDougall,2019, p. 15）。這樣的言論風向，經常為了宣
傳，根本不在乎內容真假。一名政黨工作人員說：

　　　如何定義網軍？首先就是看有沒有收錢，第二就是有
　　沒有得到官方的指示，如這個月要打什麼議題。一般不會
　　每一篇都指示，但會有一兩則來自金主，或是政治上的老
　　闆。網軍意指不是自發的，不是自己在網路上挑題目，就
　　是錢和指示。網軍的服務項目也增加了，有些社團也是網
　　軍成立的。（受訪者F，作者親身訪談，訪問時間為2020年
　　9月28日。）

因為楊蕙如網軍，讓人質疑PTT上的網軍規模與現象。長期來，PTT為不同政治參選人、政黨、政治愛好者深度參與的平台，也因此形成PTT版的政治文化。PTT已發展出一些慣用語。鄉民以「黨工」稱呼國民黨的網軍；以「廠工」稱民進黨的網軍；又通常以「柯粉」、「柯黑」代替支持與反對柯文哲的網民。

也有媒體以PTT「政黑版」上的韓流帳號與發文行為為報導對象，試圖探究PTT上究竟有沒有網軍（邱學慈，2019年1月9日）。這篇報導引發不少人留言，其中一篇留言說道：「韓國瑜在PTT一直是負面評價，怎麼會把PTT當成韓流的起源？倒不如說PTT是反指標。」也有鄉民嘗試證明，八卦版中有些爆卦、釋放假消息卻還是能被推爆，以此來證明PTT版上八卦版上DPP的支持者多，但判斷能力也不高。甚至認為其實PTT對於整體的選舉影響有限。

可以意識到，PTT「八卦版」上的風向比較偏向反對韓國瑜。有鄉民指出：「11月24日這一仗，是八卦版民進黨黨工／網軍／義勇軍最大的挫敗。」也有鄉民提到：「PTT的影響力是有，但是這次選舉已經證明力量有限。」也就是說，PTT的同溫層效應愈來愈明顯，「這些抹黑、炒作的消息，永遠只會對於同溫層有效。」也有鄉民說：「大家都曉得，政黑版是深藍族群取暖同溫層。它是知名，但是影響力有限。」

由於PTT是個集結眾多網民的言論平台，不論是政黑版或是八卦版，政治人物都不敢忽視。所謂的網軍除了帶風向外，更有對價的貼文。大家在PTT平台上，或許看得到帶風向的政治味，卻無法判斷，哪一則貼文是自發的，哪一則貼文是收費才寫的。

根據本書訪談得知，政治人物為了贏得網路聲量，非常

捨得付費邀請網友發文。只要在網路上看到論述、文筆佳的網友，也會寫信詢問是否有意收費寫稿，代價非常誘人。經訪談得知，如果能在PTT八卦版寫出一篇推爆文（推爆＝100則推文），代價是200,000元。PTT八卦版的發文一篇為8,000元。如果是八卦版以外的PTT版，發文一篇單價是4,000元。

除了PTT平台外，Dcard、爆料公社等社群平台因為受到網友歡迎，也成為政界人物企圖用金錢攻占的目標。價格行情如表9.2。

表9.2：目前知名平台的業界付費價格

平台名稱	內容	單價（元）	說明
PTT八卦版	發文一篇	8,000	八卦版曾調整發文權限（登入次數夠多才能發文），以前是5,000，後來漲到8,000。
PTT八卦版	推爆一篇	200,000	推爆＝100則推文
PTT非八卦版	發文一篇	4,000	非八卦版的影響力較低，所以價格也較低。
Dcard	發文一則	5,000	
Dcard	推文一則	500	
Facebook社團爆料公社	發文一則	5,000	須評估此文是否有爆料的價值。
Facebook社團爆料公社	留言一則	500	

資料來源：作者訪談

有關金錢介入網路發文的政治業配現象，本書將在第十一章全面探討，第八章則是先就PTT與相關平台的網軍現象進行說

明。這類網軍全為國人所為，個人收錢是網軍個人的決定。本書擔憂的是，金錢介入各熱門平台，將影響民眾自發參與輿論的心態，定然不利於民主發展。

第三節　中國媒體與假新聞

透過《觀察者網》有關關西機場事件的報導，可以了解《觀察者網》的報導策略。《觀察者網》透過特定議題吸引台灣媒體注意，並主動散播相關訊息，透過PTT進入台灣的輿論圈。除了提及「中國大使館派車到機場接人」這則假訊息之外，還加入「台灣人自稱中國人就可以上車」的故事，使得「關西機場事件」直接觸及台灣內部有關國家和身分認同的敏感議題（IORG, 2020, p. 37）。

《觀察者網》在當時也曾發動其他報導，試圖影響台灣輿論，卻未能稱意。2018年9月28日04:10，《觀察者網》報導〈插手貿易戰 台向美增購大豆〉，報導將台灣每年都會進口大豆的行為，解釋成是綠營向美國輸誠（實際進口的是民間業者），還把金額增加曲解為故意買貴。同一天17:44時，《觀察者網》報導〈台高价向美国采购390万吨大豆，金額较承诺增30%〉，受訪者在報導中提到美國豆價下跌，適合台灣廠商買豆。報導卻說台灣當局迫不及待向美投懷送抱。只是這樣批評台灣「親美」的報導，並未引發媒體回應。

除了《觀察者網》外，《環球網》（紙版為環球日報）也是另一經常報導國內政治新聞的大陸網站。《環球網》由《人民網》和《環球時報社》聯合主辦，《人民日報社》、「中央

網路管理部門」批准，於2007年11月正式上線，屬於中央有關主管部門認可的轉載新聞的中央級網站新聞單位（環球網，2020）。《環球網》經常報導台灣訊息，立場鮮明。例如，於2018年9月29日報導〈马英九卸任2年仍被拉出来挡箭罗智强批黄国昌：病得不轻〉，報導中刻意捧馬英九、批黃國昌。同年10月9日報導〈蔡英文昔日題字「藻礁永存」今日遭打脸台学者一句话酸爆〉，事實上蔡英文提到的「藻礁永存」，並非觀塘藻礁。而是鄰近、沒劃入建設區的藻礁。

　　《環球網》接著在10月10日報導〈将两岸关系推向「火山口」，台「东奥正名公投」被批是在「趋死」〉。10月15日報導〈台湾「东奥正名公投」会造成无法弥补的损失〉。10月27日報導〈民进党人士：蔡英文如票房毒药 不希望她辅选却没人敢讲〉，但報導內容並沒有消息來源的真實姓名、也沒有證據對照因果。11月11日則報導〈蔡英文话还没说完，民众成群结队离席〉，11月12日接著報導〈蔡英文户外辅选台警方出动「雨伞大队」防民众泼漆〉。上述都是刻意偏頗的假新聞，透過《環球網》、《觀察者網》，中國大陸頻頻藉用網路媒體，進行假新聞宣傳。

　　已經在台灣設立採訪點的《中評社》，角色更形特殊。《中評社》隸屬於《中國評論通訊社》，創辦於2005年，目前已在兩岸三地建立完整的新聞採編體系，並在北京、香港設點，同步對外發布新聞資訊（中評網，2019）。《中評社》隸屬《中國評論》，現任社長郭偉峰曾是大陸中央級通訊社《中新社》記者，於1991年訪台，成為40年來第一次赴台採訪的大陸記者（新華社，2017）。

　　《中評社》在九合一選舉前，首先報導民進黨陳其邁晚會，距離提早一個半小時結束競選活動，並以懷疑的報導語氣指出「山雨欲來風滿樓」的詭譎氣氛，報導策略喜歡操作陰謀論。《中評社》自2019年12月至1月11日總統大選間，以一連串的報導為韓國瑜造勢。在《中評社》報導後，《中時電子報》經常「照抄」《中評社》報導，並以「港媒」稱之。《中評社》的內容便能因為有《中時電子報》的助力，因而觸及更多人。例如，《中評社》（林淑玲，2019年12月9日）於01:02報導：「民進黨最厲害的操盤手邱義仁重出江湖，……甚至可以說，看到邱義仁出來，就知民進黨自己評估大事不妙。」《中時電子報》（陳弘美，2019年12月9日）於07:58也報導〈第一軍師出馬 港媒驚：民進黨選情不妙了〉。用CrowdTangle檢視，共獲得臉書兩百餘萬（2,045,654）人關注。

　　以最關鍵的選前5天為例，《中評社》尤其為韓國瑜造勢，所有內容都為《中時電子報》轉載。《中評社》（2020年1月6日）00:10以4張照片，報導〈蔡黏著度比不上韓 台南難再綠油油〉，報導主要根據台南造勢現場，斷定蔡英文在台南的支持度不再。緊接著《中時電子報》（謝雅柔，2020年1月6日）於08:06報導〈藍綠造勢比一比！港媒看出端倪：台南難再綠油油〉，內容為抄錄《中評社》內容，獲得一百四十餘萬（1,470,337）人關注。《中評社》（洪德諭，2020年1月7日）00:10報導〈中評關注：韓二赴基隆看到勝選契機〉；《中時電子報》（盧伯華，2020年1月7日）亦於23:57報導〈韓赴基隆輔選人潮爆棚 港媒：看到勝選契機〉，內容來源即為「港媒中評社」。

　　《中評社》（林淑玲，2020年1月9日）00:09評論〈韓勢頭已超越馬英九巔峰時期〉；《中時電子報》（黃麗蓉，2020年1月9日）於00:40也立即報導〈港媒：韓國瑜勢頭 已超越馬英九巔峰時期〉，同樣以《中評社》為消息來源。《中評社》（張嘉文，2020年1月10日）於00:10報導〈韓國瑜凱道造勢大成功 攻頂有望〉；《中時電子報》（盧伯華，2020年1月10日）便接著於20:42同樣依據「港媒中評社」，報導〈延續凱道氣勢高雄爆場 港媒：韓攻頂有望〉。但這些報導與選舉結果有極大差距，說明《中評社》的報導目的仍是宣傳。

　　綜合上述可知，大陸網媒成立的目的即為「黨的喉舌」，並非進行真實報導。大陸網媒報導宣傳式的假新聞，為其外宣的主要任務。國人在看待大陸網媒時，必須有一定戒心，更不能將其與國內媒體相提並論。

第四節　兩岸媒體相互複製

　　本章在觀察宣傳式的假新聞時，發現若干大陸媒體新聞，多數是因為《中時電子報》、《聯合新聞網》轉發報導，讓大陸的宣傳訊息因此能接觸到國內民眾。以發生在台灣的黑鷹失事事件為例，中國大陸《新浪軍事》（嚼花熊，2020年1月3日）08:12 報導：這款「黑鷹」的機頭幾乎光禿禿，既沒有氣象雷達也沒有地形追蹤設備。報導中提及「台灣的救護隊怎會買這樣設備簡陋的運輸型直升機呢？……原本是純粹運輸的直升機卻當成救護機使用，偏偏還客串了沈一鳴的專機。不料《中時電子報》（楊幼蘭，2020年1月3日）於09:50，即刻全

文引用中國《新浪軍事》的分析內容，並獲得一百四十餘萬（1,426,125）名臉書使用者關注。

在《反滲透法》議題中，《中時》和《聯合》兩大媒體都引述了中國媒體的看法。《人民日報》紙媒先於2019年12月22日報導〈兩岸關係「困」在哪兒〉，內容主要批評民進黨當局進行政治操弄，限縮打壓了當前兩岸正常交流交往，讓台灣社會人人自危，產生寒蟬效應。《人民日報》網路媒體《人民網》（于芥，2019年12月23日）於08:2刊出該文。《中時電子報》（張語庭、楊馨，2019年12月22日）於13:06報導和《人民日報》相同的內容。第二天《旺報》、《中時電子報》（張語庭，2019年12月23日）於04:10隨即跟進《人民日報》的基調，批評民進黨，肯定北京當局。《聯合新聞網》（羅印沖，2019年12月22日）於12:11也同樣複製《人民日報》的報導內容。

此外，《環球時報》（汪曙申，2019年12月31日）05:41刊出中國社會科學院台灣研究所副研究員汪曙申，談到民進黨在選前通過《反滲透法》的三個原因。分別是：衝高民進黨「大選」選情、是為了對衝兩岸融合發展和配合美國對華政策。這些看法接近中國官方的宣傳言論，未料《聯合新聞網》（李仲維，2019年12月31日15:31）和《中時電子報》（張語庭，2019年12月31日15:36）竟完全引用《環球時報》作為權威來源，在報導中全文引用，幾乎一字不漏地轉述北京政府立場。

而在「王立強共諜案」發生後，台灣社會尚無法確定真相時，《環球時報》（趙覺珵、喬炳，2019年11月27日）於19:47首先報導中國大陸官方釋出訊息，並宣稱是「王立強」本人的受審影片，主要的傳遞管道為〈蔡正元〉、〈韓國瑜鐵粉後援

會〉、〈請民進黨還給中華民國一個公平正義〉。臉書關注人數高達一百餘萬（1,007,180）人。隨後再經過《中時》（陳君碩、林子涵，2019年11月27日）於20:38報導後，臉書關注人數更達接近三百萬（2,917,859）人。旺旺中時集團的《時報周刊》（甯其遠，2019年11月27日）也同時進行報導，獲得將近兩百萬（1,967,026）的臉書使用者關注。

陸媒常引用中時

　　除了台灣媒體可能複製轉發大陸媒體外，大陸媒體也會複製國內媒體的報導。以《反滲透法》議題來看，《旺報》、《中時電子報》（藍孝威，2020年1月2日）於04:09報導民進黨政府上台後帶頭破壞法治，台商圈已經醞釀，準備發起回台自首運動，受訪者全都是用化名。《中國時報》、《中時電子報》（陳君碩，2020年1月2日）也於04:10報導《反滲透法》三讀通過，激起台商、台生、台幹等往返兩岸群體的恐慌，甚至打算發起回台自首運動，表達對蔡英文政府的不滿。緊接著《環球時報》駐台北特派記者李名（2020年1月3日）05:04引述旺中媒體集團的兩份報導，又進一步做出〈恐慌又憤怒！民進黨當局強推惡法後，大陸台商醞釀「回台自首」〉的報導，全都是使用無法證實的訊息進行宣傳。另一案例是，《中國台灣網》（李宇，2019年11月23日）於9:16，引述《中時電子報》報導〈蔡英文台東造勢圖曝光 網友：不是民調過半嗎？〉，直指蔡英文造勢現場人很少。《中國台灣網》的報導即源自《中時電子報》（陳弘美，2019年11月23日）08:40報導的〈蔡台東

造勢俯拍圖曝光 網驚：不是民調50趴？〉，內容和標題幾乎一致。可以感覺得出，陸媒對旺中的依賴，遠大於其他藍媒。

　　大陸媒體引述《中時》報導的比例確實較高。《中國時報》、《中時電子報》（黃有容、許素惠，2019年11月19日）於04:10報導〈經部坦承 境外匯回資金0元！台商回流7000億攏是假 小英膨風騙票〉，並在導言就報導「藍委曾銘宗痛批這根本是「假回流、真騙票」。同一集團的《工商時報》（2019年11月18日）亦報導〈台商資金「實際匯回」竟是0元？經濟部認了〉，即有中國媒體緊跟報導。《環球網》（2019年11月19日）於20:34先引用《工商時報》為消息來源，報導〈「台商回流投資」數千億中境外資金實際為0？國民黨痛批蔡當局：膨風〉，內容多為事實報導，環球網並加上中國學者的評論。兩天後，《環球時報》、《環球網》（崔明軒，2019年11月21日）又引述《中國時報》的報導，於04:44報導〈國民黨批蔡英文「台商回流投資7000億」：假回流，真騙票〉。《觀察者網》（張晨靜，2019年11月20日）也根據《中時電子報》，於09:39報導〈蔡英文吹噓台商回台投資已近7000億新台幣，「經濟部次長」坦言實際是零〉。《中國台灣網》（馬蕭蕭，2019年11月19日）於17:01報導〈「7千億」原來是「0元」！蔡英文還要吹破多少「牛皮」？〉，一開始便寫著：「蔡英文每天都要掛在嘴邊吹噓的『台商回流7千億』，已被證實原來只有──『0元』！」通篇已是評論式的報導。

關西機場事件之後

　　本章以關西機場事件為例，說明大陸網媒經常進行假新聞宣傳，國內新聞媒體受到誤導跟風，可能因此落入宣傳的圈套。從《觀察者網》的標題與內容可知，假新聞會採用聳動的標題吸引人點閱、轉傳、分享，藉以影響更多群眾。這時，傳統主流媒體如果未查證就報導，則可能導致更大的負面影響。《觀察者網》試圖藉著該報導進行宣傳，國內媒體因為網路新聞競爭激烈，缺乏思考判斷時間，很容易就落入中國的宣傳圈套。

　　然而，關西機場事件也暴露網軍在造假新聞中的角色。本章指出政治人物願意用金錢買通網路言論，國內幾個熱門的網路平台如PTT、Dcard、爆料公社臉書，都成為價格最高的言論平台。這個現象如果持續下去，對於國內的公民論壇實是極大的傷害。這類政治人物也應受到負評，不能讓他們花上金錢，就買通輿論。

　　透明的言論平台都是台灣的資產，需要所有人共同守護。網軍已有一定陣容，加上金錢的加持，外人很難識破。這也涉及台灣正在成長的政治業配產業，本書將在第十一章進一步討論。在此之前，第十章將延伸討論北京政府繼傳統的媒體戰後，如何利用社群媒體製造假新聞，進行對外宣傳。

第十章

中國社群宣傳與假新聞

　　自從2016年英美等國陸續傳出假新聞介入公投與選舉後，西方世界慎防俄羅斯等境外勢力，藉著假新聞瓦解民主社會的努力。國內和中國大陸的兩岸關係緊繃，因應中國在網路平台上的各式宣傳策略，如何防止中國勢力破壞台灣社會，一直是防治假新聞的重要課題。

　　證據顯示，俄羅斯試圖影響英國公投和美國2016年總統大選的證據明確，為了防止假新聞的攻擊與外部影響力介入，進而影響政治意見的形成與民主選舉，就必須了解數位資訊的脆弱性（vulnerability），以及脆弱的體質如何形成（Hendricks, & Vestergaard,2019, p. xi）。台灣之所以戒備中國政府等外力，自是避免建立不易的民主社會受到傷害。然而，數位網路科技形成資訊無國界的狀態，卻也提供假新聞作祟的空間。

　　以2017年出現的「滅香」案件為例，府院私下認為可能是來自大陸的訊息陰謀（TVBS，2017年7月22日），《自由時報》亦報導中國刻意製造假新聞來干擾台灣施政（鍾麗華，2017年1月3日）。而在反年金的陳抗活動中，Line群組不斷傳

播「蔡英文政府以退休金為質，威脅人民出國就要申報」等假消息，總統府年改會被迫出面澄清並駁斥。國安單位指出，年金改革的相關謠言有許多是來自微信、微博及中國在海外設立的網路內容農場，例如COCO01等網站。謠言的量與散布的深度與廣度，超乎外界想像（鍾麗華、許國禎，2017年7月18日）。「真的假的LINE bot」工程師MrOrz（網路暱稱）分析六千多篇回報有疑慮的消息（假新聞）來源，從舉報的排名列表中發現，來自中國的微信或是簡體字網站的新聞，固定占兩成至三成的比例（Hami書城，2017年5月11日）。

　　2018年國內九合一選舉開跑前，執政的民進黨政府同樣上緊發條。執政當局不斷強調，須提防假新聞影響國內選舉，更直指假新聞主要來自大陸對岸。

　　從美國經驗說起，造成俄羅斯介入美國選舉的直接證據，則來自於美國臉書的政治廣告。2017年9月間，臉書曾移除500個不真實（inauthentic）帳號，這些帳號從2015年6月到2017年5月，購買數以千計的政治廣告，藉以放大各種社會與政治議題（O'Reilly, September 7, 2017）。臉書後來發現這些帳號來自俄羅斯，長達兩年投放廣告，期間還包含美國2016年總統大選。與這些帳號有關的廣告費用，大部分由俄羅斯組織「網路研究機構（Internet Research Agency; IRA）支付，並在網路上分享「支持克里姆林宮」（pro-Kremlin）觀點；其他的帳號經臉書調查後發現和俄羅斯政府有聯繫（Seetharaman. & McMillan, September 8, 2017）。臉書最後確定，俄羅斯相關單位（Russian entities）共投放15萬美元，總計刊登5,200則政治廣告。

　　位於聖彼得堡的IRA公司，以社群平台和網路媒體為基

地，介入美國大選與多個歐洲國家的資訊戰爭（information warfare）。IRA執行多個蘇俄政府的合約，主要利用虛假身分，在社群平台上大量製造異議訊息。受聘者每天工作12小時，並被要求經營6個臉書假帳號與10個推特假帳號。每天必須推出3個臉書貼文與50個推文，還要在臉書寫下數以百計的回文與經營若干個部落格，目的都是要讓大眾產生不同的雜音（Bastos & Farks, 2019, P. 3）。

美國學者就俄羅斯投放的廣告內容進行修辭分析後發現，廣告內容主要希望引發憤怒與恐懼。廣告通常會提供極端化的社會議題，同時選擇特定種族、性別、認同的使用者，然後將訊息傳到他們的臉書動態牆（NewsFeed）或Instagram 上（Vargo & Hopp, 2020）。目的在於讓使用者閱讀後形成恐懼，進而採取行動。臉書則是發現俄羅斯的IRA團隊在購買臉書廣告後，開始研究這些廣告內容。發現其中有數以千計的廣告來自新聞媒體，或者寫一些憤怒的陳述以刺激美國公民，像是希拉蕊與撒旦的親密關係，或是煽動種族仇恨、操作恐懼等（Levy, 2020, p. 373）。

台灣方面，始終密切關注中國的宣傳策略，至今雖未能證實中國成立類似IRA的對臺宣傳機構；國人卻能在網路各處，發現中國網民的蹤跡。外交部長吳昭燮和立委羅致政曾向國際媒體表示，過去中國政府主要利用報紙或是文宣機構進行宣傳，現在中國政府則轉變為透過聊天社團、臉書等社群媒體，對台灣進行宣傳。並且動用他們在美國、澳洲和其他民主國家的網民，也就是所謂的「五毛黨」（Reini, November 23, 2018）。美國六名參議員也聯名寫信給國務卿龐培奧（Mike Pompeo）等

人，要求川普政府和台灣合作，調查北京如何啟動大量的宣傳與透過社群媒體，傳遞大量錯誤訊息以破壞蔡英文政府。包括在臉書、推特和其他聊天社團中的五毛黨，並且提供資金協助反對蔡英文的陣營（Rogin, December 19, 2018）。美國參議員主要採用俄國干預美國選舉（Russian election interference）的模式，來設想中國如何快速發展社群媒體，以便提供違法資金與錯誤訊息（Rogin, December 19, 2018）。

此外，臉書（Facebook, August 20, 2020）宣布於2020年7月，將303個臉書帳號、181個臉書粉專、44個臉書社團與31個Instagram帳號移除下架，主因涉嫌進行非真實的聯合行為（Coordinated Inauthentic Behavior；CIB）。臉書說明，該網路運作範圍極廣，包括美國、加拿大、澳洲、紐西蘭、越南、台灣、香港、印尼、德國、英國、芬蘭與法國，中文和英文群眾都是該網路的目標群眾。這似乎是說明確有一個全球網路，採用各式非真實的行為進行社群傳播，台灣也包括在內。

第一節　中國政府與反送中假新聞

在假新聞的研究文獻中，「宣傳」亦為假新聞主要類型之一。數位時代出現各式社群媒體，聚集大批人潮，導致有更多手法可以藉著社群平台上的假新聞進行宣傳。社群媒體是宣傳散播的平台，並且可以和假新聞進行連結。更由於科技軟體與人工智慧等發展，使得不同政治立場者、政府單位等，都可以在社群平台上進行宣傳（Bastos & Farks, 2019）。20世紀的前50年，宣傳是政府和企業常用的一種產業。大眾媒體、特別是電

視都是資訊控制的工具。到了21世紀，很明顯看到宣傳使用社群媒體進行言論操控的現象（Habgood-Coote, 2017,p. 19）。更甚者，當代的宣傳不再局限於改變觀念，更期待可以引發行動（Ellul, 2006）。

　　要了解宣傳，更須了解宣傳內容如何生成。20世紀冷戰結束後，宣傳研究跟著轉趨式微。然而，美國總統大選與英國脫歐公投事件後，已讓學界不得不重新關注，社群平台上像武器般的宣傳訊息（Bastos & Farks, 2019）。又因為社群媒體出現，於是有更多手法可以藉著社群媒體上的假新聞進行宣傳。宣傳者多半選擇隱藏身分的做法。以臉書為例，宣傳者可以先在臉書專頁隱藏個人資訊，再進行政治宣傳以傳播憎恨等情緒。又由於所有訊息都能在網路中快速傳播，使得網路進行的政治宣傳更難追蹤（Farkas, Schou & Neumayer, 2018）。

　　根據《紐約時報》（Zhong, Meyers, & Wu, September 18, 2019）報導，中國政府多次使用宣傳和言論檢查等手段約束民眾的言論。當中國在世界的角色逐漸崛起時，北京政府日趨使用推特和臉書等中國封鎖的網路平台，進行中國對全球的宣傳。在新冠疫情期間，中國在推特、臉書上的外交帳號數量暴增2至3倍（洪翠蓮，2021年2月20日）。中國政府可能是臉書在亞洲最主要的廣告客戶（Mozur, November 8, 2017）。

　　在香港反送中運動期間，推特與臉書這兩個社群媒體公司，首次公布中國政府在他們的平台，直接進行網路資訊（online information operation）（Monaco, Smith, & Studdart, 2020, p. 8）。推特（Twitter, August 19, 2019）宣布取消關注香港議題的某資訊平台，該資訊平台目的在於散布香港反送中運動的負面

訊息，以破壞運動的合法性。因為推特在中國是鎖住的，大陸民眾要上推特平台必須翻牆（VPN）。推特公司卻發現，有些反送中的帳號，是來自中國的未鎖帳號，該平台共有936個帳號，全來自中華人民共和國，因此認為背後明顯有中國政府支持，用來操弄輿論風向。根據推特調查，有中國在背後操作的帳號總數約有20萬個，都已經遭到停權。而這936個被刪除的帳號，則是當中最活躍的帳號，這些帳號的行為涉及發送垃圾訊息、帶風向、假帳號、累犯以及分身帳號等而遭到刪除。

　　《關鍵評論網》（林奕甫，2019年8月23日）檢查這936個帳號，發現其中有74個帳號，在2019年6月後的貼文中才提到香港。其中有些帳號在2009年就已經建立，有些則到2019年才建立。從他們的發文頻率來看，這些帳號在2018年以前，都有很長一段時間不曾發文，部分帳號在2018年才又重新發文。有些帳號則是到2019年間的幾個月，才又開始活動。同時，大多數的帳號，在2018年以前都不是使用中文貼文；2018年之後，幾乎都改用中文發文。

　　遭推特公司刪除的反送中內容，多為不實訊息的宣傳類型，並藉由迷因製圖，進行病毒傳播。這類迷因分別有中文、英文、港文等，似乎試圖觸達最多數與此議題有關群眾。例如〈HK時政直擊〉貼出一張迷因圖，再用文字說明「立會經暴亂已成廢墟。據《星島日報》報導，已經掌握暴徒資料」等語（Twitter, August 19, 2019）。該社團已遭推特下架移除。Graphika分析公司進一步就推特公布的帳號推文進行分析，分析的推文數量高達350萬份。他們發現一個多產、卻將愈來愈細緻的大型跨媒體網路正在形成，目的在於抹黑香港反送中運動

（Monaco, Smith, & Studdart, 2020, p. 8）。

圖10.1：遭推特移除的反送中貼文，計有936
個帳號與中國政府有關
資料來源：推特

　　另一主要社群平台臉書網路安全政策（Cybersecurity Policy of Facebook）亦於2019年8月19日同一天宣布，臉書於2019年8月關閉7個粉絲專頁、3個團體和5個臉書帳號。上述共同特徵為關注香港、卻出現協同性造假行為（coordinated inauthentic behavior），IP 則來自中國大陸，並在網路上出現各種欺騙行為，包括假帳號等。總計共有15,500個追隨者，2,220個帳號參加三個團體之一的活動。臉書公司也發現，這些不真實的帳號和中國政府有所連結（Gleicher, August 19, 2019）。

　　遭臉書下架的迷因圖，則是將反送中運動者比喻為恐怖分

子ISIS，並在迷因圖上寫著：「雖然武器不同，但後果相同！」
有的迷因圖稱反送中運動參與者為甲由（蟑螂）兵；有的漫畫
圖寫著：「暴徒與黑記者合作」；有的一樣是用圖片，要警察
不要放過任何一個暴徒。上述這些假新聞內容，已全遭移除下
架（Gleicher, August 19, 2019）。

圖10.2：被移除的推特貼文，以暴民稱呼
示威者，試圖抹黑運動

資料來源：推特

　　YouTube也於 8月22日宣布關閉210個YouTube的頻道，指這些YouTube在上傳與香港抗議有關的影片時，行為過於一致（Huntley, 2019）。

圖10.3：臉書有貼文將香港運動人士比喻為ISIS
資料來源：臉書

圖10.4：遭移除的臉書貼文，以蟑螂來類比香港反送中人士
資料來源：臉書

　　在推特和臉書公司各自下架與中國有關的社團、粉專與帳號後，蔡英文隔日（2019年8月20日）17:49，也於自己的臉書粉專發文，[1]提到美國社群媒體推特、臉書宣布刪除或停權數十萬個假帳號一事，這些假帳號散布香港反送中事件的假訊息。蔡英文說，這則新聞證實一件事，就是有人確實透過操作社群帳號，試圖影響輿論、甚至扭曲事實。利用大量的假帳號傳播假訊息，已經讓許多民主國家深受其害，台灣也不例外。大家在公眾人物的臉書或IG留言區，常常可以看到使用簡體字的帳號洗留言。

　　蔡英文說，她的幕僚告訴她，這些通常就是所謂的「殭

1　https://www.facebook.com/tsaiingwen/photos/a.390960786064/10156026433511
　　065/?type=3&theater

屍帳號」。不管是不是殭屍帳號，也不論殭屍帳號背後的企圖是什麼，只要是境外勢力濫用台灣的民主和自由，試圖混淆視聽、製造紛爭的行為，她都不會接受。該則留言共獲得1.2萬留言3,238次分享。

第二節　親中臉書社團與宣傳

　　為進一步了解中國大陸與台灣的網路連結情形，本書取得某國內單位提供的爭議臉書社團共130,839則貼文，共計18,933個帳號。時間則為2019年1月1日至2019年5月9日。本書透過資工系師生協助，首先透過臉書公司提供的「API」（Application Programming Interface），取得特定社團的活動紀錄。這些活動紀錄都是以JSON格式儲存，每個檔案的內容都包含了特定社團的文章內容、文章作者、發文時間等。

表10.1：五個極統臉書社團貼文情形

臉書社團名稱	社團帳號總數	貼文總數
〈台灣人中國心〉	444	2,180
〈炎黃子孫 團結奮起共築中國夢〉	266	2,185
〈世界任意談〉	143	853
〈中華民族反台獨獨台〉	50	293
〈統一中華，打擊港獨／台獨／反中〉	23	103
總數	926	5,614

2019.1.1-2019.5.9

　　本書首先觀察所有的臉書社團資料，發現臉書社團性質類別極多，本章的研究僅針對立場「終極統一」（極統）的臉書社團進行研究。本書歸納的極統臉書社團計有：〈炎黃子孫 團結奮起共築中國夢〉、〈統一中華，打擊港獨／台獨／反中〉、〈中華民族反台獨獨台〉、〈台灣人中國心〉、〈世界任意談〉等5個。帳號數僅占總數的5%，貼文僅占總貼文的4%，數量非常有限。（表10.1）

　　本書接著試圖了解所有帳號的發文情形，發現總數達17,147個帳號，五個多月來的貼文在10篇以下，比例為91%，可知九成以上的人並不會太常在臉書社團發文。另有1,371（7%）個帳號的貼文則數在10-49則間；五個月中發文超過50則的帳號有415（2%）個。其中，也有人貼文頻繁，共有16個帳號貼文超過500則。（表10.2）

表10.2：帳號發文次數統計

貼文總數	帳號總數
500以上	16
400–499	6
300–399	14
200–299	43
100–199	111
50–99	225
10–49	1,371
10以下	17,147

2019.1.1-2019.5.9

臉書曾經確認，約有5%的積極帳號為假帳號（fake account）。假帳號也包括假的身分（phony Facebook identities），這些假帳號還會因應臉書策略，調整自己的行為（Levy, 2020, p. 455）。即使這樣，一般民眾實在無法分辨真假。本書進一步了解這16個帳號的基本資料。發現在臉書的實名制紀錄中，有12個帳號宣稱自己是台灣籍，1人為香港籍，另有3個人資料則已經消失。同時，16人中，就有半數、8個人曾在極統臉書社團發文，這些帳號目前均仍在運作中，並未消失。（表10.3）

從表10.3了解，帳號A、帳號B、帳號C，在五個月的發文都超過一千篇。進一步檢視發現，帳號C為帳號I的分身帳號，如果把這兩個帳號發文數相加，共達1,740則。帳號A發文時，常在1分鐘內發出4至5篇，也還有另一個分身帳號。

本書同樣試圖了解積極分享貼文的帳號。巧合的是，若干積極轉傳帳號和積極發文帳號，彼此互為好友。如帳號A1和積極發文的帳號A、C、F、P、I1為好友。本書以同一篇文章轉傳次數超過20次者為觀察對象，這類的積極帳號共有9個。這9個帳號中，有5人宣稱自己是台灣人，1人是美國籍，有3個帳號已經消失不見。帳號A1同一篇文章共轉到31個不同社團。在9個積極轉傳者中，就有高達5個帳號曾在極統社團貼文。（表10.4）

表10.3：16個積極帳號發文情形

帳號代號	發文數	在極統社團發文	發文模式	目前狀態
帳號A	1185	是	每一次發數篇不同內容的文（1分鐘內約發4~5篇）。	有另一分身帳號
帳號B	1097	是	每一次發1篇文，同一篇文會傳到12個社團	與帳號A、C、A1、I1為好友
帳號C	1018			發文模式與帳號I相似，時間互補，為帳號I的分身帳號
帳號D	911			
帳號E	895			已消失
帳號F	887	是	每一次發1篇文，同一篇文會傳到8個社團	
帳號G	867			已消失
帳號H	776			已消失
帳號I	722			發文模式與帳號I相似，時間互補，為帳號I的分身帳號
帳號J	686			
帳號K	683	是	每一次發1篇文，同一篇文會傳到13個社團	
帳號L	665			
帳號M	603	是	每一次發1篇文，同一篇文會傳到14個社團	

帳號代號	發文數	在極統社團發文	發文模式	目前狀態
帳號N	550	是	每一次發1篇文，同一篇文會傳到11個社團	已改名
帳號O	540	是	每一次發1篇文，同一篇文會傳到10個社團	
帳號P	522	是	每一次發1篇文，同一篇文會傳到9個社團	與帳號A1、B1、I1為好友

2019.1.1-2019.5.9

表10.4：轉傳超過20次的積極帳號相關狀態

帳號代號	同一篇文章最多轉傳次數	在極統社團發文	交友關係	目前狀態
帳號A1	31	是	與帳號A、C、F、P、I1為好友	
帳號B1	28	是		
帳號C1	28			已改名
帳號D1	28			已消失
帳號E1	28	是		
帳號F1	24			已消失
帳號G1	24	是		
帳號H1	21			已消失
帳號I1	21	是		

2019.1.1-2019.5.9

　　本書接著分析〈炎黃子孫 團結奮起共築中國夢〉、〈統一中華，打擊港獨／台獨／反中〉、〈中華民族反台獨獨台〉、〈台灣人中國心〉、〈世界任意談〉等臉書社團所有帳號。為

　　了進一步了解這些帳號的主要貼文內容，本書將貼文數超過10次的13個帳號，就他們的貼文內容進行文本分析。

　　由表10.5可以了解，政治立場支持統一的臉書社團的13個帳號中，有6個帳號宣稱自己住在台灣，有一個帳號說自己住在新加坡、一個帳號說住在香港，一個帳號說住雪梨。但有一個帳號消失，以及一個帳號鎖住自己的個人資料。

　　較特殊的是，帳號E2說自己住在台灣，在E2的貼文中，卻完全使用簡體字，這種習慣和一般台灣人很不同。同樣說自己住在台灣的帳號H2、J2、K2、M2則是簡體字、繁體字混用，情形也很特別。帳號K2、L2、M2也說自己住在台灣，都是使用繁體字。

　　此外，本書觀察的表10.5帳號，這些帳號的言論也非常特殊，其中就包括明顯的宣傳內容。「武統台灣」和「反台獨」是最主要言論。帳號B2便發文強調：「估計解放台湾可能在5年之內，2023年癸卯。」多篇貼文中也批評台獨，認為：「不承認是中國人的，冒用中國姓氏，朝拜中國神明，说闽南方言，用中国汉字。不做堂堂的台湾中国人，認賊作父，甘为日本皇奴。这等台独分子，最可恶，讨人嫌！」、「台独分子不等于台湾人，他们是台奸」。

　　帳號D2（目前帳號已消失）也同樣釋放台海可能發生戰爭的訊息，他刻意引用無姓名的解放軍中將的意見指出：「一旦「武統」有些人是必懲戰犯。」帳號D2又在另一篇貼文強調「大陆讲的一个中国原则是：世界上只有一个中国，台湾海峡两岸同属于一个中国！台湾是中国不可分割的一部分！」帳號D2貼文說：「中國統一的時間表，正在壓縮！」帳號D2似乎企

圖用充滿戰爭言論的說法，製造台灣民眾的恐懼和憤怒，以達到宣傳的目的。

表10.5：分析五個極統社團13個積極帳號的基本資料

帳號代號	居住地	參加的終極統一社團	中文書寫形態
帳號A2	美國	Chinese Dream	繁體字
帳號B2	新加坡	〈台灣人中國心〉	簡體字
帳號C2	香港	〈世界任意談〉	繁體字、簡體字
帳號D2	消失	〈炎黃子孫 團結奮起共築中國夢〉、〈統一中華，打擊港獨／台獨／反中〉	簡體字
帳號E2	台灣	〈世界任意談〉	簡體字
帳號F2	鎖住個人資料	〈世界任意談〉	簡體字
帳號G2	中國大陸	〈炎黃子孫 團結奮起共築中國夢〉	繁體字、簡體字
帳號H2	台灣	〈世界任意談〉	繁體字、簡體字
帳號I2	雪梨	〈炎黃子孫 團結奮起共築中國夢〉、〈中華民族反台獨獨台〉	簡體字
帳號J2	台灣	〈世界任意談〉、〈台灣人中國心〉	繁體字、簡體字
帳號K2	台灣	〈台灣人中國心〉	繁體字、簡體字
帳號L2	台灣	〈台灣人中國心〉	繁體字
帳號M2	台灣	〈台灣人中國心〉	繁體字

2019.1.1-2019.5.9

帳號K2說自己住在台灣，但說話時卻又稱「台灣的朋友」。帳號K2貼文說：

台湾的朋友：几十年了，你们喜欢、欣赏、追随，甚至依赖美国是可以理解的。可是现在的祖国大陆，较40年前已经发生了天翻地復的变化.你们都看到了。再过几十年，超过美国是比较确定的。

帳號M2也說自己是台灣人，書寫用的也是繁體字，但文中用「念同胞情誼」，又說「倭奴灣生」，都不太像是台灣民眾的用語。帳號M2因為《反分裂法》說：

「全球16億華人，毫不在乎誰「不想做中國人」！當然台灣人有權不做中國人！但台灣人無權分裂中國領土。」帳號M2說，民退黨即將台灣推向戰爭，習大已將兩岸統一問題，確立「必須統一，也必然統一」的認知。將反對者視為民族叛徒、歷史罪人，並預留歷史審判空間，這是武統正當性，有此正當性……。」

帳號M2不斷強調武統台灣一事。帳號M2貼文說：

習大說：中國人不打中國人，但倭奴灣生不是中國人，所以被打理所當然。北京早知美國2019準會打台灣牌，因顧念同胞情誼，預先通知台灣人民，屆時台灣一定要睿智做出抉擇，若再扮演內賊通外鬼，危害中華民族崛起，當然別無它途就是武力統一。

此外，同樣自稱是台灣人的帳號E2在發文中，使用的是簡

體字。對於228的解釋，似乎有意挑起台灣的省籍對立。帳號E2貼文說：

> 228為什麼要動用軍隊？若不是当时台湾暴民对外省人的屠杀太多，警察已經無力制止，就不会出动军队。要知道当时，国共内战已到了大陆谁属的关键时刻，国民党却抽调军队来台平乱，可见228对外省人的屠杀已严重到什么地步了。事後，幸存的外省人惊恐的在基隆码头等船回大陆时，对记者说，若军队再晚来几天，恐怕全台外省人无一倖免。……為了避免更大的損害，動用軍隊平亂是不得已的。

帳號E2的意見與行政院228調查委員會提供的事實並不相符。另外，帳號E2在討論豬瘟時，竟說明台灣都有豬瘟，這也是假新聞。台灣到現在防制豬瘟政策嚴格，至今沒有豬瘟在台發生。帳號E2的發文內容如下：

> 政府防止猪瘟慢半拍，是不是有什么阴谋？若猪瘟蔓延，可怪罪大陆，说大陆以猪瘟当生化武器来害台，激发起台湾人仇中。另外，台湾猪都有猪瘟了，「只好」进口美国猪。一石二鸟，会不会这样呢？

由上述的貼文分析可知，若干親中的社群媒體經常貼文支持武力統一台灣，以製造台灣民眾的恐懼，對於其發布的假新聞將更深信不疑。這樣的發文者又經常強調自己是台灣人，似

乎期望拉近距離，以達到更佳的宣傳效果。

第三節　中國社群與對台宣傳

　　中國除了使用社群媒體批評香港反送中運動外，更會在不同社群平台，宣傳中國大陸、批評民進黨、製造假新聞等。在台灣選舉期間，便可看到中國非常明顯的社群操作。假消息／帶風向的消息來源大致可以分成政治內容農場網站、影片農場網站、中國外宣型YouTube頻道、中國內容臉書粉專等。即使是在大陸禁止使用的臉書、YouTube，同樣都有大量的文宣內容，可見中國大陸非常積極使用社群媒體進行宣傳。

　　目前中國來源的內容影響力不算巨大，引起的討論都微乎其微，傳播範圍也只在中華社團內以及中華社團的受眾。卻也發現，很多網站都已改為繁體字，或是可以簡轉繁，有的甚至已附上英文字幕，影片製作也有一定水準。

　　經本書搜集觀察，選舉期間出現與台灣有關的大陸農場有《琦琦看新聞》（琪琪看新聞）、《新高地》、《寰球軍事網》、《地球人軍事風雲》等10個內容農場。臉書的部分則有〈婷婷看世界〉、〈台灣杯具〉、〈海峽導報〉、〈天疆台海網〉、〈觸極者 The Reacher〉、〈知行〉、〈關注31條〉、《KanWatch》等。YouTube則有《有貓膩》、《環球諜報》、《了不起我的中國》、《新聞○○七》、《中华振兴》等30餘個頻道。如果以內容來看，YouTube更具有吸引年輕收視者的潛力（Burgess & Green, 2009, p. 3），也可看出中國的社群宣傳是以影音為主力。YouTube在中國雖仍是禁用狀態，當中國政府試

圖推銷「反對美國」、「重申主權台灣」等大外宣戰略時，使
用最多的就是YouTube。

　　這些社群媒體內容，多數是訴說中國的偉大，也有不少社
群主要介紹中國的軍事建設與軍事武器，一再強調「中國夢」
與「中國」的崛起。針對台的部分則是一再重申反台獨、台灣
是中國不可分割的一部分等。影片也有大量內容為批評美國。
多數YouTube為真人配音，有的還有固定主播。

　　北京的外宣除了以台灣為目標外，也包括香港反送中運
動，另外也有針對馬來西亞的華人社群進行外宣。民眾也能在
馬來西亞的YouTube頻道中，看到批評台灣的言論。

　　有些YouTube頻道，則在海外進行。如《108演播式網紅》
在加拿大、《寒梅視角》也在加拿大等，同樣散播攻擊台灣的
輿論。

　　除了旅居海外人士外，亦有大陸駐台記者進行陰謀論等
假新聞傳播。中國中央人民廣播電台駐台記者兼節目主持張希
達，曾在YouTube開設相關頻道，製播《希達說台灣》的影片。
廈門人張希達說話並沒有中國口音，影片中更時常穿插閩南
語，讓許多網友誤以為是台灣人開設的頻道。他在一部影片中
指責「蔡英文賣台給日本政府」的影片，內容強調蔡英文每年
送給日本政府200多億美金。由於內容不實遭到法務部調查局調
查（孔德廉、柯皓翔、劉致昕、許家瑜，2019年12月26日）。
張希達因此停止製作影片，目前影片都已下架。

　　另一大陸記者、《海峽導報》兩岸新聞交流中心主任記者

林靖東，則在大陸西瓜視頻開設《愛台犀利姐》頻道。[2] 她的節目重點在於打擊台獨痛點，並且穿插很多台灣的新聞影片。林靖東的口音中性，認為「民進黨草根」、「國民黨都是儒雅之士」（2019年12月20日）。以貼近台灣人的口音稱讚中國惠台政策是展現「戰狼式的大國情懷」，同時批評蔡英文是「詐騙女王」。在觀看多則節目時，出現「總統」、「副總統」的新聞影片均一律消音。這個頻道節目目前依然存在，不斷就國內政治局勢進行評論。

除了YouTube外，臉書也是中國政府外宣的另一利器。中國大陸至今未允准谷歌、臉書、推特等社群平台進入中國，但《紐約時報》（Mozur, November 8, 2017）卻報導，中國為了散布國家宣傳，中央電視台與新華社都在臉書上進行大量英文貼文，臉書為中國向非洲、英語世界與全球對話的主要平台，並且投入大量經費購買臉書廣告。換言之，即使政策禁止，大陸媒體也會使用社群媒體來製造有關台灣的陰謀論與負面宣傳。

大陸媒體都會設立臉書轉載自家訊息。以中國網媒《中國台灣網》為例，《中國台灣網》也會使用臉書對台灣進行負面傳播。中國台灣網（2019年11月19日）先在自己的網路媒體中評論，報導台商回流七千億，其實是零元。另外，中國台灣網（2019年11月19日）又報導〈民进党为选举透支撒钱 是疯狂的敗家子行 〉。這兩篇報導第二天都會使用YouTube頻道播放，然後又放到臉書轉載，目的在於醜化蔡英文與民進黨，還刻意

2　https://www.facebook.com/tsaiingwen/photos/a.390960786064/10156026433511065/?type=3&theater

附上一張蔡英文哭泣的照片。這樣的照片，國人在台灣都沒有見過。

　　本書也發現，有些臉書如〈知行〉便大量登載中國媒體的訊息。該粉專貼文都使用繁體字，試圖在地化，也不常直接分享明顯的中國來源內容。進一步搜尋貼文內容，會發現其實內文都來自中國媒體如《中國台灣網》、《海峽之聲》、《台海網》、《東南衛視》、《環球時報》、《中評網》、《華夏經緯網》等中國媒體的資訊。〈知行〉都會隱去媒體來源，當作原創貼文發布。

　　臉書粉專〈知行〉的貼文內容包括台灣與香港。立場是批評蔡政府，常發布CCTV4中文國際的節目《海峽兩岸》片段，從中國視角播報台灣新聞。還有許多隱去來源的假原創貼文，也都呈現中國媒體視角中的台灣。香港相關內容則皆是支持警方反暴徒等中國官方立場。同時也會貼上有關中國的正面新聞，如：〈如淘寶網台灣的雙十一福利〉、〈兩岸外送比拚：台灣輸慘了〉等等。

　　另一臉書粉專〈婷婷看世界〉，則是營造一個叫「婷婷」的人來分享新聞，粉專偶爾也會在留言處與粉絲互動。貼文同樣以轉載新聞為主，有時候會標來源，有時候不會。內容不只限於兩岸與港澳，也有許多國際新聞。不同性質的內容都有，包括政治、社會、娛樂、生活休閒（民族藝術或美食、類似抖音的短影音）等，有時一張微博截圖也能發布。與台灣相關的新聞來源有《北京日報》、《多維新聞》、《觀察者網》、《環球網》、《台海網》等。另外也有農場網站《每日新聞》，或是大陸新聞平台《今日頭條》的文章。所有的貼文、

影片都看得出是採取中國大陸視角。

在中國大陸的社群宣傳中，也看到一些台灣民眾與公司的參與。臉書粉專〈觸極者 The Reacher〉自稱是由一群無黨派、無背景的市井小民組成。會分享海峽導報的貼文，貼文內容會主打台灣民眾的痛點，緊跟台灣人關心的時事，其實是由在台人士主導。臉書粉專〈天疆台海網〉自稱「身為台灣新聞媒體，第一也是唯一以新疆、台灣兩地為主體報導領先品牌」，搜尋後得知是由台灣的慶豐公關代理經營。

中國大陸投入極大的資源，長期經營社群媒體，不但運用多元社群媒體，更有大量的國內新聞內容為其奧援。這樣的力量整合，若無國家力量介入，不太可能出現如此整齊的陣容。這些傳播內容包含令台灣民眾憤怒、恐懼的宣傳內容，並夾雜事實為假的訊息。結合第八章大陸全力發展網路媒體，如今在社群媒體上一樣投入眾多人力，可見大陸對宣傳事務的高度重視。

陸媒是黨的喉舌

共產主義社會視媒體為黨的喉舌，因此傳統媒體自然成為中國政府外宣的工具。透過本章的討論可知，中國政府已能善用數位時代社群媒體，進行各種宣傳。尤其，社群媒體並無國界之別，社群媒體實比傳統中國媒體，更容易進入台灣社會。本書也發現，很多中國媒體的報導內容，都會以消去來源的方式，出現在社群媒體中。民眾若能了解中國大陸的統宣策略，相信就更能了解這些現象為何存在。

由於網路相連的特性，社群媒體比傳統媒體更容易進入台

灣民眾的世界，也會造成假新聞傳播的窗口，這也是為何本章在一開始，就指出網路的脆弱性，常造成假新聞與各種網路問題。面對中國大陸傳統媒體、社群媒體的夾攻，國內民眾更須提高認識。

　　本章已談到臉書積極帳號可能是假帳號的問題。下一章將更全面的討論由帳號引發的相關問題。

第三部分

平台產業與假新聞

第十一章

帳號作假與假新聞

　　根據假新聞的定義，假新聞除了從內容驗證是否為假外，也涉及難以驗證的宣傳與陰謀論。這些假新聞要在社群上散布，首先必須申請帳號。即使臉書採取實名制，民眾還是可以填上自己的綽號、代稱，或是英文姓名。同時，民眾也可能因為忘記密碼等各種原因，又申請一個帳號。

　　不同的社群媒體平台，一直為帳號問題所擾，並各自衍生不同的假帳號行為。PTT上也曾出現有關帳號的糾紛。帳號soyud12於2019年5月1日以「廠工專用爆文專業帳號」為名，貼出多張愛河圖，並發文說：「前情提要：幾天前中國台灣愛河在帶領我們征服宇宙的韓導領導下，變成了黃河。」soyud12先貼了幾張愛河水變黃的相關圖片。[1]照片下網友開始迅速地發言，支持和反對的聲音都有，也有少數溫和的中間聲音。在貼文中，同樣也有各式變造韓國瑜的照片。乍看之下，會認為是挺韓、反韓的藍綠論戰。

1　https://www.ptt.cc/bbs/Gossiping/M.1556699480.A.57E.html

　　到了2019年12月15日，帳號seigzion「（吉翁之魂）」以「愛河毀了」發文，引用的卻是soyud12在5月1日貼文時用的照片。[2]當時soyud12一口氣發了七張照片，seigzion重複使用的為soyud12發的第六張照片。這些匿名帳號任意發布真假難分的訊息，並有惡意作假的動機在內。

　　本章將關注「帳號作假」現象，主要指的是惡意作假的帳號。國內已有研究發現，假帳號經常活躍於政治人物粉專，其次為一般意見領袖與新聞媒體粉專，目的都是利用假帳號操縱政治輿論（鄭元皓，2020）。

　　由於網路社群申請帳號的成本很低，導致很多作假帳號。一般可分為「社群機器人」（social bots）、「酸民」（trolls）與「機器控制的使用者」（cyborg users）三類。這三種類型，平時就是以「帳號」的形式出現。「社群機器人」受社群演算法控制，以便自動生產內容且與真人互動。「社群機器人」若出現惡意行為，則完全是因為想要散布假新聞以製造傷害。「酸民」指的則是真人，目的是要破壞網路上的傳播，並激起使用者的情緒反應；在散播假新聞的問題上，也扮演非常重要的角色。「機器控制的使用者」則是因為人們輸入程式指令控制帳號，並在真人與機器間隨時切換，進而散布假新聞（Shu &Liu, 2019, pp. 4-5）。

　　因為網軍與酸民會掩飾其身分，因此常會用假帳號或隱藏身分。在很多情況，假帳號經常是機器人，用來散布假消息，並可能衝高某些言論的按讚數、分享數（Bradshaw & Howard,

---

2　https://disp.cc/b/163-bUV3

2017, p. 11）。2016年美國總統大選時，美國社群平台主要已擴增為臉書與推特，網路上的社群機器人（簡稱機器人）與假新聞關係密切。機器人在臉書上的判斷並不容易，這是因為 Facebook Graph API Explorer 無法爬取個人資訊，而臉書的個人資訊可以選擇要公開還是隱藏。倘若機器人將個人資訊隱藏，亦無法透過人眼辨識其真偽。學者通常只能判斷某些帳號的行為很像機器人（bot-like account），例如大量發文與回推的，為機器人的可能性很高（Bastos & Mercea, 2019）。有的帳號則會在臉書專頁藉著隱藏個人資訊的匿名性，以便傳播憎恨等政治宣傳。又由於所有訊息都能在網路中快速傳播，使得網路進行的政治宣傳更難追蹤（Farkas, Schou & Neumayer, 2018）。

　　更何況，很多臉書上的社團又是私密的，如果他們的訊息和假新聞有關，外部的研究者無法掌握重要的資訊。也就是在臉書的系統中，學者並無法扮演積極的角色。

　　相較下，推特的機器人研究則有一定的發現。美國印第安納大學（Indiana University）研發Truthy系統，以收集推特的資料，並可分析即時的資訊內容。另外，韋里斯利學院（Wellesley College）則發展Twitter Trails系統。研究中，推特公司會提供APIs給研究者搜集、分析資料，同樣的事在臉書就幾乎無法做。就算能做一些，也非常受限。

　　除機器人問題外，酸民或所謂的酸民農場，都與散布假新聞有關。「酸民」可以有多重定義。如：（1）個人以合法的參與者身分參與社團，最後卻想破壞這個社團；（2）酸民破壞網路社群，從中得到樂趣；（3）有的研究把酸民標示為負面行為；（4）酸民是在社群討論中製造麻煩的人（Cheng, Bernstein,

Danescu-Niculescu-Mizil, & Leskovec, 2017）。

　　如果說的是「酸民農場」，指的則是某種獲利的集體行為。「農場」為隱喻，並非是真的農場，多半是隱藏於大樓公寓內。曾有調查記者製作《烏克蘭酸民農場內幕》（*Inside a Ukrainian Troll Farm*）（2019年11月12日）調查報導，希望能讓大眾了解，烏克蘭的政治人物如何利用酸民農場，遂其政治欲望。影片中的酸民農場就隱身在一般公寓中，屋內的每個人桌上都有一台電腦，每個工作人員在鍵盤上的手指飛快，人的耳朵只聽到電腦打字發出的聲音。化身工作人員的調查記者透露，農場有指導員，然後會有程式專家發展自動化的做法，以便加速整個過程。

　　影片說明，其中最關鍵的就是通稱為「猴子」（monkey）的假帳號，農場就是利用這些帳號，把設定的評論意見傳出去。假帳號則全部來自偽造。酸民農場先從美國肯塔基州的社群網站偷了照片，然後下載這些照片，並把每個照片命名與設定帳號。每一個工作者至少會有7個可以用的帳號，開7個伺服器後，便可展開所有工作。工作者會被告知主要的目標群眾，他們須寫得逼真，不能讓人識破。在國會選舉時，他們同樣接到政治人物的訂單。

　　該影片的研究團隊試著透過AI科技，以貼文內容和口氣來辨識真人或假帳號。在他們研究的一千兩百萬則貼文中，有三分之一來自假帳號，也就是有四百萬則貼文來自酸民農場。

　　《紐約時報》記者Adrian Chen 曾經描寫在聖彼得堡以外運作，名為「網路研究局」（Internet Research Agency; IRA）的「酸民農場」。它的目標是摧毀自由國家與網路民主，好讓俄

羅斯受益（Levy, 2020, p. 373）。知名酸民綠狄米拉‧沙夫舒克（Ljudmilla Sawtschuk）曾在2015年年初，為網路研究局擔任寫手，她的工作就是在聊天室與部落格中，讚揚俄國政府普丁及其政策。沙夫舒克描述，酸民在一棟高樓（俗稱酸民工廠）裡，一天分兩班上班，在自己輪值的12小時內，都是不眠不休地上班（Theise, 2019／王榮輝譯，2019，頁53）。土耳其政府也有類似制度。他們原靠傳統媒體如電視、報紙控制言論，自2013年起把網路納入，全盛時期有近六千名的酸民，他們的任務是在國內外帶風向（Theise, 2019／王榮輝譯，2019，頁53）。以上案例都說明「酸民」與「酸民農場」與假新聞關係密切。

　　有關「機器控制的使用者」，則是另一種複雜的情形。所謂的機器控制，指的是需要一台電腦以便同時操作百個不同的IP與帳號，就會衍生各種「相關產業」。本書觀察訪問了解，目前在國內，只要上網到購物網站，很容易就能找到買賣帳號的交易，為了吸引人購買，還會強調「絕不掉粉」。帳號中有的標榜「台灣帳號」，強調有各式年分的帳號，可買到臉書外掛程式，也可以供各類網路資訊服務。說起來，主要關鍵就在於帳號。

第一節　社群機器人作假

　　推特上出現的作假機器人，曾經引發西方學界高度關注。軟體機器人（software robots; social bots）簡稱為機器人（bots），為一自動化的軟體應用（automated software application）。所有人類的內容、網路、情感、各種行為模式，機器人都可以同時進行模仿（Chaplin, 2014）。一個機器人就是一個電腦演算法，可以自動生產內容，並且和真人與其他社群媒體互動。又因為社群媒體可以提供成千上萬的個人使用，並可因經濟、政治等各種動機，去設計各式演算法（Ferrara, Onur, Clayton, Filippo, & Alessandro, 2014）。由此可推知，當把機器人用在政治上時，這些機器人就可能使用謠言、垃圾信件、惡意軟體（malware）、錯誤訊息、誹謗等來誤導或控制社群媒體上的論述。例如，如果用機器人去膨脹候選人的支持度，就可能影響選舉結果並有害民主。這件事在2010年美國的參議員選舉已經出現過，機器人也可以形成假的追隨者。2011 年，德州大學（Texas A&M University）的James Caverlee 團隊製作一些陷阱，他們創造一些機器人帳號，產生一些無意義的貼文內容，這些帳號卻吸引了許多追隨者。進一步檢查證實，這些可疑的追隨者也是一些機器人（Ferrara, Onur, Clayton, Filippo, & Alessandro, 2014）。

　　一篇名為〈從朦朧到突出：政治論述與即時搜尋〉（From Obscurity to Prominence in Minutes: Political Speech and Real-time search）的論文中，描述2010年美國參議員補選時，民主黨候選人瑪莎・寇克莉（Martha Coakley）為假新聞所害而敗選的細節。當時是由9個匿名的Twittet帳號、具組織性地散布錯誤訊息（misinformation）導致，可用推特炸彈（Twitter- bomb）來形容。推特為美國民眾主要的社群平台，這九個帳號在138分鐘的時間裡，向573個特定人士，發布共929則推特訊息，所有訊息都可連結以候選人瑪莎・寇克莉為名刻意架設的網站，可看到

她的演講影音內容，但都沒有交代背景與情境（context），其中就包括一則瑪莎・寇克莉反對天主教人士在急診室任職的訊息。這九個帳號先是每分鐘自動散布同樣的訊息，接著則不規則地重複發送。推特發現後，立刻停止這九個帳號（Mustafaraj & Metaxas, 2017）。

要注意的是，這些帳號都是用回推（reply tweet）的方式給特定人，之所以如此，是因為特定帳號不會有追蹤人士（follower）。回推時會採用追隨者原本就在意的關鍵字，這使得錯誤訊息更容易散布。該論文並說明在推特上要散發假訊息的步驟是：（1）註冊一個有網名的新網站；（2）創造匿名帳號；（3）發掘對該議題有興趣的社群；（4）以社群中的成員為目標發布訊息，並且提供該網站的連結；（5）等待該社團成員去發布或是回推訊息（Mustafaraj & Metaxas, 2017）。

近年來，推特上的機器人變得越來越複雜，使有關他們的檢測更加困難。例如，機器人可以在網上搜尋資料去填寫自己的個人資料，並在預定的時間發布搜集到的資料，模擬人類的內容生產（包括人類的活動時間），還可以與其他人進行娛樂性交談，回應貼文。有一些機器人目的是要透過搜集新的追隨者和擴大社交圈去獲得更大的影響力。機器人在社群網路裡搜尋受歡迎、有影響力的人，並向他們問一些問題，以便吸引他們的注意力。為了出名，機器人可以滲透到時下的話題，透過辨識相關的關鍵字，並在網路搜尋適合的資訊，透過演算法自動生成適當的、有趣的內容，其中還可能包括外部的連結。有些機器人的目的則是篡改真人的身分：有的是身分竊盜，竊取圖片等個人資訊去假冒成那個人。有的則是可以與他們的朋友

互動，並在相近的時間發布具有連貫性的內容，去複製真人的行為（Ferrara, Onur, Clayton, Filippo, & Alessandro, 2014）。

美國北卡羅萊那和哈佛大學等研究不約而同地指出，人工智慧控制的自動軟體（AI-controlled bots）散布支持川普的內容到勢不可擋的趨勢。哈佛大學估計約有三分之一支持川普的推特來自自動軟體所為，也因為這樣製造了川普在推特上獲得更多支持的幻象。同樣的自動化驅動軟體也出現在英國的公投議題上，在推特平台上，支持離開的推文遠遠超過支持留下的（DiFranzo & Gloria-Garcia, 2017, p. 33）。毫無疑問，推特上一定充滿了機器人。有人估計這樣的機器人使用者約占15%-31%之間，這類的推特機器人可以在推特上形成影響力。不但可能在危機發生時製造恐慌；還能影響股市，導致網路犯罪與妨礙公共政策的進步（Cornell University, 2015）。

美國印第安納大學多名學者（Ferrara, Onur, Clayton, Filippo, & Alessandro, 2014）則是共同研究指出，2013年美國發生波士頓爆炸（Boston marathon bombing）事件時，推特上曾出現錯誤的指控，當時就有人認為，這可能是因為自動形成的回推貼文並沒有求證來源導致。由此可知，機器人在散播假新聞中，扮演關鍵角色（Shao, Ciampaglia,Varol, Flammini, & Menczer, 2017）。

台灣的電腦專家在這方面的研究較少，只有Ko & Chen（2015）兩人在2014年台北選戰時，分析PTT八卦討論區。英國牛津大學運算宣傳研究計畫（Computational Propaganda Research Project）研究台灣個案（Monaco, 2017）時，同時研究蔡英文的推特。該研究在2017年1至4月，觀察蔡英文推特上的情形。雖

然沒有發現大規模機器人的存在證據，但是發現蔡英文的推特上有許多可疑帳號，這些可疑帳號有的是有典型的政治性機器人的活動跡象，有的則是褻瀆蔡英文或者是宣揚兩岸統一的理念。舉例而言，可能是故意寫錯蔡英文的名字（菜英文），或者是用「狗」、「台灣省長」、「日本跟美國的走狗」等去褻瀆蔡英文（Monaco, 2017, p. 19）。接著研究人員爬梳蔡英文的文章及推文，搜集了4月23日至4月29日這些數據，搜集到596個帳號，1,396條推文。這些推文包括她自己的6條推文。

研究結果發現，確有帳號@ UFsh1rxk2IVOgAd，符合機器人的所有特徵。而且這個帳號在一分鐘時間內，發送所有推文的四分之一。在蔡英文的123則推文中推了52則。都是一些不堪入目的用字遣詞。並且在研究進行過程中，這個帳號就消失了。除了這個機器人之外，便沒有再找到其他大規模機器人存在的證據（Monaco, 2017, pp.20-21）。

辨認社交軟體機器人非常困難，但可以嘗試檢視，如果發文的情況符合其中一項或多項，很可能就是機器人。如下：（1）檢查名稱：那是一個幻想的名字？或是根本沒有名字？（2）檢查文本上的錯誤：文本中是否有明顯的錯誤？使用的詞彙是否很少？（3）檢查行為：是否非常頻繁地貼文？每天超過50則？是否白天、晚上都在網路上？回文的速度是否超快？（4）檢查內容：是否總是聚焦於相同的主題？（Theise, 2019／王榮輝譯，2019，頁55)。同時，受雇的網軍會利用多個假帳號來散播某種意見，也會利用機器人來幫他們分享、按讚與發文（Theise, 2019／王榮輝譯，2019，頁56)。目前已經可以確定，台灣必然存在人工網軍，如果人工網軍再結合機器人的軟體運

用，確實可以影響台灣的政治與社會。

　　牛津大學研究初步搜集了50個機器人帳戶，發現這些帳戶有以下的特徵：（1）帳號是新創立的；（2）在2017年3月攻擊蔡英文的帳戶多創立於2月或1月；（3）沒有大頭貼照；（4）很長或最大長度（maximum-length）的帳號；（5）推特帳號看起來是隨機生成的數字、字母串（圖11.1）；（6）推文是簡體字；（7）較少人追蹤，但刻意追蹤的人多。

 吧咋嘿 @LLPVmOT0tc35s51 · Feb 8　　　　　⌄
Replying to @iingwen
蔡省长 台湾人民需要你下台@学学人家洪秀柱

　↩ 2　　　♺　　　♥ 5

 吧咋嘿 @LLPVmOT0tc35s51 · Feb 8　　　　　⌄
Replying to @rxhwhy @hSxJxJ4NS1kOrPv
其实没有这个必要 蔡英文是不好 我们大陆人翻墙过来不容易的 表现好我们的素质
蔡英文迟早有一天会被打倒

　↩　　　♺　　　♥

圖11.1：推特隨機生成的帳號
資料來源：Monaco, 2017

　　為了讓機器人現身，印第安納大學發展Botometer軟體工具，可以讓人檢驗，網路帳號背後是由人、還是機器在操作，因此必須要了解機器人的意向（Chaplin, 2014）。本書借用印第安納大學創設的BotOrNot軟體（Botometer），進行國內相關的檢視。該軟體以AUROC進行評量，發現它的正確性高達0.95到1之間（Chaplin, 2014）。由於Botometer主要針對推特設計，國內政治人物中，總統蔡英文的推特最為人知，因此本書

以蔡英文的推特為檢視對象，觀察時間為2017年11月至12月，共一個月的貼文留言。本書主要使用Botometer 以及機器人的若干特點（新帳號、長帳號、亂碼帳號、簡體字、追蹤及被追蹤人數、語句用法奇怪等）逐一進行判定。觀察發現留言者幾乎都是簡體字用戶居多，也有少數的英文用戶、日文用戶以及繁體字用戶。留言者變化不大。多數留言者也都是攻擊為主，並含有大量的諷刺、輕蔑合成圖。本書在研究時先目測，再使用Botometer軟體檢查。本書在此列舉幾個Botometer判斷可能是機器人的幾個帳號：

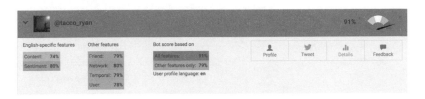

圖11.2：Botometer判斷可能為機器人的圖示樣式

　　本書歸納可能是網路機器人的機個特徵如下：（1）行為簡單，活動模式單一，通常只是貼文。（2）帳號（Handle）非常長，看起來是隨機生成的數字、字母串，且無法看出規則。（3）機器人通常追隨者很少，甚至是零。同時，本書也發現這類帳號通常沒有大頭照，並且推文多是簡體字。而且這類帳號較少人追蹤，但刻意追蹤的人很多。

表11.1：Botometer判斷可能為機器人的帳號、機率與相關特徵

帳號	機率	相關特徵
@tacco_ryan	91%	2010年四月創立。機器人判定的比率很高，但關注者僅有33，追隨者0，僅回推蔡英文的1篇文。使用英文。
@Edward15000	85%	2016年十二月創立，關注者64，追隨者1，僅回推蔡英文的1篇文。使用英文。
@v2YNwe1Sxaic43h	81%	創立時間很新，關注者20，追隨者1，推文數量1。
@F6PML9RPkacCFAJ	79%	創立時間很新，關注者93，追隨者1，推文數量1，用英文回應。
@billfromtian	79%	創立時間很新，關注者57，追隨者0，推文數量1，用文言文攻擊。
@Geffrey02416158	72%	創立時間很新，關注者0，追隨者0，僅回推蔡英文的1篇文。 「斩首蔡英文！她正密谋发动绿色恐怖活动！」
@JonneyWeng	70%	創立時間很新，關注者121，追隨者2，僅回推蔡英文的1篇文。

資料來源：蔡英文推特

第二節　酸民與酸民農場

　　酸民（Troll）是個互聯網俚語，指透過發布具有煽動性、令人反感的，或帶有破壞性的言論，來轉移話題焦點、擾亂在線討論，試圖挑釁或激怒他人。酸民一詞來自於古挪威語，意思是巨怪或惡魔（Chang-Chien, 2018）。早期的研究認為酸民是自然形成、並非人工製造。酸民因為特殊的人格與動機，於

是出現酸民行為，也把酸民定義為反社會（antisocial）的個人與一般人（Cheng, Bernstein, Danescu-Niculescu-Mizil, & Leskovec, 2017）。

以IRA為焦點的「酸民」與「酸民農場」，地點在俄羅斯。IRA創造"Wolk Blacks"等帳號，規勸非裔美國人投票當天待在家裡，不要去投票。其中一則貼文上寫著：「不要去投票，會有比較好的結果。」另一個帳號則鼓勵大家投給某個政黨候選人，並要大家：「相信我，不要浪費選票。」（Levy, 2020, p. 374）。

臉書格外關注IRA，了解到IRA的運作就是Lakhta計畫（Project Lakhta）的一部分。拉赫塔中心（Lakhta Center）是聖彼得堡有名的摩天大樓。基本上，IRA就像一般公司般，將臉書當成行銷引擎般運作，曾有一個為IRA工作的帳號"Secure Borders"就有一些專門批評希拉蕊的貼文。在美國大選的最後幾週，更是強化對希拉蕊的批評（Levy, 2020, p. 375）。研究已證實，有一千個俄羅斯酸民在傳布有關希拉蕊・柯林頓的假新聞，酸民會引發使用者心中如憤怒和恐懼的負面情緒，進而形成懷疑和非理性的行為（Shu &Liu, 2019, p. 5）。

更複雜的情形是，即使臉書發現來自俄羅斯的宣傳貼文，也無法和臉書政策允許的內容有所區隔。這個團隊用三千到八萬的費用散布種族主義、反對希拉蕊、LGBTQ、槍枝、移民等，都是可在臉書討論的議題（Levy, 2020, p. 376）。

有「釣魚新聞之王」之稱的米爾科・賽爾科斯基（Mirko Ceselkoski）說，馬其頓小城維列斯（Veles）的青少年，是他最出色的學徒，他深感驕傲。他沒有明確教他們如何發布假消

息，而是實際做給他們看怎麼樣有用。他看到他們找到非常有用的內容。事後了解，廣泛流傳的「教宗替川普背書」，以及指稱「麥可・彭斯（Mike Pence）說蜜雪兒・歐巴馬是有史以來最惡毒的第一夫人」等假新聞，都是出自馬其頓男孩的假新聞傑作。他們的某些貼文在網路上獲得將近50萬人次的互動，這代表他們會出現在幾百萬臉書用戶的動態消息上。他們做這份工作沒什麼意識形態，只不過是為了討生活。編造假新聞的馬其頓男孩，每個月從引來的廣告可賺得多達一萬美元（《真相的商人：網路崛起、資訊爆炸、獲利崩跌，新聞媒體產業將何去何從？》，吉兒・艾布蘭森〔Jill Abramson〕著、吳書榆譯，聯經，2021，頁390-391）。

　　根據BuzzFeed和《衛報》的調查，有超過一百個會放進假新聞的網站，主要是由馬其頓維列斯的青少年提供。另外發現臉書上十則最受歡迎的假新聞，有四則是由24歲的羅馬尼亞人所寫，他們的目的都是為金錢獲利。馬其頓男孩看上的是可以獲利的右翼政治言論，也了解網路異於傳統的獲利機制。網路首先以大量商業化與商品化以吸引更多閱聽眾而獲利（Kenix, 2013），使用者也可能因為連到其他人的社群網站，看到自己想看的新聞（Weeks & Holbert, 2013, p. 214）。先設立廉價的「偽」政治新聞網站，再搭配社群媒體快速傳播，更是假新聞常見的手法。

　　然而，事情並非如此單純。BuzzFeed很快報導，美國聯邦調查員調查發現，在維列斯一百多個假新聞網站中，背後可能藏有俄羅斯政府的舞影操弄（Silverman, Feder, Cvetkovska, & Belford, July 18, 2018）。俄羅斯政府對西方世界的宣傳戰並

非傳言，除了馬其頓新興的「假新聞產業」外，在俄羅斯的酸民農場，則是另一個假新聞產製模式。馬其頓男孩身在郊區小鎮，情景雖和俄羅斯、烏克蘭的酸民農場不同，卻也是性質相似的酸民農場。

由人所組織與控制的酸民農場具有不同形式，台灣的情形自然令人關心。台灣是否存在性質類似的酸民農場，需要更多的研究。一名黨部數位行銷人員說：

> 有一次我們的粉專，一個晚上湧進一萬多個俄羅斯帳號，又是按讚的。我們點進後台，全是俄羅斯、阿拉伯的帳號，不是我們買的。網路上有一種服務，可以花錢去買指定粉專的讚數，不需要驗證就可以灌粉專數。我聽說現在要買台灣的也可以，有中文名字可以買，可以讓你看起來比較自然。（受訪者G，作者親身訪談，訪問時間為2020年9月30日。）

追蹤事件表象，實在很難判斷是機器人還是真人。訪談圈內人得知，國內之所以用俄羅斯文、阿拉伯文等帳號，乃因這些帳號比起台灣人的帳號更便宜，所以才會有人使用。發現上述問題後，臉書開始思考，該如何改變他們的政策。因為俄羅斯廣告用的都是假帳號。臉書心知，如果他們用的是真的帳號，臉書就沒有理由阻止他們的行為，最後這些粉絲專頁都遭到移除（Levy, 2020, p. 376）。

這可能也是酸民農場存在的原因。對台灣而言，更要關注的是來自中國大陸的酸民與酸民農場。熟悉臉書政策人士說：

　　臉書系統判斷假帳號的效果是很高的，我們每一季都會移除多個假帳號，99%是系統判斷出來的。什麼是假帳號？其中一種是分身帳號。我們知道很多人有多重帳號，忘記了就多開一個。但如果幾個帳號用粉專，幾個帳號用社團，帳號又彼此相互留言，我們就會移除。因為是inauthentic behavior，違反社群守則。這是為什麼我們在去年移除……，都是創造出來的重複帳號，想騙我們的系統，就被移除了。

　　菲律賓2019年初發生有公司買很多帳號事件，所有帳號與資料都刪除了。那時菲總統非常生氣，因為那是他的公關公司。台灣沒有這麼大規模的，都是小打小鬧。臉書計有30億使用者，如果有一些線索去了解帳號間的聯繫就很好。我們花了很多時間，一直希望有好的線索。（受訪者I，作者親身訪談，訪問時間為2020年10月13日。）

　　由於資料都在臉書手中，研究者無從得知更多細節。

第三節　臉書群控帳號與假新聞

　　〈韓國瑜後援會〉等社團粉專因違反社群守則，包含冒充身分與不實的互動手法，遭臉書下架。臉書在台灣移除了118個粉絲專頁、99個社團，以及用來管理這些粉絲專頁與社團的51個多重帳號。這51個多重帳號試圖以虛假手法提高貼文內容的人氣，違反臉書的社群守則（吳家豪、余祥，2019年12月13日）。

　　由於臉書未提供名單，讀+ READr （2019年12月14日）透過 Qsearch 取得相關資料，發現被刪除的粉絲專頁多屬小規模，且有同個管理員重複操作的痕跡。Qsearch 數據分析師趙維孝提到，他們以「名字包含『韓國瑜』」、「貼文內容提到『韓國瑜』」、「近四個月發文超過 10 篇」三個條件，以影響力為排序各抓了 500 個粉絲頁，找到現在被移除的粉絲頁僅有 9 個，推測其餘的可能規模很小，沒什麼人在用，或是並非經營此類主題。

　　遭臉書刪除名單包括：「韓國瑜高雄市長」、「2020韓國瑜總統後援會（總會）」、「2020韓國瑜前進總統府」、「韓國瑜 2020黃復興後援會」、「韓國瑜粉絲後援會」、「韓國瑜粉絲團」、「中國國民黨三民主義青年團」、「王強華粉專頁」、「侯友宜網軍後援會」。媒體分析這些粉專遭下架主要有三個原因。疑點一：同一人操作多粉專、炒作社群聲量；疑點二：持續散布不實資訊；疑點三：當韓國瑜射出穿雲箭後，驚見大量操作痕跡（陳佳君，2019年12月17日）。媒體的觀察是：

　　　在今年7月底，也就是韓國瑜 7 月 28 日在國民黨全代會正式代表國民黨參選 2020總統大選之後，韓國瑜前 20 名最具聲量的後援粉專，至少 10 個以上粉專突然同時間像殭屍一樣醒來，狂發社群貼文，雖然單則影響力有限，但日積月累的社群聲量仍不容小覷（陳佳君，2019年12月17日）。

遭刪除下架的名單中，「王強華粉專頁」值得進一步討

論。根據本研究觀察，「王強華」此人為社團〈2020 韓國瑜總統後援會（總會）〉管理員。《中時》也曾在報導提到：「擁有15萬人的〈韓國瑜總統後援會總會〉臉書社群，總團長即為王強華（邱怡萱，2019年11月17日）。但韓國瑜支持者杏仁哥5月17日直播時，[3]就已經指出王強華冒充是高雄市許崑源議長與徐利成議員的人，許崑源也否認與王強華熟識。[4]魏志軒 8月12日在〈嘉義韓國瑜後援會〉發布影片，由警察陪同，指控王強華冒充其名義辦理網軍訓練營。[5]

就在不少藍營支持者批評臉書介入國內選舉時，被砍的臉書也開始想重建社團，與此同時被發現奇怪的特徵。一名資訊工程人員說：

我看到重建社團的帳號，過去做的是賣衣服等商品。我猜臉書之所以砍它，是因為這個帳號在進行群控操作，才會砍掉這個社團，讓它不能運作。這類群控的假帳號發展已經多樣化，會隨著臉書的封鎖策略躍進，也已經形成一個產業，叫做「外貿」。如果到網路以「臉書+外貿帳號」搜尋，可以找到一些簡體字的訊息。中國有很多仿冒品，又不能用臉書，他們為了把商品賣到國外去，就必須在臉書上買帳號，買帳號是建立訊息的通道，就可以在臉書發布手錶、包包等訊息。（受訪者J，作者親身訪談，2020年

3　https://www.facebook.com/almondbrother/videos/361995717840778

4　https://www.facebook.com/kun.y.yizhang/posts/2297125870343962

5　www.facebook.com/groups/331468234394609/permalink/402557857285646

10月28日。）

　　進行「外貿」者會利用買來的帳號，在臉書上進行商業營運。他們為了商業目的，需要人潮，有的帳號會到人潮多的韓粉社團中；有的帳號也可能自己成立社團。同時，為了形成高聲量的形態，就必須有工具來做這件事。有一些廣告產業已有工具來做這些事。這名資訊工程人員說：

> 　　我們買了一個中國開發的系統，因為是中國開發的，所以是簡體字，這在業界不是祕密，網路公關公司也可以使用這樣的系統。它就是一個手機模擬器，可以同時操作一百個臉書帳號，並有加刪好友、貼文、按讚、分享等功能。一百個臉書帳號可以分成好幾組，每組十個帳號。操作時，要先開啟臉書的APP，可以看到相關的粉絲專頁和社團。假設目的是賣手錶，就去找手錶社團的用戶加為好友，就可以搜集到清單，之後就可以把這個帳號當作發送訊息的頻道。
>
> 　　如果要做政治操作，可以先找想找的政治人物的粉專貼文，看到貼文中有人按讚，就把這個帳號加為好友，就有帳號的連結。這個系統提供平台，帳號要另外找人買。（受訪者J，作者親身訪談，2020年10月28日。）

　　群控帳號指的就是為了達到自己的目的，會同時控制好多個帳號。另一名工程人員說：

　　　　如果是委託公司操作，自己就可以不買帳號，如果是想
　　　　自己操作，就要買帳號。自己來進行按讚、發文、轉貼都
　　　　可以，就會有一個集體行為。也因為平台設計不同，臉書
　　　　的群控帳號和機器人需要透過介面，這是因為臉書偵測的
　　　　緣故，所以必須弄個模擬器，像是真人操作，而不是電腦
　　　　程式。就是以群控模式模仿真人行為，要讓臉書誤以為是
　　　　真人，模擬不好就會被臉書發現。（受訪者K，作者親身訪
　　　　談，2020年10月28日。）

　　　另一個案例是，2019年9月6日，Chen Hu Lee帳號在自己
的臉書貼文說：「像黃之鋒這種垃圾，台灣接收嗎？看看香港
黃之鋒的惡行惡狀，欺負老人家算什麼好漢？暴徒來台卻變成
英雄貴賓，把台灣道德價值摧毀殆盡，綠色執政崩壞保證！」
Chen Hu Lee帳號同時貼出「罩面港毒男惡踢老翁」的影片，並
指影片中動腳踢人的是黃之鋒，暴徒來台卻變成英雄貴賓。

　　　這支影片在社群網站上廣泛流傳，台灣事實查核中心進
一步檢索香港《有線新聞》，找到刊登於2015年3月9日的新聞
〈屯門反水貨客圖堵塞交通惹混亂〉，新聞截圖即為白衣男踹
老人手推車上的行李畫面，比對網傳影片後，確認是同一段影
片（台灣事實查核中心，2019年9月17日）。Chen Hu Lee的臉書
貼文平時只有一兩人按讚，這則貼文卻有4,671人按讚，並有798
則留言，435次分享。最主要是因為桃園市議員詹江村於2019年
9月7日分享這則貼文，因而帶進大量的流量。

　　　更讓人奇怪的是，當時的帳號有很多是一個帳號出來分享
十幾次；過了幾天，又出來分享十幾次，並且會分享給自己，

在自己的動態牆上，同一則新聞會跑出來幾次，這樣的社群行為很奇怪，而且是很多帳號都在做這些事情。市場行銷人員說：

> 那是假帳號，是帳號產生器，需要手機號碼。買假帳號不是電腦登錄，因為不可能用人工登錄一千個電話。是有一套程式，可以在電腦上模控一千個不同的臉書IP，那是一個系統，賣帳號是賣給有這個系統的人。台灣已很多人有，水軍都會有。這一千個帳號，可以就一篇文章的需要，自動產生一兩千種素材，再透過模擬帳號傳出去，暗黑影響力會瞬間放大。這一千個帳號要彼此互連，才會產生效果，你抓一個假帳號是沒有用的，要抓的是操作平台的人。（受訪者F，作者親身訪談，受訪於2020年9月23日。）

臉書為了防止群控行為，經常會使用自己的方式進行檢查，並且訂定各項社群守則，要求使用者遵守。有批評指出，臉書移除一則越戰貼文，是因為貼文中的女孩全裸，這已經不是臉書第一次遭指控審查（censorship）了，但同時德國政府則是斥責臉書不能快些移除有關憎恨、非法與不當的貼文。要決定是否能發表、或是移除，在媒體界都是由編輯等真人進行。現在當我們使用社群媒體如臉書的通路時，臉書是使用演算法編輯來負起編輯的責任（Koene, September 14, 2016）。了解臉書政策的受訪者說：

> 臉書不想審查，臉書是海外公司，臉書能做的就是揭

露出來。大家對假訊息的了解太膚淺，要問管制假新聞的目的是什麼？是管大家不要說假話、還是怕大家受假新聞影響？作為台灣人，不希望民主進程受到有心人士操弄，但要避免有心人士操弄。這時不應該只看假新聞，因為操弄不一定是假的。如果傳播的速度讓人覺得「怎麼這麼快？」就要看平台，是不是有心人士在操作。

有人檢舉、或是系統也會判斷是不是假帳號，如一台電腦有50個帳號等，我們每一季會公布移除多少假帳號。如果有人用若干帳號在粉專，用若干帳號在社團，這些帳號又彼此相互留言，我們就會移除。因為這是不真實的行為（inauthentic behavior），這是為什麼臉書在2019年12月中移除了50幾個重複帳號，還有99個社團與一百多個粉專等。就是因為違反社群守則。這些創造出來的重複帳號，想要跳過我們的政策，被發現就會移除。（受訪者I，作者親身訪談，2020年10月28日。）

本章試圖從假帳號的現象入手，進而探討網路機器人、酸民與機器群控帳號等現象，試圖更系統性地了解假帳號的具體現象。然而，也必須了解，假帳號可以在很短的時間設立，但要破解一個假帳號，卻非常困難。由於假帳號可以達到商業與政治等目的，這樣一來，現象就很難禁止。

第十二章將進一步討論金錢交易介入內容產製的情形。這些接受金錢委託的個人或公司，則同樣在臉書、PTT等社群平台中製造言論風向，這樣的網路行為已出現在民主社會的選舉運作中，值得我們重視。

第十二章

社群政治廣告與選舉業配

　　2016年接連發生兩樁出乎專家、媒體預料的政治事件，讓「假新聞」一詞，瞬間驚動全世界。一件為英國脫歐公投；一件則是美國總統大選，假新聞現象很快成為全球學者關注的議題。

　　這兩件事有一些共同的特徵。2017年五月，英國記者卡蘿・卡德瓦拉德爾（Carole Cadwalladr）發表系列報導，揭露2016年的英國公投和美國總統大選發生資料共享、交叉金援（cross-funding）等事，使一切看起來像是經營的民主（managed democracy）。其中的金援數字龐大，兩個選舉經驗又可以互相學習（Tambini, 2018, p. 271）。

　　「英國脫歐是川普的培養皿。」卡德瓦拉德爾（Cadwalladr, April 16, 2019）提到自己在2018年調查發現，英國脫歐與川普選舉兩件事密切相關，是由同樣的劍橋分析公司（Cambridge Analytica）進行恐懼、仇恨操作，並用非法的手段掌握8,700萬人的臉書資料，為的是了解這些人的個別恐懼，用來散布臉書的政治廣告。這些政治廣告只出現在個人臉書的動態牆上，很

快就消失無蹤，想要追查也找不到證據。沒有人知道是誰投放那些廣告？他們的國籍是什麼？以及投放廣告的金額究竟是多少錢？知道答案的臉書公司，卻拒絕給這些資料。

在英國國會的壓力下，臉書終於交出資料。人們這才知道，在公投前幾天，遊說脫歐的機構投下75萬英鎊，透過另一個競選單位洗錢，已為選務機關判定非法。這些非法資金大量散布假資訊在臉書的政治廣告上。但是大部分人並未接到這些廣告，因為廣告目標為出資者判定容易受影響的部分人，並因此造成英國百年來第一次選舉舞弊事件（Cadwallad, April 16, 2019）。

不只英國檢討臉書政治廣告，美國也開始調查臉書政治廣告對2016年選舉的影響。政治廣告或許並非新鮮事物，在社群媒體崛起後，似乎又為政治廣告提供了新的舞台，也使政治廣告出現新的面貌。2017年4月，《時代》雜誌報導情治單位發現俄羅斯2016年的宣傳活動，就是利用臉書廣告，以易感的使用者為宣傳目標。俄羅斯和其他人一樣去買臉書廣告，並且利用廣告來干擾選舉。臉書發言人2016年7月20日回應CNN的訪問時，仍強調：「沒有證據證明俄羅斯廣告和選舉有關聯。」

就臉書的政治廣告來看，臉書共有五百萬個廣告商，每天創造數以百萬計的廣告。為了解實際情形，臉書以選前三個月為期間，開始搜尋源起於俄羅斯的廣告商，或是使用俄羅斯IP（Internet providers）、或是使用俄文書寫貼文，以及用盧布（rubles）交易的人（Levy, 2020, p. 372）。他們同時也去看廣告內容，決定什麼是政治性的內容。臉書本來想用川普或希拉蕊為關鍵字去找，後來發現非常困難，因為很多廣告不是以文

字呈現，並且都有一部分是圖片，就很難搜尋（Levy, 2020, p. 373）。

　　臉書於是開始尋找廣告商間的連結、廣告內容的相似性與分享的連結，終於發現有一個離散型網路（discrete network），內部約有20至30個使用者，且這些使用者有一個共同點，就是他們都來自聖彼得堡（Saint Petersburg）（Levy, 2020, p. 373）。

　　臉書想到名為「網路研究局」（Internet Research Agency; IRA）的組織。它的目標是摧毀自由國家與網路民主，好讓俄羅斯受益（Levy, 2020, p. 373）。臉書繼續搜尋，發現IRA共投下10萬美元，製作3,000則廣告，大部分是以盧布交易，這些廣告用來連結IRA支持的120個粉絲專頁。這些粉專合計有8萬則貼文，並已觸達1億2千9百萬的臉書使用者（Levy, 2020, p. 373）。

　　2017年9月間，臉書在美國曾移除500個不真實（inauthentic）帳號，這些帳號從2015年6月到2017年5月，購買數以千計的政治廣告，藉以放大各種社會與政治議題（O'Reilly, September 7, 2017）。臉書後來發現這些帳號來自俄羅斯，長達兩年投放廣告期間，期間還包含美國2016年總統大選。

　　臉書進一步確定，俄羅斯相關單位（Russian entities）共投放15萬美元，總計刊登5,200則政治廣告。由於臉書的廣告運作已超越選舉規範，美國國會和其他團體開始要求臉書必須建立平台，並且須和傳統的電視和廣播一樣，揭露政治廣告的相關訊息（Seetharaman & Tau, September 21, 2017）。同時，民主黨也督促聯邦選舉委員會（the Federal Election Commission）要

制定新的規則，禁止外國人可以購買政治廣告，這使得臉書開始推動廣告透明化政策。同時，美國聯邦法律規定，低於200美元者不必申報，社群媒體（臉書）讓選舉更容易獲得小額捐贈，並可代為投放選舉廣告（Seetharaman & Tau, September 21, 2017）。

臉書政治廣告在英、美鬧得沸沸揚揚，臉書公司於2017年內部開始討論此事，決定推動廣告透明化政策。2018年時在美國強制推行。2019年6月，臉書在全球都推動廣告的透明化政策，台灣則是自2019年11月開始實施。

臉書透過《中央社》（吳家豪，2019年11月12日）宣布此項消息。即日起台灣的社會議題、選舉或政治相關廣告，均納入臉書廣告刊登政策中。意即，未來台灣在刊登政治廣告時，都須提出更多相關資訊，並說明廣告背後的出資者，目的在於提高廣告透明度。

金錢對價產製內容

2020年總統立委大選倒數階段，臉書及IG突然出現不少粉絲專頁「宣告我的投票意志」標籤的貼文，埋怨經濟現況不佳，同時又要大家去投票。讀+ READr（2019年12月20日）透過 QSearch 資料分析臉書貼文發現，臉書共有31 篇此類貼文，陸續在 12 月 17 日開始發布，這些粉絲專頁的共同點是過去 3 個月都不曾發表類似議題的貼文。這些貼文內容除了鼓勵大家去投票外，也談到房價過高、薪資過低、年輕人沒有保障等問題，被網友質疑是在影射不滿現任政府的執政。不過，2019年

12 月20日上午，不少網紅將文章刪除，也陸續有人澄清，表示當初受邀寫文章時，只是要提倡大家記得返鄉投票，不希望被帶風向說支持特定人士，強調不受政治操作利用（李慈音，2019年12月20日）。

　　《ETtoday新聞雲》（陶本和，2019年12月20日）直接聯繫諸多網紅，證實是有廠商支付款項宣傳操作。不少網紅指出，當初接到文案的時候，都以為是沒有政黨色彩的文案，不知道為何最後演變成這樣。在貼文發出之後，收到許多批評的謾罵，比較挺藍的支持者認為這是綠營反串，但綠營則認為是藍營反串；可是在他們當初認知上，只以為是一般的宣傳文宣。透過該案例可知，廠商有意願接觸的臉書及IG貼文者，多是按讚數約在1萬到3萬的小模和實況主（黃順祥，2019年12月20日），也因此漸漸掀開網路社群的賺錢之道，首先就是必須有一定流量。

　　國內也有媒體關注社群進行商業行銷的相關情形。《蘋果日報》（2013年7月5日）男記者喬裝應徵「亞洲指標數位行銷公司」網路專案助理，也就是工讀生。工作內容為在家當寫手上網做推薦回應。這項工作必須先於一週內，在Mobile01、PTT及臉書等56個網路論壇「生帳號」。除帳號、暱稱不能重複外，更不能一眼就看出是分身。在美妝保養、親子網要開女生帳號；另在科技網站則扮男生。報導中提到，記者想破頭才在4小時搞定，領到1,000元。

　　接著，工讀生還要到各論壇貼文或回應1到2次，每月在臉書亂加20個好友養帳號，每月回應100篇貼文，且每週於指定推文表上挑10篇扮路人或置入推薦商品做回應，酬勞1,500元。

《遠見雜誌》（蕭玉品，2018）也曾報導，一名31歲年輕人，因為無聊、好玩，於是和四名友人成立粉絲團，專挑一些帥哥美女照片分享，很快就聚集人氣。全盛時期有5萬名活躍粉絲。在他們漸有名氣後，就開始有廠商詢問業配，沒多久內容農場也找上門了。

這些報導呈現的是為商品進行的社群行銷。問題在於，選舉期間的大量政治性貼文、社群運作，有哪些是為獲得金錢報償才進行的？誰是台灣的馬其頓男孩？回顧2018、2020年兩次選舉，也曾出現一些個別帳號引發的輿論風波，人們依然無法知道真相。

「網軍」經常被認為是社群媒體的揶揄用詞，直到2018年關西機場事件、2019年挺韓粉專遭臉書刪除等事件先後發生後，網軍的面貌已更加透明。然而，網軍從事假新聞產業，或是在選舉期間提供網路行銷等服務，都是學術研究較未關注的灰色地帶。網路上經常可見帶風向、操縱言論的行為。由於網路的匿名特質，民眾稍一不慎，便可能落入言論操縱的陷阱中。一名十年資歷的接案者匿名受訪時指出，接單的源頭，是來自某政黨的外圍組織。這個組織以一次數十萬元的經費作為網軍的「後備金援」，會先找上平台與廣告代理商，再一路往下找至行銷公司（例如他所在的行銷公司）來負責執行。而在委託的過程中，每一段金流都必須切割得仔仔細細，並在相互保持距離的狀況下進行操作，以保護出資者不受任何揭發的風險。政黨或政府透過防火牆，切斷了一切線索的追溯。另一匿名受訪者也說，在業主普遍不願曝光的情況下，整體市場恍如地底下四通八達的地下管線，交雜出龐大的「地下經濟」（孔

德廉，2018年9月27日）。

　　孔德廉（2018年9月27日）的受訪者直指，為了讓輿論轉向，「素人論點」（也稱「素人開題」）就扮演非常重要的角色。具體做法即是由公司旗下或合作的寫手偽裝成素人，短時間內撰寫大量支持論點的文章或回應貼文，再透過各種社群媒體來發布或轉發，藉此發揮實質影響力。他自己就曾化身成5種身分，頻繁地在各大論壇上發布文章、論述、解析及懶人包。

　　在多數案例中，任何一則由寫手撰寫的文章，底下都會附上300、400則回文與討論，看似沸騰的輿論，其實多半是由寫手刻意營造而成。透過早已設定好的系統不斷放送輪播，商業製造的網路聲量就會不斷被延續和放大。光是受訪者凱文自己與同事管理的帳號就有上百個之多，整間公司可供操作的帳號，更是高達數萬個（孔德廉，2018年9月27日）。

　　以楊蕙如案而言，楊蕙如近年轉入經營網軍市場，懂得利用政治圈的關係繼續做生意。年初蔡英文、賴清德進行黨內初選，就已傳出當權派引進楊蕙如這家網軍，事後更傳出楊蕙如在這一局口袋豐收賺飽飽。也許，楊蕙如是先從認識謝長廷跟民進黨結緣，她後來的雇主轉換成柯文哲、蔡英文、民進黨，及民進黨相關政治人物，這也是開大門走大路，開店做生意，生意人哪來的黨性派系屬性？（徐有義，2019年12月2日）。

　　選舉期間發生一連串事件，讓政治業配的真實輪廓，逐漸浮現。〈我用胸部思考粉專〉（2019年5月23日）指出，[1]〈賴清德2020年總統競選後援會〉從社團的名稱演變歷程，似乎可

1　https://www.facebook.com/thinkbymybreasts/posts/696023394145403

以看出一些端倪。這個不公開社團於2016年12月時是支持黃國昌選新北市長的社團。2016年12月22日，「賴清德競選2020總統」的相關名稱開始出現。如果把管理員的名單點開來，六名管理員中，資訊公司就占了其中兩個，可見背後操作者的商業色彩。

　　監察院公布2020年總統大選政治獻金中，「幫推」與「投石」兩家行銷公司共接59件蔡英文大選宣傳案，金額從8,000元到500萬元不等，總計29,357,971元，逼近3千萬。另外，幫推早在2019年6月開始，就接下蔡英文10筆製作宣傳廣告，為當選後與其公務有關之費用支出。藍營則是與「凱絡媒體服務公司」、「戰國策國際顧問股份有限公司」合作，在政治獻金申報中顯示都曾與韓國瑜陣營有過合作關係，其中凱絡與韓國瑜陣營合作多達60筆（蘋果新聞網，2020年7月10日）。

　　在監察院公布政治獻金資料後，意外揭露國民黨候選人韓國瑜支付「博恩夜夜秀」的費用是總統蔡英文的2.5倍。製作單位薩泰爾娛樂表示：各政黨的錢都有收，尊重各選辦財務規劃（葉冠吟，2020年7月10日）。為此《博恩夜夜秀》主持人曾博恩（2020年7月17日）說明，《博恩夜夜秀》第三季訪談的收費標準是總統候選人30萬，其他人10萬。隨著選舉將近、或是頻道的成長，《博恩夜夜秀》每一季開始，都會調高收費模式。蔡英文是第二季，韓國瑜是第三季。意即韓國瑜費用比蔡英文高，完全是因為「選舉將近、或是頻道成長」的原因導致。曾博恩為該事澄清說明。他談到：

　　　有人說，好，你可以收錢，但重點是收錢後的行為，你

們會不會幫候選人說好話？答案是：「收了錢會講好話，沒收錢也會講好話。」我不會因為收錢，就改變立場或想法，來賓買的是上台講話的機會，而不是上台講話的內容。為了讓節目活下去，我們要在能賺錢的地方，想盡辦法去賺錢。

我們被問，收錢後為什麼不揭露、為什麼不講？這一題是我今天準備回應時，卡最久的地方。因為追根究柢，要問的是，你收了政治人物的錢，應不應該揭露？我的想法有一些轉變。之前，我的理性答案是，值得大家討論，沒有固定的答案。但是，在這幾天過後，我個人情感上認為：「應該要。」

我們商業上的業配都會揭露，不僅因為法規上的規定。獨獨面對政治人物的訪談，是會影響非常多人的事情，我們過去沒有揭露，這點我自己都無法說服我自己。既然答案是應該要，我就要為我們過去沒有揭露道歉。我們以後還是會和政治人物合作，因為實在想不出，為何要推掉這樣的機會？但我們會更清楚地讓大家知道（曾博恩，2020年7月17日）。

《博恩夜夜秀》風波讓曾博恩體會在政治性的節目上，必須做到資訊揭露，也就是要讓金錢交易透明化，如此才可以說服自己與他人。然而，在網路封閉的情形下，公關行銷公司與個人介入選舉後，雖然涉及金錢交易，卻很容易隱藏。目前卻因為太多資訊未能透明化，以致衍生問題，威脅民主政治的公平與透明度。

第一節　社群參與選舉與金錢獲利

　　社群媒體對政治候選人有許多吸引人的特點。它允許政治人物可以直接掌控有關自己的訊息以觸及潛在的選民，不必透過媒體的守門功能。另外，不像花錢的傳統選戰工具，社群媒體的花費是便宜的（Auter & Fine, 2016, p. 1000）。電視廣告已經提供候選人進行政治攻擊的機會，然而，最近幾年興起的社群媒體，更為負面廣告提供新的場所。也讓臉書和傳統媒體的廣告大不相同，社群媒體自然成為選戰可著力的機會。

　　當外界批評臉書在2016年美國大選的角色時，宣傳正是問題的核心。臉書一開始否認他們曾經使用廣告來影響社群媒體的使用者，後來承認選舉前，曾接受虛假的俄國帳號共十萬美元的政治廣告採購。很多人接收到訊息，卻不知道廣告中的資訊是假的（fake），同時宣傳也隱藏其中（Cooke, 2018, p. 4）。

　　宣傳手法是20世紀政府和企業常用的一種產業。大眾媒體、特別是電視，都是資訊控制的工具。到了21世紀，政治人物不再依靠新聞媒體接觸群眾，他們利用社群網站，就可以直接和群眾對話。最近幾年的社群媒體、特別是臉書，更成了民眾最主要的新聞來源（Tanz, 2017）。在臉書推出政治廣告時，有不少討論是關於臉書等社群平台的演算法，以及他們如何決定提高（promote）貼文被看見。

　　除了臉書等社群平台可以推出廣告獲利外，個人也可在社群上，靠著產製內容賺錢。英國廣播公司（BBC）報導克利斯・布萊爾（Christopher Blair）邊喝著咖啡，邊瞎編著新聞。他的寫作步驟是先想好主題，再來想細節。不久，他在個人的

鍵盤上，飛快打出某個政治人物販毒的突發新聞。他不必做研究，也不用註明出處，文章一下子完成，立刻發布（Subedar, November 27, 2018）。同時，這些虛假故事透過社群媒體大量傳播，就可以影響大眾的知覺，並且從使用者的注意力中獲得利潤。在社群發文已經可以算是一種產業，更值得爭議的是影響層面（Spicer, 2018, p. 8）。

　　在追查美國假新聞的來源時，馬其頓小城維列斯頓時成為全球媒體追逐的焦點。美國《連線》（*Wired*）雜誌記者也在維列斯訪問一個馬其頓男孩，他主要靠撰寫支持川普的假新聞賺錢。不是因為他在乎川普是否贏得選舉，而是大家上網點閱文章後，他可以從谷歌那裡得到廣告費（Subramanian, 2017），假新聞的網站與產製者已形成產業化（Bergmann, 2018），使得假新聞的傳播也包含經濟因素在內。

　　假新聞可以連結廣告系統，借用第三方技術，以便與更多的使用者連結（Moses, January 4, 2017）。這種自動購買最主要是追蹤使用者（Alba, 2016），並不在意使用者觀看的內容。目前與假新聞有關的網站都有廣告連結，愈多人點閱，便可增加生產者的經濟收入。由此可知，假新聞也和製造群眾的產業有關（Albright, 2017,p. 88）。因為網路的點擊與閱讀就是網路的收入，以致網路的流量比事實更重要。

　　假新聞現象讓人深感，產製新聞和創造資訊的界線愈來愈模糊（Rubin, Chen, Yimin, & Conroy, 2015）。政治類的假新聞想要誤導與產生影響力；商業類似的假新聞則想增加收入（McDougall, 2019, p. 36）。在數位時代，最不缺的就是資訊。消費資訊要付出的就是我們的注意力（attention）。注意力會使

資訊更有價值，當人們把注意力放在臉書的特定貼文時，就會忽略其他事物。人的一天只有24小時，注意力很有限。這也是為什麼有這麼多的資訊在搶人們的注意力，就會形成注意力經濟與市場（Hendricks & Vestergaard, 2019）。

另外，假新聞也關係著「情感經濟學」（economics of emotion），特別是指情感如何轉化為注意力與觀賞時間，都與廣告收入有關。植基於經濟或政治的動機產生假新聞，並在網路社群中產生同儕情感（fellow feeling）與富情感性的行為（Bakir, & McStay, 2017, p. 1）。同時，生產出來的偏見則可以賣錢（Buckingham, 2017, p. 4），也因此有學者認為，美國內在的媒體生態更大於俄國的影響；政治極化現象多於商業機制（Benkler, Faris, &Reberts , 2018, p. 20）。意即，假新聞的產製者會有獲利和意識形態兩種不同驅力。以獲利為驅力的人會創造令人憤怒與誤導的故事，並且希望這些故事可以像病毒般傳播，以便換得更多的點擊和廣告收入。

第二節　選舉網路行銷與業配

2020年總統與立委選舉，讓台灣的選戰更加網路化，雖然傳統的造勢活動、草根經營依然非常重要，候選人若能有效使用網路，還是可以提高勝率。然而，網路為新興媒體平台，目前尚缺各項法律規範，也使得網路的競選行為彷彿黑箱。以臉書為例，不少黨派性格濃烈的政治社團、粉專介入選舉，外界無法明白實際操作人士，只能臆測與想像，更增加選戰詭譎的氣氛。藍營「清大博士何坤軒YouTube頻道」（2019年12月14

日）07:40，[2]曾經表示疑惑，某個粉絲團一天可以貼23篇的梗圖，等於是一個小時就貼一篇，根本不用睡覺，可能是專業的粉絲團。高雄歷史哥YouTube頻道（2019年12月3日）也表示，以前PTT帳號哪有人買，把PTT搞爛的就是這些公關公司。[3]事實上，粉專的真實情形，就連相關政黨也未必了解。一名黨部數位行銷人員說：

> 我自己都不清楚每一個粉絲頁的來歷。有的真的是粉絲，因為太瘋狂了，就會明白不是正式在經營；有的就很像公關公司。最主要的判斷標準就是影片，因為影片的時間成本相對高，雖然即時影片品質很低，但要上字卡，就可能是公關公司。（受訪者F，作者親身訪談，受訪於2020年9月28日。）

網路的選舉行銷服務未能透明化，然而近年參與選舉的人，卻完全離不開網路。由自然人、團體進行選舉政治公關行銷的服務，早已是業界了解的現象。另一黨部數位行銷人員說：

> 有些公司是同時經營內容農場和社群媒體，是連在一起的，標題都會下得非常聳動，因為有內容農場，所以有平台優勢。這些公司有跟一些政治人物合作，會幫政治人物

2　https://www.youtube.com/watch?v=lalqfnbMmWA，該影片已不可得。

3　https://www.youtube.com/watch?v=GeBb7SS3TO0

做形象上的宣傳，如寫幾篇文章去下廣告，或去拍類似專
訪的影片。但影片還要有人看，就要下廣告預算。有的公
司也會轉包，如掃街的直播會轉包出去，有一點中介者的
角色，盡可能達到我們的需求。（受訪者G，作者親身訪
談，訪問日期為2020年9月30日。）

因為科技、商業模式、觀看點閱率調查等因素，廣告和新
聞的界線模糊，事實和意見也混淆在一起（van Dijck & Poell,
2013, pp. 3-5）。經訪談後了解，公司提供公關行銷服務時，
有的會以月計。有的以件數計算。有的服務會分陽春款、基本
款、豪華款。一個以社群媒體為平台的新興政治行銷行業正逐
漸興起。負責網路購買的黨部數位行銷人員說：

政治行銷公司可以提供的服務就是廣義的空戰，網路的
內容可以飛來飛去，這些內容分收錢的、沒收錢的。明確
收錢的，就是業配，可以買的版位太多了。一個YouTube是
一個版位，一則貼文是一個版位，一則貼文下的留言是一
個版位，甚至是這則貼文刊登後，要先灌五百個讚，連讚
都是版位。從零開始養出的粉絲頁是一種版位。或是和既
有的粉絲專頁合作，也是版位。或是PTT的一篇貼文、回
文，都是版位，都有報價單。

政治行銷自然也有比較正規的做法，如去投臉書的政治
廣告。其他像Line Today也有廣告版位。Line也有廣告專屬
版位，但它不寫廣告，而是稱為「情報快遞」。（受訪者
F，作者親身訪談，訪問日期為2020年9月28日。）

　　選舉期間的網路行銷，可以提供的服務五花八門；只要有
利於選情，都可以接觸公關公司，請他們提供服務。雖然目前無
法可管，卻已形成龐大的網路行銷產業。黨部數位行銷人員說：

　　目前和網路有關的公關公司愈來愈多，之所以這樣，
是因為通路愈來愈破碎化，門檻就會放低。所以當自己經
營的平台流量長到一定程度、有機會是個角色時，就有機
會靠網路賺錢。政治公關公司也必須不斷推陳出新，如果
看到臉書有一則貼文罵人，就可請公關公司找人罵回去，
也可找YouTuber去訪問被罵的人，這是公關公司的know-
how。（受訪者F，作者親身訪談，訪問日期為2020年9月28
日。）

　　也因此，只要已經經營一個具有流量的粉專平台，就有機
會提供網路公關行銷服務，並因此獲利。有些行銷公司會先設
立近似新聞媒體的平台，更有助於開展政治廣告與業務。選舉
行銷人員說：

　　成立一個媒體、蓋個網站的利益很大，可以產生很多行
銷點。第一是，網路的文章內容可以宣傳政績，推銷候選
人；再把內容挪到臉書，又可以宣傳。第二是可以在網上
買追蹤器，可以跟著人去投遞廣告。（受訪者H，作者親身
訪談，訪問日期為2020年9月30日。）

另一名市場行銷人員也說：

　　只要營利，為政治人物操盤，就是政治公關。之所以還有一個內容農場，是因為要先經營一個平台，讓大家看到流量，就會有人委託下廣告，是一個白手套在幫真正付錢的人操盤。但是他們不會花力氣去產生內容，他們的言論也沒有可信度，但在網路上傳播的障礙很低，一不小心就有巨大影響力。（受訪者E，作者親身訪談，訪問日期為2020年9月23日。）

　　然而，在激烈的選戰中，攻擊成為常見的方式，也是社會批評選風敗壞的主因，但進行攻擊，卻也是政治行銷的服務項目之一。受訪者說：

　　臉書採取透明化政策後，已經收斂很多了，否則攻擊不會只是這樣。不能在臉書罵的，會轉成PTT，會針對某個候選人而有攻擊的言論。公關公司該辦的KPI還是要辦，我就是要攻擊對手，所以我就轉為口碑操作，或是操作第三方平台，用側翼的側翼來打。有些平台不許我們做的事，反而讓行銷和宣傳的手段更多樣化。（受訪者G，作者，親身訪談，訪問日期為2020年9月30日。）

　　既然網路行銷已是業務所需，就會形成市場價格。本書根據受訪者G和受訪者H協助，提出以下的報價單。由該份報價單可知，參加選舉的相關人物，只要出錢，就有人可以代為操作，在需要的平台上發言貼文、按讚，並且可以因此帶風向。有關PTT、Dcard、臉書粉絲頁、臉書社團爆料公社的部分，

已在第八章述發。本章將討論較細微的按讚、留言、分享等價
碼。（表12.1）另外，也可提供更複雜的業配方案。（表12.2）

表12.1：不同社群平台按讚、留言價格

社群媒體類型	內容	單價	補充說明
Facebook粉絲頁	留言一則	300	
LineToday	留言一則	300	
Yahoo	留言一則	300	
YouTube	留言一則	300	
Facebook粉絲頁	留言按讚一個	5	留言之後，還須讓留言本身的讚數變多，才能「浮」到留言區的最上方，被更多人看見。
LineToday	留言按讚一個	5	道理同Facebook留言按讚。

資料來源：作者訪談

表12.2：社群平台業配行情

LineToday、雅虎（Yahoo）、YouTube。另外也可跟粉絲數不同的Facebook 粉絲頁進行業配合作，也可以跟YouTuber 的頻道合作，也都漸漸形成公定價格。如下：Facebook 粉絲頁	沒有所謂公定價。視各頻道與各合作案而定。以下略舉幾例： 粉絲數90萬：一篇FB＋一篇IG＝10萬元 粉絲數80萬：一篇FB＝13萬元 粉絲數60萬：一篇FB＋一篇IG＝10萬元 粉絲數30萬：一篇FB＋一篇IG＝3萬元 粉絲數15萬：一篇FB＝5萬元 粉絲數5萬：一篇FB＝1萬元
YouTuber 頻道	沒有所謂公定價。視各頻道與各合作案而定。以下略舉幾例： 訂閱數50萬：一支YT影片＝30萬元 訂閱數20萬：一支YT影片＝10萬元

資料來源：作者訪談

　　從表12.1、表12.2可知，社群平台的各種使用者行為都已成為言論市場的價碼，民眾實在分不清什麼是自發行為、什麼是業配言論。唯一可以確定的是，政治人物完全可以躲在幕後，坐享付費得來的聲量。並可藉此聲量影響輿論，進而取得政治權力。

　　然而，選舉移動到網路後，社群媒體的廣告已成為主流，效果比其他形式的廣告更讓政治人物滿意。在實務操作上，人們已經很難區別在社群媒體上的按讚與分享，是選民自願的行為，還是付費廣告而來的。已有學者警告，如果付費的行為引發更多志願者追隨與大眾媒體報導，就會出現選舉合法性的問題（Tambini, 2018, p. 273）。

第三節　臉書政治廣告與透明化政策

　　傳統的選舉研究多集中在數位時代來臨前，特別是有關電視廣告的研究，幫助人們認識政治廣告。在社群媒體興起後，傳統研究已經難以適用。目前有一些情況已經改變，包括：（1）政治行動者對於使用數位工具、社群媒體以接觸民眾的技巧更加純熟，也會依賴社群媒體公司的協助。（2）數位平台的結構不斷改進，使得接觸特定形態的選民更加方便。（3）在資料分析的技術上更進步，很多選戰已可使用行為模型與演算法，透過數位媒體來設計與傳播訊息給特定選民（Franz, Fowler, Ridout, & Wang, 2020, p. 177）。社群網路在行銷資訊、廣告、品牌強化與產品服務上，都已證明是個方便且有效的媒體；社群網路同時允許廣告公司得以掌握一定範圍的使用者特徵。

社群媒體的行銷時間非常緊湊，所以他們必須同時經營內容（Milović, 2018）。

　　社群媒體的政治廣告不再像過去的政治廣告般，被認為是鈍拙的工具；相反地，社群媒體的政治廣告被認為是小規模選舉有力的武器。加上大數據的整合與使用，可以提供小範圍選舉中特製（personalised）的目標群，這在過去絕對無法做到（Hughes, 2018, p. 30）。總統選舉愈來愈將社群媒體整合在選戰中，社群媒體更被當成是與支持者對話的有效工具，政治人物對臉書的應用尤其是。以2012年美國總統選舉為例，研究發現臉書在選舉中常用來組織心態相似的選民。政治人物主要利用臉書傳遞訊息，而非和選民討論（Shafi & Vultee, 2018）。同時，2012年美國總統選舉就提到負面廣告崛起的現象，引來的情緒反應有74%是憤怒，只有31%是正面的情緒。這是因為選戰非常激烈時，可以透過負面廣告達到宣傳（publicity），可以引發媒體關注（Hughes, 2018, pp. 36-37）。

　　由於臉書曾發生俄羅斯藉由購買政治廣告，介入美國選舉情事，臉書因此訂下廣告透明化政策。台灣2018年的選舉時，還沒有這項政策；2020年總統大選前便開始實施了。受訪者說：

　　　在購買臉書政治廣告時，臉書要確認粉專的管理團隊是台灣人，需要看身分證等相關證件，並且是用台幣交易。這個政治廣告要有可連繫的單位組織。（受訪者H，親身訪談，訪問日期為2020年9月30日。）

　　臉書此舉顯然增加不少程序，並對購買者的國籍證件進行審核。也因此臉書對於廣告內容，有一定的審核過程，也是廣告透明化政策的一環。了解臉書政策的受訪者說：

> 要下政治廣告時，有選舉、政治、社會議題三種類型可以選。選擇以後，還要遵守其他要求。首先，要證明自己是台灣人，要提供證件，並且要經過審核。目的是要確定只有台灣人可以下政治廣告。2017年時，美國內部開始討論此事，2018年時在美國強制推行。2019年6月，臉書在全球都推動廣告的透明化政策，台灣則是自2019年11月強制執行。（受訪者I，親身訪談，訪問日期為2020年10月13日。）

　　本書觀察臉書的《廣告檔案庫報告》，[4]由於臉書政治廣告刊登金額高低差異極大，為求統計方便，本書以投放廣告金額達5萬以上粉絲專頁為研究對象。研究期間為2019年11月12日至2020年1月10日止。這樣的粉專總數達140個。本書發現若干非政治圈人士，卻大量購買政治廣告。

　　本書觀察臉書政治廣告出資金額最高的前十個廣告粉專，政黨、參選人相關粉專共有七個，另有三個臉書粉專名稱與政治無關，卻有極高的政治廣告投放金額。排名位居第一的〈BuzzOrange報橘〉，臉書政治廣告投放金額幾近兩百萬

4　https://www.facebook.com/ads/library/report/?source=archive-landing-page&country=TW

（1,903,628）元，金額甚至高於民進黨（1,283,444元）。〈報橘〉粉專在臉書首頁說明〈報橘〉為「具動員能量的政治公共社群」，可進行業務合作。排名第四的〈怎麼辦！〉粉專購買金額為670,467元，目前網路已無法搜尋該粉專，當時刊登政治廣告時，主要支持勞動黨。排名第十的〈品觀點〉，政治廣告購買金額為511,709元，〈品觀點〉則在臉書首頁，說明自己為「建構全方位新媒體媒合平台」。

　　〈報橘〉和〈品觀點〉的角色明顯非候選人或政黨，更像是與政治有關的內容平台。但究竟在選舉中扮演何種角色？是以什麼樣的形式運作？受到哪些法律規範？國內一直無人關心此問題。

　　同時，本書統計購買臉書政治廣告金額超過十萬元的粉專名單，發現有些贊助者並非候選人，或是身分不明。例如，〈486先生〉粉專首頁強調的是團購服務，在本書研究期間的出資金額卻達328,285元；身分不明的Sway Strategy出資的〈地方政誌〉、〈政治大廚房〉、〈呼叫政府〉共三個粉專中，金額各為369, 782元、352,320元、270,491元，外界卻完全不了解出資者面貌。〈地方政誌〉自2019年12月6日後未再更新；〈政治大廚房〉自2019年12月27日後未更新；〈呼叫政府〉則仍在運作中，並在粉專首頁說明是「政治和各類社會議題的意見交流平台」。另外，〈劉家昌〉為個人粉專，出資金額為205,718元。〈唐風〉則註明為「媒體／新聞機構」，出資金額為137,032元。〈報臺 Taiwan Post〉也聲明自己是「新聞媒體網站」，兩者至今都有新的貼文。〈臉書政黑板〉則說明「板上以批判政治為主」，自2020年1月25日後未再有新的貼文，出資

金額為117,731元。這些出資金額是否違反《政治獻金法》，也應一併考量。

因為國內《選罷法》的廣告規定還是只規範傳統媒體，並無法約束數位平台。隱約已可看見行銷公司、部分個人等，都能提供臉書上的政治行銷服務，卻沒有對外揭露。熟悉臉書政策人員說：

> 我們也不了解，廣告的定義是什麼？有不少個人、商家，在臉書上投不少政治廣告，但因為選罷法規定過於傳統，無法了解投放廣告的金錢來源，如果候選人委託個人、商家投放廣告，候選人是否已依法揭露？接受委託的個人、商家，是否也要揭露？（作者親身訪談，訪問日期為2020年10月13日。）

側翼與行銷公司難區分

在有關公關公司的討論中，即使是選舉慕僚，也未必了解臉書粉專側翼是忠實粉絲、還是行銷公司，但是側翼卻在選戰中，扮演先鋒的角色。市場行銷人員說：

> 側翼喜歡活躍在網路上，因為傳統媒體比較不會放大極端言論，但是網路上什麼話都可以講。假新聞希望民眾是情緒性的，事件可以放大，可以不必有事實依據。（受訪者E，作者親身訪談，訪問時間為2020年9月23日。）

　　側翼的運用，已被認為是選戰的重要策略。因為側翼說話大膽、激進，可以說出候選人不敢說的話，並使候選人獲利。黨部數位行銷人員說：

　　所謂側翼，是指採取某個立場去做打擊，標準不一的就是側翼。沒有那麼官方，說話尺度很寬。沒有那麼高的品牌，主要是挑起大家的情緒，說出大家想說的話。側翼都是政治粉專，對選民都有影響力，〈打馬悍將〉、〈只是堵藍〉是綠的，〈比特王比任務〉則是藍的。（受訪者L，作者親身訪談，訪問時間為2020年11月13日。）

　　讓人意外的是，被視為側翼的〈只是堵藍〉，於2021年1月15日遭臉書強制關閉，現已重新開張。另一黨部數位行銷人員則說，因為側翼的匿名性，反而擴大側翼運用的空間，甚至成為該政黨的白手套。他說：

　　有的用基金會養側翼，因為是外圍組織，所以查不到。側翼也可能找同一家行銷公司，政府間不斷餵養特定的行銷公司，行銷公司為了回饋政府，就會成立一個側翼組織，它不會直接指揮，但可能接到指令說這個要打。你會發現他們有時很一致，不到半個小時圖出來了，影音也出來了，你很難想像這是自發性的。所以側翼的言論也比較無法控制，有些會比較偏激。側翼也不會管假訊息的問題，他不對任何人負責任。

　　我印象中還有一種方式，就是大帶小，當側翼達到一

定規模，如三、四十萬粉絲，觸達率可以破百萬時，他們就會去養其他的小側翼，把他拉起來。如果小側翼培養起來了，就會再去養更小的側翼，就不斷這樣串連、連結。（受訪者G，作者親身訪談，訪問時間為2020年9月30日。）

透過訪談與現象觀察可知，目前社群媒體大量參與到政治中，甚至為選舉充當先鋒，展開各式選舉行為，甚至為候選陣營製造激烈言論，甚至散布假新聞。如果又有對價的金錢關係介入選舉，不但涉及廣告透明化，更涉及政治獻金、公司會計等問題，實在值得各方審視。

平台政治廣告無法律規範

行政院於2018年12月13日修正通過《公職人員選舉罷免法》及《總統、副總統選舉罷免法》部分條文修正案，當時的行政院長賴清德表示，之所以修正相關法條，是為強化防杜黑金、假訊息及境外勢力介入選舉、罷免活動。該項修正案規範刊播選舉廣告的適用對象時，除既有的傳統媒體如「報紙、雜誌及其他大眾媒體」外，更首次將「數位通訊、網際網路或其他媒體」包括在內，並且增列「報紙、雜誌、廣播電視事業、提供數位通訊傳播服務者、網際網路業者或其他媒體業者，不得接受外國、大陸地區、香港、澳門居民、法人、團體或其他機構委託刊播之競選或罷免廣告，並應留存委託刊播之完整紀錄，以及違反者之處罰規定」等規定。

　　不過，這項草案在立法院遲遲未通過，以致2020年1月11日總統、立委選舉期間，既有的選舉相關法規，依然僅能規範傳統媒體，社群媒體等數位通訊平台，並不在相關選罷法規範圍內。

　　因為這樣，目前很多與社群平台有關的選務，全在法律規範之外活動。台灣已出現法律規範跟不上媒體平台變化的情形。因此事涉及選舉與權力重組，必須讓法律盡快跟上現實，才能導正目前失序的若干現象。

第十三章

平台與假新聞

　　從假新聞的起源與演進可知，不論是羶色腥新聞中假造名人事蹟，或是軍事戰爭中釋出謠言、以恐懼人心的戰術運用，都是假新聞的類型。雖說假新聞並非新產物，但能藉著臉書、推特等社群媒體快速、大範圍地傳播，在數位時代確實是首見（Waisbord, 2018）。如果沒有21世紀出現的新平台，人們雖無法在網路上建立情誼，假新聞可能也不會形成難以收拾的局面。換言之，當今世界處於數位平台多元的時代，卻同時也是創造假新聞的黃金時代 （Haire, December 18, 2016），真是諷刺。

　　現在人們可以隨時輕鬆上網，找到自己想要的訊息，這是過去從未有的現象。學界多半同意，網路科技有助於民主發展 (Fenton, 2010, p. 6)；快速興起的社群媒體，也能促使消費者多方尋找資訊（Powell, 2013）。依定義來看，社群媒體是「使用者用來在網路上分享資訊、理念、個人訊息與其他內容的電子傳播形式」（White, 2012, p. 9）。或是認為社群媒體即為：「人群間可用來分享與討論資訊的網路與行動裝置的

工具」（Moturu, 2010, p. 20）。社群媒體總能聚集人潮，形成真實的連結（authentic connection），傳播機制與傳統媒體明顯不同（Rice, 2009, p. 28）。若與大眾媒體一對多（one-to-many）的傳播機制相較，社群媒體強調社群中每個參與者都可以發布訊息，而且可以和專業傳播者一樣，傳播到不同閱聽眾身上（Page, 2012, p. 5）。新聞已從有權力的傳統媒體機構，轉移到小團體與公民個人身上，實可視為資訊民主化的表現（Tewksbury and Rittenberg, 2012）。

　　社群媒體產製內容門檻低，民眾發表訊息（User Generated Content; UGC）的情況更甚於前，並因此創造新的數位媒體文化（Deuze, Bruns, & Neuberger, 2007）。不少人曾經對網路世界充滿樂觀想像，並認為網路可以增進彼此了解，有助於世界和平。遺憾的是，因為同樣的原因，社群媒體也成為製造假新聞的平台。臉書造成意識形態分隔，已出現同溫層與缺少資訊來源等問題（Bhaskaran, Mishra & Nair, 2017, p. 43）。

　　透過上述的研究與論述可以理解，網路新聞曾經提供一幅美好的新聞想像；當愈來愈多人參與社群平台時，將能帶動民眾進行更多的公共參與（Kim, Hsu, & Zuniga, 2013），卻忽略了社群平台無法扮演「檢驗真實」的角色，不能比擬真實。原因在於：（1）社群媒體生產內容的成本低，常是假新聞製造者進行短期策略時採取的方法。（2）人們從手機等新聞窗口接觸這類新聞，沒有機會辨別真假。（3）研究已指出，臉書已經出現意識形態分隔的現象。這使得人們更喜歡從臉書等社群平台獲得資訊，而且更可能接觸到證據力較低的訊息（Allcott.& Gentzkow, 2017, p. 221）。

　　正因為如此，美國《紐約時報》（November19, 2017）指出，假新聞之所以形成如此大的災難，就是因為臉書與谷歌等公司為了自己的利益，使得數以百萬計的民眾，立刻就能在社群平台上分享低品質的訊息。臉書鎖住製造假新聞網站的動作又太慢，造成假新聞能像合法的新聞在臉書上傳布，對個人行為確實有影響（Phillips, 2020, p. 57）。

　　目前全球在討論解決假新聞問題等方案時，勢必要討論社群平台公司的角色，尤其是臉書。即使臉書在各方壓力下，已開始面對假新聞的問題。

第一節　平台為王

　　1990年代、甚至更早之前，美國媒體產業界宣稱「內容為王」（content is king）；約是2005年左右，情況出現改變，注意力開始轉至平台上，要靠平台傳遞來整合內容。如今，像蘋果（Apple）、谷歌、亞馬遜（Amazon）、Netflix等公司，都已陸續宣告「平台為王」（platform is king）時代來臨，並在封閉的平台系統內傳遞內容（Steinberg, 2019, pp. 69-70）。由於平台的方便性，導致消費者在平台形成的虛擬社區中交友與分享情感，也養成依賴性。因此，當社會上出現如選舉等政治活動時，這些消費者在平台中，立刻轉變成為具有政治認同的選民；平台也從一定經濟規模的公司，愈發凸顯其政治影響力（Culpepper & Thelen, 2020）。

　　平台並未直接發明內容、貨品、服務或資本，他們只提供通路（access）。在通路模型中，通路比所有權（ownership）更

有影響力。數位平台有三種類型（typology）：（1）通達資訊的平台（access to information）；（2）可獲得個人資料與內容的通路，如社群網路；（3）可藉由第三方獲得貨品與服務（如網路市場：亞馬遜書店、eBay等）；（4）可獲得勞動力、知識能力的通路（如TaskRabbit, Upwork）；（5）可獲得金錢、資本的群眾募資網站（Strowel& Vergote, 2019, pp. 10-11）。

平台也因此創造獨特的平台經濟，遵循平台運作原理，也更加商品化和控制資本所得。平台權力愈大時，獲利也愈多（Mihailidis, 2019, p, 343）。在《平台資本主義》（*Platform Capitalism*）一書中，便指出平台為獲得資本，有四個基本特徵：（1）扮演跨媒體（intermediary）的數位基礎建設，由平台促使不同的團體與個人互動，並把消費者和使用者的資料提供給廣告主。（2）平台體現網路效益，可協助團體發展成更大基礎的規模，並且可以掌握潛在的群眾。（3）平台採用補貼政策（subsidization），免費提供特定的產品與服務，幫助使用者擴大規模。（4）平台強調即時的使用者參與，並會不斷透過技術提煉提供更多引人注目的資訊以交換注意力，讓既有的使用者持續帶進新的使用者，一同進入此生態系統（Srnicek, 2017, p. 43-48）。

平台經濟崛起

平台結構有三個層面：（1）硬體的分層結構；（2）為了內容的支援；（3）財務交易的調節結構。多數平台同時具有兩種以上（Steinberg, 2019, p. 7）。舉例來說，Uber或Airbnb為服

務平台和搜尋者連結並提供服務，亞馬遜為物品平台則和賣家連結；臉書和谷歌則為資訊平台，和人群、廣告主、其他資訊連結（Culpepper & Thelen, 2020, p. 289）。

網路平台化（platformization of the web）已引發全球學界關注，臉書的興起尤其受到全球矚目。臉書的API將網路世界重新布置為封閉系統（walled garden）（Steinberg, 2019, p. 22），創造影響力極大的社群平台。社群媒體或社群媒體網路是虛擬生活中的關鍵元件，平台也形成新的政治文化。

以YouTube為例來說，YouTube是個集結影音內容的平台，而不是內容提供者，它做的是形上生意（meta-business），是靠原始生產者提供資訊以獲利的一種生意。同時，YouTube也不是真正做影音生意，它主要建構一個方便與穩定的平台，進行網路內容分享的生意（Burgess & Green, 2009, p. 4）。同樣的模式，也可用來說明臉書、谷歌等大型社群平台。平台和傳統新聞媒體的差異之處，即在於集結內容的平台，並不是內容提供者。它的價值不是由平台公司建立，而是無數的使用者藉由消費、評價，進而創造有關文化、社會與經濟的價值（Burgess & Green, 2009, pp. 4-5）。平台經濟也引發政治效應，最明顯的就是對抗的政治（antagonistic politics），已經在平台興起（Jordin, 2015, p. 2）。

平台與無數的使用者連結，而這無數的使用者，在政黨與政治人物心中，更是一張張具體的選票，也因此經營社群媒體，不但成為政治人物形象包裝的主要空間；更是選戰期間，進行網路作戰的主要憑藉。隨著平台逐漸發展成數位壟斷經濟時，已引起政府憂心。現在美國國會，就連共和黨都認同平台

經濟已造成過於龐大的數位壟斷（digital monopolies），政府必須介入（Picard, 2020, p. 125）。

其中有些科技公司具有政治影響力等資源，稱為平台權力（platform power），平台權力指該公司的經濟規模，同時提供廣大消費者接觸貨品、服務與資訊的通路（Culpepper & Thelen, 2020）。也有研究強調，政治驅力（political forces）是推動21世紀資本主義的主要因素，並促使某些公司能透過契約網路（network of contracts）成立平台公司，實現以平台為主的商業模式（platform based business model）（Rahman & Thelen, 2019, p. 178）。換言之，平台嘗試建立一個科技可以進行判斷的標準，並發明名詞讓使用者想像。

然而，我們無法知道，平台揭露多少，又隱藏了多少。他們在尋找長久的商業模式，但是不願被當成傳統媒體（Gillespie, 2010, p. 359）。當中的問責與該承擔的義務，一直深受全球矚目與討論。

龐大的平台權力

由於平台權力日漸龐大，不少政治抗爭都發生在平台上。然而，這個「平台」並非從天而降，也不是透過公共討論形成，它是由利益相關者（stakeholders）為特定目的而形成，並在其中形成具有特定論述的特定群眾。所有的努力不僅僅是為了買賣、勸服、保護、獲勝與譴責，同時也包括提供需要的科技（Gillespie, 2010, p. 359）。

臉書為立案於美國加州的平台科技公司，主要營收來自

廣告。2020年第二季營收達到186.9億美元，較去年同期成長
11%，淨利與同期相比更大幅成長 98% ，為52億美元（Ho，
2020年7月31日）。臉書在台灣的滲透率甚高，台灣人口數約
2,300萬，每個月有1,900萬個活躍臉書帳號，其市場占有率高居
台灣所有社群媒體與通訊軟體之冠（陳憶寧、溫嘉禾，2020，
頁33）。

　　臉書能有如此大的收益，是因為臉書創造衍生物的社會邏
輯（social logic of the derivative），直接和資本經濟有關，指的
就是演算法。臉書演算法使用的是財經資訊的想法，臉書的工
具就是把人們日常的社會關係進行財務評價，和傳統需要生產
商品的邏輯正好相反（Arvidsson, 2016）。因此，臉書選擇的標
準自然和傳統編輯不同（DeVito, 2016）。同時，數位網路允許
潛在的廣告主可以直接接觸到閱聽人，以致網路廣告集中在谷
歌、臉書等少數科技巨人身上（Brake, 2017, pp. 25-26）。

　　從經濟層面而言，當代資本主義出現經濟權力集中在少
數平台公司手中，大部分公司未滿25年，這些公司擁有的權力
和過去完全不同，但政治科學研究卻追不上它們轉換的過程。
平台公司有著不同於傳統商業的賺錢模式，並創造了大量的
資料，讓他們足以進行市場交易（Culpepper & Thelen, 2020, p.
289）。Uber和亞馬遜等公司更能依靠科技，在舊有的財務、勞
力條件，開創平台新局。科技並且幫助公司削減勞力成本與避
開管制措施（Rahman & Thelen, 2019, p. 183）。

　　同時，科技幫助使用者輕鬆且免費使用平台，接著平台
公司便從使用者身上獲利。在網路時代，使用者（audience）
在不同階段，具有不同意義。一開始指的是在臉書等社群媒體

上大量的使用者，使用的目的多是為了消費新聞，對於媒體專業的要求較無興趣。後來使用者被視為「共同創作者」（co-creators），對於傳播與終止新聞的重要性日增。使用者更被解釋為是「新聞的使用者」（news users）或是「積極的接收者」（active recipient），均指出使用者在數位環境的參與已日漸擴大，並已能發行內容（Larsson, 2019, p. 722）。然而，不管使用者的角色如何，只要他們在網路或手機上活動，像臉書這樣的科技公司，很輕易就能掌握這些使用者的個人資料。科技平台提供搜尋引擎、地圖、部落格、影音串流等節目，因為可與使用者互動者，就可以獲得有關使用者的資料與數據（Simpson, 2016, p. 155）。

　　因此，我們必須探究，是什麼機制使某些隱藏的資訊，可以被帶到使用者眼前（Schou& Farkas, 2016）？又由於社會關係的組成是靠演算法和大數據，所以臉書可以成為財政的衍生物（Arvidsson, 2016, p. 4）。有關個人網路化資料如何搜集的方法和售價有連帶關係，這個部分多由科技平台使用各種演算法操作，外界對於演算法的內容卻一無所知（Brake, 2017）。因為外界無法得知演算法的內容，因此學者稱此為「黑盒子」（black box）（Pasquale, 2015）。演算法本身就是個黑盒子，它的內容是公司的機密。然而，如果人們都是在黑暗中被評價，就無法結束這個系統。問題更在於，演算法如何正當化自己的評價，卻無法提出為何可以如此的解釋（O'Nel, 2016, p. 8）。

第二節　平台經濟：將使用者分類賣出

　　為了特定需求，平台會將手上的使用者資料，轉化為特定的數據（Gillespie, 2014, p.167）。谷歌和臉書就是追蹤人們的活動、喜好與表述，以形成自己的資料庫，並使用演算法去搜集相關因素，以作為特殊的運用（Gillespie, 2014, p.168）。瑞典籍應用數學家桑普特（Sumpter, 2018, p. 25）就指出，美國總統川普使用政治顧問劍橋分析（Cambridge Analytica）去找自己的選民，到統計學家預料英國脫歐公投失敗等事，都可以從演算法來討論。

　　演算法的意涵比「軟體」更廣，指的是奠基於特定算法的製碼過程。演算法並且一直處於隨時可以改變的變動狀態（Gillespie, 2014, p. 178）。谷歌跟臉書的大量數據有兩個用途。對使用者來說，這些資料是提供個人化相關新聞與結果的重要參考。對廣告主來說，這個數據是發現可能買主的關鍵。平台公司就可以使用這些數據，賺到廣告主的金錢（Pariser, 2011, p. 40）。谷歌和臉書都是藉著目標行銷（target marketing）的機會，去證明網路平台具有廣告主需要的商業潛能。這時的資料指的就是把網路上的個人特徵（personal characteristics）轉變成消費者資訊（consumer information）。換言之，公司販售的資料可以是常態取樣而來，也可能是透過困難的預測取得非常態的資料。不同的資料，自然會有不同的售價標準（Simpson, 2016, p. 157）。

　　像臉書這樣的科技公司，核心就是透過資料搜集與模組系統，去掌握群眾的資料（data），了解個別群眾與群眾整體的

需求。平台科技公司掌握這些資料，就可以明白如何觸達群眾（Albright, 2017, p. 88）。臉書最大收入來自廣告版面，臉書賣的是潛在的注意力，是看小眾（Mirco-publics），未必是個人（individuals）（Arvidsson, 2016, p. 10）。這些組織賺取數十億的錢，是目前最有價值的公司，他們賺的錢都是因為這些資料而來（Cohen, 2017, p. 84）。

　　包括谷歌、臉書、蘋果還有微軟，都在進行一項競爭，就是盡可能去了解使用者。使用者可以得到免費的服務，代價就是付出關於使用者個人的所有資訊（Pariser, 2011, p. 6）。Gmail跟臉書都是很有用的免費工具，它們也同樣是一種萃取引擎（Extraction engine），我們在其中倒入很多我們生活中的細節。此外，蘋果手機也知道使用者今天去了哪裡，讀了什麼。當使用者在網路上的時間愈多時，就會有一些特定公司像是BlueKau或是Acxiom，可以從中導出具有很高利潤的個人資訊。在今天所謂的行為市場（behavior market），每一個個人創造的點擊（click signal）都是商品（commodity）（Pariser, 2011, p. 7）。

　　目前學界已開始研究演算法衍生的問題，納貝爾（Noble, 2018, p. 3）研究就發現，谷歌和臉書的演算法也可能影響2016年的選舉。同時，在社群媒體還未問世前，進行政治宣傳時很難找到目標；然而，現在的Web Spam以及搜尋引擎最佳化（Search Engine Optimization; SEO）等技術，都可以提升訊息的能見度（Mustafaraj & Metaxas, 2017）。搜尋引擎最佳化的三大支柱即為內容、結構和連結，其中連結的基礎就是演算法，連結可以幫助搜尋引擎，確定什麼網站是有價值的（Spencer,

2009）。谷歌一開始使用PageRank演算法，是該公司最有名的演算法，使用者因此發現谷歌的順序可以模擬操作，說明PageRank的演算法出現問題。自2009年12月以後，谷歌的演算法已經沒有什麼特定的標準了（Pariser, 2011, p. 2）。

臉書亦為具有演算能力的科技公司，臉書並沒有透露，究竟臉書是如何對用戶的動態消息進行分類，如何讓連結、圖片和好友訊息變得如此井然有序，如何使用戶對該網站如此依賴。在2012年，臉書推出一項服務，使用戶可以透過付費來推廣他們的貼文，當一些未付費的用戶發現他們的貼文突然被視而不見時，質疑聲和批評聲隨之湧來，他們認為臉書的行為是在強迫用戶付費（Pasquale, 2015／趙亞男譯，2015，頁102）。

演算法的危險性正在增加中。以數學為基礎的演算法提供謠言的合法性；要解決這個問題則需要另外一個演算法。在歐洲與美國，演算法的發展都增加很多不確定性（Sumpter, 2018）。

第三節　平台演算法：虛假比真實吸引人

「澳洲競爭與消費者委員會」（Australian Competition & Consumer Commission; ACCC）公布《數位平台調查報告》（ACCC, July 26, 2019），報告內容特別關注搜尋引擎、社群媒體平台（social media platform）和其他的內容集結平台（content aggregation platform）在媒體與廣告市場的競爭情形，最主要關注對象即為谷歌和臉書。

這份報告第一章，首先宣告數位平台崛起。以澳洲2千5百

萬的公民來說，13歲以上的公民就占了2千1百萬，都經常使用谷歌（包括YouTube）和臉書等數位平台。數位平台主要的商業模式即是將使用者的注意力和資料賣給廣告主（ACCC, 2019, pp. 6-7）。

　　報告中並且提及澳洲傳統媒體處於競爭劣勢。在2006-2016間，澳洲新聞相關工作少了9%；傳統紙媒更少了26%。澳洲人口與經濟在2014-2018年都呈現增長情形，傳統平面媒體人數卻少了20%。同時，自2008-2018年間，澳洲有106家地方性報紙關門，與地方政府相關的公共新聞卻沒有人報導，地方法院、醫療、科學新聞等，報導幅度都呈現下滑趨勢（江雅綺，2021年2月22日）。

　　澳洲政府根據ACCC的調查，提出《新聞媒體議價法案》（News Media Bargaining Code）草案（ACCC, 2020）。這項草案規定，澳洲新聞機構可以單獨或集體與谷歌、臉書等平台，談判平台付費使用媒體新聞內容，並設立居間協調的仲裁委員會，防止科技巨擘濫用權力主導價格談判平台。霸主谷歌因此已與梅鐸的新聞集團簽訂三年的分潤協議，並陸續與澳洲的其他新聞媒體、新聞網站達成協議（莊蕙嘉，2021年2月19日）。

　　臉書一開始拒絕妥協，宣稱澳洲研擬的新法完全誤解臉書平台與媒體出版商間的關係。臉書說，媒體出版商並非自願向谷歌提供內容，好讓民眾能透過谷歌搜尋找到其報導，但出版商願意選擇在臉書上發文，因為這樣可讓他們獲得更多訂閱，擴大受眾與增加廣告收入（張加，2021年2月19日）。臉書隨後與澳洲政府協商，澳洲政府同意修改法條內容，臉書則同意投資公共利益新聞（亦即為新聞付費），並恢復澳洲用戶的新聞

服務（簡恆宇，2021年2月23日）。

　　即使新聞機構的新聞內容可獲得「使用者付費」的對待，更大的問題卻是，臉書的演算法協助推播仿新聞網站的內容，讓新聞與假新聞的界線模糊。但因為臉書並未開放研究者參與研究，以致BuzzFeed宣稱：「現在是假新聞的黃金時代。」（Silverman, 2015）。

　　換言之，演算法其實有利於假新聞的傳播。若干中文的內容聚合網站（aggregator）、即俗稱的「內容農場」，在臉書上都有非常好的傳播效果。以台灣可以接觸到的內容農場包括Giga Circle、ShareBa!分享吧、TEEPR 趣味新聞、COCO01等，另外還包括與某些知名網站名稱相似的內容農場，包括LIFE生活網（與知名*LIFE*雜誌相似）、BuzzHand（和BuzzFeed相似）、PTT01（和PTT相似）、boMb01（和Mobile01相似），以吸引更多人點閱。內容農場也會創造不同平台，讓同一訊息可以有更多被點閱的機會。這些模仿名稱的內容農場和原社群相比，按讚數與追蹤人數都更高。（表1）又例如，COCO01全無原創內容，卻另有COCO大馬、COCOHK、COCOSG等分支平台，消息又能層層轉貼，創造更多點閱。國安單位曾經指出，有關年金改革的謠言，除來自國內，有許多是來自微信、微博及中國在海外設立的網路內容農場，例如COCO01網站，謠言的量與散布的深度與廣度，超乎外界想像（鍾麗華，許國禎，2017年7月18日）。

表13.1：內容農場的臉書表現較原社群品牌更佳

內容農場	按讚數	追蹤人數	原品牌	按讚數	追蹤人數	按讚數增加率
PTT01	1,453,510	1,359,632	**PTT**	803,439	807,758	81%
boMb01	1,981,639	1,902,781	**Mobile01**	818,915	805,717	142%

註：本資料為2021年2月2日的統計紀錄

　　可以發現，內容農場謠言惑眾圖滿足演算法需求，讓無自創內容的娛樂訊息，能夠遠遠超過努力經營品牌的內容。顯示臉書的演算法必須重新檢視。

　　平台發展演算法，都須經過長時間的摸索試煉。臉書的演算法，最主要在於臉書動態牆（NewsFeed）的功能。2006年9月，臉書引進動態牆，祖克柏把這項功能稱為「活的報紙」。意指每當用戶登入並檢視版面時，他們會看到朋友分享的內容，而不是某個發行機構或演算法機器人選擇的報導（Abramson, 2019／吳書榆譯，2021，頁45）。用戶可以在臉書自行輸入宣告誰是好友。之後，無從窺見的演算法，就像看不見的手一般主導局面。這套演算法決定使用者能看到朋友的哪些貼文，以及貼文出現的順序。演算法在決定各個項目先後順序時，會考量是誰貼的文、其他用戶有多喜歡這項資訊、這是屬於哪一種媒介、多久之前貼出的。臉書決定重要性，而且毫不遮掩其社交性質。臉書給權重的標準，是比較重視和個人有相關的資訊（Abramson, 2019／吳書榆譯，2021，頁139）。

　　可以了解，演算法創造出讓人沉浸的媒體環境。演算法系統內嵌在程式中，主要分析使用者和其他人的數據、搜尋歷

史，並進行數位計算，使用者就沉浸在自己的媒體環境中，個人的動態牆都是臉書演算法的產物（Cohen, 2018, p. 140）。2009年，臉書在動態牆加上編輯判斷核心元件，由機器選擇應該讓用戶看到哪些貼文。演算法會評估最近分享到特定用戶網路中的每則貼文，並多多少少根據受歡迎的程度排名（受歡迎與否的基準，是按讚和留言的數量），在這套演算法加持下的動態牆更有智慧。在這之前，動態牆是根據時間來排列貼文。如今，比較受歡迎的貼文就會先出現，代表有更多用戶會看見。排名系統也搭出了競爭的舞台：發表人的貼文就必須受歡迎，別人才能看見（Abramson, 2019／吳書榆譯，2021，頁359）。臉書的演算帶來激烈的內容競爭。

　　如果要依按讚數等標準來排名競賽，就必須符合民眾喜愛的標準，不必在乎深度和廣度，更不必在乎是否真實。也因此假新聞、政治極化的言論與內容，充斥在臉書平台中。

　　由此可知，社群媒體如何將一則訊息，利用演算法傳到離發文帳號很遠的地方，有點像報紙編輯選擇重要訊息，並且放在頭版一樣。臉書的演算法可以掌握受眾網路上的足跡，並可提供廣告主進行更精準的投放。如果將這些數據應用到政治場域，就可以使用演算法與數據分析，找到自己的目標選民。川普競選美國總統時，就會使用大數據分析，確定瞄準為白人、中產階級男性、勞工與遭忽視族群且立場傾向共和黨的選民（Hughes, 2018, p. 87）。

　　值得提醒的是，社群平台製造許多大數據。然而，重要的並非大數據，而是平台演算法與數據可能改變政治市場，甚至改變了民主（Hughes, 2018, p. 87）。這番話提醒人們，對演算

法的本質應有更多理解。尤其，2016年春天的劍橋事件，造成8,700萬名臉書使用者的資料外洩。這時，問題便在使用者的隱私權上。

臉書強調社交演算，卻又任由內容農場、公關公司，自詡為媒體／新機構，並因為臉書演算法提供的廣告機制，讓新聞媒體的廣告收入愈來愈少，新聞媒體公司只能一家一家關。

然而，新聞媒體負責報導整個國家大事與社會問題，雖然新聞業蕭條不是臉書單一的責任，但平台壟斷卻是一大因素。臉書如果不用付費，也可改採贊助公共新聞報導的方式，這類報導民眾未必點閱、卻是民主需要的報導。如此，應可協助若干重要的新聞產業得以復甦。由於目前臉書對於管制是採取開放的態度，只要政府訂定這樣的政策，就可以讓新聞得到臉書的信託贊助（Picard, 2020, pp. 125-127）。

臉書角為平台龍頭，最了解新聞對於社群平台的重要性。實在應該為品質良好的新聞內容盡一份力。相信如此，也有助於解決假新聞的問題。

第四節　平台究責與事實查核

由於多數假新聞以社群平台為主要傳播管道，並且迎合社群平台所愛的一些特質，以致假新聞的傳播比往昔更加嚴重。臉書在面對2016年美國選舉假新聞盛行的批評時，臉書首次說明會採取以下三個做法：（1）對於檢舉系統中確認為欺騙的內容，註明為「非法」、「誤導」、「欺騙」，並且鼓勵使用者檢舉可能是錯誤的內容。（2）與事實查核組織合作，掌握

更多被檢舉的內容，並且將內容標註為爭議的（disputed）。
（3）承諾發展自家的人工智慧，以便自動辨別欺騙的訊息
（Gillespie, 2019, p. 329）。

　　目前美國已有FactCheck.org、the PolitiFact Truth-o-Meter 、
The Washington Post Checker等事實查核組織，提供網路求證資
源，這些資源可以使資訊更透明（Berghel, 2017, p. 83）。如
果事實查核組織認為內容是爭議的，臉書就會：（1）與事實
查核組織合作，在貼文標註如：「有三個查核組織認為是爭議
的」等。（2）對使用者會有分享前的提醒。（3）阻斷假新聞
網站賺取廣告的機會。在消費端為降低這類網站的觸及率，讓
網站以為自己的內容都已被使用者看到。在發行端則會分析網
站發行者，判斷是否有必要強制執行臉書的若干政策（Mosseri,
December 15,2016)。如果使用者還是要分享，臉書將不會使
用自己的廣告工具去支持。同時也會有臉書雇員將該則訊息
與其他訊息進行區分，就是不會在內容上進行判斷（Newton,
December 15, 2016)。

　　國內目前也已自主形成多個事實查核團體，說明台灣穩固
的民間社會力。國內相關事實查核組織有：《台灣事實查核中
心》；《MyGoPen》；《Cofact真的假的》；《蘭姆酒土司》；
《美玉姨》等，並展開與社群平台的合作。國內目前有《台灣
事實查核中心》（2018年8月）、《MyGoPen》（2020年3月）
兩個民間組織和臉書合作。臉書於是和第三方的事實查核單位
合作，如果事實查核發現一則訊息是假的，就會出現爭議的
（disputed）的字樣與旗幟，並可連結到事實查核組織的理由說
明（Mosseri, December 15, 2016）。臉書的做法其實是運用已經

超過十年的內容仲裁（content moderation）制度。原本，每一個大型社群媒體都有內容仲裁，是為消費者服務。如確定內容或是行為有問題，平台的仲裁者會有審核（review）的過程，然後根據臉書守則，判斷是否要移除內容（Gillespie, 2019, p. 330）。

目前，國內也是由《台灣事實查核中心》和《MyGoPen》兩個團體，一同參與谷歌的Claim Review Projects合作計畫。谷歌會把搜尋到的假新聞調到更前面的位置，以便民眾了解。這兩個事實查核組織平時受理民眾申訴的假新聞，並進行查證，然後對外公布，也已成為國內民眾認識假新聞的主要管道。雖說內容仲裁已有一定的作用，但對於若干內容和行為的質疑，有時卻很難形成共識。如有的人認為一張照片構成騷擾；有的人則認為是製造樂趣。有的人認為是憎恨言論；有的人則認為是合法的政治言論（Gillespie, 2019, p. 331）。

另外，查證的假新聞除了文字形式、圖片形式外，影片形式的假新聞也愈來愈多。《MyGoPen》創始人葉子揚說：

> 影片現在快成假新聞主要的形態了，YouTube現在已經是假新聞的主要平台了。數片的數量愈來愈多，有時需要進行影片辨識。因為影片會變形、變長，解析度也會改變。我們很想知道，這些訊息是哪個帳號從什麼時候開始傳播的。但影片搜尋很困難，相信YouTube有辦法找到最早傳播謠言的影片。YouTube是個平台，現在已成了假新聞的重點。（葉子揚，作者親身訪談，訪問時間為2021年1月6日。）

　　YouTube和谷歌一樣，為了對抗假新聞，會在搜尋時做一些排序，並會把不實訊息排在很後面。但常會搜尋不到，對查核單位非常困擾。

　　不過，國內民眾最常使用的LINE平台，因為平台封閉，想進行事實查核也非常困難。在觀察假新聞時，也常看到假訊息會在Line、臉書、YouTube等不同平台傳播，未來的查核必然要在平台之間來回進行，可見平台間的聯繫非常重要。了解臉書政策的受訪者說：

　　　討論平台責任時，大家要思考如何呈現平台的現實面，現在各平台都是單打獨鬥，未來可能要進行跨平台間的事實查核。這時，政府的資訊分享如何更公開？現有的法律也要設法讓集體調查可能實現。（受訪者I，作者親身訪談，訪問時間為2020年10月13日。）

　　有關事實查核的實務面，研究者也指出，在進行事實查核時，有時會出現真相錯覺效應（illusory truth effect），反而會更加鞏固錯誤的假新聞，無法完全根除（Katsirea, 2018）。所謂「真相錯覺效應」為一心理學名詞，意思是指人們較容易把接觸過的資訊當成是正確的。例如一則錯誤的信息不斷在網路上流轉，在大家的大腦中不斷重複曝光，人們的大腦會因為經常接收這種資訊，反而會讓我們對此等信息增加好感，讓我們覺得它是可信的，正所謂「積非成是」。這是人類大腦的弱點，大腦太喜歡重複出現的事物了（關鍵評論網，2019年9月23日）。

　　另一主要原因，則是因為事實查核只能進行有客觀事實的查核，陰謀論、宣傳等無法驗證的假新聞，便不在查核範圍內。

　　同時，國內各個事實查核單位進行假新聞查核時，主要針對客觀事實進行查證，強調的是內容層面。至於科技在假新聞中的角色，明顯著墨較少。國內的查核組織有的靠募款營運，或是嘗試以公司形態運轉，規模目前都相當有限。隨著社群平台類型不同，與之附生的科技濫用也不斷演變，也成為事實查核組織面對的挑戰。

　　雖然事實查核有其限制，不可否認仍能提供經過查證的訊息。但在後真相時代，事實查核組織並未獲致國人完全的信任，以致常在留言處看到民眾質疑，呈現部分人相信、部分人不相信的兩極化現象。

　　為了防治假新聞，也有人主張提高民眾的媒體素養，以減少假新聞造成的危害（Boyd, 2017）。仍有不少學者強調，要想解決假新聞問題，最主要要從新聞教育、媒體識讀、數位素養等著手（Bhaskaran & Nair, 2017; Kathy, 2017; Lauree, 2017)。反對假新聞最主要的武器就是教育，要試著教育民眾了解事實和虛幻的區別（Keith, 2017）。這個工作其實有其困難度。畢竟，數位時代的資訊識讀（information literacy），實比過去複雜許多（Barclay, 2017）。

　　雖然臉書創辦人祖克柏（Mark Zuckerberg）辯駁，臉書只是科技公司，並非媒體；但「美國媒體識讀教育聯盟」（the National Association for Media Literacy Education; NAMLE）執行長利普金（Lipkin）卻認為，臉書已經成為每天供應新聞的媒體

公司，決定使用者所看、所聽、所讀，臉書同時讓使用者相信平台的內容是真的。利普金主張臉書應該加入媒體教育中，教導對象更要從兒童階段即開始（Lauree, 2017）。

同時，在媒體素養的課題中，應該讓民眾有機會認識演算法。演算法是一種進階的數學電腦程式，一般使用者都不太明白什麼是機器學習，程式語法和動態牆是如何運作。他們多半相信，平台是在理性和正確的基礎上運作。我們應該讓使用者能更了解演算法與整個系統的目的（Cohen, 2018, pp. 140-145）。

在此同時，有關平台的究責同樣在進行，要求社群媒體公司要為如此多的假新聞現象負起責任等（Borel, 2017）。為了防治假新聞，民主國家多半要求社群平台必須負起責任。德國尤其有《反憎恨法》對臉書施壓（Bean, 2017）。當代緬甸出現有關族群、宗教的大規模衝突。民眾只要具備很低的科技門檻，就可使用手機，在臉書平台上，看到緬甸嚴重的種族與宗教問題（Plantin & Punathambekar, 2019）。臉書認為自己不能成為內容真實與否的仲裁者，但相信如果多提供一些情境（context），就可以幫助大家決定什麼是可以信任的。

假新聞識讀包含平台與政治

假新聞問題牽涉極多，有太多因素造成假新聞問題難以根絕，平台尤其是其中的關鍵因素。本章從平台為檢討視角，以臉書的演算法為討論重點，並在其中兼論傳統新聞媒體功能衰微與事實查核等新興工作。放在最後來談，實認為平台在當

代假新聞問題中，扮演關鍵的核心角色。假新聞本就是傳統社會所有的產物，之所以引發全球震驚，實因數位科技導致快速的假新聞傳播，以致問題層面不斷擴散，新興的演算法也讓社會新增隱匿的政治同溫層，在政治喜好偏向黨派化與情感動員時，社群平台確實助長了假新聞政治現象。

「假新聞政治」關心的不只是事件真假，而是假新聞的政治性。意即假新聞如何在選舉等政治活動中，成為獲取權力與各種資源的武器。與政治權力爭奪有關的選舉等政治活動，究竟如何利用平台傳播假新聞，刻意強化意識形態的同溫層高牆。另外，以獲利為導向的假新聞，又是如何利用標題吸引注意力，操作民眾的情緒，造成病毒傳播。假新聞不論動機為何，都讓社會付出極大的代價。

平台其實可以在內部調整演算法，或許就能降低假新聞的傷害。例如，平台可以降低特定貼文的觸及率，讓假新聞無法製造病毒傳播。然而，平台的商業模式就是需要大量的使用者流通，才可能增加收入。對於可以帶來流量的訊息，可能不太願意阻擋，假新聞也因此有滋生的空間。

想要提升訊息品質，實在無法拋開平台因素。在平台為王的時代，平台雖不是訊息的產製者，卻對於訊息的惡化，有一定的連帶關係。訊息如果全部崩盤，平台也難有榮景，實為唇齒相依。

第十四章　結論

假新聞政治
民主的難題

　　數位網路革命式的科技創新徹底改變人類的生活，隨之崛起的網路社會（the network society）（Castells, 1996），更是讓人驚嘆。網際網路多元與自主的發展，形成人類史上罕見的虛擬世界，進而開發多一維的活動空間。21世紀的人類已有很多真實的情感與互動，都是在虛擬世界中發生，並建構出「真實的虛擬」（real virtuality）（Castells, 1996／夏鑄九、王志弘等校譯，2000，頁420）。用白話來說，就是在電腦虛擬網路上經驗的感受，是非常真實的。

　　其中，社群媒體科技更創造出龐大多樣的虛擬社群，已經成為21世紀人類生活的重要傳播媒體，資訊的傳播變得自在任性。人手一支手機，在來不及思考間便已和好友分享，眾多不分真假的訊息快速傳播。這是民主的常態，卻同時隱藏資訊操弄隱憂，假新聞也因此快速與大量出現。

　　本書透過兩次選舉的假新聞操作，試圖說明假新聞如何達

到政治動員的目的。本書首先說明，假新聞的形成，與社群平台科技有著密不可分的關係。由於數位社群平台興起，促成人與人之間密切的網路交流。實質的政治討論掩飾社群的虛擬特性，民眾習慣觀看陌生人談論政治，並且按讚分享，社群平台的演算法進一步緊密連結眾人成為虛擬社群，以群體力量參與現實政治。意識形態式的回聲室（echo chambers）以及日益增加的同族意識（tribalism）、情感分享，成了影響社會大眾最好的方法（Albright, 2017, p. 87）。

　　社群平台上的假新聞，在選舉期間更因各種政治策略考量，不但影響選舉，也影響了民主政治。不斷出現的假新聞使政治系統失去功能，更導致疏離感（alienation），並且對所有機構失去信任（Farkas, 2020, p. 46）。

　　社群平台原本屬於開放理性的討論空間，卻因為真實身分的隱匿性，促成言論無責的混亂現象。這些因科技造成的傳播現象，卻非科技能管理追蹤。也因此，民主社會相關的法律規範與言論究責，都無法應用在假新聞的世界中。

　　然而，儘管數位科技是假新聞形成的助因，卻不能認為科技是假新聞的單因。本書提出「假新聞政治」，就是要強調，傳統政治中的宣傳、陰謀操控，依然是當代假新聞政治的核心。

　　本書也想指出，假新聞已經形成另一個難以管理的政治產業。這個產業挾著網路的匿名特質，在選舉期間進行實質的政治對抗。民眾霧裡看花，難以辨別哪些平台、訊息是以金錢對價形成的活動？哪些又是民眾自發的行為？假新聞產業讓網路行銷與選舉政治結合。他們是公司化的馬其頓男孩，在每兩年

一次的選舉中，就能在政治對決的場域中，謀取金錢利益。

　　本書研究指出，選舉是假新聞活躍的舞台，更是假新聞政治淋漓發揮的時機。與「假新聞」政治同時出現的「後真相」政治運作，特別值得觀察。後真相時期的政治人物，充分掌握民眾的情感參與，已多於理性辯論，社群媒體更在其中扮演關鍵的角色。這時，政治人物已不須依賴新聞記者去接近選民；他們自己在社群媒體中就可直接拉近和選民的距離。政治的相關者又會投入資本，在一個個不同的社群媒體中強化連結，各式訊息在重疊、交替與快速流轉的網路互動，以謀取政治利益。

　　本書因此提醒，「假新聞」根本就是個高度政治化的名詞（Katsirea, 2018），假新聞更常用來指涉明顯經事先構想、具有誤導或扭曲的意圖。它通常是政治的，用來進行某種攻擊（McDougall, 2019, p. 15）。美國2016年大選後，政治欺騙類型也最常見（Holan, December 13, 2016），輿論在意的也是假新聞的政治意涵（Allcott & Gentzkow, 2017, p. 213）。目前用來解釋假新聞的定義也常與政治有關，也因此凸顯假新聞的政治性格。

　　從台灣2018、2020年兩次選舉來看，也可明白國內選舉中，不斷操作的假新聞政治，正在改變社會思辨的習慣。由於社群團體形成的同溫層與封閉性，選舉也形成極端的世仇（feud）陣營，世仇團體只和自己人對話，更進一步放大自己的憤怒與對特定事物的看法（Sunstein, 2019, p. 83）。

　　假新聞變得高度政治性，由政治相關人等結合側翼、行銷網路公司動員操作假新聞，以攻擊他們的敵人。選舉期間，由

假新聞主導的政治行動背後，都有一個政治目的。這個政治目的意在改變權力分配現狀，也因此在選舉時刻，有關假新聞變造、分享轉傳，其實都在政治盤算中。因此，本書試圖指出，「假新聞」已經從訊息是否虛假的問題，轉變成政治控制的問題了。這時假新聞已經無關真假，是意在權力與宰制，將衝突正當化的手段（Farkas, 2020, p. 46）。

　　由本書列舉的兩次選舉案例可知，更要注意社群媒體會借用假新聞製造輿論風向。由於社群媒體很快近親繁殖，同樣一則假新聞，總是可以天衣無縫地同時在不同社群媒體中出現，社群追隨者根本難以從假新聞的天羅地網中脫逃。這時，政治類的假新聞就可進行誤導，以產生影響力。在這樣的前提下，假新聞成了一種政治策略。假新聞不僅可以用來進行政治鼓吹，也可以藉著散布假新聞進行操控，以合理化自己的負面行為（Mihailidis, 2019, pp. 343-345）。

第一節　假新聞的政治性格

　　由於社群平台科技已經普及全球，數十億人在社群平台上交流、溝通、議論時事，這真是人類傳播史上值得歌頌的壯舉，無奈卻也伴隨若干後遺症。由於假新聞經常發生在社群媒體間，所以也可能出現同溫層與缺少資訊來源等問題（Bhaskaran, Mishra & Nair, 2017, p. 43）。社群媒體創造個人喜愛的政治泡泡，當回聲室、同溫層等同質化極高的傳播網路形成後，假新聞更加傳播無礙。這時，社群媒體的使用者會連結意識形態類似的其他使用者，進而擴大假新聞的影響力（Allcott

& Gentzkow, 2017, p. 221）。研究亦已證實，同質性高的網路社群會表現出相同的特質和信仰，假新聞找到活動空間，便可以作為政治武器（Brummette, DiStaso, Vafeiadis & Messner, 2018）。

　　假新聞政治奠基於社群平台創造的政治慣習。假新聞可以設計並跟隨平台的步驟、演算法、獲利機制等進行，這是因為假新聞擅長模仿平台想要的內容。所以，如果假新聞騙過平台，一般使用者就會把它當成新聞般傳播。如果伴隨政治信仰，就會像政治信仰的證據般傳播。如果引發很多人參與，就會符合平台的商業利益，那麼，平台可能很不情願去移除。寄生的內容也會把自己設計得很受歡迎、熱門，或是很有新聞價值（Gillespie, 2019, p. 332）。

　　社群媒體形成高同質性的社群，在選舉、公投等政治活動展開時，似已導演各式政治攻擊，仇外與憎恨的言論日增，因此陷入極端政治（Mihailidis & Viotty, 2017）。社群媒體也讓政治人物不在意新聞記者的事實查核，就把假新聞直接傳播給他們的選民。假新聞因此變得高度政治性。這樣的假新聞現象在英、美均可見，可見假新聞政治的普遍性。

　　國內的政治極端現象也是如此，民眾愈來愈習慣使用社群媒體獲得政治訊息。同時，採用假新聞的政治策略，人人都可參與。假新聞仿造新聞樣貌，以掌握人、事、時間的方式傳播訊息，付出的代價卻非常低廉。不需要專家、不需要搜集樣本，就可讓人以為是真實新聞般看待。一則則假新聞像傳統新聞一般，隱藏在所有資訊中，吸引好奇者上鉤。

　　尤其，各式意見在社群平台上，表現出對世界批判的、諷

刺的宣示，不僅為政治相關者製造機會，控制大眾言論；更為政治投機者提供說話的空間。投機者更能公然說謊，如此行事還能不受懲罰（Buckingham, 2017）。同時，網路上虛假的政治新聞常會讓民眾增加憤怒感（Hassel & Weeks, 2016），更加信以為真。

陰謀與宣傳式的假新聞，便因此能在全球形成普遍性的操作。缺乏證據基礎的論述，卻能在社群平台上得到眾多追隨者，更說明陰謀論已成為假新聞政治中的重要策略。也因此在假新聞政治中，會發現各式各樣政治的、科學的、宗教的陰謀論，想對陰謀論進行事實查核充滿了困難，要想找到證據也是不太可能的，就連信仰陰謀論的人也無法驗證（Peters, 2020）。

更麻煩的是，陰謀論很難消失，主因於傳播者和信奉者都真誠地相信，陰謀論的世界是真實存在的。也因此若干主張證據與強調真實的機構，都會因此受到陰謀論波及，這類假新聞無疑是最好的政治武器。

透過陰謀論更可以理解，假新聞根本無關真假，而是關乎政治。重新回顧假新聞的文獻，會發現過多的研究過於拘泥假新聞的真假認知，反而忽略了假新聞的政治性格。這類陰謀論也大量出現在國內選舉中，甚至在選舉後也不曾消退。同時，堅信陰謀論的人與斥之為無稽之談兩者間，完全缺乏對話機制，形成論述比證據重要的政治氛圍。

此外，選舉更是創造假新聞政治對抗的機會，歷次選舉時，網路已成為相當重要的動員工具。然而，實際介入選戰的相關人員，卻利用網路虛擬的特質，在未揭露真實身分的情況

下，進行激烈的選舉廝殺。也可能藉著製造假新聞，讓自己擁護的政治人物獲得政治利益。也因此，假新聞的操作不會只是零星個案，它已經成為政治常態。然而，若有人想反駁，即使找到有限的證據，都無法說出事態的全貌。

遺憾的是，社群平台上的政治操作，完全違反民主公開的精神。在活躍、具有數十萬到數萬粉絲的社群或平台中，只一味推銷極化的政治言論，從不進行政策討論，更無人知道經營者的真實身分。即使平台採取實名制，依然無法清楚分辨，網路上政治立場鮮明的粉絲團體，究竟是死忠的粉絲還是收費操作的網路行銷公司？再縮小範圍來看，哪怕是一個帳號、一則留言，也無法明確說明是真人、還是真人假借機器人所為。

第二節　國內特殊的假新聞政治

台灣是個高度政治動員的社會，不但可以在台灣發現假新聞政治的全球通病，台灣的假新聞政治更具有自己的特殊性。台灣社會由於假新聞政治形成各種催化作用，不但陰謀論成為假新聞的溫床，更特殊的是，台灣社會更深受宣傳式的假新聞轟炸。

和陰謀論相似，宣傳言論一樣缺乏事實依據，更說明行使宣傳論目的在於破壞民眾對真實的認知，進而引發恐懼或憤怒，以達到政治宣傳的目的。本書研究得知，不但台灣內部出現缺乏思辨的宣傳煽動言論，北京政府與無形的親中華人社群，一直在尋找機會，試圖介入台灣政治。其中的手法細膩，超越台灣民眾想像。中國大陸企圖製造假新聞，形成對台灣不

利的政治氛圍，目的就是要擾亂台灣的民主秩序。

另外，由中國資助的社群媒體，刻意雇用台灣人運作，以台灣人熟悉的語言進行假新聞宣傳。類似的假新聞操作，都企圖動搖台灣的民主磐石。

相較俄國使用酸民工廠、暗中購買臉書廣告，對美國社會進行恐怖宣傳；台灣則是不論在推特、臉書、YouTube等任何平台上，都可以發現中國大陸長期、大量的網軍宣傳足跡。中國大陸對台灣發動的宣傳假新聞，在數量與強度上，遠遠超過俄國對美國的宣傳。

同時，大陸的宣傳類假新聞，也經常結合陰謀論，再加上刻意造假。中國大陸大幅操作假新聞政治，確實是台灣目前最主要的問題。

除了中國大陸宣傳攻擊外，台灣的主流媒體無法扮演具有公信力的角色，甚至介入假新聞政治，也是台灣特有的現象。

西方反對使用「假新聞」一詞時，理由之一即是會和真實的新聞媒體混淆，所以寧願用「錯誤訊息」、「虛假訊息」等詞。然而，台灣的傳統媒體與社群媒體相唱和，多次介入假新聞政治，有些民眾甚至信以為真。國內新聞媒體參與傳播假新聞的現象，讓假新聞研究必須增加有關傳統媒體角色的討論；甚至有台灣的傳統媒體與中國媒體協力報導，也讓台灣的假新聞政治更形複雜，已非現有文獻討論到的假新聞形態。

假新聞政治在國內傳統媒體已經風雨飄搖時，更加速台灣新聞媒體向下墜落的速度。台灣媒體會形成如此生態，實因台灣對立的政治意識形態，已經劃出媒體市場區隔的分界。「網路極端化」（the internet polarizes）必須觀照對應的政治環境變

化（Benkler, Faris, & Reberts, 2018）。政治意識形態驅動特定的政治信仰，徹底犧牲新聞真實的價值。新聞媒體難以獲得民眾信任，不僅是因為假新聞，更多的是新聞媒體已經失去客觀中立的角色。

混淆的國家認同製造政治極端對立，這是基於台灣特定的歷史緣起，國家認同情結也造成國內在兩岸議題、台灣未來等議題上難有共識，在選舉時更容易加深仇恨。

所以，我們碰到的難題不完全是分辨真假，而是如何解決假新聞引發國家認同、政治意識形態等政治問題。然而，弔詭的是，當我們想要解決假新聞的問題以維繫民主時，我們可能對民主造成更大的威脅。

假新聞為社群平台上，難以確定發言者身分的言論，卻是民眾言論自由的一環。人們平時私下說話時，本來就有真有假；然而，平台上的發言，卻因為演算法得到更多追隨者，導致假新聞影響力增大時，又該如何追究源頭責任？在網路上說假話，是民主社會的言論自由？還是破壞民主的不當言論？

在政治極端化的數位環境中，要評價假新聞，實比過去更加困難（Frederiksen, 2017）。美國前總統川普使用訊息的行為不依常規，卻仍有1千6百萬個追隨者看到這些訊息（Warzel & Vo, 2016）。有人主張列出假新聞網站清單，在瀏覽器註明是假新聞，再把有問題的臉書貼文標示出來，以消除假新聞（Borel, 2017）。也有持不同意者強調，標示教宗支持川普是假新聞，並不會讓相信者改變立場，反而可能激化極端立場的民眾（Boyd, 2017)。

可預期的是，在操弄假新聞的政治性而獲得政治利益的團

體，不可能放棄假新聞作為選戰策略。台灣的主流新聞媒體自甘配合政治，也捨棄自身提供社會辯論政策的責任與義務。台灣海峽對岸的北京政權，更以人數的絕對優勢，對台灣民眾進行假新聞宣傳。在這樣的局勢下，似乎只能期盼台灣選民能發揮集體智慧，體現公民精神。

目前民主國家是把事實釐清要務交給事實查核組織。事實查核組織關心的是事實，可以就事實進行查核（Waldman, 2018, p. 848）。然而，政治事件經常涉及陰謀論、宣傳，情形則完全不同。政治類的假新聞影響甚鉅，政治傳播與討論可能涉及立場偏好、意識形態，想進行公共討論都很難。這時，就有待公民自覺。

本書想提醒，企圖符應真實的虛假操作，已經是選舉的常態。假新聞政治是民主社會的一環，就像傳統政治會用高明的騙術一般。因此，如何視破假新聞、或是暫時存疑，便成為社會大眾極大的考驗。

整體來看，民主社會本就應鼓勵民眾對政治議題表示意見，網路化社會形成的假新聞政治，因為網路快速傳播而形成的政治效應，更是前所未見，這些已是當代公民應具備的公民素養。

即使無法消弭權力遊戲製造的虛假深淵，本書想發問以下幾個問題：民主常態若必然存在假新聞操作的空間，民眾又該如何面對假新聞政治？有了平台科技、產業助力，公民在網路上是否有更大的發言權？民眾是否因為普及全球的社群平台，更加了解民主與公共討論的重要性？在假新聞時代中，民主還能存活嗎？

　　本書已試圖就假新聞現象，提出分析和詮釋。接下來希望能引起大眾反思。這些反思，比什麼都重要。

誌　謝

　　我在新冠疫情肆虐全球時，著手撰寫本書。心裡的忐忑不安，不是因為看不見的病毒，而是體會到個人的意志力量，其實非常有限。

　　作為一名新聞記者、新聞學者，我經歷了媒體解嚴、媒體風生、媒體轉型、媒體失勢等不同時期。35年時光飛逝，當我慢慢變老的時候，全新的傳播現象仍不斷發生。即使我卯足勁追趕，不敢怠慢各類新興議題，我還是落後於千變的傳播世界中。

　　震撼全球的2016年英、美假新聞事件，提醒我自2017年起，開始關注台灣社會的假新聞動態。在科技部計畫的支持下，我進行三年的研究，並自2020年初動筆寫作。

　　感謝三年來，先後參與假新聞研究的眾多同學。謝謝年輕的你們，協助我認識原本陌生的虛擬網路世界，並和我一起打撈案例、連結事件與重建真實。

　　感謝匿名評審。你們中肯的批評指正，幫助我在學術領域繼續成長。

　　感謝聯經出版公司。在我孤獨寫作的道路上，看見遠方留

了一盞燈。

　　感謝我的家人。我的姊姊、弟弟、先生、兒子，還有在天上的爸媽和女兒。

　　因為有你們，我從不灰心。

林照真寫於 Covid-19

參考書目

1號課堂（2019年1月7日）。〈人人都可能受害！Deepfake事件揭露的假影片問題〉，《遠見雜誌》。取自：https://www.gvm.com.tw/article/55519

Chang-Chien, A.(2018年11月5日)。〈Troll：噴子、酸民與大選〉，《紐約時報中文網》。取自：https://cn.nytimes.com/culture/20181105/wod-troll/zh-hant/

Hami書城（2017年5月11日）。〈台灣被檢舉的假消息，三成來自中國？〉。取自：https://blog.hamibook.com.tw/新聞時事／台灣被檢舉的假消息，三成來自中國？

Ho, N,（2020年7月31日）。〈遭抵制仍繳出好成績，Facebook Q2 營收增11%、獲利翻倍〉，《財經新報》。取自：https://finance.technews.tw/2020/07/31/facebook-2020-q2/

IORG（2020）。〈中國對台資訊操弄及人際滲透研析〉。《IORG》，取自：https://iorg-tw.github.io/documents/iorg-model-2-tw.pdf

Lancelot（2018年9月5日）。〈蔡英文在忠烈祠內吐口水？詭異影片網路瘋傳 慢動作讓你看清楚〉，《網路溫度計》。取自：https://dailyview.tw/popular/detail/2599

Liao,L（2019.June 21）. Social media outlets implement self-regulation to limit fake news. 《中央廣播電台》。取自：https://en.rti.org.tw/news/view/id/2001356

Koerth-Baker, M.（2013年10月21日）。〈為什麼理性的人會相信陰謀論？〉，《紐約時報中文網》。取自：https://cn.nytimes.com/health/20131021/t21conspiracy/zh-hant/

READr（2019年12月20日）。〈她們宣告誰的「投票意志」？解密社群洗版標籤〉，《READr》。取自：https://www.readr.tw/post/2086?fbclid=IwAR3mNLf0tHMYDnsLIx0bzwmMnHn2GS2IAkTYBFcj5i808rUVZVv3fuWYmbI

READr（2019年12月14日）。〈【2020臉書參戰】Facebook昨天刪了哪些韓粉專頁〉，《READr》。取自：https://www.readr.tw/post/2084

TVBS（2018年9月4日）。〈網傳蔡總統秋祭「吐口水」畫面　府：極其惡意〉，《TVBS新聞網》。取自：https://news.tvbs.com.tw/politics/986352

TVBS（2017年7月22日）。〈「滅香」說燒全台 綠營視紅色假新聞〉，《TVBS新聞網》。取自：http://news.tvbs.com.tw/politics/748928

工商時報（2019年11月18日）。〈台商資金「實際匯回」竟是0元？經濟部認了〉。取自：https://ctee.com.tw/news/policy/176076.html

王霜舟（2021年5月7日）。〈香港用打擊「假新聞」進一步收緊媒體控制〉，《紐約時報中文網》。取自：https://cn.nytimes.com/china/20210507/hong-kong-media-fake-news/zh-hant/

于芥（2019年12月23日）。〈两岸关系「困」在哪儿〉，《人民網》。取自：http://tw.people.com.cn/n1/2019/1223/c14657-31517690.html

王榮輝譯。《過濾氣泡、假新聞與說謊媒體：我們如何避免被操弄？》（台北：麥田出版，2019）。原書Theisen, M. [2019]. *Nachgefragt: Medienkompetenz in zeiten von fake news*.Blindlach, Germany: Loewe Verlag HmbH.

王銘宏（2018年10月12日）。〈「抓到了？！」用數據分析鳥瞰PTT政治文帳號（上）〉，《Matters》。取自：https://matters.news/@tonymhwang

王子瑄（2020年1月3日）。〈挺韓大姊昨日病逝 遺願：票投2號韓國瑜！〉，《中時電子報》。取自：https://www.chinatimes.com/realtimenews/20200103001521-260407?chdtv

王子瑄（2019年12月30日）。〈《反滲透法》若通過 韓粉痛哭：不敢探親了！〉，《中時電子報》。取自：https://www.chinatimes.com/realtimenews/20191230002977-260407?chdtv

王子瑄（2019年12月25日）。〈韓國瑜上《博恩》 韓粉：看得心好痛〉，《中時電子報》。取自：https://www.chinatimes.com/realtimenews/20191225001339-260407?chdtv

王子瑄（2019年12月7日）。〈抓到了！民進黨屏東造勢驚見「便當長城」〉，《中時電子報》。取自：https://www.chinatimes.com/realtimenews/20191207002040-260407?chdtv

王可蓉（2018年9月5日）。〈淹成这样， 想到，中国领事馆来接人，台湾同胞 …〉，《觀察者網》。取自：https://www.guancha.cn/internation/2018_09_05_470949.shtml

王威智（2018年9月6日）。〈「我拿中國護照、我驕傲」 關西機場中使館專車畫面曝光〉，《蘋果即時》。取自：https://tw.appledaily.com/politics/20180906/G3F2WLICPWS2LHVHKH32XSSM2E/

中時電子報（2019年12月17日）。〈大選有漏洞！中選會擅改規則 空白選票恐成輸贏關鍵〉，《中時電子報》。取自：https://www.chinatimes.com/realtimenews/20191217000997-260407?chdtv

中時電子報（2017年5月27日）。〈大陸遊客實拍台灣街景：和柬埔寨很像〉，《中時電子報》。取自：https://www.chinatimes.com/realtimenews/20170527002844-260405

中央社（2020年2月12日）。〈中天遭NCC罰120萬 登革熱補助卡韓報導未查證〉，《中央社》。取自：https://www.cna.com.tw/news/firstnews/202002125010.aspx

中央社（2019年12月22月）。〈中央社啟事〉，《中央社》。取自：https://www.cna.com.tw/news/firstnews/201912220045.aspx

中央社（2019年12月23日）。〈韓國瑜後援會等社團粉專消失 臉書：違反社群守則〉。取自：https://www.cna.com.tw/news/aipl/201912130090.aspx

中央社（2018年3月20日）。〈5千萬個資洩給川普顧問公司 臉書調查〉，

《中央社》。取自：https://www.cna.com.tw/news/firstnews/201803200035. aspx

中評社（2020年1月6日）。〈蔡黏著度比不上韓 台南難再綠油油〉。取自： http://hk.crntt.com/doc/1056/5/5/5/105655577_2.html

中評社（2019）。〈中國評論通訊社傳播與影響力分析報告〉，《中評 社》。取自：http://bj.crntt.com/crn-webapp/about2014/aboutus_1.html。

中國台灣網（2019年11月19日）。〈「7千亿」原来是「0元」！蔡英文还要 吹破多少「牛皮」？〉，《中國台灣網》。取自：http://www.taiwan.cn/ plzhx/plyzl/201911/t20191119_12219415.htm

中國台灣網（2019年11月19日）。〈民进党为选举透支撒钱 是疯狂的败 家子行为〉，《中國台灣網》。取自：http://www.taiwan.cn/plzhx/ wyrt/201911/t20191119_12219267.htm

孔德廉、柯皓翔、劉致昕、許家瑜（2019年12月26日）。〈打不死的內容農 場——揭開「密訊」背後操盤手和中國因素〉。《報導者》。取自： https://www.twreporter.org/a/information-warfare-business-content-farm- mission

孔德廉（2018年9月27日）。〈誰帶風向：被金錢操弄的公共輿論戰 爭〉，《報導者》。取自：https://www.twreporter.org/a/disinformation- manufacturing-consent-the-political-economy

尤寶琪（2019年7月22日）。〈孕婦也打！香港白衣人元朗暴行曝光〉， 《聯合新聞網》。取自：https://udn.com/news/amp/story/6809/3943926

民報（2019年3月14日）。〈200萬斤文旦丟曾文溪？農糧署：假新聞！ 不更正就提告〉，《民報》。取自：https://www.peoplenews.tw/ news/0389e30d-9bc9-49b0-97e8-b041179758f8

民主進步黨（2019年11月18日）。〈【護國會、保台灣】讓民主 與進步，成為國會的多數〉，取自：https://www.youtube.com/ watch?v=XRdmmsUonLI&ab_channel=%E6%B0%91%E4%B8%BB%E9%8 0%B2%E6%AD%A5%E9%BB%A8

台灣事實查核中心（2020年7月22日）。〈【錯誤】網傳影片宣稱「2020大選

的大規模舞弊」？〉取自：https://tfc-taiwan.org.tw/articles/4204

台灣2020總統大選作票大暴光（2020年3月31日）。取自：https://youtu.be/-MYj-5_IKew

台灣事實查核中心（2020年1月11日）。〈【錯誤】網傳影片「票是這樣唱2號喊蔡英文得票」？〉取自：https://tfc-taiwan.org.tw/articles/1959

台灣事實查核中心（2020年1月6日）。〈【錯誤】網傳圖片「看看這個當年頭『國防布』條，背后拉著:【X拎娘國防部】。帶頭反國防部，羞辱中華民國三軍的人！」？〉，《台灣事實查核中心》。取自：https://tfc-taiwan.org.tw/articles/1861

台灣事實查核中心（2019年9月17日）。〈【錯誤】網傳影片「看看香港，黃之鋒的惡行惡狀，充分沒有教養的港獨暴力分子，欺負老人家算什麼好漢」，《台灣事實查核中心》。取自：https://tfc-taiwan.org.tw/articles/834?

石秀華、楊適吾（2019年10月14日）。〈【蘋果查真假】「韓國瑜真的是草包」看板　高雄街頭原照曝光〉，《蘋果即時》。取自：https://tw.appledaily.com/politics/20191014/4F2IBH2KCQ3AZLXNDV7J5T7GHE/

自由時報（2019年12月19日）。〈殘忍！北京頒布限狗令　要求飼主自行處置愛犬〉，《自由時報》。取自：https://news.ltn.com.tw/news/world/breakingnews/3013570?%20fbclid=IwAR2yu9jE873rE9bfzYabfj6etmtAVz1_fToZojhbv5XTwm16JKZFX5yYfV

自由時報（2019年12月2日）。〈「控制民調公司」卡韓？中華電信打臉！〉，《自由時報》。取自：https://news.ltn.com.tw/news/politics/breakingnews/2996245?fbclid=IwAR1L4bpmX4obVoDSbIHF7yzH7y0_EzMGesmaw0_AeRIUYB9wYFozYPZ9myE

自由時報（2019年7月19日）。〈市長生氣了？網友貼出淹水照片 傳遭韓國瑜粉專封鎖！〉，《自由時報電子報》。取自：https://news.ltn.com.tw/news/politics/breakingnews/2858238

江雅綺（2021年2月22日）。〈「新聞有價」之戰，臉書祭封殺、Google為何願意對澳洲讓步〉，《報導者》。取自：https://www.twreporter.org/a/

opinion-why-google-caved-to-australia-news-media-bargaining-code

江良誠（2018年9月15日）。〈蔡英文批假新聞操弄選舉 有組織有目的攻
　　擊〉，《聯合新聞網》。取自：https://udn.com/news/story/6656/3369097

李慈音（2019年12月20日）。〈網紅比神祕手勢串連「宣告我的投票
　　意志！」〉，《中時電子報》。取自：https://www.chinatimes.com/
　　realtimenews/20191220001949-260407?chdtv

李秉芳（2019年12月20日）。〈中國「限狗令」傳大型犬遭安樂死惹議，
　　警方：行之多年，不是滅狗〉，《關鍵評論網》。取自：https://www.
　　thenewslens.com/article/129033

李承穎（2018年10月7日）。〈打假新聞玩真的⋯⋯首波抓到這些咖 警
　　方很為難〉，《聯合新聞網》。取自：https://theme.udn.com/theme/
　　story/6773/3408108

李名（2020年1月3日）。〈恐慌又憤怒！民進党当局强推恶法后，大陆台商
　　酝酿「回台自首」〉，《環球時報》。取自：https://taiwan.huanqiu.com/
　　article/9CaKrnKoFWT

李宇（2019年11月23日）。〈蔡英文台東造勢圖曝光 網友：不是民調
　　過半嗎？〉，《中國台灣網》。取自：http://www.taiwan.cn/taiwan/
　　jsxw/201911/t20191123_12220262.htm

李明（2019年12月26日）。〈蔡英文的終極血滴子〉，《中國時報》。A14
　　社論。

李俊毅（2020年1月8日）。〈論文門變國際醜聞？《紐約時報》訪問
　　彭文正！〉，《中時電子報》。取自：https://www.chinatimes.com/
　　realtimenews/20200108001138-260407?chdtv

李俊毅（2020年1月8日）。〈175位博士查蔡英文「論文門」終於有驚
　　人進展！〉，《中時電子報》。取自：https://www.chinatimes.com/
　　realtimenews/20200108003654-260407?chdtv

李俊毅（2020年1月3日）。〈黑鷹失事／傻眼！英粉專爆陰謀論他怒嗆後
　　下場曝光⋯⋯〉，《中時電子報》。取自：https://www.chinatimes.com/
　　realtimenews/20200103001106-260407?chdtv

李俊毅（2019年12月4日）。〈國安局硬上！派兩司機監控李佳芬 韓營傻眼〉，《中時電子報》。取自：https://www.chinatimes.com/realtimenews/20191204003499-260407?chdtv

李俊毅（2018年11月16日）。〈獨家〉韓國瑜遭抹紅讀北大光華學院 創辦方：他從沒上過課！〉，中時新聞網。取自：https://www.chinatimes.com/realtimenews/20181116001851-260407?chdtv

李仲維（2019年12月31日）。〈民進黨強推反滲透法 陸學者：有三個圖謀〉，《聯合新聞網》。取自：https://udn.com/news/story/7333/4259798

汪曙申（2019年12月31日）。〈汪曙申：民进党强推「反渗透法」的图谋〉，《環球時報》。取自：https://opinion.huanqiu.com/article/9CaKrnKoCKB

吳家豪、余祥（2019年12月13日）。〈韓國瑜後援會等社團粉專消失 臉書：違反社群守則〉，《中央社》。取自：https://www.cna.com.tw/news/aipl/201912130090.aspx

吳妍（2021年10月21日）。〈證實蔡英文也成受害者 陳明通認AI換臉恐成國安危機〉，《鏡週刊》。取自：https://www.mirrormedia.mg/story/20211021edi008/

吳家豪（2019年11月12日）。〈臉書廣告刊登政策正式納入台灣 維持選舉公正〉，《中央社》。取自：https://www.cna.com.tw/news/firstnews/201911120092.aspx

吳賜山（2018年10月24日）。〈網軍抓到了？ 網友抽絲剝繭發現挺韓國瑜推文來自「世界各地」〉，《新頭殼》，取自：https://newtalk.tw/news/view/2018-10-24/157129

周毓翔、吳家豪、林縉明、崔慈悌、林宏聰（2020年1月1日）。〈反滲透法民進黨鴨霸三讀！綠色恐怖 人人自危〉，《中時電子報》。取自：https://www.chinatimes.com/newspapers/20200101001269-260118?chdtv

林奕甫（2019年8月23日）。〈【圖表】突然都會講中文，拆解中國Twitter網軍的行為模式〉，《關鍵評論網》。取自：https://www.thenewslens.com/article/123805?fbclid=IwAR0pPitJZ9aO4XYAtcpXNIhmk3iCiu2ODOc9C1Js q7AuCXuPIgXK4wDSXL0

林勁傑（2020年1月3日）。〈記住67人　讓台商台生回不了家〉。《中時電子報》。取自：https://www.chinatimes.com/newspapers/20200103000546-260118?chdtv　https://www.chinatimes.com/newspapers/20200101001269-260118?chdtv

林淑玲（2020年1月9日）。〈韓勢頭已超越馬英九巔峰時期〉，《中國評論新聞網》。取自：http://hk.crntt.com/doc/1056/5/8/8/105658836.html

林淑玲（2019年12月9日）。〈社評：邱義仁重出江湖　韓國瑜逆轉勝的訊號〉，《中國評論新聞網》。取自：http://hk.crntt.com/doc/1056/2/4/6/105624603.html

林雍琔（2018年11月21日）。〈驚悚！網友號召暗殺韓國瑜　韓辦：教唆殺人將提告〉，《聯合新聞網》。取自：https://video.udn.com/news/976222

林勁傑（2019年7月15日）。〈陸國防部發東南沿海軍演　官媒：大規模5大軍種聯合參演〉，《中時電子報》。取自：https://www.chinatimes.com/realtimenews/20190715002083-260409?chdtv

林縉明、趙婉淳、曾薏蘋（2019年12月27日）。〈抓到了！藍營爆　綠透過謝長廷創辦的基金會滲透校園〉，《中時電子報》。取自：https://www.chinatimes.com/realtimenews/20191227002008-260407?chdtv

林国华（2019年11月21日）。〈蔡英文的未來路線很清楚，堅持一國兩制台灣方案！〉，取自：https://youtu.be/ydjIuArkKSA

明報新聞網（2019年8月20日）。〈【逃犯條例】8‧11爆眼少女出院　右眼無法視物〉，《明教新聞網》。取自：https://news.mingpao.com/ins/%E6%B8%AF%E8%81%9E/article/20190820/s00001/1566299150019

波波（2019年6月14日）。〈抗議臉書控管假消息不力 人們用Deepfake自製祖克柏影片反諷〉，《地球圖輯隊》。取自：https://dq.yam.com/post.php?id=11225

邱怡萱（2019年11月17日）。〈韓國瑜頻爆金句　韓營非典型選戰打法解析〉，《中時新聞網》，取自：https://www.chinatimes.com/realtimenews/20191117000006-260407?chdtv

邱俊福（2019年7月28日）。〈造謠吳宗憲為陳菊人馬　男大生被約談 急道歉〉，《自由時報電子報》。取自：https://news.ltn.com.tw/news/politics/paper/1306484

邱俊福（2019年7月25日）。〈臉書散布「蔡英文送海地45億」假訊息 警送辦3人〉，《自由時報電子報》。取自：https://news.ltn.com.tw/news/society/breakingnews/2863601

邱學慈（2019年1月9日）。〈PTT原始資料全揭露！「韓流」怎麼造出來的？〉，《天下雜誌》。取自：https://www.cw.com.tw/article/article.action?id=5093610

風傳媒（2018年7月30日）。〈觀點投書：揭「靠北民進黨」幕後，內容農場23歲創辦人稱監督政府〉，《風傳媒》。取自：https://www.storm.mg/article/466956?page=2

柯宗緯（2018年11月15日）。〈獨家〉又被抹紅「中共栽培台灣接班人」韓國瑜震怒下周一提〉，《中時新聞網》。取自：https://www.chinatimes.com/realtimenews/20181115004275-260407?chdtv

洪德諭（2020年1月7日）。〈中評關注：韓二赴基隆看到勝選契機〉，《中國評論新聞網》。取自：http://hk.crntt.com/doc/1056/5/6/5/105656588.html

洪翠蓮（2021年2月20日）。〈囧了！華春瑩反問為什麼中國人不能用推特？網爆笑〉，《新頭殼》。取自：https://newtalk.tw/news/view/2021-02-20/538775

高易伸（2018年11月22日）。〈中評關注：陳其邁選前之夜為何空白90分鐘〉，《中評社》。取自：http://www.crntt.tw/doc/1052/5/8/8/105258857.html?coluid=93&kindid=5670&docid=105258857

徐如宜（2019年12月3日）。〈愛河魚群跳岸！韓粉喊：「韓國瑜回來了」，韓黑酸：魚集體輕生〉，《聯合新聞網》。取自：https://udn.com/news/story/6656/4202510

徐有義（2019年12月2日）。〈讀者投書〉國民黨撿到火箭砲？想太多，楊蕙如只是生意人〉，《新頭殼》。取自：https://newtalk.tw/news/

view/2019-12-02/334872

桃青們（2019年11月29日）。〈不為人知的宅卡啦專訪〉，《桃青們》。取
　　自：https://www.youtube.com/watch?v=lIkGkVxOuf0

夏鑄九、王志弘等校譯。《網路社會的崛起》（台北：唐山出版社，
　　2000）。原著Manuel Castells, M. *The Rise of the Network Society*（New
　　York, NY: Wiley- Blackwell, 1996）.

翁嫆玡（2018年10月16日）。〈粉絲頁湧外國帳號按贊、洗愛心　陳其
　　邁告了！〉，《ETToday東森雲》。取自：https://www.ettoday.net/
　　news/20181016/1282559.htm

翁郁雯、朱韋達（2018年10月16日）。〈陳其邁、陳菊喊告 李榮貴挑
　　釁：歡迎〉，《三立新聞網》。取自：https://www.setn.com/News.
　　aspx?NewsID=443275

陶本和（2020年1月8日）。〈澳媒：王立強收到蔡正元、大陸商人提供「劇
　　本」、死亡恐嚇〉，《ETtoday新聞雲》。取自：https://www.ettoday.net/
　　news/20200108/1620973.htm#ixzz6B7Ldtsod

陶本和（2020年1月7日）。〈TIME：台灣選舉被惡毒演員炒作假訊息主
　　導　韓國瑜曾提古怪承諾〉，《ETtoday新聞雲》。取自：https://www.
　　ettoday.net/news/20200107/1619436.htm

陶本和（2019年12月20日）。〈證實廠商付款操作「＃宣告我的投票意志」
　　眾多女網紅被圍剿急刪文〉，《ETtoday新聞雲》。取自https://www.
　　ettoday.net/news/20191220/1606129.htm#ixzz6gxvzwhKb

乾隆來（2020年9月16日）。〈深偽技術讓川普高唱「我愛你，中國」　美國
　　大選最怕的奧步 谷歌、臉書全力擋〉，《今周刊》。取自：https://www.
　　businesstoday.com.tw/article/category/80392/post/202009160032

馬蕭蕭（2019年11月19日）。〈「7千亿」原 是「0元」！蔡英文 要吹破多
　　少「牛皮」？〉，《中國台灣網》。取自：http://www.taiwan.cn/plzhx/
　　plyzl/201911/t20191119_12219415.htm

崔明軒（2019年11月21日）。〈国民党批蔡英文「台商回流投資7000亿」：
　　假回流，真騙票〉，《環球時報》。取自：https://taiwan.huanqiu.com/

article/9CaKrnKnU9G

陳韻律（2020年1月8日）。〈中選會：大選假訊息多，已移送128件〉，《中央社》。取自：https://www.cna.com.tw/news/firstnews/202001080216.aspx

陳憶寧、溫嘉禾（2020）。〈台灣臉書使用者的隱私行為研究：劍橋分析事件之後〉，《傳播與社會》，（54）：27-57

陳俊雄（2019年12月22日）。〈質疑照片卻遭中央社揚言提告 游淑慧：到底誰有問題？〉，《中時電子報》。取自：https://www.chinatimes.com/realtimenews/20191222001832-260407?chdtv

陳佳君（2019年12月17日）。〈名單一次揭露！總統候選人後援會粉絲專頁為何遭砍〉，《公視P#新聞實驗室》。取自：https://newslab.pts.org.tw/news/151?fbclid=IwAR0qBNJfLVrRJWwauJ4Qo3aeAy7w3zZUZhp2-DzEowsVRhedpnX1baZdRbc

陳佳琦（2019年5月5日）。〈查不到！陳其邁廣告遭惡搞與被李榮貴抹黑 兩案皆簽結〉，《新頭殼》。取自：https://newtalk.tw/news/view/2019-05-06/242580

陳宇義（2019年10月28日）。〈韓國瑜主張「中國孕婦來台納健保」網：台灣變香港！〉，《芋傳媒》。取自：https://taronews.tw/2019/10/28/510512/

陳佑元，張立陵耳（2019年10月15日）。〈看板掛「韓國瑜真草包」？　網友修圖業者困擾〉，《TVBS新聞》。取自：https://news.tvbs.com.tw/politics/1217203

陳志賢（2018年11月20日）。〈網友臉書留言「暗殺韓國瑜」檢警嚴防〉，《中時電子報》。取自：https://www.chinatimes.com/realtimenews/20181120002752-260402?chdtv

陳弘美（2020年1月3日）。〈林靜儀被德媒狠打臉！網犀利統整被讚爆〉，《中時電子報》。取自：https://www.chinatimes.com/realtimenews/20200103002286-260407?chdtv

陳弘美（2019年12月9日）。〈第一軍師出馬 港媒驚：民進黨選情

不妙了〉，《中時電子報》。取自：https://www.chinatimes.com/
　　realtimenews/20191209000996-260407?chdtv

陳弘美（2019年11月23日）。〈蔡台東造勢俯拍圖曝光 網驚：不是民
　　調50趴？〉，《中時電子報》。取自：https://www.chinatimes.com/
　　realtimenews/20191123001097-260407?chdtv

陳文嬋（2018年11月20日）。〈韓國瑜列名北京大學畢業生 基進黨：送他回
　　北京發展〉，《自由時報》。取自：http://election.ltn.com.tw/2018/news/
　　KaohsiungMayor/breakingnews/2618240

陳君碩（2020年1月2日）。〈昔批白色恐怖濫殺 今操弄戒嚴抗中〉，
　　《中時電子報》。取自：https://www.chinatimes.com/amp/realtimene
　　ws/20200102000492-260509

張加（2021年2月19日）。〈新聞付費大戰／臉書反擊防連鎖效應· 谷
　　歌先威脅後妥協〉，《聯合新聞網》。取自：https://udn.com/news/
　　story/6809/5260094?from=udn-relatednews_ch2

張嘉文（2020年1月10日）。〈韓國瑜凱道造勢大成功　攻頂有望〉，《中國
　　評論新聞網》。取自：http://hk.crntt.com/doc/1056/6/0/7/105660711.html

張怡文（2019年12月19日）。〈1450「英」不散 韓粉社團被消失的
　　祕密〉，《中時電子報》。取自：https://www.chinatimes.com/
　　realtimenews/20191219005080-260407?chdtv

張嘉哲（2018年11月22日）。〈抓到了，PTT留言「誓殺韓國瑜」工程
　　師被逮〉，《新頭殼》。取自：https://newtalk.tw/news/view/2018-11-
　　22/170386

張晨靜（2019年11月20日）。〈蔡英文吹噓台商回台投資已近7000亿新台
　　币，「经济部次长」坦言实际是零〉，《觀察者網》。取自：https://
　　www.guancha.cn/politics/2019_11_20_525765.shtml

張語庭、楊馨（2019年12月22日）。〈批反滲透法 人民日報：渲染恐怖氣氛
　　挑動兩岸對抗〉，《中時電子報》。取自：https://www.chinatimes.com/
　　realtimenews/20191222001595-260409?chdtv

張語庭（2019年12月31日）。〈陸學者：民進黨強推「反滲透法」有

三個圖謀〉，《中時電子報》。取自：https://www.chinatimes.com/realtimenews/20191231003228-260409?chdtv

國家通訊傳播委員會（2019年4月1日）。〈新聞稿〉，《國家通訊傳播委員會》，取自：https://www.ncc.gov.tw/chinese/news_detail.aspx?site_content_sn=8&cate=0&keyword=&is_history=0&pages=7&sn_f=41246

國家通訊傳播委員會（2020年11月18日）。〈新聞稿〉，《國家通訊傳播委員會》。取自：https://www.ncc.gov.tw/chinese/news_detail.aspx?site_content_sn=8&cate=0&keyword=&is_history=0&pages=0&sn_f=45332

國家發展委員會（2019）。《108年持有手機民眾數位機會調查報告》。執行單位：聯合行銷研究股份有限公司。

莊蕙嘉（2021年2月19日）。〈抵制新法 臉書屏蔽澳洲新聞〉，《聯合新聞網》。取自：https://udn.com/news/story/6809/5260096

程啟峰（2019年7月9日）。〈男子造謠總統勘災裝甲兵荷槍實彈 雄檢不起訴〉，《中央社》。取自：https://www.cna.com.tw/news/firstnews/201907090213.aspx

極客公園（2019年6月20日）。〈Adobe做了一個「反P圖」工具，用機器學習將「照騙」打回原形〉，《數位時代》。取自：https://www.bnext.com.tw/article/53709/adobe-anti-ps-tool

啮花熊（2020年1月3日）。〈台空军黑鹰疑撞山：从陆军抢来的该机缺两项关键设备〉，《新浪軍事》。取自：https://mil.news.sina.com.cn/jssd/2020-01-03/doc-iihnzhfz9982959.shtml

溫貴香（2019年12月29日）。〈蔡英文質疑簽無色覺醒 韓國瑜反批賣台〉，《中央社》。取自：https://www.cna.com.tw/news/aipl/201912290128.aspx

黃欣柏（2019年10月4日）。〈被爆出席「台灣一國兩制研究協會」，黃昭順：拿2012年照片移花接木〉，《自由時報》。取自：https://news.ltn.com.tw/news/politics/breakingnews/2935837

黃順祥（2019年12月20日）。〈「宣告我的投票意志」神祕標記大量洗版 小模、實況主成主要媒介〉，《新頭殼》。取自：https://newtalk.tw/news/view/2019-12-20/343092

黃彥誠（2018年12月15日）。〈【抓到造謠者】受困關西機場稱「靠中國脫困」法官裁定男大生免罰〉，《上報》。取自：https://www.upmedia.mg/news_info.php?SerialNo=54166

黃麗蓉（2020年1月9日）。〈港媒：韓國瑜勢頭 已超越馬英九巔峰時期〉，《中時電子報》。取自：https://www.chinatimes.com/realtimenews/20200109000058-260407?chdtv

黃有容、許素惠（2019年11月19日）。〈經部坦承 境外匯回資金0元！台商回流7000億攏是假 小英膨風騙票〉，《中時電子報》。取自：https://www.chinatimes.com/newspapers/20191119000504-260110?chdtv

黃福其、吳家豪、趙雙傑（2019年12月30日）。〈韓營轟尹立獨拿19標案 獲新潮流豢養吃到流油〉，《中時電子報》。上網日期：2020年1月28日，取自：https://www.chinatimes.com/realtimenews/20191230002187-260407?chdtv

黃福其（2019年12月27日）。〈泛藍再爆 徐佳青指揮新系網軍 成果呈報蔡〉，《中時電子報》。取自：https://www.chinatimes.com/newspapers/20191227000609-260118?chdtv

黃福其、楊馨（2019年12月26日）。〈藍營爆 黑韓產業源頭就是民進黨中央 「二代網軍」計畫曝光〉，《中時電子報》。取自：https://www.chinatimes.com/realtimenews/20191226002176-260407?chdtv

黃福其、趙婉淳（2019年12月24日）。〈抓到了！藍營公布卡神網軍上線：直屬民進黨主席蔡英文〉，《中時電子報》。取自：https://www.chinatimes.com/realtimenews/20191224001741-260407?chdtv

黃麗芸（2018年11月22日）。〈網友PTT發文誓殺韓國瑜 刑事局逮工程師〉，《中央社》。取自：https://www.cna.com.tw/news/asoc/201811220120.aspx

曾博恩（2020年7月17日）。〈回應博恩夜夜秀收費爭議〉，《STR Network》。取自：https://www.youtube.com/watch?v=j8G17M0P74M&ab_channel=STRNetwork

葛祐豪（2018年11月11日）。〈暗黑網軍操作政見會前預告 陳其邁深夜譴

責戴耳機假資訊〉，《自由時報》。取自：https://news.ltn.com.tw/news/politics/breakingnews/2608709

楊清緣（2020年4月10日）。〈抓到了！陸網軍假台人「向譚德塞道歉」指導文曝光〉，《新頭殼》。取自：https://newtalk.tw/news/view/2020-04-10/389268

楊幼蘭（2020年1月3日）。〈陸軍買空軍用 台黑鷹缺兩關鍵設備〉，《中時電子報》。取自：https://www.chinatimes.com/realtimenews/20200103001466-260417?chdtv

甯其遠（2019年11月27日）。〈獨家／中國大陸放大絕　公布「王立強」受審畫面〉，《時報周刊》。取自：https://www.ctwant.com/article/15859

趙婉淳、黃福其、黃世麒（2019年12月31日）。〈台大教授爆遭查水表 韓辦將助被迫害者打官司〉，《中時電子報》。取自：https://www.chinatimes.com/realtimenews/20191231002047-260407?chdtv

趙亞男譯。《黑箱社會：控制金錢和信息的數據法則》（北京：中信出版社，2015）。原書Pasquale, F. *The Black Box Society: The Secret Algorithms That Control Money and Information*（Cambridge, MA：Harvard University Press）.

喬炳新（2019年11月27日）。〈「中國特工」王立強2016年庭審視頻曝光：自稱「法律意識淡薄」，对诈骗事实供认不讳〉，《環球網》。取自：https://china.huanqiu.com/article/9CaKrnKo1GG

新華社（2017）。〈行腳兩岸 記錄歷史──兩岸記者回首交流三十載〉，《新華社》。取自：http://www.xinhuanet.com//2017-11/30/c_1122034727.htm

葉冠吟（2020年7月10日）。〈總統參選人付費上博恩夜夜秀 薩泰爾娛樂：各政黨錢都有收〉，《中央社》。取自：https://www.cna.com.tw/news/firstnews/202007100209.aspx

端傳媒（2019年8月14日）。〈即時報導：機場集會大混亂 警察被圍後拔槍 《環時》記者發疑似內地輔警被示成者踢打、綁手〉，《端傳媒》。取自：https://theinitium.com/article/20190814-early-morning-brief/

端傳媒（2016年12月6日）。〈假新聞引發真槍擊案：美國男子襲擊披薩店，自稱調查希拉莉性侵兒童案〉，《端傳媒》。取自：https://theinitium.com/article/20161205-dailynews-us-fake-news/

蔡佩芳（2019年12月31日）。〈臉書批故宮　台大教授蘇宏達爆「被查水表」〉，《聯合新聞網》。取自：https://udn.com/news/story/7314/4259454

蔡育語（2019年10月26日）。〈陳同佳案大逆轉！政協、理律藍營噤聲 統媒不報〉，《芋傳媒》。取自：https://taronews.tw/2019/10/26/507997/

蔡宗霖（2020年1月7日）。〈美《國家利益》期刊：台灣不能再給蔡英文另一個4年〉，《中時電子報》。取自：https://www.chinatimes.com/realtimenews/20200107004907-260407?chdtv

蔡衍明（2019年11月28日）。〈大陸不相信蔡英文？九二共識？一國兩制？民進黨台獨黨綱〉，《旺董開講》。取自：https://www.youtube.com/watch?v=3K9AxUDls_8

蔡孟妤（2018年11月13日）。〈韓國瑜被傳陸助資10億人民幣 藍籲檢調快查造謠藏鏡人〉，《聯合新聞網》。取自：https://udn.com/news/story/6656/3477790

鄭惟仁、鍾建剛（2020年1月7日）。〈臺大教授批故宮影片 法院認定合理評論〉，《公視新聞網》。取自：https://news.pts.org.tw/article/461827

鄭元皓（2020）。《檢察機關網路聲量與社群新聞留言分析──大數據分析》，《研究成果報告書》。台北：法務部司法官學院。

鄭年凱（2020年1月1日）。〈你也被約談了？庶民老阿嬤竟因臉書發文慘遭「查水表」！〉《中時電子報》。取自：https://www.chinatimes.com/realtimenews/20200101003186-260407?chdtv

監察院（2019年11月26日）。〈調查報告〉。取自：https://www.cy.gov.tw/CyBsBoxContent.aspx?n=133&s=6847

監察院（2019年5月22日）。〈糾正文〉，108外正0001，取自：https://www.cy.gov.tw/public/Data/108mo/108%E5%A4%96%E6%AD%A30001.pdf

劉世怡（2020年11月27日）。〈違反事實查證原則遭NCC罰160萬 中

天抗罰敗訴〉，《中央社》。取自：https://www.cna.com.tw/news/firstnews/202011230234.aspx

賴于榤、林政忠（2021年1月6日）。〈政府前小編稱「製作圖卡被要求加憤怒值」，唐鳳證實是真的〉，《聯合新聞網》，取自：https://udn.com/news/story/6656/5150745?from=udn-catelistnews_ch2

盧伯華（2020年1月10日）。〈延續凱道氣勢高雄爆場　港媒：韓攻頂有望〉，《中時電子報》。取自：https://www.chinatimes.com/realtimenews/20200110004165-260407?chdtv

盧伯華（2020年1月7日）。〈韓赴基隆輔選人潮爆棚　港媒：看到勝選契機〉，《中時電子報》。取自：https://www.chinatimes.com/realtimenews/20200107005085-260407?chdtv

謝雅柔（2020年1日6日）。〈藍綠造勢比一比！港媒看出端倪：台南難再綠油油〉，《中時電子報》。取自：https://www.chinatimes.com/realtimenews/20200106001006-260407?chdtv

謝雅柔、楊馨（2019年12月23日）。〈只檢討韓？蔡抱嬰兒還做成宣傳照……網酸爆〉，《中時電子報》。取自：https://www.chinatimes.com/realtimenews/20191223002973-260407?chdtv

謝雅柔（2019年12月26日）。〈怪！蔡英文連反駁都看稿？洛杉基向韓示警〉，《中時電子報》。取自：https://www.chinatimes.com/realtimenews/20191226001644-260407?chdtv

謝育炘、林雍琁（2018年11月20日）。〈驚悚！網友號召暗殺韓國瑜　韓辦：教唆殺人將提告〉，《聯合影音網》。取自：https://video.udn.com/news/976222

簡恆宇（2021年2月23日）。〈社群媒體大戰澳洲政府，臉書同意「為新聞付費」，解除封鎖澳洲媒體！〉，《風傳媒》。取自：https://www.storm.mg/article/3495948

鍾麗華、許國禎（2017年7月18日）。〈國安單位：反年改陳抗　有中國勢力介入〉，《自由時報》。取自：http://news.ltn.com.tw/news/focus/paper/1119633

鍾麗華（2017年1月3日）。〈中國製造假新聞　干擾台灣施政〉。《自由時報》。取自：https://news.ltn.com.tw/news/focus/paper/1067877

蘇金鳳（2018年9月15日）。〈選舉充斥假消息　蔡總統：有些甚至來自對岸〉，《自由時報》。取自：http://news.ltn.com.tw/news/politics/breakingnews/2551965

蕭玉品（2018）。〈轉發假文淪幫兇「我只是賺點外快〉，《遠見雜誌》，第384期，頁187。

總統府（2018）。〈民主台灣　照亮世界　總統發表國慶演說〉。取自：https://www.president.gov.tw/NEWS/23769

環球網（2020）。〈關於環球網〉，《環球網》。取自：https://corp.huanqiu.com/about。

環球網（2019年11月19日）。〈「台商回流投資」數千亿中境外资金实际为0？ 国民党痛批蔡当局：膨风〉。取自：https://taiwan.huanqiu.com/article/7RJG1PWD0A0

關鍵評論網（2019年9月23日）。〈真相錯覺效應──假新聞心理學〉，取自：https://www.thenewslens.com/article/124809

韓瑩、王德心（2018年4月16日）。〈中國18號台海軍演　國安局稱例行演練〉，《公視新聞網》。取自：https://news.pts.org.tw/article/391324

羅文芳（2020年10月5日）。〈Netflix熱門片揭「暗黑演算法」製社群毒品！臉書聲明曝光〉，《網路溫度計》。取自：https://dailyview.tw/Popular/Detail/9036

羅印沖（2019年7月16日）。〈陸國防部主動發布　共軍近日軍演 5大軍種全參加〉，《聯合新聞網》。取自：https://udn.com/news/story/11323/3930697

羅印沖（2019年12月22日）。〈批反滲透法　人民日報：渲染恐怖氣氛 挑動兩岸對抗〉，《聯合新聞網》。取自：https://udn.com/news/story/7333/4241960

蘇金鳳（2018年9月15日）。〈選舉充斥假消息　蔡總統：有些甚至來自對岸〉，《自由時報》。取自：ttp://news.ltn.com.tw/news/politics/breakingnews/2551965

藍孝威（2020年1月2日）。〈台商台生怒吼 擬發起回台自首〉，《中時電子報》。取自：https://www.chinatimes.com/newspapers/20200102000036-260301?chdtv

蘋果新聞網（2020年7月10日）。〈【政治獻金】蔡英文選總統支出曝光「投石」、「幫推」接59件宣傳案賺飽飽〉，《蘋果新聞網》。取自：https://tw.appledaily.com/politics/20200710/A7KIAQIHGR2LIXA7 UIJ3V4 ZM5Q/

蘋果新聞網（2019年12月22日）。〈【蘋果實測】韓粉快來看！ 3張圖教你看懂罷韓遊行「P圖」祕訣〉，《蘋果新聞網》。取自：https://tw.appledaily.com/politics/20191222/7WMNTYRILPF56EOKURV4ULPHAE/

蘋果即時（2019年7月21日）。〈指陳菊貪汙500億 女韓粉挨告求「大人有大量」下場出爐〉，《蘋果即時》。取自：https://tw.appledaily.com/politics/20200721/EGJ6E2QLSFFWXJ7WB5ZAGMHVRA/

蘋果日報（2019年8月20日）。〈港爆眼少女已出院右眼暫可「見光」 需接受眼部重建手術〉，《蘋果日報》。取自：https://tw.appledaily.com/international/20190811/AK7UV5CXJ3Q7K4KYKOPHGYRHIU/

蘋果日報（2018年11月19日）。〈網路亂傳陳哲男自殺 陳營斥：造謠真奧步〉，《蘋果即時》。取自：https://tw.appledaily.com/politics/20181119/GPCDTXY45GI6GHDVPA53J63W3Y

蘋果日報（2017年1月26日）。〈中國網軍新招 假新聞黑蔡政府〉，《蘋果日報》。取自：https://tw.appledaily.com/headline/daily/20170126/37533775

蘋果日報（2013年7月5日）。〈蘋果臥底 揭網路寫手 滲透56論壇扮路人推薦「十分惡劣」〉，《蘋果即時》。取自：https://tw.appledaily.com/headline/20130705/4NJZJ6EV6U3SFI3F2JXCJSOHOE/

蘋果日報（2017年1月26日）。〈中國網軍新招 假新聞黑蔡政府〉，《蘋果日報》。取自：https://tw.appledaily.com/headline/daily/20170126/37533775

蘋果日報（2017年5月27日）。〈中國遊客實拍「台灣和柬埔寨很像〉，《蘋果日報》。取自：https://tw.appledaily.com/new/realtime/20170527/1127564/

觀察者網（2019）。〈觀察者網簡介〉，《觀察者網》。取自： https://www.guancha.cn/about/about.shtml。

ABC（2019, January 31）. These Videos Of Trump Are 'Deepfakes'. Retrieved from https://www.youtube.com/watch?v=Ws5O9WASoHg&list=LLNC2AvpIV5tJD01FCmc1C8w&index=366&ab_channel=TheLateShowwithStephenColbe

ACCC（2020）. News Media Bargaining Code. Australian Competition & Consumer Commission. Retrieved from https://www.accc.gov.au/focus-areas/digital-platforms/news-media-bargaining-code

ACCC（2019, July 26）. Digital Platforms Inquiry. Australian Competition & Consumer Commission. Retrieved from https://www.accc.gov.au/focus-areas/inquiries-finalised/digital-platforms-inquiry-0

Alba, D.（2016, December 15）. Meet the Ad Companies Ditching Breitbark and Fake News. *Wired*. Retrieved from https://www.wired.com/2016/12/Fake-News-will-go-away-tech-behind-ads-wont-pay/

Albright, J.（2017）.Welcome to the Era of Fake News. *Media and Communication*, 5, 87-89.

Allcott, H., & Gentzkow, M.（2017）. Social media and Fake News in the 2016 Election. *Journal of Economics Perspectives*, *31*（2）: 211-236.

Andrejevic, M.（2020）. The Political Function of Fake News: Disorganized Propaganda in the Era of Automated Media. In M.Zimdars & K. Mcleod （Eds.）, *Fake News: Understanding Media and Misinformation in the Digital Age*（London, UK: The MIT Press）, pp.19-28.

Arvidsson, A.（2016）. Facebook and Finance: On the Social Logic of the Derivative. *Theory Culture & Society*, *33*（6）: 3-23.

Attkisson, S. (2017). *The Smear: How Shady Political Operatives and Fake News Control What You See, What You Think, and How You Vote* (New York, NY: Harper-Collins).

Auter, Z,J. & Fine, J.A. (2016). Negative campaigning in the social media age: Attack advertising on Facebook, *Polit Behav, 38*, 999-1020

Bakir, V., & McStay, A. (2017). Fake News and the Economy of Emotions: Problems. Causes, Solutions. *Digital Journalism, 6* (2): 154-175.

Barclay, D. A. (2018). *Fake News, Propaganda, and Plain Old Lies: How to Find Trustworthy Information in the Digital Age* (Lanham, MD: Rowman & Litterfield).

Barclay, D, A. (2017). The Challenge Facing Libraries in An Era of Fake News. Retrieved from http://theconversation.com/thechallenge-facing-libraries-in-an-era-of-fake-news-70828

Barnidge, M., & Peacock, C. (2019). A Third Wave of Selective Exposure research? The Challenges Posed by Hyperpartisan News on Social Media. *Media and Communication, 7* (3): 4-7.

Bastos,M., & Farks, J. (2019)."Donald Trump is My President!": The Internet Research Agency Propaganda Machine. *Social Media + Society*, July-September, pp.1-13.

Bazan, S.,& Bookwitty, K. (2017). A New Way to Win the War. *The Digital Citizen*, July/August, pp. 92-97.

Bean, J. (2017).The Medium is The Fake News. *Interaction*, pp. 24-25.

Bengtsson,S. (2014). Faraway, So Close! Proximity and Distance in Ethnography Online. *Media, Culture & Society, 36* (6): 862-877.

Benkler,Y., Faris, R., &Reberts, H. (2018). *Network Propaganda: Manipulation, Disinformation, and Radicalization in American Politics* (London, UK: Oxford University Press).

Berghel, H. (2017, February). Lies, Damn Lies, and Fake News. *Computer*, pp. 80-85.

Bergmann, E.（2018）. *Conspiracy & Populism:The Politics of Misinformation* （eBook）. https://doi.org/10.1007/978-3-319-90359-0

Bhaskaran,H., Mishra, H., & Nair, P.（2017）. Contextualizing Fake News on Post-truth Era: Journalism Education in India. *Asia Pacific Educator, 27*（1）: 41-50.

Bjerg, O., &Presskorn-Thygesen, T.（2017）. Conspiracy Theory: Truth Claim or Language Game?. *Theory, Culture & Society, 34*（1）: 137-159

Blaber, Z.N., Coleman, L. J., Manago, S., & Hess, K.（2019）. Supply and Demand of Fake News: Review and Implication for Business Research. *Journal of Applied Business and Economics, 21*（4）: 11-28.

Bloomberg（2019 September 27）. It's Getting Harder to Stop a Deep Fake Video. *Bloomberg.* Retrieved from https://www.youtube.com/watch?v=gLoI9hAX9dw&ab_channel=BloombergQuicktake

Bolton,D. M., & Yaxley, J.（2017）. Fake News and Clickbait: Nature Enemies of Evidence-based Medicine. *BJU International, 119*（55）: 8-9.

Borel, B.（2017, January 4）. Fact-checking Won't Save Us from Fake News. *Five Thirty Eight.* Retrieved from https://fivethirtyeight.com/features/fact-checking-wont-save-us-from-fake-news/

Borges-Tiago, M.T., Tiago, F., & Cosme, C.（2019）. Exploring Users' Motivations to Participate in Viral Communication on Social Media. *Journal of Business Research*, 101, pp. 574-582.

Bossio, D.（2017）. Big Data, Algorithms and the Metrics of Social Media News. *Journalism and Social Media*, 89-109 DOI 10.1007/978-3-319-65472-0_5

Botha, E.（2014）. A Means to an End: Using Political Satire to go Viral. *Public Relations Review, 40*, pp. 363-374.

Boyd. D.（2017, January 5）. Did Media Literacy Backfire? Data & Society: Points.

Retrieved from https://points.datasociety.net/did-media-literacy-backfire-7418c084d88d

Bradshaw, P.（2018）. Journalism's 3 Conflicts: And the Promise It Almost Forgot. In S. Hill & P. Bradshaw（Eds.）, *Mobile First Journalism*（London, U.K: Routledge）.

Brake, D. R.（2017）. The Invisible Hand of Unaccountable Algorithm: How Google, Facebook and Other Tech Companies are Changing Journalism. In J. Tong and S.H.Lo（Eds.）, *Digital technology and Journalism*（London, UK: Palgrave Macmillan）, pp. 25-46.

Bradshaw, M., & Howard, P. N.（2017）. *Troops, Trolls and Troublemakers: A Global Inventory of Organized Social Media Manipulation*（New York, NY: University of Oxford）.

Broersma, M., & Graham, T.（2013）. Twitter as a New Source: How Dutch and British Newspapers Used Tweets in Their News Coverage, 2007-20111. *Journalism Practice, 7*（4）: 446-464.

Brummette, J., Distaso, M., Vafeiadis, M., & Messner, M.（2018）. Read All About it: The Politicization of "Fake News" on Twitter. *Journalism & Mass Communication Quarterly, 95*（2）: 497-517.

Buckingham, D.（2017）. Can We Still Teach About Media Bias in the Post-truth Age? Retrieved from https://davidbuckingham.net/2017/02/01/can-we-still-teach-about-media-bias-in-the-post-truth-age/

Burgess, J., & Green, J.（2009）. *YouTube: Online Video and Participatory Culture*（Cambridge, UK: Polity）.

Burroughs, B.（ 2019）. Fake Memetics: Political Rhetoric and Circulation in Political Campaigns. In M. Zimdars & K. Mcleod（Eds.）, *Fake News: Understanding Media and Misinformation in the Digital Age*（London, UK: The MIT Press）, pp.191-200.

Cadwalladr, C.（2019, April 16）. Facebook Role in Brexit and the Threat in Democracy, *Ted*. Retrieved from https://www.ted.com/talks/carole_cadwalladr_facebook_s_role_in_brexit_and_the_threat_to_democracy

Calvert, C., McNeff , S., Vining , A., & Zarate, S.（2018）. Fake News and the

First Amendment: Reconciling a Disconnect between Theory and Doctrine. *University of Cincinnat Law Review, 86*（1）: 98-138.

Case, D.O., & Given, L. M.（2016）*Looking for Information: A Survey of Research on Information Seeking, Needs, and Behavior.* Fourth Edition（WA, UK: Emerald）.

Castells, M.（1996）. *The Rise of the Network Society.* Second Edition（New York, NY: Wiley- Blackwell）.

Cayli, E.（2018）. Conspiracy Theory as Spatial Practice: The Case of the Sivas Arson Attack, Turkey. *Environment and Planning D: Society and Space, 36*（2）: 255-272.

Cellan-Jones, R.（2016, November 27）. Facebook, Fake News and the Meaning of Truth. Retrieved from http://www.bbc.com/news/technology-38106131

Chaplin, S.（2014, May 7）. Bot or Not Analyzes Real-time Twitter Use, Friendship Network to Identify Bot-controlled Accounts. Indiana University. Trustees of Indiana University. Retrieved from http://inside.iu.edu/headlines/2014-05-07-headline-bot-or-not.shtml

Cheng, J., Bernstein, M., Danescu-Niculescu-Mizil, C., & Leskovec, J.（2017）. Anyone can Become a Troll: Causes of Trolling Behavior in Online discussions. *CSCW.* Retrieved from https://arxiv.org/pdf/1702.01119.pdf

Chu, S. S., Dixon, B., Lai, P., Lewis, D., Valdes, C.（2020）. The Social Impact of Viruses. Retrieved from https://cs.stanford.edu/people/eroberts/cs201/projects/2000-01/viruses/social.html#timeline.

Cinnirella, M.（2012）. Think 'Terrorist', Think 'Muslim'? Social-psychological Mechanisms Explaining Anti-Islamic Prejudice. In M. Helbling （Ed.）, *Islamophobia in the West: Measuring and Explaining Individual Attitudes* （London, UK: Routledge）, pp. 179-189.

CNBC（2019, September 26）. Can Facebook and Google Detect and Stop Deepfakes?, CNBC. Retrieved from https://www.youtube.com/watch?v=4YpoYvhVmDw&ab_channel=CNBC

Cohen, J.N.（2018）. Exploring Echo-systems: How Algorithms Shape Immersive Media Environments. *Journal of Media Literacy Education, 10*（2）: 139-151

Cohen, M.（2017）. Fake News and Manipulated Data,the New GDPR, and the Future of Information. *Business Information Review, 34*（2）: 81-85.

Cole, S.（2017 December 12）. AI-assisted Fake Porn is Here and We're All Fucked. *Vice*. Retrieved from https://www.vice.com/en/article/gydydm/galgadot-fake-ai-porn

Cooke, N. A.（2018）. *Fake News and Alternative Facts: Information Literacy in a Post- truth Era*（Chicago, IL : ALA Editions）.

Cornell University（2015, March 10）. Bot or Not? A Networks Analysis of Social Media Bots on Twitter. Retrieved from https://blogs.cornell.edu/info4220/2015/03/10/bot-or-not-a-networks-analysis-of-social-media-bots-on-twitter/

Ctrl Shift Face（2020, October 31）. Trump vs. Biden 〔DeepFake〕. Retrieved from https://www.youtube.com/watch?v=cxnsIUDpi-g&ab_channel=CtrlShiftFace

Culpepper, P. D., & Thelen, K.（2020）. Are We All Amazon Primed? Consumers and the Politics of Platform Power. *Comparative Political Studies, 53*（2）: 288-318.

Cunningham, S.（2002）. *The Idea of Propaganda: A Reconstruction* （Westport, CT: Praeger）.

Dan, V.（2021）. Fake Video: Challenges for Journalism and Democracy. Emanating from Deepfakes and Cheapfakes. *Jouranlism & Mass Communication Quarterly, 98*（3）: 643-645.

Daniels, J. （2009）. Cloaked Websites: Propaganda, Cyber-racism and Epistemology in the Digital Era. *New Media & Society, 11*（5）: 659-683.

Dawkins, R.（1976）. *The Selfish Gene*, New ed.（Oxford, UK: Oxford University Press）.

Deuze, M., Bruns, A., & Neuberger, C.（2007）. Preparing for an Age of Participatory News. *Journalism Practice, 1*（3）: 322-338.

DeVito, M. A.（2016）. From Editors to Algorithms: A Values-based Approach to Understanding Story Selection in the Facebook News Feed. *Digital Journalism, 5*（6）: 753-773.

DiFranzo, D., & Gloria-Garcia, K.（2017, Spring）. Filter Bubbles and Fake News. *XRDS, 23*（3）: 32-35.

Dobele, A., Lindgreen, A., Beverland, M., Vanhamme, J., & van Wijk, R.（2007）. Why Pass on Viral Messages? Because They Connect Emotionally. *Business Horizons*, 50, pp. 291-304.

Ellul, J.（2006）. The Characteristics of Propaganda. In G.S.Jowett &V. O'Donnell （Eds.）, Readings in Propaganda and Persuasion: New and Classic Essays （London, UK: Sage）, pp.1-50.

Facebook （2020, August 20）. July 2020 Coordinated InauthEntic Behavior Report. Retrieved from https://about.fb.com/news/2020/08/july-2020-cib-report/

Falcous, M., Hawzen, M. G., &Newman, J. I.（2018）. Hyperpartisan Sports Media in Trump's America: The Metapolitics of Breitbart Sports. *Communication & Sport*, pp.1-23.

Fallis, D.（2009）. A Conceptual Analysis of Disinformation. Retrieved from file:///C:/Users/SONY/Downloads/fallis_disinfo1.pdf

Farkas, J. M.（2020）. A Case Against the Post Truth Era: Revisiting Mouffe's Critique of Consensus-based Democracy. In M. Zimdars & K. Mcleod （Eds.）, *Fake News: Understanding Media and Misinformation in the Digital Age*（London, UK: The MIT Press）, pp. 45-53.

Farkas, J., Schou, J.& Neumayer, C. （2018）. Cloaked Facebook Pages: Exploring Fake Islamist Propaganda in Social Media. *New Media & Society, 20*（5）: 1850-1867.

Fenton, N.（2010）. Drowning or Waving? New Media, Journalism and

Democracy. In Natalie Fenton（Ed.）, *New Media, Old News:Journalism & Democracy in the Digital Age*（London, UK: Sage）, pp. 3-16.

Ferrara, E., Onur, V., Clayton, D., Filippo, M., & Alessandro, F.（2014）. The Rise of Social Bots. Retrieved from https://www.researchgate.net/publication/264123205_The_Rise_of_Social_Bots

Foster, B.（2017）. Memes and the 2012 Presidential Election. In G.W.Richardson Jr,（Ed.）, *Social Media and Politics: A New Way to Participate in the Political Process*. vol. 2, *Redefining Politics: How are Social Media Changing the Political Game?*（Santa Barbara, CA: Praeger）, pp.133-147.

Franz, M.M., Fowler, E.F., Ridout, T., & Wang, M. Y.（2020）. The Issue Focus of Online and Television Advertising in the 2016 Presidential Campaign. *American Politics Research, 48*（1）: 175-196.

Frederiksen, L.（2017）. Fake News. *Public Service Quarterly*, 13, pp.103-107.

Fuller, S.（2018）. What Can Philosophy Teach Us about the Post-truth Condition. In M. A. Peters., S. Rider., M. Hyvönen., & T. Besley（Eds.）, *Post-truth, Fake News:Viral Modernity & Higher Education*（Westport, CT: Springer）, pp.13-26.（ebook）

Gauntlett, D.（2011）. *Making is Connecting: The Social Meaning of Creativity, from DIY and Knitting to YouTube and Web 2.0*（Cambridge, UK: Polity）.

Gillespie, T.（2019）. Platforms Throw Content Moderation at Every Problem. In M.Zimdars & K. Mcleod（Eds.）, *Fake News: Understanding Media and Misinformation in the Digital Age*（London, UK: The MIT Press）, pp. 329-339.

Gillespie, T.（2014）. The Relevance of Algorithms. In T. Gillespie, P. Boczkowski, & K. A. Foot（Eds.）, *Media Technologies: Essays on Communication, Materiality, and Society*（Cambridge, MA: MIT Press）, pp. 167-193. Retrieved from http://citeseerx.ist. psu.edu/viewdoc/download?doi= 10.1.1.692.3942&rep=rep1&type=pdf.

Gillespie, T.（2010）. The Politics of 'Platforms', *New Media & Society, 12*（3）:

347-364.

Gleicher, N.（2019. August 19）. Removing Coordinated Inauthentic Behavior from China. Retrieved from https://newsroom.fb.com/news/2019/08/removing-cib-china/

Ha, L., Perez, L.A., & Ray, R.（2019）. Mapping Recent Development in Scholarship on Fake News and Misinformation, 2008 to 2017: Disciplinary Contribution, Topics, and Impact. *American Behaviour Scientist*, Retrieved from https://journals.sagepub.com/doi/10.1177/0002764219869402

Habgood-Coote, J.（2017）. Stop Talking about Fake News. *Inquiry.* Retrieved from 10.1080/0020174X.2018.1508363

Hao, K., & Heaven, W. D.（2020, December 24）. The Year Deepfakes Went Mainstream. *MIT Technology Review.* Retrieved from https://www.technologyreview.com/2020/12/24/1015380/best-ai-deepfakes-of-2020/

Haire, B.（2016, December 18）. "Fake News" Has a Long History, but we're Living in Its Golden Age. Southeast Farm Press. Retrieved from http://www.southeastfarmpress. com/peanuts/fake-news-has-long-history-we-re-living-its-golden-age

Hao, K.（2020, October 20）. A Deepfake Bot is Being Used to "Undress" Underage Girls. *MIT Technology Review.* Retrieved from https://www.technologyreview.com/2020/10/20/1010789/ai-deepfake-bot-undresses-women-and-underage-girls/

Hassel, A., & Weeks. B. E.（2016）. Partisan Provocation: The Role of Partisan News Use and Emotional Responses in Political Information Sharing in Social Media. *Human Communication Research, 42*（4）: 641-661.

Helbling, M.（2012）. Islamophobia in the West: An Introduction. In M. Helbling（Ed.）, *Islamophobia in The West: Measuring and Explaining individual Attitudes*（New York, NY: Routledge）, pp. 1-18.

Hendricks, V. F., & Vestergaard, M.（2019）. *Reality Lost: Markets of Attention, Misinformation and Manipulation.* Springer International Publishing（e book）. https://doi.org/10.1007/978-3-030-00813-0

Hessischer Rundfunk（Producer）, & Schapira, E.（Director）.（2009）. Das Kind, der Tod und die Wahrheit 〔Motion picture〕. Frankfurt, Germany: Hessischer Rundfunk.

Hetland, P., & Mørch, A.I.（2016）. Ethnography for Investigating the Internet. *12*（1）: 1-14, Seminar.net - International Journal of Media, Technology and Lifelong Learning.

Hille, K.（2019, Jul.16）. Taiwan Primaries Highlight Fears over China's Influence on Media, *Financial Times*, Retrieved from https://www.ft.com/content/036b609a-a768-11e9-984c-fac8325aaa04

Hofstadter, R.（1964）. *The Paranoid Style in American Politics*（New York, NY: Vintage Books）.

Holan, A.（2016, December 13）. 2016 Lie of the Year: Fake News. *Politifact.* Retrieved from http://www.politifact.com/truth-o-meter/article/2016/dec/13/2016-lie-year-fake-news/

Howell, L.（2013）. Digital wildfires in a hyperconnected world. World Economic Forum, Tech. Rep. Global Risks 2013.

Hughes, A.（2018）. *Market Driven Political Advertising: Social, Digital and Mobile Marketing*（London, UK: Palgrave Macmillan）.（eBook）

Huntley, S.（2019）. Maintaining the Integrity of Our Platforms. Retrieved from https://blog.google/outreach-initiatives/public-policy/maintaining-integrity-our-platforms/

Inside a Ukrainian Troll Farm（2019, November 12）. Retrieved from https://www.youtube.com/watch?v=egIjW5jBATA&ab_channel=slidstvoinfo

Jang, S.M., Geng, T., Li, J. Y. Q., Xia, R., Huang, C.T., Kim, H., & Tang, J.（2018）. A Computational Approach for Examining the Roots and Spreading Patterns of Fake News: Evolution Tree Analysis. *Computers in Human Behavior*, 84, pp.103-113.

Jenks, J.（2006）. *British Propaganda and News Media in the Cold War*

（Edinburgh, UK : Edinburgh University Press）.

Jordin, T.（2015）. *Information Politics: Liberation and Exploitation in the Digital Society*（London, UK: Pluto Press）.

Jowett G. S., and O'Donnell V, J.（2012）*Propaganda and Persuasion*, 5th Edition. Thousand Oaks, CA: Sage.

Kathy, D.（2017, May）. What's Behind Fake News and What You Can Do about It. *Information Today, 34*（4）: 6.

Katsirea, I.（2018）. "Fake News": Reconsidering the Value of Untruthful Expression in the Face of Regulatory Uncertainty. *Journal of Media Law, 10*（2）: 159-188. Retrieved from https://doi.org/10.1080/17577632.2019.1573 569

Kaufhold, K., Valenzuela, V., & de Zuniga, K. G.（2010）. Citizen Journalism and Democracy: How User-generated News Use Relations to Political Knowledge and Participation. *Journalism& Mass Communication Quarterly, 87*（3/4）: 515-529.

Keith, L. M.（2017, Jan 25）. Politicians Have Fought against Fake News for Years. *Medical Economics, 94*（2）: 4.

Kerr. R. L.（2019）.From Holmes to Zuckerberg: Keeping Marketplace-of-ideas Theory Viable in the Age of Algorithms. *Communication Law and Policy, 24*（4）: 477-512.

Kiesler, S., Kraut, R. E., Resnick, P., & Kittur, A.（2011）. Regulating behavior in Online Communities. In R. E. Kraut and P. Resnick（Eds.）, *Building Successful Online Communities: Evidence-based Social Design*（London, UK : The MIT Press）, pp.125-177.

Kim, Y., Hsu, S. H., & de Zuniga, H. G.（2013）. Influence of Social Media Use on Discussion Network Heterogeneity and Civic Engagement: The Moderating Role of Personality Traits. *Journal of Communication*, 63: 498-516.

King, G., Pan, J., & Roberts, M. E.（2017）. How the Chinese Government Fabricates Social Media Posts for Strategic Distraction, Not Engaged

Argument. *American Political Science Review, 111*（3）: 484-501. Retrieved from http://j.mp/2pGQ843

Kirby, E.J.（2016, December 5）. The City Getting Rich from Fake News. *BBC News*. Retrieved from http://www.bbc.com/news/magazine-38168281

Ko, M. C., & Chen, H. H.（2015）. Analysis of Cyber Army's Behaviours on Web Forum for Elect Campaign. In: G. Zuccon., S. Geva., H. Joho., F. Scholer., A. Sun., & P. Zhang.（Eds.）, *Information Retrieval Technology. Lecture Notes in N Computer Science*. Vol 9460（Westport, CT: Springer）.

Koene, A.（2016, September 14）. Facebook's Algorithms Give it More Editorial Responsibility – Not Less'. *The Conversation*. Retrieved from https://theconversation.com/facebooks-algorithms-give-it-more-editorial-responsibility-not-less-65182

Kozinets, R. V.（2010）. *Netnography: Doing Ethnographic Research Online*（Los Angeles, CA: Sage）.

Kucharski, A.（2016）. Post-truth: Study Epidemiology of Fake News. *Nature. 540*（7634）: 525-525. Retrieved from https://www.nature.com/articles/540525a

Lapowsky, I.（2016, November 2）. Ignore the Trolls: You Definitely Cannot Vote via Text. *Wired*. Retrieved from https://www.wired.com/2016/11/ignore-trolls-definitely-cannot-vote-via-text/

Larsson, A.O.（2019）. News Use as Amplification: Norwegian National, Regional, and Hyperpartisan Media on Facebook. *Journalism & Mass Communication Quarterly, 96*（3）: 721-741.

Lauree, P.（2017, Jan/Feb）. Filtering out Fake News: It All Stars with Media Literacy. *Information Today, 34*（1）: 6.

Lean, N.（2012）. *Islamophobia Industry: How the Right Manufactures Fear of Muslims*（New York, NY: Pluto Press）.

Levy, S.（2020）. *Facebook: The Inside Story*（New York, NY: Blur Rider Press）.

Little, M.（2012）. Finding the Wisdom in the Crowd: Storyful Helps News Organizations Verify Social Media. *Nieman Reports, 66*（2）: 14-17.

Mackey, R.（2014, November 18）. Norwegian Filmmakers Apologize for Fake Syria Video. *The New York Times*. Retrieved from https://www.nytimes. com/2014/11/19/ world/europe/norwegian-filmmakers-apologize-for-fake-syria-video.html

Maheshwari, S.（2016, November 20）. How Fake News Goes Viral: A Case Study. Retrieved from https://www.nytimes.com/2016/11/20/business/media/how-fake-news-spreads.html

McDougall, J.（2019）. *Fake News vs. Media Studies: Travels in a False Binary*（Poole, UK: Palgrave Macmillan）.

McLaughlin, B., & Velez, J. A.（2019）. Imagined Politics: How Different Media Platforms Transport Citizens into Political Narratives. *Social Science Computer Review, 37*（1）: 22-37.

Merrdfield,C.（2019, June 27）. Deepfake Technology is Changing Fast —— Use These 5 Resources to Keep Up. *Journalists Resource.* Retrieved from https://journalistsresource.org/studies/society/deepfake-technology-5-resources/

Mihailidis, P.（2019）. Normalizing Fake News in an Age of Platform. In M. Zimdars & K. Mcleod（Eds.）, *Fake News: Understanding Media and Misinformation in the Digital Age*（London, UK: The MIT Press）, pp. 341-349.

Mihailidis, P., & Viotty, S.（2017）. Spreadable Spectacle in Digital Culture: Civic Expression, Fake News, and the Role on Media Literacies in " Post-truth" Society. *American Behavioral Scientist, 61*（4）: 441-454.

Milović, B.（2018）. Developing Marketing Strategy on Social Networks. In Information Resources Management Association（Ed.）, *Social Media Marketing: Breakthroughs in Research and Practice*（Hershey, PA：IGI Global, Business Science Reference an imprint of IGI Global）, pp. 73-88.

Monaco, N., Smith, M., & Studdart, A.（2020）. Detecting Digital Fingerprint:

Tracing Chinese Disinformation in Taiwan. Retrieved from https://www.iftf. org/disinfo-in-taiwan

Monaco, N. J.（2017）. Computational Propaganda in Taiwan: Where Digital Democracy Meets Automated Autocracy. Retrieved from http://comprop.oii. ox.ac.uk/wp-content/uploads/sites/89/2017/06/Comprop-Taiwan-2.pdf

Morozov, E.（2017, January 8）. More Panic over Fake News Hides the Real Enemy_ The Digital Giants. *The Guardian.* Retrieved from https://www. theguardian.com/commentisfree/2017/jan/08/blaming-fake-news- not-the-answer-democracy-crisis

Moses, L.（2017, January 4）. Study: Mainstream Sites Have Almost Double the Tech as Fake News. *Digiday.* Retrieved from https://digiday.com/media/study-mainstream-sites-double-the-ad-tech-as-fake-news-sites/

Mosseri, A.（2016. December 15）. Addressing Hoaxes and Fake News. *Facebook Newsroom.* Retrieved from https://about.fb.com/news/2016/12/news-feed-fyi-addressing-hoaxes-and-fake-news/

Moturu, S.（2010）. *Quantifying the Trustworthiness of Social Media Content: Content Analysis for the Social Web*（Berlin, GE: Lambert Academic Publishing）.

Mourão, R. R., & Robertson, C. T. （2019）. Fake News as Discursive Integration: An Analysis of Sites that Publish False, Misleading, Hyperpartisan and （sensational Information. *Journalism Studies*, Advance online publication. Retrieved from https://doi.org/10.1080/1461670X.

Mozur, P.（2017.November 8） China Spreads Propaganda to U.S. on Facebook, a Platform it Bans at Home. *The New York Times.* Retrieved from https://www. nytimes.com/2017/11/08/technology/china-facebook.html

Mustafaraj, E., & Metaxas, P. T.（2017）. The Fake News Spreading Plague: Was it Preventable? In Proceedings of the ACM Web Science. Retrieved from http://repository.wellesley.edu/cgi/viewcontent.cgi?article=1149&context=sch olarship

Naughton, J.（2018）. Platform Power and Responsibility in the Attention Economy. In M. Moore & A. D. Tambini（Eds.）, *Digital Dominance: The Power of Google, Amazon , Facebook and Apple*（London, UK: Oxford University Press）, pp. 371-395.

Newton, C.（2016, December 15）. Facebook Partners with Fact-checking Organizations to Begin Flagging Fake News. *The Verge*. Retrieved from https://www.theverge.com/2016/12/15/13960062/facebook-fact-check-partnerships-fake-news

Nguyen, T.T., Nguyen, C.M., Nguyen, D.T., Nguyen, D.T., & Nahavandi, S.（2020）. Deep Learning for Deepfakes Creation and Detection: A Survey. *IEEE*. Retrieved from https://arxiv.org/pdf/1909.11573.pdf

Nieminen,S., & Rapeli, L.（2019）.Fighting Misperceptions and Doubting journalists' Objectivity: A Review of Fact-checking Literature. *Political Studies Review, 17*（3）: 296-309.

Noble, S.U.（2018）. *Algorithams Oppression: How Search Engines Reinforce Racism*（New York, NY: New York University Press）.

Oliver, J. E., & Wood, T. J.（2014）. Conspiracy Theories and the Paranoid Style(s) of Mass Opinion. *American Journal of Political Science, 58*（4）: 952-966.

O'Nel, C.（2016）. *Weapons of Math Destruction: How Big Data Increases Inequalitiy and Threatens Democracy*（New York, NY: Crown Publishing Group）.

O'Reilly, L.（2017. September 7）. CMO Today: NFL Season Opener; Facebook Finds Political Ads Linked to Russia; Trivago Ad Spend Slip; Here's Your Morning Roundup of the Biggest Marketing, Advertising and Media Industry News and Happenings. *Wall Street Journal*（online）, Retrieved from https://search.proquest.com/docview/1936195878?accountid=14229

Owens, E., & Weinsberg, U.（2015, January 20）. Showing Fewer Hoaxes. *Facebook Newsroom*. Retrieved from https://about.fb.com/news/2015/01/

news-feed-fyi-showing-fewer-hoaxes/

Page, R. E.（2012）. *Stories and Social Media: Identities and Interaction*（London, UK: Routledge）.

Park, K.（2017）. *Effects of Instant Activism: How Social Media Hoaxes Mobilize Publics on GMO Labeling Issues*. Master thesis of University of Minnesota.

Paris, B., & Donovan, J.（2021）. Long on Profit and Years Behind: Platforms and the Fight against Audiovisual Disinformation. *Jouranlism & Mass Communication Quarterly, 98*（3）: 645-647.

Pariser, E.（2011）. *The Filter Bubble: How the New Personalized Web is Changing What we Read and How We think*（New York, NY : Penguin Books）.

Pasquale, F.（2015）. *The Black Box Society: The Secret Algorithms That Control Money and Information*（Cambridge, MA : Harvard University Press）.

Peters, M. A., McLaren, P., & Jandrić , P.（2020）. A Viral Theory of Post-truth. *Educational Philosophy and Theory.* DOI: 10.1080/00131857.2020.1750090

Peters, M. A.（2020）. On the Epistemology of Conspiracy. *Educational Philosophy and Theory.* Retrieved from https://www.tandfonline.com/doi/full/10.1080/00131857.2020.1741331

Peters, M. A.（2017）. Post-truth and Fake News. *Educational Philosophy And Theory, 49*（6）: 567.

Phillips, W.（2020）.You're Fake News: The Problem with Accusations of Falsehood. In M.Zimdars & K. Mcleod（Eds.）, *Fake News: Understanding Media and Misinformation in the Digital Age*（London, UK: The MIT Press）, pp. 55-64.

Picard, V.（2020）. Confronting the Misinformation Society: Facebook's "Fake news" is a Symptom of Unaccountable Monopoly Power. In M. Zimdars & K. Mcleod（Eds.）, *Fake News: Understanding Media and Misinformation in the Digital Age*（London, UK: The MIT Press）, pp.123-132.

Plantin, J., & Punathambekar, A.（2019）. Digital Media Infrastructures: Pipes,

Platforms, and Politics. *Media, Culture & Society, 41*（2）: 163-174.

Popper, K. S.（2012）. *The Open Society and Its Enemies*（Abingdon-on-Thames, UK: Routledge）.

Potthast, M., Kiesel, J., Reinartz, K., Bevendorff, J., & Stein, B.（2018）. A Stylometric Inquiry into Hyperpartisan and Fake News. Retrieved from https://www.aclweb.org/anthology/P18-1022.pdf

Powell, H.（2013）. *Promotional Culture and Convergence: Markets, Methods, Media*（Oxford, UK :Routledge）.

Putnam, R.（2000）. *Bowing Alone: The Collapse and Revival of American Community*（New York, NY: Simon & Schuster）.

Rahman, K.S., & Thelen, K.（2019）.The Rise of the Platform Business Model and the Transformation of Twenty-first-century Capitalism. *Politics & Society, 47*（2）: 177-204.

Reini, J.（2018, November 23）. 'Fake News' Rattles Taiwan Ahead of Elections. Al Jazeera English. Retrieved from https://www.aljazeera.com/news/2018/11/news-rattles-taiwan-elections-181123005140173.html

Renner, N.（2017, January 30）. Nausicaa, Memes Trump Articles on Breit's Facebook Page. *Columbia Journalism Review*. Retrieved from https://www.cjr.org/analysis/memes-trump-articles-on-breitbarts-facebook-page.php?utm_content=buffer0b178&utm_medium=social&utm_source=twitter.com&utm_campaign=buffer

Reuters（2019, December 17）. Reuters Partners with Facebook Journalism Project to Help Newsrooms around the World Spot Deepfakes and Manipulated Media. *Thomson Reuters*. Retrieved from https://www.thomsonreuters.com/en/press-releases/2019/december/reuters-partners-with-facebook-journalism-project-to-help-newsrooms-around-the-world-spot-deep-fakes-and-manipulated-media.html

Rice, J.（2009）. *The Church of Facebook: How the Hyperconnected are Redifining Community*（Ontario, CAN: David C. Cook）.

Richardson, N.（2017）. Fake News and Journalism Education. *Asia Pacific Media Educator, 27*（1）: 1-9.

Rogin, J.（2018. December 19）. China's Interference in the 2018 Elections Succeeded —— in Taiwan, *the Washington Post.* Retrieved from https://www.washingtonpost.com/opinions/2018/12/18/chinas-interference-elections-succeeded-taiwan/

Rubin, V. L., Chen, Yimin, Y., & Conroy, N. J. （2015）. Deception Detection for News: Three Types of Fakes. *Proceedings of the Association for Information Science and Technology, 52*（1）: 1-4. Retrieved from file:///C:/Users/SONY/Downloads/Rubin_Chen_Conroy_2015_DeceptionDetectionforNews_ThreeTypes_of_Fakes.pdf

Ruchansky, N., Seo, S., & Liu, Y.（2017）. CSI: A Hybrid Deep Model for Fake News. Proceedings of the 2017 ACM on Conference on Information and Knowledge Management.

Samuel, S.（2019, June 27）. A Guy Made a Deepfake App to Turn Photos of Women into Nudes. It Didn't Go Well. Retrieved from https://www.vox.com/2019/6/27/18761639/ai-deepfake-deepnude-app-nude-women-porn

Scherer, K.（Director）.（2016）. All Lies or What? When News Become a Weapon. Hamburg, Germany: NDR.

Schou, J., & Farkas, J.（2016）. Algorithms, Interfaces, and the Circulation of Information: Interrogating the Epistemological Challenges of Facebook. *KOME.* Retrieved from http://komejournal.com/files/KOME_SchouFarkas.pdf

Seetharaman, D., & Tau, B.（2017.9.21）. Russian-Bought Ads on Facebook Spur Lawmakers to Call for Tighter Rules; Congressional Leaders Discuss Legislation Requiring More Public Disclosure about Political Ads from Social-media Firms, *Wall Street Journal*（online）. Retrieved from https://search.proquest.com/docview/1940865014?accountid=14229

Shafi, A., & Vultee, F.（2018）. One of Many Tools to Win the Election: A Study of Facebook Posts by Presidential Candidates in the 2012 Election.

in Information Resources Management Association（Ed.）, *Social Media Marketing: Breakthroughs in Research and Practice* （Hershey, PA：IGI Global, Business Science Reference an imprint of IGI Global）, pp. 210-228.

Shao, C., Ciampaglia, G. L., Varol, O., Flammini, A.. & Menczer, F.（2017）. The Spread of Fake News by Social Bots. *Computers and Society.* Retrieved from https://arxiv.org/abs/1707.07592

Sheehi, S.（2011）. *Islamophobia: The Ideological Campaign against Muslims* （Atlanta, GA: Clarity Press）.

Shu. K., & Liu, H.（2019）. *Detecting Fake News on Social Media.* Synthesis Lectures on Data Mining and Knowledge Discovery（ebook）,（San Rafael: Morgan & Claypool Publishers）.

Silverman, C., Feder, J. L., Cvetkovska, S., & Belford, A.（2018, July 18）. Macedonia's Pro-Trump Fake News Industry had American Links, And is under Investigation for Possible Russia Ties. *BuzzFeed News.* Retrieved from https://www.buzzfeednews.com/article/craigsilverman/american-conservatives-fake-news-macedonia-paris-wade-libert

Silverman, C.（2016, November 16）. This Analysis Shows How Viral Fake Election News Stories Outperformed Real News on Facebook. *Buzzfeed.* Retrieved from https://www.buzzfeednews.com/article/craigsilverman/viral-fake-election-news-outperformed-real-news-on-facebook

Silverman, C.（2015）. *Lies, Damn Lies, and Viral Content: How News Websites Spread Online Rumors, Unverified Claims, and Misinformation.* Retrieved from http://towcenter.org/wp-content/uploads/2015/02/LiesDamnLies_ Silverma TowCenter.pdf

Simpson, D.（Ed.）.（2016）. *The Use of Big Data: Benefits, Risks, and Differential Pricing Issues*（New York, NY: Nova Publishers）.

Sismondo, S.（2017）. Post- truth? *Social Studies of Science.* Retrieved from https://doi.org/10.1177/0306312717692076

Skoric, M. M. （2012）. What is Slack about Slacktivism?. *Methodological and*

Conceptual Issues in Cyber Activism Research, 77, pp. 77-92.

Smallpage, S. M., Enders, A. M., & Uscinski, J. E.（2017）.The Partisan Contours of Conspiracy Theory Beliefs. *Research and Politics*, October-December , pp. 1-7.

Spangler, T.（2018, April 17）. Jordan Peele Teams wth BuzzFeed for Obama Fake-news Awareness Video Watch. *Variety*. Retrieved from https://variety.com/2018/digital/news/jordan-peele-obama-fake-news-video-buzzfeed-1202755517/

Spencer, S.（2009）. Want Google Rankings? Build up Your Links! *Rockville*. 26, Iss. 910.

Spicer, R.N.（2018）. *Free Speech and False Speech: Political Deception and Its Legal Limits,* Palgrave Macmillan. Retrieved from https://doi.org/10.1007/978-3-319-69820-5_1

Srnicek, N.（2017）. *Platform Capitalism*（Cambridge, UK: Polity Press）.

Stanley, J.（2017）. *How Propaganda Works*（Princeton, NJ: Princeton University Press）.

Steinberg, M.（2019）. *The Platform Economy: How Japan Transformed the Consumber Internet*（London, UK: University of Minnesota Press）.

Steinmetz, K. F.（2012）. Message received: Virtual Ethnography in Online Message Boards. *International Journal of Qualitative Methods, 11*（1）: 26-39.

Sterling, B.（2018, June 25）. The Chinese Online 'Water Army'. *Wired.* Retrieved from https://www.wired.com/2010/06/the-chinese-online-water-army/

Strowel, A., & Vergote, W.（2019）. Digital Platforms: To Regulate or Not to Regulate? Message to Regulators: Get the Economics Right First, Then Focus on the Right Regulation. In B. Devolder（Ed.）, *The Platform Economy : Unravelling the Legal Status of Online Intermediaries*（Cambridge, UK: Intersentia）, pp. 3-30.

Subedar, A.（2018, November 27）. The Godfather of Fake News. *BBC News.*

Retrieved from https://www.bbc.co.uk/news/resources/idt-sh/the_godfather_of_fake_news.

Subramanian, S.（2017）. Welcome to Velez, Macedonia, the Fake News Factory to the World. *Wired, 25*（3）: 70-79.

Sumpter, D.（2018）. *Outnumbered: From Facebook aand Google to Fake News and Filter-bubbles-the Algorithms That Control Our Lives*（London, UK: Bloomsbury）.

Sunstein, C. R.（2019）. *Conformity: The Power of Social Influences*（New York, NY: New York University Press）.

Susilo, M.E., Yustitia, S., & Afifi, S.（2020）. Intergeneration Comparison of the Spread Pattern of Hoax. *Jurnal ASPIKOM, 5*（1）: 50-62.

Suwajanakorn, S.（2018, July 26）. Fake Videos of Real People- and How to Spot Them. *Ted.* Retrieved from https://www.youtube.com/watch?v=o2DDU4g0PRo&ab_channel=TED

Taiwan Network Information Center（2019）. Taiwan Internet Report, 2019. Implementer: InsightXplorer Ltd..

Tambini, D.（2018）. Social Media Power and Election Legitimacy. In M. Moore & A. D. Tambini（Eds.）, Digital Dominance: *The Power of Google, Amazon , Facebook and Apple*（London, UK: Oxford University Press）, pp. 265-293.

Tandoc, E.Jr., Lim, Z.W., & Ling, R.（2018）. Defining "Fake News": A Typology of Scholarly Definitions. *Digital Journalism, 6*（2）: 137-153.

Tanz, J.（2017, February 14）. Journalism Fights for Survival in the Post-truth Era. *Wired.* Retrieved from https://www.wired.com/2017/02/journalism-fights-survival-post-truth-era/

TeamT5（2020）. Information Operation White Paper: Part 1of 3 Observation on 2020 Taiwanese General Elections. Retrieved from https://teamt5.org/en/posts/teamt5-information-operation-white-paper-observations-on-2020-taiwanese-general-elections/

Tewksbury, D., & Rittenberg, J.（2012）. *News on the Internet: Information and Citizenship in the 21st Century*（New York, NY: Oxford）.

The Guardian （2019, September 2）. Chinese Deepfake App Zao Sparks Privacy Row After Going Viral. Retrieved from https://www.theguardian.com/technology/2019/sep/02/chinese-face-swap-app- zao-triggers-privacy-fears-viral

The New York Times（2017, November 19）. Facebook and the Digital Virus Called Fake News. Retrieved from https://www.nytimes.com/2016/11/20/opinion/sunday/facebook-and-the-digital-virus-called-fake-news.html?mcubz=1

Trump, D.〔Donald Trump〕.（2017, February 17）. The FAKE NEWS media（failing @nytimes, @NBCNews, @ABC, @CBS, @CNN） is not my enemy, it is the enemy of the American People!〔tweet〕. Retrieved from https://twitter.com/realDonaldTrump/status/832708293516632065

Twitter Safety（2019, August 19）. Information Operations Directed at Hong Kong. Retrieved from https://blog.twitter.com/en_us/topics/company/2019/information_operations_directed_at_Hong_Kong.html

van Dijck, J., & Poell, T. （2013）. Understanding Social Media Logic. *Media and Communication, 1*（1）: 2-14.

Vargo, C., & Hopp, T.（2020）. Fear, Anger, and Political Advertisement Engagement: A computational Case Study of RussiN-linked Facebook and Instagram Content. *Journalism & Mass Communication Quarterly, 97*（3）: 743-761.

Vargo, C., Guo, L., & Amazeen, M.A.（2017）. The Agenda-setting Power of Fake News: A Big Data Analysis of the Online Media Landscape from 2014-2016. *New Media & Society*, 1, p.22.

Veil, S. R., Sellnow, T. L., & Petrun, E. L. （2012）. Hoaxes and the Paradoxical Challenges of Restoring Legitimacy: Dominos' Response to Its YouTube Crisis. *Management Communication Quarterly, 26*（2）: 322-345.

Waisbord, S.（2018）. Truth is What Happens to News: On Journalism, Fake News, and Post-truth. *Journalism Studies, 19*（13）: 1866-1878.

Waldman, A. E.（2018）. The Marketplace of Fake News. *Journal of Constitutional Law,* 20, pp. 846-870.

Wang, A. B.（2016, November 17）.'Post-truth' Named Word of the Year by Oxford Dictionaries. *The Chicago Tribune.* Retrieved from https://www.chicagotribune.com/nation-world/ct-post-truth-word-of-the-year-20161117-story.html

Wardle, C.（2020）. Journalism and the New Information Ecosystem: Responsibilities and Challenges. In M. Zimdars & K. Mcleod（Eds.）, *Fake News: Understanding Media and Misinformation in the Digital Age*（London, UK: The MIT Press）, pp. 71-85.

Wardle, C.（2017, February 16）. Fake News. It's Complicated. First Draft News. Retrieved from https://firstdraftnews.com/fake-news-complicated/

Warzel, C., & Vo, L.T.（2016, December 3）. Here's Where Donald Trump Gets His News. *BuzzFeed News.* Retrieved from https://www.buzzfeed.com/charliewarzel/trumps-information-universe?utm_term=.vgJvg7pzKe#.yokzq43xyK

White, C. M.（2012）. *Social Media, Crisis Communication, and Emergency Management: Leveraging Web2.0 Technologies*（London, UK: CRC Press）.

Yang, Y.（2018, August 1）. China's Battle with the 'Internet Water Army'. *Financial Times.* Retrieved from https://www.ft.com/content/b4f27934-944a-11e8-b67b-b8205561c3fe

Zannettou, S., Sirivianos, M., Blackburn, J., & Kourtellis,N.（2019）. The Web of False Information: Rumors, Fake News, Hoaxes, Clickbait, and Various Other Shenanigans. *Journal of Data and Information Quality.* Retrieved from https://arxiv.org/pdf/1804.03461.pdf

Zhong, R., Meyers, S. L., & Wu, J.（2019, September 18）. How China Unleashed Twitter Trolls to Discredit Hong Kong's Protesters. *The New York*

Times. Retrieved from https://www.nytimes.com/interactive/2019/09/18/world/asia/hk-twitter.html?_ga=2.99286494.1779060377.1568957867-1503539055.1557931304

Zollo, F., Quattrociocchi, W.（2018）. Social Dynamics in the Age of Credulity: The Misinformation Risk and Fallout. In M. Moore & A. D. Tambini（Eds.）, *Digital dominance: The Power of Google, Amazon , Facebook and Apple*（London, UK: Oxford University Press）, pp. 342-370.

假新聞政治：台灣選舉暗角的虛構與欺騙

2022年2月初版　　　　　　　　　　　　　　定價：新臺幣580元

著　　　者	林　照　真
叢書主編	沙　淑　芬
校　　對	陳　佩　伶
內文排版	菩　薩　蠻
封面設計	廖　婉　茹

出　版　者	聯經出版事業股份有限公司	副總編輯	陳　逸　華
地　　　址	新北市汐止區大同路一段369號1樓	總編輯	涂　豐　恩
叢書主編電話	(02)86925588轉5310	總經理	陳　芝　宇
台北聯經書房	台北市新生南路三段94號	社　長	羅　國　俊
電　　　話	(02)23620308	發行人	林　載　爵
台中分公司	台中市北區崇德路一段198號		
暨門市電話	(04)22312023		
台中電子信箱	e-mail：linking2@ms42.hinet.net		
郵政劃撥帳戶	第0100559-3號		
郵撥電話	(02)23620308		
印　刷　者	世和印製企業有限公司		
總　經　銷	聯合發行股份有限公司		
發　行　所	新北市新店區寶橋路235巷6弄6號2樓		
電　　　話	(02)29178022		

行政院新聞局出版事業登記證局版臺業字第0130號

國家圖書館出版品預行編目資料

假新聞政治：台灣選舉暗角的虛構與欺騙/林照真著 .
初版 . 新北市 . 聯經 . 2022年2月 . 392面 . 14.8×21公分
ISBN 978-957-08-6196-9（精裝）

1.CST：政治新聞　2.CST：新聞報導　3.CST：新聞倫理
4.CST：台灣

895.32   111000722